DEINE SEELE

SO VERDORBEN

Lektorat: Bernhard Weninger
Umschlaggestaltung: Estella Vukovic

Impressum:
Alexandra Wagner
2483 Ebreichsdorf, Wiener Str. 31
Österreich

DIE AUTORIN

Alex Wagner, geb. 1972, lebt in der Nähe von Wien, im Schatten einer alten Burgruine, wo man sich die schönsten Morde ausdenken kann. Sie schreibt Krimis & Thriller, ist aber auch gern einmal in anderen Genres unterwegs.
Ein Titelverzeichnis finden Sie am Ende dieses Buches.
Besuchen Sie die Autorin auch im Internet oder auf Facebook!

www.alexwagner.at
www.facebook.com/AlexWagnerAuthor

PROLOG

Der Gestank von verbranntem Fleisch. Unverwechselbar.

Mark van Leyen kannte diesen Geruch wie die dunkelsten Winkel der eigenen Seele. Entfesselten Schlangen gleich züngelten die Flammen vor seinen Augen. Sie waren leuchtend gelb. Orange wie ein Sonnenaufgang. Rot wie die Sünde.

Wie immer wurde der bestialische Gestank von den passenden Geräuschen begleitet. Von dem Brutzeln zum Beispiel, das nicht anders klang, als wenn man ein Brathähnchen auf den Grill warf. Aber auch von den Schreien. Spitze, schrille Schreie, die einem bis ins Knochenmark fuhren. Und in die Lenden, wo sie eine dunkle, verbotene Lust entfachten. Auch mit diesem Empfinden war Mark nur allzu gut vertraut.

Er sah die groben Männerhände vor sich, die den gefesselten Frauen das Gewand vom Körper rissen. Die gierig nach dem rosigen, sündhaften Fleisch griffen.

Die Frauen waren Bräute Satans, heimtückische Verführerinnen. "Sie erhalten nur ihre gerechte Strafe", meinte der feist grinsende Mann neben ihm, der gerade einer blutjungen Schwarzhaarigen das Hemd vom Körper riss. Sie war fast noch ein Mädchen, er ein beleibter Kerl, der gar nicht genug davon bekommen konnte, Gottes Willen zu tun.

Mark roch den Angstschweiß der Frauen, der sich mit dem Gestank ihres brennenden Fleisches vermischte. Keine einzige von ihnen sprach ein Gebet. Manch eine verfluchte ihre Peiniger noch mit den allerletzten Schreien. Andere hatten in den lodernden Flammen bereits das Bewusstsein verloren. Der gnädigste Tod.

Erschrocken fuhr Mark aus dem Schlaf hoch. Er brauchte einen Augenblick, um zu wissen, wo er war.

In seiner Hütte. Gott sei es gedankt!

Sein Herz hämmerte wild gegen die Rippen.

Er sog gierig die feuchte, tropische Nachtluft in seine Lungen.

Nur ein weiterer Alptraum, sagte er sich. Er empfand nicht die geringste Erleichterung bei dieser Erkenntnis. Ähnliche Visionen quälten ihn fast jede Nacht. Würden sie jemals aufhören, jetzt wo er sich ihnen stellte? Wo er nicht länger wegsah, sondern versuchte, all die Gräuel zu begreifen?

Er drehte das schweißdurchnässte Kissen um und ließ den Kopf sinken. Nur wenige Augenblicke später driftete er bereits wieder in den Schlaf. Er war todmüde; diese Alpträume zehrten an ihm, erschöpften ihn.

Doch dann war da plötzlich ein Luftzug. Mark nahm ihn wahr, hätte aber nicht sagen können, ob er bereits Teil eines neuen Traums war. Eines hoffentlich friedlicheren Geschehens.

Natürlich stand das Fenster seiner Hütte offen. Der Gedanke huschte wie ein Schatten durch sein schlaftrunkenes Bewusstsein. Marks Behausung war einfach, spartanisch, die Hütte besaß keine Klimaanlage wie die anderen Häuser auf der Insel. Er hatte sich noch nie etwas aus weltlichem Komfort gemacht.

Doch der Luftzug war deutlich zu spüren, er hatte ihn nicht geträumt. Mit einem Knall schlug das Fenster zu, riss Mark aus seinem Dämmerschlaf. War die Haustür aufgegangen?

Von seinem Bett aus hatte er keinen direkten Blick in den Vorraum. Dennoch hob er den Kopf und blinzelte in die Dunkelheit. Lauschte in die Stille.

Ein schmaler Streifen Mondlicht fiel durch das Fenster in den Raum. Mark vermeinte, einen Schatten zu sehen, ein paar Schritte vor seinem Bett.

Schritte? Ja, da waren eindeutig welche zu hören, auch wenn sie sehr leise waren. Fast, als ob jemand sich anschleichen wollte. Dieser Schatten – und die Schritte – sie kamen auf Mark zu.

Ein Besucher, hier in seiner Hütte, die einsam gelegen war? Zu dieser Zeit? Mitten in der Nacht? Es musste doch schon sehr spät sein.

Mark tastete nach dem Schalter der Nachttischlampe, fand ihn, blinzelte geblendet. Er erkannte die Person, die kaum noch zwei Meter von ihm entfernt war.

"Oh, du bist es! Ist etwas passiert?", rief er erschrocken.

Die Person gab keine Antwort. Ihr Blick war seltsam, Mark wusste ihn nicht zu deuten. Ängstlich? Zornig? Entschlossen? Außerdem presste der Besucher die Lippen zusammen, und seine Mundwinkel zuckten. Ein Zeichen großer Nervosität.

Mehr als das. Anspannung. Es musste tatsächlich etwas geschehen sein.

Die Gestalt hatte Marks Bett erreicht, beugte sich jetzt über ihn.

Erst da, viel zu spät, registrierte Mark, dass die Person die Arme scheinbar hinter dem Rücken verschränkt gehabt hatte, als sie ins Zimmer gekommen war.

Nun jedoch, so plötzlich wie die Krallen eines Raubtiers, schnellten die Arme vor. Ein Stück Holz kam in der rechten Hand zum Vorschein. Ein dicker Ast?

Mark blieb keine Zeit, um Genaueres zu erkennen. Was immer es war, es sauste mit tödlicher Geschwindigkeit auf seinen Kopf herab.

Greller Schmerz durchzuckte ihn, ein Schrei formte sich in seiner Kehle – doch da hüllte ihn bereits die Dunkelheit ein. Und zog ihn in die Tiefe.

Ein paar Augenblicke später erlangte Mark wieder das Bewusstsein. Jedenfalls teilweise. Seine Gedanken blieben nebelhaft, und seine Gliedmaßen wollten ihm nicht gehorchen. Oder träumte er schon wieder? Hatten ihn die qualvollen Visionen, vor denen es kein Entrinnen zu geben schien, wieder in ihren Bann geschlagen?

Es schien so, denn da war es wieder, das so vertraute Zischen und Züngeln von Flammen. Das blendende Licht. Gelb, orange, rot. Dazu die Hitze, die rasch zunahm, bis sie nicht mehr erträglich war. Beißender Rauch, der in Marks Lungen drang ...

Er versuchte zu begreifen, was mit ihm geschah. Hatte er den nächtlichen Besucher, den Angriff, den Schlag auf den Kopf bloß geträumt? Er versuchte die Augen zu öffnen, doch es gelang ihm nicht. Ihm schien, als würde das Bett gefährlich schwanken. Oder gar zusammenbrechen? Übelkeit stieg in ihm hoch.

Erneut hüllte schwarze Nacht ihn ein, dunkle Dämonen scharrten sich um ihn, die ihre krallenbewehrten Klauen nach ihm ausstreckten.

Als die ersten Flammen Mark erreichten, schenkte der himmlische Vater ihm seine Gnade. Er versank in tiefe Bewusstlosigkeit, kurz bevor die hungrigen Flammenzungen an seinem Körper zu lecken begannen.

1

Der Mann in Schwarz hatte keinen Termin. Das war von Anfang an klar.

Dr. Iva Fleming, Rechtsanwältin von einiger Reputation, hatte ihn nicht eintreten sehen; es schien, als hätte er sich just in diesem Augenblick im Empfangsbereich ihrer Kanzlei aus dem Nichts materialisiert. Was natürlich ausgemachter Unsinn war. Jetzt jedenfalls stand er vor dem festungsgleichen Schreibtisch von Marlies, Ivas Vorzimmerdame und Sekretärin.

Er war keiner ihrer Mandanten, an so einen hätte sie sich erinnern können. Zumal Männer, die ihr Haar bis über die Schulterblätter trugen, nicht zu ihrem üblichen Kundenkreis zählten. Aber wie ein Bittsteller sah er auch nicht aus. Eigentlich überhaupt nicht wie jemand, der Beistand in irgendeiner Form brauchte – nicht von einem Rechtsanwalt und auch von sonst niemandem.

Er hielt sich sehr aufrecht, beugte sich nicht zu Marlies hinunter. Diese hingegen lehnte sich ihm so weit es ging entgegen und blickte mit einem fast schüchternen Lächeln zu ihm auf.

Marlies lächelte? Schüchtern? Sie würde dem Mann doch hoffentlich keinen Termin geben? Es war vereinbart, dass sie alle neuen Klienten – außer natürlich die von Stammkunden empfohlenen – an Lampe, Altmeister & Partner verwies, eine sehr tüchtige junge Sozietät, die noch ganz am Anfang stand und für jeden neuen Mandanten dankbar war.

Iva selbst konnte beim besten Willen keine weiteren Fälle mehr annehmen, so sehr sie ihren Beruf liebte. Schon jetzt schaffte sie es kaum noch bei Tageslicht aus der Kanzlei.

Marlies lächelte noch immer, während der Mann seine Position nicht verändert hatte. Er schien sehr ruhig und überlegt zu sprechen. Zurückhaltend.

Iva verfolgte die Szene, die sich im Empfangsbereich abspielte, durch die getönte Glaswand ihres Büros, ohne selbst gesehen zu werden. Von außen war da nur ein raumhoher Spiegel. Ihr Architekt besaß Sinn für Dramatik.

Dieser Fremde hatte etwas Beunruhigendes, ja Unheimliches an sich. Sie hätte nicht sagen können, ob es an seinem Äußeren lag, den dunklen Haarsträhnen, die ihm ins Gesicht fielen, dem ausgeprägten Profil mit dominanter Nase und tiefliegenden Augen oder der Art, wie er gelassen aber bestimmt gestikulierte. Als wäre jeder Widerspruch von vorneherein ausgeschlossen. Aber vielleicht war es auch nur der beinahe bodenlange schwarze Mantel, der ihn so unheimlich wirken ließ.

Hatte er ein Verbrechen begangen und bedurfte jetzt eines Strafverteidigers? Man hätte ihm ohne weiteres bewaffneten Einbruch oder vielleicht sogar sexuelle Nötigung zugetraut. Kein Nachbar würde, was ihn betraf, gegenüber der Presse angeben, er wäre immer so ein unauffälliger Mitbewohner gewesen, man könne sich gar nicht vorstellen, wie ausgerechnet er die arme alte Frau ermordet, das unschuldige Kind entführt haben sollte, oder Ähnliches mehr. Und einmal angeklagt, hätte ihn wohl jedes Geschworenengericht schuldig gesprochen, auch wenn es um die Beweislage vielleicht ein wenig dünn stand. Um so einen Mann zu verteidigen, brauchte es schon eine gehörige Portion Idealismus – abgesehen davon, dass Iva prinzipiell keine Kapitalverbrecher verteidigte. Nicht dass sie eine Verfechterin des biblischen *Auge um Auge* war, oder sich für die Wiedereinführung der Todesstrafe einsetzte – aber die Mörder, Vergewaltiger und sonstigen Abschaum überließ sie lieber jenen Kollegen, die nach Prestige und Publicity hungerten und sich gerne als Retter der Geächteten aufspielten. Sie bewegte sich ausschließlich innerhalb des Wirtschafts- und Vertragsrechts und übernahm gelegentlich eine Erbschaftsangelegenheit oder auch ein Scheidungsverfahren. Davon gab es ja reichlich.

Der Blick, den der Mann plötzlich in Ivas Richtung warf, schien mitten durch ihren Kopf hindurchzugehen. Auch wenn er sie durch die verspiegelte Glaswand bestimmt nicht sehen konnte. Dann sprach Marlies erneut auf ihn ein. Schon wieder lächelte sie ihn an, wie lange sollte das denn noch so weitergehen? Warum wimmelte sie ihn nicht endlich ab?

Iva blickte auf ihre Armbanduhr. Schon halb neun. Jeden Augenblick würde ihr Mandant Alois Varenstein eintreffen. Er kam stets pünktlich. Auch wenn Iva ihn zu dem heutigen Treffen nur mit einiger Mühe hatte überreden können.

Es ging um die Endfassung seines Ehevertrages. Iva hatte ihm dringend zu diesem Dokument geraten – war es doch für jedermann offensichtlich, dass die Zuneigung der jungen "Dame", die er als seine Zukünftige auserkoren hatte, sich nicht ausschließlich auf seinen athletischen Körperbau und jugendlichen Charme (er ging auf die fünfundsechzig zu und war kaum höher als breit) gründen konnte, sondern vielleicht auch – ganz am Rande – auf sein wesentlich erotischeres Bankkonto und den weit verzweigten Immobilienbesitz. Es war wirklich für jedermann offensichtlich – außer natürlich für ihn. Gut, dass Varenstein wenigstens eine Anwältin hatte, die an seiner Stelle die Vernunft wahrte. Wenn er den letzten Entwurf heute absegnete und ihn in dieser Form seiner Verlobten vorlegte, stand ihm mit Sicherheit eine unangenehme Überraschung, unter Umständen sogar die plötzliche Erkaltung ihres jungen Liebesfeuers bevor. Aber diese Erfahrung konnte ihm Iva leider nicht ersparen.

Da war er schon, die Eingangstür der Kanzlei schwang auf, und er trat rahmenfüllend hindurch, pünktlich wie stets und gutgelaunt wie – ebenfalls stets, aber vielleicht bald nicht mehr. Im Vorbeigehen rief er Marlies einen Gruß zu, war schon fast an Ivas Tür – aber was war denn jetzt los? Marlies rief ihn zurück, ihre Worte konnte Iva leider nicht verstehen, (der Architekt hatte bei der verspiegelten Glaswand doch nicht an alles gedacht), aber was auch immer die Sekretärin sagte, Varenstein leistete gehorsam Folge. Er platzierte sein gewaltiges Hinterteil auf einen Lederfauteuil in der Wartezone, wedelte kurz mit der Hand, was wohl so viel heißen sollte wie "kein Problem", und vertiefte sich in die Seiten eines Wirtschaftsmagazins, das dort auslag.

An seiner Stelle geleitete Marlies den schwarz gekleideten Fremden in Richtung Büro. Iva blätterte hastig in ihrem Kalender. Hatte sie womöglich doch einen Termin übersehen? Für acht Uhr dreißig war eindeutig Alois Varenstein eingetragen, und der Termin gleich anschließend betraf ebenfalls einen Mandanten, den sie schon länger kannte. Ein wichtiger Vertragsabschluss für den Bau einer Mietshausanlage. Danach eine arbeitsrechtliche Angelegenheit, ein Kaufvertrag ... so ging es weiter bis zu einem halbstündigen Zeitfenster fürs Mittagessen, und der Nachmittag war gleichermaßen voll verplant.

Was war nur in Marlies gefahren? Nun klopfte sie, um sich sofort selbst zu öffnen und den unangemeldeten Besucher eintreten zu lassen. Iva warf ihr einen Blick zu, der hoffentlich deutlich machte, dass diese Vorgehensweise indiskutabel war. Einen Stammkunden ins Wartezimmer zu verweisen, um einem Fremden, der einfach so mir nichts dir nichts hereingeschneit kam, Vortritt zu gewähren!

Doch wenn Marlies Ivas Blick überhaupt bemerkte, so zeigte sie keine andere Reaktion darauf, als einfach ohne

Unterlass weiter zu lächeln – reichlich dümmlich, wie Iva fand. Was hatte sich da bloß abgespielt in ihrem Vorzimmer, in den bestenfalls fünf Minuten, seit der unangemeldete Besucher die Kanzlei betreten hatte?

Marlies stellte den Mann vor: "Herr Igor Mendelev – es ist sehr dringend."

Behaupteten das nicht alle?

Marlies wies ihn mit einer Handbewegung, die sich auf einer Tanzveranstaltung vielleicht hübsch ausgemacht hätte, aber in einer Anwaltskanzlei gänzlich deplatziert war, in Richtung Besprechungstisch und zog ihm sogar noch den Stuhl beiseite.

Iva musste tief Luft holen, sonst hätte sie – bei aller gebührenden Professionalität – ihre Sekretärin direkt vor dem Mandanten fragen müssen, ob sie noch ganz bei Trost war. Aber Marlies war schon wieder zur Tür hinaus.

Der Mann hingegen hatte den angebotenen Platz nicht eingenommen, sondern war mit ein paar Schritten an Iva herangetreten. Er war weder besonders groß noch von imposanter Statur, und er war auch nicht näher als allgemein zwischen Geschäftspartnern üblich auf Iva zugekommen – dennoch wich sie unwillkürlich einen Schritt zurück.

Er hielt ihr seine weiße, feingliedrige Hand entgegen.

"Mein Name ist Igor", sagte er, "es freut mich sehr, dich kennenzulernen."

Hatte er sie gerade geduzt?

Sie stand einen Moment reglos da, dann fasste sie sich.

"Hören Sie, Herr Mendelev, Sie müssen verzeihen, aber meiner Sekretärin kann nur ein Irrtum unterlaufen sein. Ich habe eine Verabredung mit einem Mandanten, der bereits wartet. Wären Sie so freundlich, sich einen Termin geben zu –"

Weiter kam sie nicht. Der Mann hatte sanft ihre Schulter ergriffen und sie zum Besprechungstisch geführt, wo er ihr nun mit ausgesuchter Höflichkeit einen Stuhl anbot. Als handle es sich um sein Büro und nicht das ihre. Zu ihrem eigenen Erstaunen setzte Iva sich.

Anstatt sich für sein sonderbares Verhalten wenigstens zu entschuldigen, begann er: "Ich komme in einer Angelegenheit von größter Wichtigkeit", und bevor sie sich den Gedanken gestatten konnte, dass das sein Problem war, und sie es keinesfalls zu ihrem machen würde, hatte er hinzugefügt: "Dein Mann schickt mich."

Genauso gut hätte er sagen können, er komme im Auftrag von Napoleon Bonaparte oder des Papstes, was das betraf. Sie konnte ihn nur völlig sprachlos anstarren. Ihre Hände tasteten nach den Armlehnen des Stuhls.

"Michael Fleming", ergänzte er überflüssigerweise.

Vollkommen überflüssigerweise, denn auch wenn sie Michael – wie lange war es her, sieben Jahre? – nicht gesehen hatte, und beinahe ebenso lange in dem festen Glauben gelebt hatte, ihn niemals wiederzusehen, so wusste sie doch, wessen Namen sie trug.

Sie schob mechanisch ihren Stuhl zurück, kam mit einem tiefen Atemzug auf die Beine und ging zum Fenster. Draußen wirbelten dichte weiße Flocken. Dabei war es gerade einmal Mitte November.

Michael.

Ihr Ehemann.

Als sie sich wieder dem Raum und ihrem mysteriösen Besucher zuwandte, war dieser lautlos hinter sie getreten und hielt ihr jetzt ein schmales cremefarbenes Kuvert entgegen.

"Michael hat mich gebeten, dir diese Nachricht zu überbringen", sagte er.

Sein kaum wahrnehmbarer Akzent ließ sich nur schwer einordnen. Ehemaliger Ostblock? Iva nahm den Brief entgegen, ohne ihn jedoch zu öffnen.

Igor hatte Recht: Vor dem Gesetz war Michael Fleming

noch immer ihr Ehemann. Es hatte sich nie ergeben, dass sie sich scheiden ließen, obwohl sie sich schon vor Ewigkeiten getrennt hatten. Warum hatte sie diesen Schritt eigentlich unterlassen? Vielleicht, weil sie in all den Jahren nie den Wunsch verspürt hatte, eine neue Ehe einzugehen? Und weil es ihr irgendwie unpassend erschien, den abgebrochenen Kontakt wiederherzustellen, nur wegen einer Scheidung? Oder gerade wegen einer Scheidung?

Ob es Michael wohl ähnlich ergangen war?

Und nun sandte er ihr einen Brief – per Boten. Schrecklich antiquiert, diese Geste und überzogen dramatisch.

Das Kuvert enthielt einen einzelnen Bogen gerippten Papiers, das schwer in der Hand lag. Es war vorn und hinten voll beschrieben mit Michaels sauberer, gefälliger Handschrift, die ihr sofort wieder vertraut erschien.

Liebe Iva,

verzeih das plötzliche Eindringen in dein Leben, das du nun schon so lange ohne mich führst – sehr glücklich, wie ich hoffe. Ich vertraue darauf, dass Igor dir meine Botschaft behutsam überbracht hat.

Ich habe all die Jahre deinen Wunsch, mich nicht wiederzusehen, respektiert, auch wenn es mir nicht immer leicht fiel. Aber jetzt … doch das kann ich dir nur persönlich erzählen.

Ich hatte sehr viel Erfolg in meiner beruflichen Laufbahn und konnte mir mit dem Erwerb von Arkadia, von der dir Igor berichten wird, einen lang gehegten Traum verwirklichen. Es ist ein Paradies auf Erden, die beste Investition meines Lebens.

Doch jetzt ist etwas geschehen, das diesen Traum zweifellos zerstören wird, wenn ich nicht rasch etwas unternehme. Ich habe schon zu lange zugesehen, das Falsche getan vielleicht, und jetzt weiß ich mir nicht mehr zu helfen. Bitte, Iva, komm nach Arkadia, Igor wird die Reise so komfortabel wie möglich für dich gestalten und dir jedes Honorar vergüten, das du für angemessen hältst. Ich brauche jetzt deinen klaren Sachverstand, für den ich dich immer so gern aufgezogen habe … früher, als wir uns noch liebten.

Danke

Dein Michael

2

Iva musste unvermittelt an ihren allerersten Abend mit Michael zurückdenken. Sie waren einander in einer frostklirrenden Winternacht im Stephansdom, der berühmten Kathedrale ihrer Stadt, zufällig in die Arme gelaufen. Beide gänzlich unreligiöse Menschen und doch an diesem Abend in einer Kirche; er, der amerikanische Tourist, mit einem Ungetüm von Kamera bewaffnet, und sie die Einheimische, auf dem späten Heimweg nach einem Einkaufsbummel, nur angelockt von einem lange nicht mehr gehörten, doch einst viel geliebten Orgelstück, das seinen Weg aus dem halb im Dunkel liegenden Kirchenschiff hinaus in die Kälte gefunden hatte. Ein junger Domorganist, der die ruhigen spätabendlichen Stunden zum Proben nutzte, einige ältere Frauen, die auf den Gebetsbänken knieten, und vor dem Hauptaltar ein junger Mann mit widerspenstigen blonden Locken und dem Gesicht eines Erzengels – Michael. Seine Kamera blendete Iva mit einem Blitz, und sie hielt es für angebracht, ihn darauf hinzuweisen, dass Blitzaufnahmen im Dom nicht gestattet waren.

Er lächelte, entschuldigte sich überaus höflich, bezeichnete die altehrwürdige Kathedrale als *pretty amazing*, schoss ein blitzloses Foto von Iva im Schein der Kerzen und fragte sie schließlich, ob sie ihm nicht den Abgang zu den Katakomben zeigen könne.

Der war an diesem Abend natürlich längst geschlossen, doch wenige Minuten später waren Iva und der amerikanische Tourist bereits für den nächsten Tag verabredet. Ganz im Sinne der berühmten Wiener Gastfreundschaft und des internationalen Kulturaustausches führte Iva ihn dann nicht nur in die labyrinthischen Tiefen unter dem Dom, sondern kletterte mit ihm auch die dreihundertdreiundvierzig Stufen zum Südturm hinauf.

Sie erzählte ihm von der Pummerin, jener vielgeliebten Glocke des Doms, die in jeder Silvesternacht weit über die Dächer der Stadt das neue Jahr willkommen hieß, und weil Michael so ein unersättlicher Tourist war und danach noch immer nicht genug zu haben schien, schilderte sie ihm auch die alten Legenden, die sich um die Kathedrale rankten. Waren Amerikaner nicht verrückt nach solchen Storys?

Sie erzählte von jenem unglückseligen Werkmeister, der einst einen Pakt mit dem Teufel geschlossen hatte, nur um die Arbeit am Nordturm der Kathedrale rechtzeitig fertigstellen zu können. Damit wollte er sich der Hand seiner Angebeteten – der Tochter des Dombaumeisters – würdig erweisen. Die Sache nahm kein gutes Ende, wie das eben bei alten Legenden im Unterschied zu modernen Hollywood-Filmen öfters vorkam: Der Werkmeister stürzte in seinen Tod und von dort geradewegs in die Abgründe der Hölle. Der Turm – das konnte man auch heute noch deutlich sehen – war für immer unvollendet geblieben.

Die Stadtführung jedoch war damit keineswegs beendet. In den nächsten Tagen folgten gemeinsame Besichtigungen von Kaiserresidenzen, Kunst- und Schatzkammern, dem Opernhaus, historischen Parkanlagen, den Geburtshäusern berühmter Dichter und Komponisten – und schließlich Ivas Schlafzimmer. Wo Michael ihr gestand, dass er dafür auch seine Seele dem Teufel überschrieben hätte.

Sie versicherte ihm, dass das völlig überflüssig sei, und keine drei Monate und einen Besuch ihrerseits in New York City später traten sie vor Satans himmlischen Gegenspieler, vor den Traualtar in "ihrem" Dom. Kurz darauf bezogen sie eine gemeinsame Wohnung unweit von Ivas Kanzlei. Michael hatte damals schon als Börsenhändler seinen Lebensunterhalt verdient. Obwohl Iva nur eine ungenaue Vorstellung davon hatte, worum es bei diesem Beruf im Detail ging, ließ sie sich gerne überzeugen, dass man ihn an jedem Ort der Welt ausüben konnte, an dem es einen Internetanschluss gab.

"Ihr habt euch lange nicht gesehen, nicht wahr?", sagte Igor. Seine Stimme hatte die irritierende Eigenschaft, dass man sie im eigenen Kopf zu vernehmen glaubte, bevor sie noch das Trommelfell passiert hatte.

Iva glättete eine Falte an ihrem Kostüm. Jetzt war nicht der Zeitpunkt, sich in nostalgischen Erinnerungen zu ergehen. Die ersten Monate mit Michael mochten romantisch gewesen sein, doch am Ende ihrer Ehe hätte sie ihn nicht mehr mit einem Erzengel verwechselt. Und die Zeit bis dahin war nur kurz gewesen.

"Was ist Michaels Problem?", fragte sie Igor – vielleicht eine Spur zu forsch.

Ein seltsames Lächeln lag in seinen Augen. Als könne er nicht bloß seine Stimme nach Belieben in ihren Kopf einschmuggeln, sondern wüsste auch ganz genau, was dort gerade vorging.

"Das kann dir nur Michael selbst erklären", sagte er. "Aber die Lage ist wirklich ernst, soviel kann ich dir versichern."

War es der Blick, den er ihr dabei zuwarf, oder die Art, wie er es sagte – langsam und ruhig, aber doch so, dass sie am Wahrheitsgehalt seiner Worte keinerlei Zweifel hegte? Auf jeden Fall brachte er sie für einen Moment dazu, diese Reise tatsächlich in Erwägung zu ziehen. Ihren vollen Terminkalender vorübergehend zu vergessen, die Verpflichtungen ihren Mandanten gegenüber, und all das, was zwischen ihr und ihrem entzweiten Ehemann vorgefallen war ebenso.

"Dieses irdische Paradies, von dem Michael schreibt" – sie wendete noch einmal das Blatt Papier in ihrer Hand, "dieses Arkadia, wo liegt das überhaupt?"

"In der karibischen See. Sie gehört zu den französischen Antillen", sagte Igor.

"Eine Insel?"

"Ja. Von großer Schönheit und Kraft. Ursprünglicher Regenwald, umgeben von schwarzen Sandstränden, dreihundertzwanzig Sonnentage im Jahr. Eigentlich lautet ihr offizieller Name St. Thérèse, aber wir fanden, dass Arkadia besser zu ihr passt. Michael hat sie vor nicht ganz vier Jahren gekauft und dort eine" – er suchte einen Augenblick lang nach dem passenden Wort – "eine Gemeinschaft etabliert."

Iva überschlug kurz im Kopf, über welche Mittel man wohl verfügen musste, um eine Karibikinsel kaufen zu können. Ihr Blick wanderte zum Fenster, in dessen Ecken die ersten Eiskristalle wuchsen. Hinter den Scheiben war das Schneegestöber so dicht geworden, dass man kaum noch die gegenüberliegenden Häuser erkennen konnte.

"Was denn für eine Gemeinschaft?", fragte sie.

"Eine Handvoll Gelehrter – Wissenschaftler und Forscher, deren Fachgebiet Michael fasziniert. Er wollte ihnen einen Ort schaffen, an dem sie ungestört ihren Studien nachgehen können. Unter Gleichgesinnten, frei von störenden Einflüssen. Sie alle sind hochentwickelte Menschen, manche sogar Genies. Oder Erleuchtete. Es ist ein großes Privileg, in Arkadia seine Heimat zu haben. Für mich ist es wie Hermann Hesses Kastalien oder Platons Akademie. Das verlorene Königreich Shambala. Ein magischer Ort, der eigentlich nur in Büchern existieren dürfte."

Über Igors leuchtenden Augen lag seine Stirn in tiefen Falten. Er mochte in den höchsten Tönen über dieses Arkadia sprechen – aber alles war nicht, wie es sein sollte, in dieser illustren Gemeinschaft. Das war nicht zu übersehen.

Igor kehrte zum Besprechungstisch zurück. Iva folgte

ihm. Er legte seine Hände offen auf die Tischplatte und sah sie aufmerksam an. Doch seine Lippen blieben verschlossen. Er hatte augenscheinlich nicht die Absicht, dem Erfolg seiner Mission mit Worten nachzuhelfen. Er bemühte sich nicht, Iva die Reise schmackhaft zu machen, an ihr Gewissen zu appellieren oder sie noch einmal auf die Dringlichkeit von Michaels Problem hinzuweisen. Er saß einfach nur da und sah sie an. Allem Anschein nach überließ er es ganz ihr selbst, die richtige Entscheidung zu treffen.

Ein paar Tage auf einer Karibikinsel zu verbringen, jetzt wo hier der Winter in vollem Gange war, in all seiner windig-kalten Grausamkeit? Warum eigentlich nicht? Und wenn ein alter Freund – so konnte man Michael doch durchaus nennen, ihre Differenzen lagen schließlich schon eine halbe Ewigkeit zurück – wenn er also juristischen Beistand brauchte, wenn er ihrer Hilfe bedurfte, konnte sie ihn da wirklich abweisen?

Vielleicht musste Michael seine Vermögensverhältnisse neu ordnen, hatte ein Problem mit irgendwelchen Finanzbehörden, oder was auch immer einen Inselbesitzer sonst an Unannehmlichkeiten befallen konnte.

"Wie lange –" Iva räusperte sich, "wie lange wäre denn meine Anwesenheit auf Michaels Insel erforderlich?"

Igor schien kurz zu überlegen. "Das hängt von dir ab. Zwei bis drei Wochen wirst du mindestens weg sein, denke ich."

"*Wochen*?"

Das musste schon ein komplexes Finanzproblem sein, das so viel Zeit in Anspruch nahm.

Iva blickte zu ihrem Schreibtisch hinüber, wo sich Akten in gelben Kartonhüllen stapelten und ihr Computermonitor geschäftig vor sich hin flackerte. *Denk nicht mal im Traum daran,* schienen diese Dinge ihr zuzuflüstern.

"Es tut mir leid", wandte sie sich wieder ihrem Besucher

zu, "ich würde Michael wirklich gern helfen, aber für zwei Wochen kann ich meine Kanzlei unmöglich verlassen. Ich arbeite allein hier, es gibt also keinen Partner, der mich vertreten könnte. Und mein Terminkalender ist ..." Sie fand das passende Wort nicht, vollführte stattdessen eine Handbewegung, die den vollen Umfang ihrer Verpflichtungen ausdrücken sollte.

Wenn dieser Einwand Igor überraschte, so zeigte er das in keinster Weise.

"Mit Verlaub", sagte er, und dank seines Akzentes, von dem sie sich jetzt fast sicher war, dass er einem der Staaten der ehemaligen Sowjetunion zuzuordnen war, klang das ziemlich verschroben. Eine Floskel aus einer längst untergegangenen Epoche. "Ich habe bereits bei deiner Sekretärin Vorsorge getroffen. Für die Klienten, die du auf einen späteren Zeitpunkt vertrösten musst. Sie erwähnte, dass ihr mit einer sehr tüchtigen jungen Sozietät kooperiert, die die dringenden Fälle übernehmen kann."

Er sagte nicht: "*Falls* du Michaels Auftrag annehmen willst", oder etwas dergleichen. Als ob ihre Zusage für ihn nie zur Diskussion gestanden hätte.

Stattdessen teilte er ihr mit, dass er für die folgenden Abende Karten der ersten Kategorie für die Staatsoper gebucht habe. Karten, die sie an jene Mandanten verteilen könne, denen sie aufgrund ihrer Reise kurzfristig absagen musste. Als Geste der Entschuldigung gewissermaßen. Und um die Kompensation, wie er das nannte, abzurunden, würden auch noch vor den jeweiligen Opernvorstellungen Reservierungen im *Le Cercle* getätigt werden – für ein Gala-Menü mit passender Weinbegleitung, zur Einstimmung auf den anschließenden musikalischen Höhepunkt.

Das *Le Cercle* war eines der besten Lokale der Stadt. Und der teuersten. Iva frequentierte es, wenn auch nicht regelmäßig, so doch häufig genug, um zu wissen, dass unter normalen Umständen alles unter einer zweimonatigen Wartefrist für eine Abendreservierung hoffnungslos optimistisch war.

Ganz offensichtlich handelte es sich in diesem Fall nicht um normale Umstände.

Für einen Augenblick, einen viel zu langen Augenblick, saß sie einfach nur da. Sie hatte die Hände auf der Tischplatte gefaltet wie zum Abendgebet, den Blick starr auf ihren Besucher gerichtet, den Mund zu weit geöffnet, ohne dass sich ihr ein vernünftiges Wort eingegeben hätte. Eine unverzeihliche Blöße für eine renommierte und normalerweise überaus schlagfertige Juristin.

"Was deinen Verdienstentgang und natürlich dein Honorar betrifft", sagte Igor, während er ein gefaltetes Blatt Papier aus der Innentasche seines Jacketts zog, "wärst du mit dieser Summe einverstanden?"

Iva nahm das Papier mechanisch entgegen und faltete es auseinander. Es war ein Bankscheck, den die drei gekreuzten Schlüssel eines bekannten Schweizer Geldinstituts zierten – auf eine so hohe Summe ausgestellt, dass sie ihre Reise problemlos bis ins Frühjahr hätte ausdehnen können, ohne finanzielle Einbußen zu erleiden.

"Wenn du möchtest", sagte Igor, "kann ihn deine Sekretärin gleich einlösen. Damit du abgesichert bist."

Iva fand ihre Stimme wieder. "Das kann doch nur ein Scherz sein. Für diese Summe könnt ihr ein ganzes Heer von Top-Juristen engagieren!"

Igor neigte den Kopf. "Du kommst als Einzige in Frage", sagte er. "Es ist eine Angelegenheit uneingeschränkten Vertrauens."

Iva legte den Scheck beiseite und nahm noch einmal Michaels Brief zur Hand. Die Besorgnis, die aus den Zeilen sprach, der Zeitaufwand, den ihr Igor genannt hatte, seine – wenn auch unauffällige – Weigerung, ihr nähere Einzelheiten zu dem Auftrag zu nennen, und nicht zuletzt die Summe, die Michael für die Lösung seines Problems auszugeben bereit war: Da ging es um mehr als eine Finanzangelegenheit. Ihr lang verloren geglaubter Ehemann schien wirklich in Schwierigkeiten zu stecken. Sie durfte ihn nicht im Stich lassen.

"Ich hole dich um vierzehn Uhr zu Hause ab", sagte eine Stimme in ihrem Kopf. "Morgen Nachmittag. Dann können wir den Abendflug über Paris nehmen."

Es war Igors Stimme, und zweifellos hatte er vollkommen normal gesprochen. Seine Worte hatten den regulären Weg über die Lippen zu Ivas Ohren genommen, wie bei allen anderen Leuten auch. Die einzig mögliche Form, ein Gespräch zu führen. Wieso nur plagte Iva ständig das lächerliche Gefühl, es liefe mit Igor irgendwie anders ab?

Vielleicht hatte sie es in der letzten Zeit doch ein wenig mit ihrem Arbeitspensum übertrieben? Die Reise in die Karibik würde ihr guttun. Sie würde Michael bei seinem Problem beistehen, ein paar Tage in der Sonne liegen und sich erinnern, wie man tagträumte. Vielleicht einen Kriminalroman lesen.

Hatte sie Michaels Boten ihre Entscheidung eigentlich schon mitgeteilt? Offensichtlich, denn er sprach ja bereits von den Reisedetails. Sie war wirklich etwas zerstreut heute Morgen.

Igor vollführte zum Abschluss eine leichte Verbeugung, öffnete sich selbst die Bürotür, ließ sich draußen von Marlies die Hand schütteln, was die Sekretärin sonst niemals tat, und dann war er verschwunden, so plötzlich, wie er gekommen war.

3

Der Helikopter, der Iva in Guadeloupe erwartete, stand der First Class der Air France, dem ersten Abschnitt ihrer Reise, in nichts nach. Er gehörte zu Arkadias kleiner Privatflotte, die laut Igor insgesamt nur aus zwei Maschinen bestand.

"Die meisten Bewohner verlassen die Insel nicht allzu oft", sagte er.

Was keinesfalls am Reisekomfort liegen kann, dachte Iva.

Die Hubschrauber, die man aus Film und Fernsehen kannte, oder mit denen Iva schon gelegentlich im Urlaub einen Rundflug unternommen hatte, waren stets spartanisch eingerichtet und mit Rotorenlärm angefüllt gewesen. Dieses Modell hingegen erinnerte mit seiner Wurzelholz- und Lederausstattung eher an ein fliegendes Wohnzimmer. Es bot eisgekühlte Getränke, seine Außenhülle bestand fast zur Gänze aus Glas, und das Geräusch des Rotors glich dem fernen Summen eines gutmütigen, wenn auch großen Insekts.

Arkadia war zunächst nicht mehr als ein etwas dunklerer Fleck im unruhigen Blau der karibischen See. Ein moosbewachsener Felsen, eine winzige Anhäufung Land in einer vom Wasserelement beherrschten Welt.

Beim Näherkommen jedoch entpuppte sich das Moosgrün als üppig wuchernder Dschungel, und der einsame Felsen als imposante Hügelkette, die nur ein schmaler Streifen schwarzen Sandes vom Meer trennte. Dunstschwaden verhüllten weite Teile der Insel.

Auf dem Strand direkt vor ihnen – laut Igor das nördliche Ende der Insel – schienen sich einige riesenhafte weiße Vögel zu tummeln. Sie flogen dicht über dem Boden dahin, dem sich nähernden Helikopter entgegen.

Nein, sie liefen! Es war eine kleine Herde schneeweißer Pferde, keine Vögel. Vollkommen frei galoppierten sie dahin, keine Reiter saßen auf ihren Rücken, sie trugen noch nicht einmal Sattel- oder Zaumzeug. Es waren ihre glänzenden, überlangen Mähnen und Schweife, die im Wind wehten und so die Illusion von Flügeln erzeugten. Ihr Fell leuchtete in der Sonne. Halb im Wasser liefen sie und halb am Strand, als gehörten sie beiden Welten an. Der nahende Helikopter schien ihnen keinerlei Angst einzuflößen.

Schon erreichten die Tiere die äußerste Spitze der Insel, wo der Sandstrand in massige Felsen überging. Sie mussten das gesehen haben, mussten es wissen, lange bevor sie die Stelle erreichten. Sie waren diese Strecke bestimmt schon hundertmal gelaufen, denn offensichtlich war Arkadia ihre Heimat. Zweifellos wussten sie, dass sie nichts erwartete am Ende dieses Strandes, dass es eine Sackgasse war – und doch liefen sie, als gälte es ihr Leben. Scheinbar aus purer Freude an der Bewegung. Wasserfontänen spritzten von ihren Hufen hoch.

Das erste Tier hatte den Wendepunkt erreicht, es warf sich auf den Hinterhufen herum, als wolle es die Felsen an Größe überragen. Die unmittelbar hinter ihm folgende Herde tat es ihm gleich. Ein Anblick wie aus einem Märchenbuch.

"Gehören diese Pferde Michael?", fragte Iva.

Igor schien die Frage zu erstaunen. "*Gehören*?", wiederholte er, als handle es sich bei dem Wort um eine besonders komplizierte Vokabel. Dann schwieg er einige Minuten lang.

Erst als Iva schon dachte, er würde es dabei bewenden lassen, sagte er: "Die Pferde sind in Begleitung einer unserer Forscherinnen auf die Insel gekommen, aber sie würde dir bestimmt sagen, dass – wenn schon – sie den Tieren gehört. Keinesfalls umgekehrt."

Iva hatte nur eine sehr vage Vorstellung davon, was er damit sagen wollte.

Sie probierte es mit einer hoffentlich unverfänglicheren Frage: "Wie viele Menschen leben eigentlich auf der Insel?"

Die Antwort kam ohne erneutes Stirnrunzeln und unzweideutig. "Nicht ganz fünfzig – rund dreißig Leute Personal und zwanzig Wissenschaftler."

Schon in Ivas Kanzlei hatte Igor von Wissenschaftlern und Gelehrten gesprochen. Was sie einigermaßen erstaunte, denn die einzigen geistigen Disziplinen, die früher Michaels Interesse wecken konnten, waren Finanzmathematik und Spieltheorie gewesen. Jedenfalls, soweit sie das mitbekommen hatte.

"Welche Fachgebiete sind denn auf der Insel vertreten?", wandte sie sich an Igor.

Die Frage brachte Leben in seine Augen. In den Pupillen, die stets irgendwie geweitet wirkten, funkelte es plötzlich. "Oh, eine ganze Menge ... Physik, Biologie, Psychologie, Parapsychologie, Chemie, Alchemie, Medizin oder vielmehr Heilkunst, Energetik, Astronomie, Astrologie, Schamanismus, Yoga, Philosophie, Musik, Malkunst –"

"Astrologen oder Alchemisten sind doch wohl kaum Wissenschaftler", fiel Iva ihm ins Wort, bevor er seine Aufzählung zu Ende bringen konnte.

Mit Igor ging eine Veränderung vor. Das Funkeln in seinen Augen, eben noch Ausdruck von Begeisterung, wirkte mit einem Mal bedrohlich. Doch seine Stimme blieb ruhig wie stets.

"Fast jeder in der westlichen Welt aufgewachsene Schlafende würde den gleichen Einwand bringen", sagte er. "Es ist der alte Grabenkampf zwischen den anerkannten und den esoterischen Wissenschaften, zwischen Intellekt und Geist, Universität und Kirche, Materie und Energie. In Arkadia hat diese Trennlinie von Anfang an nicht existiert."

"Ich verstehe", sagte Iva ohne rechte Überzeugung. Was immer ihr Begleiter mit dem Begriff *Schlafender* meinte, sehr schmeichelhaft klang es nicht.

Aber Igor war noch nicht fertig. "Diese Fehde ist doch völlig sinnlos und außerdem schon längst überholt. Geht es nicht beispielsweise in der physikalischen Forschung, selbst an den konservativen Universitäten, heutzutage weit mystischer her als in jedem katholischen Gottesdienst? Quantenverschränkung, Fernwirkungen mit Überlichtgeschwindigkeit, masselose Materieteilchen – du weißt schon."

Sie wusste nicht, sagte aber nichts.

"Du wirst selbst feststellen", fuhr Igor fort, "dass jeder unserer Forscher, ob er nun ein traditionelles Fachgebiet vertritt oder eines, das noch nicht einmal einen offiziellen Namen hat, von seinen Kollegen hier gleichermaßen ernst genommen wird. Und dass zwischen den einzelnen Wissensgebieten ein reger Austausch stattfindet. Michaels Auswahlkriterien sind sehr streng. Du wirst in Arkadia keinem Scharlatan oder auch nur Durchschnittsbegabten begegnen."

"Und was ist dein Fachgebiet, Igor?"

"Ich bin Magier", sagte er, ohne eine Miene zu verziehen.

"Magier? Ein Zauberkünstler?"

Michael hatte also in seiner Tropenidylle auch für Unterhaltung gesorgt. Das sah ihm ähnlich. Selbst in seinem Aussteigerparadies wollte er auf weltliche Zerstreuungen nicht verzichten.

Iva lächelte und lehnte sich in ihrem Sitz nach vorn. "Ich wollte schon immer wissen, wie dieser Bühnentrick mit der zersägten Jungfrau funktioniert. Du würdest ihn mir nicht vielleicht verraten?"

Igor sog hörbar die Luft ein. "Ich bin *kein* Bühnenmagier", sagte er. Es klang sehr indigniert. "Sondern die andere Art."

"Die andere Art?" Iva verstand nicht gleich.

Dann musste sie lachen. "Du meinst doch nicht etwa mit Kupferkessel und Zauberstab, einem wackeligen Turm als Wohnstatt und einem Raben auf der Schulter? Harry Potter?"

Als sie seinen Blick sah, verstummte sie. Er hatte nicht gescherzt.

"Es tut mir leid, Igor! Ich wollte dich nicht ..."

Er zog die Stirn in Falten. "Es ist in Ordnung. Du bist nicht die Erste, die so reagiert. Mir ist das früher oft passiert. Aber natürlich sind diese Bilder eine lächerliche Verstümmelung. Mein Fachgebiet hat damit überhaupt nichts zu tun. Ich widme mich dem Studium des menschlichen Bewusstseins. Und dazu braucht es keine Zauberstäbe oder Raben."

Er machte eine abschätzige Handbewegung. "Du hast sicher schon einmal die Aussage gehört, dass der Mensch nur ungefähr zehn Prozent seines geistigen Potentials nutzt – und das stimmt auch so. Aber kaum jemand macht sich eine Vorstellung davon, was die restlichen neunzig Prozent alles beinhalten. Der berühmte Stein der Weisen, den die alten Alchemisten suchten – übrigens auch ein sehr missverstandener Berufsstand – war nichts anderes als das vollkommene, gänzlich entfaltete menschliche Bewusstsein. Und genau daran arbeite ich heute. Ein sehr lohnendes Fachgebiet", fügte er mit einem Lächeln hinzu.

Ein Lächeln, das Iva dankbar aufgriff und erwiderte. Sie würde auf ihre Worte achten müssen, auf Michaels Insel – nachdem sie den ersten seiner Freunde schon bei der Anreise vor den Kopf gestoßen hatte. Aber ein Magier? Darauf war sie wirklich nicht vorbereitet gewesen. Welche Überraschungen Arkadia wohl noch für sie bereit hielt?

4

Brütend feuchte Hitze schlug Iva entgegen, als sie aus dem Helikopter kletterte. Der Landeplatz war nicht mehr als eine kleine runde Fläche zwischen dem undurchdringlichen Grün des Dschungels und dem Himmel, von dem eine unbekannte Sonne brannte. Ein unbarmherziges Gestirn, das keinerlei Ähnlichkeit mit dem zahmen Beleuchtungskörper hatte, den Iva aus ihren Breitengraden kannte. Sie trug noch den Rollkragenpullover, der ihr gestern bei der Abreise und auch im künstlichen Winter der klimatisierten Flugzeugkabine gute Dienste geleistet hatte. Jetzt jedoch zog er sich um ihren Hals zusammen, als wäre er in einem zu heißen Waschgang eingegangen.

Ein junger Mann, der bereits auf die Landung des Hubschraubers gewartet hatte, eilte herbei, verbeugte sich förmlich und verschwand sogleich wieder mit Ivas Gepäck. Igor führte sie einen schmalen gekiesten Pfad vom Landeplatz abwärts bis zu einer gepflasterten Promenade, die entlang des Strandes verlief. Der fast schwarze Sand glitzerte in der Sonne, als bestünde er aus feinsten Metallsplittern. Die Luft, so heiß, dass sie sich kaum atmen ließ, schmeckte nach Muskat und Jasmin.

Autoverkehr gab es auf Arkadia offensichtlich keinen. Igor hatte ihr erklärt, dass die Insel nur rund drei Kilometer lang und zwei Kilometer breit war, und dass die Bewohner über genügend Zeit und Muße verfügten, alle anstehenden Wege zu Fuß zurückzulegen.

"Dafür haben wir kein Fitnesscenter", hatte Igor mit einem Blitzen in den Augen hinzugefügt, und Iva war es wieder so vorgekommen, als könnten die großen Pupillen geradewegs durch sie hindurchblicken. Sie musste Michael unbedingt fragen, wie er zu diesem "Magier" gekommen war, und was genau sie sich tatsächlich unter dessen Arbeitsfeld vorzustellen hatte. Seit er im Helikopter von seiner Erforschung des menschlichen Bewusstseins gesprochen hatte, konnte sie sich des Gedankens nicht mehr erwehren, dass er vielleicht nicht rein zufällig als Bote ausgewählt worden war.

Die Bezeichnung *Bungalow* wurde Ivas Unterkunft nicht gerecht. Es war das letzte Gebäude am Nordstrand und lag nach Art touristischer Inseln auf Stelzen gebaut im türkisfarbenen Wasser. Man musste einem rund fünfzehn Meter langen Holzsteg folgen, um es von der Strandpromenade aus zu erreichen.

Die Außenseite war von klarer, schnörkelloser Form, die trotz Holzbauweise und Schilfdach eher an eine Designervilla als an einen Urlaubsbungalow erinnerte, und innen erstreckte sich die Wohnfläche über gut und gerne hundertzwanzig Quadratmeter. So viel war schon vom Vorraum aus zu erkennen.

Igor kommentierte das großzügige Raumangebot mit einer ausladenden Handbewegung und den Worten: "Unsere Gäste bleiben ja meist länger." Und sie lebten auf dieser Insel wohl so unbeschwert wie im sprichwörtlichen Garten Eden, denn ein Schloss oder auch nur einen Riegel an der Eingangstür hielt man in Arkadia offensichtlich für entbehrlich. Iva stellte das mit Erstaunen fest, doch Igor war es nicht mehr als ein Schulterzucken wert.

Ivas Gepäck erwartete sie bereits im Vorraum. Der Träger musste gelaufen sein, denn sie waren ihm weder auf der Strandpromenade noch am Steg begegnet.

Rund um den Eingangsbereich waren vier äußerst geräumige Zimmer angeordnet. Rechterhand lag das Schlafzimmer, das von einem großzügigem Doppelbett dominiert wurde. Darüber schwebte ein verspielter Betthimmel aus einem schweren cremefarbenen Stoff, der dem Gast mehr als nur dem Schlaf gewidmete Nachtstunden versprach. Und der in Iva eine Erinnerung weckte, die sie lieber hätte ruhen lassen. Die Erinnerung an ein sehr ähnliches Möbelstück in einem anderen Schlafzimmer, an einem anderen Ort, zu einer längst vergangenen Zeit. Einer glücklichen Zeit – doch das Glück hatte sich als trügerisch erwiesen.

Der Raum ging in eine Terrasse über. Man konnte durch die Glastüren bis zur Nordspitze der Insel blicken, wo Iva die weißen Pferde beobachtet hatte. Schmale transparente Vorhänge flatterten wie Seevögel in der leichten Meeresbrise, die ein Aroma von Tang und Tropenfrüchten hereintrug.

Im Wohnzimmer bedeckte ein seidig glänzender Perserteppich die Holzdielen, und darauf breitete sich ein schneeweißes Designersofa wie eine winterliche Oase aus. Aber das war noch nicht das Ungewöhnlichste in diesem Raum. Vor der Wand, auf die man vom Sofa aus blickte, an jener Stelle, die man in einem gewöhnlichen Haushalt zweifelsohne dem Fernseher vorbehalten hätte, erstreckte sich ein gut fünf Quadratmeter großes Blumenbeet! Ein vollständig im Boden versenktes Pflanzgefäß, angefüllt mit einem schwarzen Substrat, das einen harzigen Duft verströmte – und daraus wucherten die herrlichsten Orchideen hervor.

Iva liebte Orchideen. Schon seit sie ein junges Mädchen war. Und hier wuchsen so viele, mitten in ihrem Zimmer, in den verschiedensten Farben und Formen! Da waren unendlich zarte Exemplare mit Blüten wie bemaltes Porzellan, größere, deren Stängel sich von der Last der dicht gedrängten Köpfe bogen, und vor allem ein paar violette Prachtexemplare, die Iva am allerliebsten mochte.

Die Wanne im Badezimmer erinnerte an einen Swimmingpool mit römischer Treppe und war von einem Farnwald in Terracotta-Töpfen umgeben. Erst als Iva nähertrat, bemerkte sie, dass der Boden des Beckens gänzlich fehlte. Das heißt, er fehlte natürlich nicht wirklich, er bestand nur zur Gänze aus Glas.

Man konnte hindurchsehen, bis hinunter auf den feinsandigen Meeresgrund, wo gerade ein einsamer Seeigel Siesta hielt.

Gut, sie hätte nicht beschwören können, dass er wirklich schlief – wie ließ sich das überhaupt feststellen bei einem Seeigel? Aber er machte trotz seiner pfeilspitzen schwarzen Stacheln einen so entspannten Eindruck …

Was für ein unsinniger Gedanke! Ein entspannter Seeigel? Ob es einfach nur daran lag, dass Iva selbst sich ziemlich müde fühlte?

Konnte sie nicht Igor möglichst bald loswerden? Sich in ihr neues fürstliches Schlafgemach zurückziehen? Eine sehr verlockende Vorstellung. Bestimmt war das der Jetlag.

Doch dann machte sie eine Entdeckung, die sie alle Müdigkeit vergessen ließ. Etwas, das man in einem Overwater-Bungalow auf einer Tropeninsel am wenigsten erwartet hätte.

Eine Bibliothek! Sie lag neben dem Wohnzimmer und maß bestimmt an die zwanzig Quadratmeter.

Es war eine alte, hartnäckige Angewohnheit Ivas, dass sie in Wohnungen oder Häusern, die sie zum ersten Mal betrat, stets sofort an den Bücherwänden hängen blieb. Worüber sie bereits des Öfteren die elementaren Regeln der Höflichkeit und gelegentlich auch schon den eigentlichen Grund ihres Besuches vergessen hatte. So mancher Gastgeber legte ihr das als mangelndes Interesse an seiner Person aus, und zweifelsohne war es ein Laster. Doch eines, das Iva ganz bestimmt nicht ablegen wollte.

Aber das hier – das war ja sozusagen ihre eigene Bibliothek, zumindest für die Dauer ihres Aufenthaltes! Da Igor hinter ihr ebenfalls ins Zimmer getreten war und in keinerlei Eile zu sein schien, steuerte sie geradewegs das erste Regal an.

Die Borde boten genügend Platz für eigene Ergänzungen; nichtsdestotrotz war die vorhandene Auswahl in jeder Hinsicht als umfassend zu bezeichnen.

In Augenhöhe stieß Iva auf Gedichtbände in englischer Sprache, die förmlich darauf drängten, in die Hand genommen zu werden. Whitman war vertreten, Coleridge, Yeats ... sogar Cummings, wie wundervoll! Gleich darunter Miller, Steinbeck, Collected Works of Charles Dickens in prachtvoller Bindung, daneben Jane Austen und die schaurig-romantischen Bücher der Schwestern Bronte – auch sie in Form von edlen Sammlerausgaben in bestem Erhaltungszustand.

Iva widerstand nur schwerlich dem Impuls, die Bände vom Regal zu holen. Rasch ging sie ein paar Schritte weiter – nur um gleich darauf auf ein ganzes Brett mit Lederausgaben von Hermann Hesse zu stoßen. Im deutschen Original! Das Glasperlenspiel – hatte nicht Igor die Insel Arkadia mit Hesses Gelehrtenprovinz Kastalien verglichen?

Der Steppenwolf, Demian, Narziß und Goldmund, alle waren sie vertreten, und natürlich auch Hesses unbestrittenes Meisterwerk: Siddharta. Eine ganze Welt auf nicht viel mehr als hundert Seiten.

Noch ein Regal weiter fanden sich einige neuere Autoren: Michael Crichton, John Le Carré, Nora Roberts, Dan Brown – was nicht weiter überraschte, da es sich dabei ja durchwegs um Bestseller handelte. Doch als Iva als Nächstes eines der Lieblingsbücher ihrer Studentenzeit ins Auge fiel, war sie doch einigermaßen erstaunt. Stefan Zweig, *Die Welt von Gestern.*

Nicht viele Schriftsteller konnten diesem Mann das Wasser reichen. Unter seiner Feder schien sich jede noch so alltägliche Szene in ein brodelndes Abenteuer zu verwandeln. Aber ihn hier zu finden? Man konnte seine Bücher kaum über den deutschsprachigen Raum und das frühe zwanzigste Jahrhundert hinaus als Standardwerke bezeichnen, die in jeder Bibliothek vertreten sein mussten.

"Wer immer diese Sammlung zusammengetragen hat, hat genau meinen Geschmack getroffen", rief sie Igor zu, ohne ihre Augen von den Regalborden zu lösen.

"Das freut mich", kam es zurück. "Vielleicht möchtest du bei Gelegenheit auch unsere Zentralbibliothek besuchen. Ich könnte mir vorstellen, dass du daran Gefallen findest."

Auf der Stirnwand des Raumes erregte ein überdimensionaler Bildband Ivas Aufmerksamkeit: *Jan Vermeer und seine Zeit*. Sie zog ihn vorsichtig heraus, blätterte die schweren, mattglänzenden Seiten um.

Mädchenköpfe in weiß gestärkten Hauben lächelten ihr geheimnisvoll entgegen. Häusliche Szenen wie unter einem Mikroskop. Licht, das durch Butzenscheiben fiel und direkt vom Himmel zu kommen schien.

Der Band gleich daneben widmete sich keinem geringeren Meister – Carl Spitzweg. Genau wie sein *Bücherwurm* kam Iva sich jetzt vor. Und dann entdeckte sie etwas, das sie beide Maler auf der Stelle vergessen ließ.

Das Buch hatte sein eigenes kleines Fach, ganz für sich allein, damit niemand es übersehen konnte. Ray Bradburys *Fahrenheit 451* – die in Aluminium gehüllte Sammlerausgabe. Symbol dafür, dass dieses Werk Bücherverbrennern für immer trotzen würde.

Seit Jahrzehnten liebäugelte Iva mit diesem Buch, hatte sich aber nie zur Aufbringung der stolzen Summe durchringen können, die man in den Antiquariaten dafür forderte. Und jetzt stand es hier im Regal, in der Gästebibliothek einer abgeschiedenen Tropeninsel! So ein Zufall.

Zufall? Iva schob das Buch zurück auf seinen Platz. Ihre Finger strichen noch einmal über seinen Rücken.

Sie wandte sich langsam zu Igor um. Blickte forschend in seine Augen, die ihr so unergründlich wie stets begegneten.

"Dieser Bungalow", begann sie, "ist doch eine Art Gästehaus, nicht wahr? Da hat man doch nicht solch eine Büchersammlung. So eine Auswahl ... als ob ich sie selbst zusammengestellt hätte."

Igor sagte nichts.

"Michael?"

Er nickte.

"Er hat ... diese Bibliothek extra für mich eingerichtet?"

"So ist es."

"Aber ... nahezu meine gesamten Lieblingsautoren sind hier vertreten. Das kann er sich doch unmöglich gemerkt haben, über all die Jahre!"

Igors strich sich eine Haarsträhne aus dem Gesicht. Dann zuckte er mit den Schultern. Um seinen Mund spielte ein geheimnisvolles Lächeln.

Iva würde später darüber nachdenken müssen, was das zu bedeuten hatte. Die Bücher. Das Orchideenbeet. Der Betthimmel. Jetzt musste sie sich erst einmal ein wenig hinlegen, nur zwanzig Minuten. Der Jetlag machte ihr zu schaffen. Und die Hitze.

Igor kündigte an, dass Michael in einer halben Stunde vorbeikommen würde, um Iva persönlich willkommen zu heißen. Sie bekundete nickend ihr Einverständnis und verabschiedete den angeblichen Magier.

Sie öffnete ihren Koffer und zog sich um. Shorts und T-Shirt, der für die Tropen passende Look. Dann erwog sie kurz, es sich auf dem einladenden weißen Sofa im Wohnzimmer bequem zu machen, entschied sich schließlich aber doch für das Bett. Auch wenn es mit seiner Größe und dem verspielten Betthimmel vielleicht lieber ein junges Liebespaar aufgenommen hätte als eine alleinreisende Frau, die sich bloß ein wenig ausruhen wollte. Aber endete nicht jedes noch so verliebte junge Paar früher oder später in einer alleinreisenden, müden Frau? *Früher*, in Ivas Fall, denn der Traumhochzeit mit Michael war keine zwei Jahre später auch schon die Trennung gefolgt. Und das aus gutem, geradezu schmerzhaft alltäglichem Grund.

Rebecca hatte der Grund geheißen und in allen Punkten dem herrschenden Klischee entsprochen: blond, blauäugig, Körbchengröße D, und das bei Konfektionsgröße sechsunddreißig. Iva wollte gar nicht wissen, wie die Gute das angestellt hatte. Sie selbst war nie unzufrieden gewesen mit ihrem Aussehen – kastanienbraunes Haar, das sie damals schon sehr kurz trug, eine halbwegs passable Figur – doch neben Rebecca war sie sich beinahe unsichtbar vorgekommen.

Die ganze Geschichte war wirklich erbärmlich gewesen in ihrer Banalität. Rebecca arbeitete als Sekretärin bei einem von Michaels Freunden, und als Iva eines Tages nach einer seiner Englandreisen, die er immer als geschäftliche Notwendigkeit dargestellt hatte, von einem anonymen Absender ein Kuvert voller Fotos erhielt, hatte sie rasch reagiert – ohne nachzudenken, ohne erst abzuwarten, bis die Tränen kamen, und sie ihm womöglich verziehen hätte. Nur um ihn nicht zu verlieren.

Die Fotos zeigten Rebecca und Michael in unzweideutigen Posen, und seine sturen Beteuerungen, von denen er bis zum Schluss nicht abwich – dass er sich diese Aufnahmen nicht erklären könne, es müsse sich um Fälschungen handeln – machten die ganze Sache nur noch schlimmer. Sie hätte wenigstens Ehrlichkeit verdient, fand Iva. So hatte sie ihm seine Sachen vor die Tür gestellt, das Schloss an der Wohnungstür ausgetauscht, und die unzähligen Anrufe, in denen er ihr immer wieder seine Unschuld – und seine Liebe – beteuerte, stets nach den ersten Worten abgewürgt. Bis er überhaupt nur noch mit ihrem Anrufbeantworter sprach.

Sie konnte ihm nicht mehr vertrauen, und das Letzte, was sie zu ihm sagte, ihm entgegenschleuderte vielmehr, war, dass sie ihn niemals wiedersehen wolle, so lange sie lebte. Was sie damals auch todernst gemeint hatte, bloß um dann später, in schwachen Momenten – und davon hatte es einige gegeben – doch zu hoffen, er würde sich noch einmal melden. Aber er tat es nicht, er respektierte ihren Wunsch. Ihre Verwünschung.

Und jetzt, nach all den Jahren, dieser Brief. Der Empfang, den er ihr hier auf der Insel bereitet hatte ... was hatte er sich bloß dabei gedacht? Orchideenbeete und handverlesene Bibliotheken schossen mehr als nur übers Ziel hinaus, wenn es bloß darum ging, der Anwältin seines Vertrauens Wertschätzung auszudrücken. Die Vermutung war nicht von der Hand zu weisen, dass Michael sich auf ein Wiedersehen freute. Unabhängig von seinem juristischen Problem.

Und sie? Tat sie das auch?

Gerade als sie das Bett ansteuern wollte, fiel ihr Blick durch eines der raumhohen Fenster des Schlafzimmers. Keine dreißig Meter entfernt lag der Nachbar-Bungalow, baugleich dem ihren auf Pfählen im Wasser. Auf der Terrasse tanzte ein Mann. Ein ziemlich junger Mann, soweit Iva sehen konnte, mit einem äußerst bemerkenswerten Körper und nur mit knappen Badeshorts bekleidet. Und eigentlich tanzte er nicht, sondern er schien irgendwelche Übungen der asiatischen Sorte zu machen. Seine Bewegungen liefen in Zeitlupe ab, wirkten sehr präzise und außerordentlich kraftvoll. Als habe er nichts zu schaffen mit der Schwerkraft des Planeten.

Nach einer Weile verharrte er kurz im Stand, dann tat er

plötzlich einen großen Schritt nach vorn, und bevor Iva ausatmen konnte, hatte er sich kopfüber in die Wellen gestürzt.

Sie rieb sich die Augen. Erst als sie ihn wieder an die Oberfläche kommen sah, schon ein schönes Stück weiter draußen im offenen Meer, fing sie sich wieder. Mit raschen, gleichmäßigen Stößen schwamm er davon, und bald zeugte nur noch eine kleine Unregelmäßigkeit im Rhythmus der Wellen von seiner Existenz.

Keine zwei Minuten später klopfte es an der Tür. Das musste Michael sein. Ihre Siesta konnte sie wohl abschreiben.

5

Sie durchquerte mit raschen Schritten das Schlafzimmer, betrat den Vorraum und öffnete mit einem Ruck die Tür.

Da stand er: Michael Fleming, ihr Ehemann. Er trug ausgeblichene Jeans, ein weißes Leinenhemd, und auf seinen Lippen spielte ein strahlendes Lächeln.

Beinahe unverändert sah er aus. Seine Engelslocken waren noch genauso blond wie früher. Iva erspähte nicht eine einzige graue Strähne, dabei musste er ja schon die vierzig überschritten haben. Er trug sein Haar schulterlang, eine Mähne, um die ihn so manche Frau beneidet hätte. Wenn Iva es recht bedachte, schien langes Haar bei der männlichen Bevölkerung von Arkadia generell angesagt zu sein. Zuerst Igor, jetzt Michael, und die Haarpracht ihres Nachbarn hatte seiner Halbgottfigur ebenfalls in nichts nachgestanden. Wo war sie hier bloß gelandet? In einer Hippie-Kolonie?

"Hallo, Iva", sagte Michael einfach, als hätten sie sich erst gestern das letzte Mal gesehen. Sein Gesicht war das eines jungen Mannes, aber vermutlich würde ihn seine Stupsnase auch mit sechzig noch wie einen Teenager aussehen lassen. Ein paar Falten um den Mund, tief gebräunte Haut ... bloß die Augenpartie wirkte etwas angespannt.

"Darf ich reinkommen?", fragte er lächelnd und hielt ihr ein köstlich duftendes Frühstückstablett unter die Nase. Leuchtend gelbe Omeletts, Buttercroissants, eine Schale schon essfertig geschnittener Früchte, ein Glas Milch. Sie war allergisch gegen Milch, aber erst seit ein paar Jahren. Früher hatte sie immer gern Milch zum Frühstück getrunken. Früher, das hieß: zu Michaels Zeiten. Sie versuchte sich ins Gedächtnis zu rufen, woraus sich seine bevorzugte

Morgenmahlzeit zusammengesetzt hatte, aber sie konnte sich beim besten Willen nicht erinnern. Seinen Kaffee hatte er schwarz getrunken, das war alles, was sie noch wusste.

Sie trat einen Schritt zur Seite, um ihn mit dem Tablett ins Haus zu lassen. Er jedoch hielt genau neben ihr an und drückte ihr einen Kuss auf die Wange.

Sie führte ihn ins Wohnzimmer, wo er das Tablett auf dem flachen Glastisch vor dem schneeweißen Sofa abstellte. Dann nahmen sie – beide irgendwie steif – mit gebührlichem Abstand voneinander auf dem Sitzmöbel Platz.

Iva konnte ihren Magen knurren hören, aber dennoch kam sie nicht auf die Idee, sich über das Frühstück herzumachen. Es war alles so unwirklich – die ganze Situation! Wie eine Szene aus einem zweitklassigen Kinofilm. Diese Erkenntnis traf sie plötzlich in vollem Ausmaß. Hier saß sie, in einem Luxusbungalow auf der Privatinsel eines Mannes, *ihres* Mannes, den sie vor Ewigkeiten verlassen hatte, fest entschlossen, ihn niemals wiederzusehen – und jetzt hatte er sie einfliegen lassen vom anderen Ende der Welt, weil er angeblich ihre Hilfe brauchte. Na ja, beinahe vom anderen Ende der Welt. Jedenfalls hatte er dafür gut und gerne das Monatsbudget einer Kleinstadt ausgegeben und ihr einen Empfang bereitet wie einer heimkehrenden Königin. Komplett mit Orchideenbeet und Privatbibliothek, und am Ende wusste er sogar noch, wie sie ihre Frühstückseier am liebsten mochte. Sie hatte so viele Fragen an ihn, dass sie einfach nur stumm dasaß und ihn anstarrte.

"Möchtest du nicht etwas essen, Iva?" Da war es wieder, sein makelloses, strahlendes Lächeln. Genau wie damals im Stephansdom ...

"Ich könnte dir währenddessen eine Kurzversion von *Was inzwischen geschah* liefern", fügte er hinzu. "Was meinst du?" Immer noch der wohlerzogene, stets zuvorkommende Harvard-Absolvent. Oder war es Stanford gewesen, wo er studiert hatte? Iva konnte sich nicht mehr erinnern – aber nein, sie würde deswegen kein schlechtes Gewissen haben!

Sie biss in ein Croissant, während Michael mit seinen Ausführungen begann. Zu ihrer großen Erleichterung setzte er dabei nicht unmittelbar nach ihrer Trennung an, erwähnte auch keinerlei Details seines weiteren Liebeslebens, sondern kam zunächst auf seine berufliche Entwicklung zu sprechen.

Apropos Liebesleben: *Woher nehme ich eigentlich die Gewissheit,* durchfuhr es sie, *dass er jetzt, hier in Arkadia, ganz allein lebte?* Vielleicht gab es ja unter den Mitbewohnern, die er sich erwählt hatte, ein halbes Dutzend jugendlicher Schönheiten, die ihm den Inselalltag versüßten? Mit Körbchengröße D, genau wie Rebecca damals?

Und wenn schon! Sie gönnte es ihm.

"Du weißt ja, dass ich als Börsenhändler einigermaßen erfolgreich war", sagte Michael. "Schon bevor wir uns kennenlernten. Ich habe immer ganz gut leben können von den Erträgen meines Handelssystems, überdurchschnittlich gut vielleicht, aber auch nicht mehr."

Iva nickte. Da erzählte er ihr nichts Neues.

Einer glücklichen Fügung des Schicksals habe er es zu verdanken, fuhr Michael fort, dass er in der Folge jemanden kennen lernte – jemanden mit einer ungewöhnlichen Idee, wie sein Handelssystem zu verbessern wäre.

"Die Idee schien mir zunächst vollkommen lächerlich zu sein, aber ich entschloss mich, sie zumindest einem Trockentest zu unterziehen, bevor ich sie verwarf. Und – auch wenn ich es selbst nie geglaubt hätte – sie funktionierte! Mehr als das. Meine Trefferquote verbesserte sich damit um nur wenige Prozentpunkte, aber das reichte aus, um mein Kapital kontinuierlich ansteigen zu lassen. Bescheiden zunächst. Dann dehnte ich das System auf weitere Märkte aus, ich reinvestierte die Gewinne, nahm noch ein paar Feinabstimmungen vor – und plötzlich schoss mein Kontosaldo durch die Decke. Nach nur einem Jahr hatte ich so viel Kapital angehäuft, dass ich nie wieder eine Transaktion hätte tätigen müssen, um meinen damaligen Lebensstil bis zu meinem Tod fortführen zu können."

Aber er hatte nicht aufgehört, er investierte weiter, verbesserte sein Risikomanagement, bediente sich höherer Kredithebel, stellte fest, dass das neue Modell nicht nur bei Aktien, sondern ebenso bei Agrargütern und Edelmetallen, Währungen und Zinsderivaten funktionierte. Bis sich schließlich sein Vermögen mit dem eines Hollywoodstars messen konnte, oder eines Rockidols, eines Fußballchampions vielleicht – nur ohne die lästige Publicity.

"Niemand kannte meinen Namen oder mein Gesicht. Ich war vollkommen anonym, frei, mir jeden Wunsch zu erfüllen, den ich nur wollte."

Iva beäugte das Omelett, das verführerisch duftend auf einem blassgrünen Porzellanteller lag. Über Michaels märchenhafter Karriereschilderung hatte sie es vollkommen vergessen. Sie griff zu Messer und Gabel.

"Und einen Wunsch hatte ich, schon als ich noch ein kleiner Junge war", fuhr er mit einem Lächeln fort, das eben jenen Knaben heraufbeschwor. "Einen Traum vielmehr, denn ich wäre nie auf die Idee gekommen, dass er überhaupt erfüllbar sei – jedenfalls nicht so, wie ich es jetzt erleben darf. Deswegen habe ich dir auch nie davon erzählt, weißt du."

Er hielt einen Moment inne, und Iva dachte schon, er erwarte sich einen Kommentar ihrerseits. Rasch schluckte sie hinunter, doch er fuhr bereits fort: "Mein Traum war es, einmal – nur ein einziges Mal – hinter die Kulissen der Welt blicken zu können. Nur für einen Augenblick lang zu sehen, wie sie funktioniert, zu begreifen, warum sie überhaupt existiert. Meine Eltern und später meine Lehrer hatten keine Antworten auf diese Fragen, keine sinnvollen jedenfalls, nicht einmal für das Verständnis eines kleinen Jungen. Eigentlich, wenn ich es heute bedenke, akzeptierten sie sie noch nicht einmal als gültige Fragen. Und der Pfarrer unserer Gemeinde erklärte mir stets, dass nur Gott das wissen könne. 'Versündige dich nicht, mein Junge, indem du nach zu viel Wissen strebst. Vergiss nicht, wie es Adam und Eva ergangen ist!'"

"Was denn für Fragen?" Zu Ivas Zeit hatte er sich nicht mit solchen philosophischen Anwandlungen aufgehalten. Damals war er viel zu sehr mit Geldverdienen beschäftigt gewesen. Und vielleicht mit der Liebe zu ihr?

"Fragen, die ich als elementar für die menschliche Existenz empfinde", sagte Michael. "Was war vor dem Urknall? Was liegt hinter den Grenzen unseres Universums? Warum sind wir überhaupt hier? Wie entstand das Leben? Endet das Bewusstsein wirklich mit dem Tod? Beginnt es mit der Geburt? Fragen, die sich der wissenschaftlichen Erkenntnis entziehen, wie man mir stets versicherte."

Er zuckte linkisch mit den Schultern. "Aber da war ich nun, viele Jahre später, endlich selbst einer der sogenannten Erwachsenen, und in meiner Erwachsenenwelt konnte man sich mit Geld alles kaufen."

Er ließ sich in die Sofakissen zurückfallen und schlug die Beine übereinander. Seine Füße steckten in abgetragenen Sportschuhen ohne Schuhbänder.

"Ich tat also", fuhr er fort, "was jeder gute Geschäftsmann, der nicht weiß, wie er überhaupt an ein Problem herangehen soll, an meiner Stelle getan hätte: Ich suchte mir Ratgeber. Im ersten Schritt Menschen, die zumindest bereit waren, meinen Wunsch, meine Fragen, nicht gleich als völliges Hirngespinst abzutun. Das war nicht einfach. Du kannst dir nicht vorstellen, wie viele komische Blicke ich erntete, wie oft die Menschen den Finger über ihrer Schläfe kreisen ließen, sobald sie dachten, ich hätte mich abgewandt. Mein Wunsch war wohl selbst für einen Millionär ein wenig zu exzentrisch. Aber ich ließ mich nicht entmutigen, und mit der Zeit fand ich eine Handvoll Leute, die mich ernst nahmen. Einige unter ihnen hatten sogar ganz ähnliche Träume wie ich. Die meisten von ihnen waren Wissenschaftler, wenn auch größtenteils an den Grenzen ihres jeweiligen Fachgebietes unterwegs. Und als wir uns zusammentaten, unsere Kräfte, unser Wissen bündelten, das für jeden einzeln genommen vielleicht armselig wirkte – da machten wir die ersten Fortschritte. Es gelang uns, ein wenig zwischen den Kulissen der Welt, die wir so gerne enthüllen wollten, hindurch zu spähen. Aber der echte Durchbruch kam, als ich auf Igor traf."

Iva fühlte sich peinlich berührt. Der gleiche Igor, der sie auf die Insel gebracht hatte? Den sie in ihrem Büro am liebsten hinauskomplimentiert und im Helikopter belächelt hatte? Nichts weiter als einen Boten hatte sie in ihm gesehen, wenn auch einen reichlich skurrilen. Einen, dem man geschickte Manipulation zutraute – und bei Bedarf auch darüber hinaus gehende Taten.

Sie ließ sich nichts anmerken, spießte hastig ein weiteres Stück Omelett auf.

"Ich lernte ihn – zufällig, wie es damals schien – auf einer Urlaubsreise nach Rom kennen", sagte Michael.

Igor hatte an dem Tisch neben ihm gesessen, in einem Straßencafé, nahe der Spanischen Treppe. Igors Begleiter war ein sehr junger Mann, dem er gerade mit ausdrucksvollen Handbewegungen erklärte, dass es ja schön und erstrebenswert sei, sich mit Hilfe des Verstandes Wissen anzueignen. "Der menschliche Verstand ist ein wunderbares Werkzeug, aber er hat seine Grenzen", waren Igors Worte gewesen. Michael hatte nicht lauschen wollen, was jedoch aufgrund der gedrängten Tischanordnung überhaupt nicht zu vermeiden war. Tüchtige Geschäftsleute, diese römischen Wirte.

"Du tust gut daran, so eifrig zu studieren", sprach Igor auf seinen Begleiter ein. "Lies die Werke der Meister, eigne sie dir vollkommen an, Wort für Wort, aber vergiss darüber nicht, auch die anderen Wege der Wissensgewinnung zu beschreiten. Vor allem den Pfad der *direkten Erkenntnis*. Den Königsweg, den Weg der Weisen!"

Der Junge hing geradezu an seinen Lippen, und auch Michael lauschte gebannt, während Igor sich in die Methoden vertiefte, die dem Adepten auf dem besagten Königsweg zur Verfügung stünden. Irgendwann war Michael dann aufgesprungen und hatte sich einfach in das Gespräch der beiden eingemischt. Igor bot ihm an, sich doch zu ihnen zu gesellen, und so sprachen sie die ganze Nacht, bis zur Sperrstunde des Cafés, und dann noch einige Stunden länger in Michaels Hotel. Diesen Mann hatte ihm der Himmel geschickt.

Igor nahm all die Fragen ernst, die Michael beschäftigten. Ja, sie verblüfften ihn nicht einmal, sie schienen für ihn ganz selbstverständlich zu sein. Als habe jeder einigermaßen vernunftbegabte Mensch geradezu die Verpflichtung, sie sich über kurz oder lang zu stellen. Und Igor hatte Antworten – wenn auch nicht immer eine einfache, ganz direkte, so doch zumindest einen konkreten Vorschlag, was man zur Klärung der Frage unternehmen könne; wie man sich dem Problem am besten und erfolgversprechendsten nähern müsse.

Michael erzählte ihm von seiner Vision, die Welt in ihrem Innersten zu enthüllen; er erwähnte, dass er schon einige gleichgesinnte Wissenschaftler um sich geschart habe, und kurz entschlossen bat er Igor, doch zu ihnen zu stoßen. Dieser willigte ein, und das Ergebnis übertraf Michaels kühnste Träume! Igor lehrte ihn und seine Freunde, die

Methoden der alten Weisen und Magier auf die offenen Fragen der westlichen Wissenschaft anzuwenden - derer es ja reichlich gab - und sie hatten erstaunliche Fortschritte gemacht. Über Jahre hinweg.

"Die Kulissen der Welt sind jetzt bestenfalls noch Vorhänge, Iva!", sagte Michael. Das sonst schon kräftige Blau seiner Augen hatte sich in einen noch intensiveren Ton verwandelt.

"Diese Methoden der direkten Erkenntnis - was muss ich mir darunter vorstellen?", fragte Iva.

"Praktiken, die das menschliche Bewusstsein erweitern. Die unserem Gehirn dabei helfen, seine vollen Möglichkeiten zu entfalten. Wege, auf denen du dir nicht nur gewöhnliches Wissen weit schneller als üblich aneignen kannst, sondern die dich auch zu Erkenntnissen führen, die der breiten Masse, den bloßen Lesern von Büchern, verwehrt bleiben. Meditationstechniken, schamanische Rituale, Hypnose, hellseherische Tranceerfahrungen, Dinge, die man heute vielleicht am ehesten der Parapsychologie zuordnen würde. Igor hat Jahrzehnte darauf verwendet, das vorhandene Wissen, den enormen Erfahrungsschatz auf diesem Gebiet zusammenzutragen. Diese Lehren ziehen sich durch nahezu alle Zeiten und Kulturen, obwohl ich sie bis zu jenem Zufallstreffen in Rom bestenfalls als alten Aberglauben abgetan hätte. In der Welt, in der ich aufgewachsen bin, bedeutete Magie nicht mehr als verstaubte Ammenmärchen für kleine Kinder, die es nicht besser wissen konnten - und die Wissenschaft war der Heilige Gral, galt alles."

So ähnlich hätte ich es auch gesehen, dachte Iva, aber sie verkniff sich den Kommentar. Man konnte Michael nicht einfach als gutgläubigen Narren abtun. Sie wusste sehr gut, dass er ein hochintelligenter Mann war.

Er redete, ohne Atem zu holen, weiter: "Igors Wissen ist

so umfassend! Uns war allen sofort klar, dass wir in ihm den lebenden Beweis für die Wirksamkeit seiner Methoden vor uns hatten. Niemand konnte sich in der kurzen Zeitspanne eines halben Menschenlebens ein solch umfangreiches Wissen durch bloßes Bücherstudium aneignen, geschweige denn, es auf herkömmliche Art so verinnerlichen, wie Igor das getan hat."

Die nächsten Monate waren wie in einem Rausch vergangen. Gruppendynamik in ihrer höchsten Ausprägung! Physiker aus ihrem Kreis, Biologen, Kosmologen und Mathematiker erprobten neue Wege des Lernens, experimentierten mit jahrtausendealten Yoga-Sutren, studierten Channeling-Techniken, übten sich im Klarträumen, machten außerkörperliche Erfahrungen. Und umgekehrt lernten Igor und vor allem Michael, der bis zu jenem Zeitpunkt ja weder Wissenschaftler noch Esoteriker gewesen war, von Quarks und Quanten, von Nullpunktfeldern, der Verwandtschaft von Energie und Materie, Einsteins gekrümmter Raumzeit, der spontanen Lernfähigkeit menschlichen Erbguts und immer so weiter.

Michaels Vision hatte sich erfüllt. Er hatte Lehrer gefunden, die er sich in seinen kühnsten Träumen nicht erhofft hatte. Und der langersehnte Blick hinter die Kulissen der Welt offenbarte ihm ein Universum, das in seiner Genialität, Vielfalt und Schönheit wohl nicht zu übertreffen war.

Dann folgte ein weiterer denkwürdiger Zufall, doch das Wort kam zum damaligen Zeitpunkt in Michaels Vokabular schon nicht mehr vor. In einer Tageszeitung stieß er auf das Inserat eines Immobilienmaklers, das dem geneigten Leser eine "eigene Insel zum Preis einer Luxusvilla" versprach.

Was für eine Idee! Ein Ort fernab der "normalen" Welt, oder was der Großteil der Menschheit dafür hielt. Ein Platz, an dem Michael und seine Freunde ungestört ihren Forschungen und Studien nachgehen konnten.

Gleich am nächsten Tag hatte er den Makler angerufen, doch dessen Angebot beschränkte sich auf winzige Eilande in obskuren Staaten mit ungewissem Grenzverlauf, rasch wechselnden Regierungen und Wirtschaftssystemen, die auf Bananen und Maschinengewehren beruhten. Für Michaels Zwecke definitiv ungeeignet, aber als die Idee einmal geboren war, handelte es sich nur noch um eine Frage der Zeit, bis er dann doch das Passende fand. Eine Frage der Zeit und des Kapitals, denn der Vorbesitzer verlangte ein kleines Vermögen für St. Thérèse, wie Arkadia mit "bürgerlichem" Namen hieß. Aber Geld spielte zu diesem Zeitpunkt für Michael glücklicherweise keine echte Rolle mehr.

Auf eine kurze Zwischenfrage bestätigte er Iva, was sie schon vermutet hatte, nämlich, dass bis zum heutigen Tag jeder Dollar, den das Inselleben forderte – für Verpflegung, Erhaltung, Forschung, einfach alles – aus Michaels Tasche stammte. Seine Gäste waren exakt das, im umfassendsten Sinne des Wortes: seine Gäste. Es war nicht zu fassen.

Sie hatten also die ersten Bungalows gebaut, berichtete Michael weiter, "und seit diesen Anfangsjahren ist unsere kleine Kolonie auf mittlerweile knapp zwanzig Gelehrte angewachsen."

Iva blickte hinunter auf ihren inzwischen leergegessenen Teller. Obwohl sie bei weitem nicht alles verstanden hatte, (Was, bitte schön, waren Klarträume? Oder ein Nullpunktfeld?), konnte sie doch Michaels Begeisterung nachvollziehen, und das nicht nur, weil sie ihm so offensichtlich ins Gesicht geschrieben stand.

"Klingt wundervoll", sagte sie langsam. Und dann, mehr zu sich selbst, als an Michael gewandt: "Was könnte an einem Ort wie diesem schon vorfallen, das die Anwesenheit einer Juristin erfordert?"

Seine Antwort kam nicht gleich. Und dann zögernd. "Etwas, das einfach nicht passieren durfte. Nicht hier, nicht in Arkadia."

"Und das wäre?", fragte sie, ein wenig träumerisch.

"Mord."

6

Iva landete jäh in der Realität. "Wie bitte?"

"Du hast mich leider richtig verstanden", sagte Michael, und sah ihr direkt in die Augen, "vielleicht, nein, ziemlich wahrscheinlich, waren es sogar zwei Morde."

Er sprach sofort weiter, als wolle er es möglichst rasch hinter sich bringen: "Dem ersten Anschein nach könnten es auch Unfälle gewesen sein. Zuerst dachte ich – hoffte ich – das selbst. Und was die anderen Inselbewohner betrifft, so habe ich sie, soweit wie möglich, bis jetzt in diesem Glauben gelassen."

Mit allem hätte Iva gerechnet. Aber Mord? Doppelmord? Innerhalb einer so kleinen Gruppe von Menschen, die sich seit Jahren kannten?

"Und jetzt soll ich die Verteidigung des Schuldigen übernehmen? Ist es das?"

Michael schüttelte den Kopf. "Es gibt keinen Schuldigen. Das heißt, natürlich muss es einen geben, aber wir kennen ihn nicht. Noch nicht. Das ist der Grund, aus dem ich dich hergebeten habe. Du musst mir helfen, den Mörder zu finden."

Hatte er den Verstand verloren? Sie war Anwältin, nicht Hercule Poirot!

"Hast du die Polizei eingeschaltet?", fragte sie ihn.

"Du verstehst mich nicht, Iva." Es klang traurig, nicht ungeduldig. "Wir haben die Todesfälle natürlich den zuständigen Behörden gemeldet, aber als Unfälle eben. Arkadia ist ein Ort der Forschung, des friedlichen Strebens nach Wissen und Weisheit. Es gibt – es gab – keinerlei Kriminalität hier unter uns. Ich bin immer stolz darauf gewesen, dass wir kein einziges Schlüsselloch auf der ganzen Insel haben.

Und jetzt mussten wir zwei Menschen beerdigen! Wenn es uns nicht gelingt, das unter uns aufzuklären, und zwar rasch ..." Er verzog die Mundwinkel und schüttelte den Kopf. "Was soll dann aus Arkadia werden?"

Iva wusste nichts zu erwidern. Sie kämpfte gegen das beklemmende Gefühl an, am vollkommen falschen Ort zu sein. Darstellerin in einem Kinofilm, dessen Drehbuch sie nie zu Gesicht bekommen hatte.

Der ganze Aufwand, um sie auf die Insel zu bringen, die Reisespesen, das völlig überzogene Honorar, das sie bereits vereinnahmt hatte, die Opernkarten für ihre Mandanten, der Empfang, den Michael ihr bereitet hatte – und jetzt wusste sie ihm nichts Besseres zu sagen, als dass sie sich der Aufgabe, die er ihr stellte, in keinster Weise gewachsen fühlte? Die kürzeste Distanz, auf die sie sich je einem Mordschauplatz genähert hatte, war im Gerichtssaal gewesen. Der Täter bereits in Handschellen. Und selbst das war Jahre her.

Michael bemerkte ihre Verlegenheit, deutete sie richtig. "Ich weiß, es ist keine leichte Aufgabe, Iva. Und ich erwarte bestimmt kein Wunder von dir, das versichere ich dir. Ich habe selbst schon mein Möglichstes versucht, um Licht in diese – diese Angelegenheit zu bringen."

"Warum dann ich?"

Michael fuhr sich mit beiden Händen durchs Haar.

"Weil ich den Frieden und die Gemeinschaft auf der Insel bewahren will. Und weil meine Möglichkeiten dadurch stark begrenzt sind. Wenn ich hier plötzlich herumlaufe und Fragen zu stellen beginne – das würde sofort Aufsehen erregen. Meine Freunde sind sehr intelligente Menschen, sie würden augenblicklich Verdacht schöpfen. Und wenn sich erst einmal herumspräche, dass die vorgeblichen Unfälle –" Er schüttelte so heftig den Kopf, dass seine Locken in alle Richtungen wirbelten. "Ich glaube nicht, dass Arkadia das überleben würde. Die Vertrauensbasis wäre vollkommen zerstört ... weißt du, was ich meine?"

"Natürlich, aber –"

"Selbstverständlich hat die Aufklärung der Morde Priorität", beeilte er sich zu betonen. "Und wenn ich letztlich die Polizei einschalten muss, werde ich es tun, aber ... noch habe ich die Hoffnung nicht aufgegeben. Du kennst dich mit den dunklen Seiten der menschlichen Seele aus, Iva. Und du bist ein Neuankömmling hier. Du kannst Fragen stellen, die die Leute aus meinem Mund höchst eigenartig fänden. Weibliche Neugier – berufliche Neugier, ich habe allen erzählt, dass du Juristin bist. Und zwei Unfälle innerhalb so kurzer Zeit können schon ein wenig Neugier wecken, nicht wahr? Selbst wenn du gewisse Verdachtsmomente äußerst, ist das etwas ganz anderes, als wenn ich das tue. Und du hast eine neutrale Perspektive. Für mich ist diese Insel mein Leben. Ich habe gedacht, ich kenne jeden Menschen hier wie mich selbst. Du hingegen bist eine Außenstehende, dir fallen vielleicht Dinge auf, die ich nur übersehen kann."

"Schon gut, ich –"

"Du hast es immer verstanden, die Dinge mit deinem scharfen Verstand auseinander zu nehmen. Und ich vertraue dir zu hundert Prozent. Ich weiß, dass kein Wort von meinem Problem nach außen sickern wird."

"Selbstverständlich nicht!"

Ivas Kampfgeist regte sich. *Seit wann lässt du dich von einer schwierigen Aufgabe gleich entmutigen?*

Sie straffte ihre Schultern. "Was hast du deinen Freunden eigentlich erzählt, wer ich bin und warum ich so plötzlich hier auftauche?" fragte sie. "Ihr habt doch sicherlich nicht oft Neuankömmlinge auf der Insel?"

"Das stimmt", erwiderte Michael. "Im Moment sind alle Bungalows belegt, bis auf das Gästehaus, das du bewohnst."

Er runzelte die Stirn. "Das heißt, einer steht jetzt natürlich leer."

"Einer? Sagtest du nicht, dass es zwei Tote gab?"

"Das Haus des zweiten Opfers ist vollständig abgebrannt."

Er griff plötzlich nach ihrer Hand. "Ich habe den Leuten die Wahrheit erzählt, Iva", sagte er. "Zumindest die halbe Wahrheit. Dass du meine Ehefrau bist, wir die letzten Jahre getrennt lebten, du mich aber jetzt ... wiedersehen wolltest. Warte, sag nichts! Was hätte ich denn tun sollen, bei jeder anderen Version hätten sie doch sofort Verdacht geschöpft! Wir haben sonst kaum je Gäste auf der Insel."

Das wurde ja immer besser! Aber dennoch ... Michael tat ihr leid, wie er da so vor ihr auf dem Sofa saß – in sich zusammengesunken und mit einer völlig verzweifelten Miene, seit er auf die Toten zu sprechen gekommen war.

Sie durfte ihn nicht im Stich lassen. Sie musste ihm helfen, auch wenn sie nicht die leiseste Ahnung hatte, wie. Natürlich war da, ganz am Rande, auch noch die Sache mit dem bereits eingelösten Honorarscheck ...

"Ich werde sehen, was ich tun kann", sagte sie. "Aber bitte erwarte dir nicht zu viel! Ich habe keinerlei Erfahrung mit ... Mord."

"Danke Iva." Michael hob ihre Hand – die noch immer in der seinen lag – an die Lippen und drückte einen sanften Kuss darauf.

"Schon gut", sagte sie. Dabei ignorierte sie den Stich, den es ihr irgendwo tief in ihrem Inneren versetzte.

Dann tätigte sie ihre erste Amtshandlung als Privatdetektivin. Sie tat einfach das, was sonst bei jedem anderen Mandanten auch am Beginn der Zusammenarbeit stand: Sie bat Michael, ihr alles zu erzählen, was er über die beiden verdächtigen Todesfälle wusste.

Er nickte steif, erhob sich vom Sofa, lief ein paar Schritte auf und ab, dann ließ er sich vor dem Orchideenbeet auf dem Fußboden nieder. Als er zu sprechen begann, war sein Blick auf die Blumen fixiert.

"Der erste Tote war Nicolas Rozier. Er starb vor nicht ganz drei Wochen. Ein junger Mann aus Frankreich, noch keine fünfunddreißig. Er war ein in jeder Hinsicht außergewöhnlicher Mensch, der beste Heiler, dem ich je begegnet bin. Ich glaube nicht, dass es irgendein Geheimnis gab, das der menschliche Körper noch vor ihm verbarg."

Michaels Zeigefinger streifte sacht über die gesprenkelten Blütenblätter einer Orchidee. "Wir fanden ihn morgens am Strand – ertrunken."

Ivas Kehle fühlte sich mit einem Mal rau an. "Und woraus hast du geschlossen, dass es kein Unfall war?"

"Nicolas hatte panische Angst vor dem Meer. Vor Gewässern ganz allgemein. Eine regelrechte Wasserphobie. Es hat ihn schon ziemliche Überwindung gekostet, überhaupt auf eine Insel zu ziehen. Nur seine ausgesprochene Begeisterung für unsere Forscherkolonie konnte ihn dazu bewegen. Er wäre niemals einfach so schwimmen gegangen."

"Du denkst also, jemand hat ihn ertränkt?"

Michael sah sie abrupt an. "Gibt es eine andere Erklärung?"

Keine, die Iva spontan eingefallen wäre.

"Das ist noch nicht alles", fuhr er nach einer kurzen Pause, die von unangenehmem Schweigen erfüllt war, fort. "Am Abend vor seinem Tod hatte Nicolas eine ... Auseinandersetzung mit seinem Assistenten. Robert Scherrer. Die beiden trafen sich in Roberts Bungalow."

Er neigte den Kopf, schien über etwas nachzudenken. "Am besten, du redest mit Samuel darüber. Samuel Mulland. Er war Nicolas' Arbeitskollege und bester Freund. Er kann dir die ganze Geschichte genau erzählen."

Die tiefen Falten, die sich auf seiner Stirn gebildet hatten, ließen Iva keinen Zweifel darüber, dass es eine unerfreuliche Geschichte sein würde.

"Du kannst offen mit Samuel sprechen", fügte er hinzu. "Das heißt, was Nicolas' Tod betrifft. Von ... der anderen Sache weiß er, glaube ich, nichts."

"Und der Assistent?", fragte Iva. "Was habt ihr mit ihm gemacht?"

Michael sah wieder zu den Orchideen hinunter. "Wir haben ihn isoliert. Aber dann gab es einen weiteren Todesfall. Mark van Leyen. Er war kein Wissenschaftler im klassischen Sinn, mehr ein spiritueller Adept. Ein Asket. Er lebte sehr zurückgezogen, in einer einfachen Hütte im bergigen Teil der Insel. Eines Nachts, letzte Woche, brannte sie plötzlich ab, ohne jeden ersichtlichen Grund. Es herrschte weder eine Trockenperiode, noch hat es ein Gewitter gegeben. Und niemand kocht bei uns in den Häusern oder raucht Zigaretten. Woher also das Feuer?"

Seine Stimme hatte einen anklagenden Tonfall angenommen. "Noch dazu fanden wir Mark – oder vielmehr das, was von ihm übrig war – auf seinem Bett. Aber wenn rund um einen herum das Haus in Flammen steht, das weckt einen doch wohl auf, oder nicht? Man schläft doch nicht einfach weiter und stirbt."

"Und hat dieser Robert Scherrer mit ihm auch Streit gehabt?", fragte Iva.

"Das bezweifle ich. Soweit ich weiß, kannten die beiden sich kaum. Robert ist erst neunzehn und ein Teenager in Reinkultur. Seine Welt und die von Mark haben noch nicht einmal einen gemeinsamen Grenzverlauf, wenn du mich fragst. Und Mark ging, wie gesagt, nicht viel unter die Leute. Er war mehr das spirituelle Herz unserer Gemeinschaft. Er forschte zwar auch, jedoch ausschließlich mit Hilfe jener esoterischen Methoden, die ich dir vorhin beschrieben habe. Und fast immer allein."

Michael unterbrach sich. Seine Züge verfinsterten sich

noch weiter. "Natürlich ist es nicht auszuschließen, dass Robert auch Mark ... dass er ihn ebenfalls getötet haben könnte. Wir haben kein Hochsicherheitsgefängnis hier, und wir wollten Robert nach Nicolas' Tod auch nicht wie einen Kriminellen behandeln, solange wir uns seiner Schuld nicht sicher waren."

"Das heißt, die Isolation, unter die ihr ihn gestellt habt, war nicht so vollkommen, dass er nicht die Möglichkeit gehabt hätte –"

"Ich kenne Robert schon sehr lange", fiel Michael ihr ins Wort. "Ich kann mir einfach nicht vorstellen, dass er zu einer solchen Tat fähig wäre, verstehst du, Iva?"

Sie verstand durchaus. "Das ist aber bei vielen Straftätern so", sagte sie. Eine gewisse Erfahrung mit den Abgründen der menschlichen Seele konnte man durchaus auch als Wirtschaftsanwältin sammeln.

Michael nickte vage. "Du hast ja recht – wie immer. Aber ich gebe die Hoffnung nicht auf", sagte er. "Noch nicht! Vielleicht stellt sich doch noch alles als Verkettung unglücklicher Umstände heraus. Auch wenn ich einfach nicht wüsste, wie."

Er erhob sich vom Fußboden und kam zu Iva zurück. Ließ sich neben ihr aufs Sofa fallen, als hätte er den ganzen Morgen Kohlensäcke geschleppt.

"Wir müssen herausfinden, wie es sich tatsächlich abgespielt hat. Sprich mit den Leuten, Iva. Sieh dich auf der Insel um. Was immer du für richtig hältst. Am besten du beginnst mit Samuel und Robert, denke ich. Igor ist auch in alles eingeweiht, rund um die beiden Todesfälle. Wenn du mich gerade nicht finden kannst, und du irgendeine, wie auch immer geartete Unterstützung brauchst, wende dich an ihn. Ich vertraue ihm vollkommen."

"In Ordnung", sagte sie.

"Und bitte, Iva" – er sah ihr unvermittelt in die Augen und

ergriff schon wieder ihre Hand – "ich möchte trotz allem, dass du dich wohlfühlst, hier bei uns. Hier bei mir. Der Bungalow steht dir zur Verfügung, solange ... solange du willst, unabhängig von deiner undankbaren Aufgabe hier. Ich will, dass du das weißt. Genieße das Inselleben, soweit es unter den Umständen eben möglich ist."

Sie dankte ihm, auch wenn sie nicht wusste – und schon gar nicht weiter darüber nachdenken wollte – ob sie diese letzten Worte freuten oder verwirrten. Womöglich sogar beides.

Glücklicherweise fiel ihr noch eine sachliche Frage ein. Wie und wo könnte sie denn am besten mit den Inselbewohnern in Kontakt kommen, seiner Ansicht nach?

Er überlegte kurz. "Wir treffen natürlich zu den Mahlzeiten im Restaurant zusammen – das ist das große, steinerne Gebäude, rund einen Kilometer westlich von hier. Du brauchst nur der Strandpromenade zu folgen. Unsere Essenszeiten sind allerdings eher informeller Natur, die Leute kommen und gehen, wie es ihnen gefällt. Nein, warte, am besten du nimmst am Nachmittag an der Gruppenmeditation teil. Immer um vier Uhr, da sind meist alle vereint. Wenn du möchtest, stelle ich dich heute Nachmittag vor, in deiner Eigenschaft als ... meine Frau." Er wandte den Blick ab.

Iva willigte ein. Ihr war klar, dass er recht hatte. Die Rolle der heimgekehrten Ehefrau war die beste Tarnung, die man sich unter den gegebenen Umständen wünschen konnte – und sie hatte viele Jahre Zeit gehabt, sich darauf vorzubereiten.

Er beschrieb ihr den Weg. Offensichtlich fand die Gruppenmeditation in irgendeiner Höhle statt, es klang sehr abenteuerlich. Dann wandte er sich zum Gehen.

"Ach ja, bevor ich es vergesse –" Schon fast an der Tür angelangt, blieb er stehen, drehte sich noch einmal zu ihr um.

"Wir haben natürlich WLAN auf der Insel – aber kaum jemand nutzt das besonders viel. Und wir telefonieren auch kaum miteinander. Arkadia ist nicht sehr groß, und an Zeit haben wir keinen Mangel, also schauen wir einfach persönlich vorbei, wenn wir jemanden sprechen wollen. Ein wenig Nostalgie, die wir uns erlauben, denke ich."

Ein Lächeln huschte über sein Gesicht. "Das heißt, du brauchst keine Scheu zu haben, bei den Leuten ganz ohne Vorankündigung an die Tür zu klopfen. Und wenn niemand zu Hause ist, hinterlässt du einfach im Vorraum eine kurze Nachricht."

Er war sichtlich froh, wieder über alltäglichere Dinge sprechen zu können, über die liebenswerten Belanglosigkeiten, die kleinen Verschrobenheiten seiner Insel, an der so offensichtlich sein Herz hing wie das eines Vaters an seinem Säugling.

Er beschrieb ihr noch den Weg zu seinem eigenen Haus, "ganz an der Westspitze der Insel, immer nur den Strand entlang, unmöglich zu verfehlen", und betonte, dass er ihr jederzeit zur Verfügung stünde, was auch immer sie benötigte. Sie solle keinesfalls zögern!

Als er sich schließlich endgültig zum Gehen wandte, war sie es, die ihn mit einer allerletzten Frage zurückhielt. Sie stellte sie so beiläufig wie möglich: "Wer wohnt eigentlich in dem Bungalow gleich hier neben dem meinen?" Und deutete dabei durch die Wand zu ihrer Rechten.

Michaels Blick folgte ihrer Hand. "Kylian Lacroix", entgegnete er, "ein junger Kanadier ... aus Montreal. Warum fragst du?"

"Nur so."

Seine Augenbrauen wölbten sich. Und dann, zum ersten Mal, seit er vorhin mit dem Frühstückstablett vor ihrer Tür gestanden hatte, grinste er so breit, dass seine Zähne blitzten. "Es gibt einige Damen auf der Insel", sagte er langsam, "denen Kylian durchaus gefallen würde. Bis jetzt hat er meines Wissens aber noch keine erhört." Er zwinkerte vielsagend, dann fiel die Tür hinter ihm ins nicht vorhandene Schloss.

7

Es war jetzt kurz nach Mittag. Blieben also noch einige Stunden bis zur Gruppenmeditation – Zeit genug, ein wenig die Insel zu erkunden.

Einen Augenblick lang suchte Iva nach ihren Hausschlüsseln, bis ihr einfiel, dass es ja keine gab. Wie ihr wohl abends zu Mute sein würde, wenn die Dunkelheit hereinbrach und zwischen ihr und dem Mörder, der auf der Insel frei herumlief, nichts als eine unversperrte Haustür lag?

Sie überquerte den Steg zur Strandpromenade, wo sie sich für den Weg nach Westen entschied. Dort wo laut Michaels Beschreibung das Restaurant und auch sein eigener Bungalow lag. Den kurzen Strandabschnitt, der nach Osten führte, kannte sie ja bereits. In dieser Richtung endete die Promenade nach vielleicht zweihundert Metern an den Felsen unterhalb des Hubschrauberlandeplatzes.

Als sie die Abzweigung zum Bungalow ihres Nachbars passierte, konnte sie nicht anders, als kurz zum Haus hinüber zu schielen. Doch dort war niemand zu sehen.

Eine leichte Brise strich vom Meer aus kommend über die Insel, aber dennoch war die Luft schwül. Innerhalb weniger Minuten klebten Ivas Shorts und T-Shirt ihr feucht am Körper. Aber immer noch viel besser als die winterliche Ödnis zu Hause. Einen unbeschwerten Augenblick lang fühlte sie sich wie eine Urlauberin auf dem Weg ins Badevergnügen.

Sie passierte noch einen weiteren Bungalow. Auch dieser sah dem ihren – zumindest äußerlich – ähnlich. Dann weitete sich der Strand etwas und die nächsten Häuser waren erst wieder in gut dreihundert Metern Entfernung zu erkennen. Dafür waren hier Liegebetten und Sonnenschirme über den feinkörnigen, dunkelgrauen Sand verteilt.

Die Liegen waren mit zartgelben Polsterauflagen bedeckt, die so makellos aussahen, als bestritten sie heute ihren ersten Diensttag. Und allesamt waren sie leer – die Bewohner Arkadias pflegten die Mittagsstunden offensichtlich nicht am Strand zu verbringen. Woraus Iva eine Lehre hätte ziehen sollen.

Sie ließ sich auf dem erstbesten Bett nieder. Nur eine kurze Pause machen, nachdem ja ihre Siesta ausgefallen war. Sich ein wenig zurücklehnen, den Blick aufs Meer genießen. Irgendwo pfiff munter ein Vogel, bestimmt würde sein Gefieder in allen Farben des Regenbogens schillern, wenn er sich denn zeigte. Die Atmosphäre auf dieser Insel war so friedlich, so entspannt ...

Als Iva wieder die Augen aufschlug, zeigte ihre Armbanduhr kurz nach halb zwei. Verdammt noch mal, sie hatte eine gute Stunde geschlafen!

Ihre Haut leuchtete in der Farbe überreifer Tomaten und brannte fürchterlich. Nicht ausgerechnet am ersten Tag gleich einen Sonnenbrand! Nicht hier! Das untrüglichste und peinlichste Erkennungsmerkmal des unerfahrenen Touristen. Ein Brandmal im wahrsten Sinne des Wortes.

"Sieht nicht gut aus", sagte eine Stimme hinter ihr.

Iva wandte sich ruckartig um. Eine nicht mehr ganz junge Frau stand da an der Promenade und grinste schalkhaft zu ihr herüber. Sie war eher klein, ein bisschen übergewichtig und trug ein einfaches Baumwollkleid. Ihrer kupferroten Haarmähne konnte man auf den ersten Blick ansehen, dass sie kein Geschenk der Natur war.

"Du bist Michaels Frau, nicht wahr?", sagte die Unbekannte. Sie kam zu Iva herüber und ergriff ihre Hand.

Iva fuhr vor Schmerz zusammen. Nicht einmal ihren

Handrücken hatte die Sonne verschont.

"Mein Name ist Iva", brachte sie hervor. "Freut mich sehr."

"Ich bin Vivian", kam es gutgelaunt zurück, "und du siehst aus wie ein Hummer, frisch aus dem Kochtopf, meine Liebe!"

Iva seufzte. "Ich bin eingeschlafen." An Sonnencreme hatte sie natürlich auch nicht gedacht.

Vivian winkte ab. "Ach, kein Problem. Dem lässt sich abhelfen. Ich habe da genau das Passende für dich, Schätzchen! Meine Spezialsalbe gegen Sonnenbrand. Komm mit mir, mein Haus liegt gleich da oben im Wald." Sie deutete auf die Hügelkuppe, die sich im Inneren der Insel dahinzog. An ihrem Handgelenk klapperten zwei mit bunten Edelsteinen besetzte Armreifen.

Iva nahm das Angebot dankend an. Auch wenn sie sich nicht gern als *Schätzchen* ansprechen ließ.

Vivian führte sie ein Stück weiter die Strandpromenade entlang und nahm dann direkt am Restaurant, einem imposanten Bauwerk aus riesigen Granitblöcken und dunklem Holz, dessen landseitiges Ende in den Hang hineingebaut war, die Abzweigung nach Süden.

Innerhalb von wenigen Metern waren sie von tiefstem Dschungel umgeben. Es war weniger feucht, als Iva erwartet hatte, dafür aber erstaunlich dunkel, wo doch die Sonne nahezu senkrecht vom Himmel brannte.

Der Pfad, dem sie folgten, war breit ausgeschnitten, mit einer Art Rindenmulch bedeckt und bestens gepflegt. Nach Belieben verlassen konnte man ihn jedoch nicht. Wo man der Natur freie Hand gelassen hatte, kämpften Schling- und Rankpflanzen um die Vorherrschaft und machten jedes Durchkommen unmöglich. Die Ranken waren überall, an den Stämmen der Bäume, um ihre Äste gewickelt wie träge Würgeschlangen; selbst mächtige Urwaldriesen blieben nicht von ihrer tödlichen Umklammerung verschont. Im Dämmerlicht konnte Iva ein unablässiges Flattern und Hüpfen undefinierbarer Schatten ausmachen. Dazu kamen ein wild verwobener Geräuschteppich und fremdartige Gerüche, die einem in die Nase krochen und alle paar Meter wechselten.

Dann entdeckte Iva die Orchideen. In Pink und Gelb leuchteten sie aus dem Schwarzgrün des Waldes heraus, vereinzelt zunächst; doch je weiter Iva ihrer Führerin ins Innere von Arkadia folgte, desto mehr wurden es. Rotviolett, glänzend weiß, die eigentümlichsten Formen. Die Mehrzahl wuchs auf Bäumen, doch einige auch direkt auf dem Waldboden. Vivian hielt gutmütig alle paar Schritte an, damit Iva die einzelnen Exemplare aus der Nähe bewundern konnte.

"Michael hatte wirklich recht, was deine Begeisterung für Orchideen angeht, ich muss schon sagen!"

Iva blickte überrascht von einer zitronengelben Blüte auf. "Hat er dir davon erzählt?"

Vivian lachte. "Entschuldige, ich wollte nicht indiskret sein. Es ist nicht so, dass wir in Arkadia nichts Besseres zu tun haben, als über dich zu klatschen. Obwohl wir natürlich schon sehr neugierig wurden, als Michael uns plötzlich deinen Besuch ankündigte. Ich glaube, kaum jemand wusste überhaupt, dass er verheiratet ist. Wir kannten ihn nur als ewigen Single."

Iva musste sich eingestehen, dass diese Bemerkung ein eigenartiges Wohlgefühl in ihr auslöste. So etwas wie perversen Stolz, dass der untreue Ehemann so bald keine vergleichbare neue Frau gefunden hatte, nachdem ihre Beziehung gescheitert war.

"Ich weiß nur deswegen von den Orchideen", sagte Vivian, "weil ich hier auf der Insel gewissermaßen für Fauna und Flora verantwortlich bin. Aber es ist nicht zu übersehen, dass Michael sehr an dir hängt, wenn du mir die Bemerkung erlaubst."

Iva wollte das Thema nicht weiterverfolgen. "Dann stammen die Blumen in meinem Zimmer hier aus diesem Wald?", sagte sie schnell.

"Natürlich", gab Vivian zurück. "Wir haben eine außerordentliche Vielfalt an Orchideen auf der Insel. Und was Vögel und Schmetterlinge betrifft, Farne und Kräuterpflanzen – überhaupt fast alles, was du hier siehst – ist es genauso." Sie breitete ihre Arme in einer allumfassenden Geste aus, die sich hervorragend in einer Kirche gemacht hätte. Ihre Worte aber wirkten nicht überheblich, einfach nur im positiven Sinne stolz.

"Und das ist dein Verdienst?", fragte Iva, während sie Vivians leuchtendem Haarschopf weiter durch das dunkle, grüne Labyrinth folgte.

"Verdienst? Nein. Ich fände es nur schade, hier, wo sich der menschliche Geist so ungehindert entfalten kann, nicht auch eine lebendige Natur zu haben. Und um ehrlich zu sein, es bedarf da kaum meiner Nachhilfe. Was ich tue, ist mehr ein Nicht-im-Wege-stehen, als dass ich allzu oft aktiv eingreife."

Sie wandte sich mit einem breiten Lächeln zu Iva um. "Es schmeichelt mir aber schon ein wenig, dass mich die anderen Inselbewohner sozusagen als ihr Bindeglied zum Reich der Natur betrachten."

"Dann bist du Biologin, nehme ich an?"

"Wenn es nach Michael geht: Hexe." Vivian lachte. "Du solltest dein Gesicht sehen, Schätzchen."

Iva senkte rasch den Blick. Erst ein Magier und jetzt eine Hexe? Was für "Wissenschaftler" in Arkadia wohl noch auf sie warten mochten?

Vivian blieb abrupt stehen und erhob plötzlich die Stimme, als müsse der ganze Wald vernehmen, was sie zu sagen hatte: "Wisset, in meinen Adern fließt uraltes Blut! Meine Mutter, eine sizilianische Hexe, verkehrte mit den sieben Reichen der Feen, und mein Vater – mein Vater Garibaldo, der berühmte Voodoo-Priester aus Haiti ..." Ihre Augen wanderten zu Iva zurück, blickten sie prüfend an – dann brach Vivian in schallendes Gelächter aus.

"Nur 'ne kleine Show-Nummer", erklärte sie munter und tätschelte Iva die Schulter. "So einen Stammbaum erwartet man sich doch von einer waschechten Hexe, oder etwa nicht?"

Iva kam nicht dazu, etwas zu erwidern.

"In Wahrheit vegetierte meine Mutter als Sekretärin in einem Tausend-Seelen-Kaff in Texas dahin, und mein Vater – zumindest der Mann, den Mom dafür ausgab – war hauptberuflich Trinker. Er stammte irgendwo aus Good Old Europe. Aus Polen, wenn ich mich recht erinnere. Er verschwand, als ich vier war."

Iva nickte zögerlich.

"Und wenn du's genau wissen willst: Meine rote Haarfarbe ist auch nicht echt. Eigentlich hätte ich viel lieber braun, aber mit Pflanzenfarben wird es halt immer irgendwie rot. Eines Tages greife ich doch noch in den Chemietopf, ich schwör's!" Sie zuckte lachend die Schultern. "Aber immer noch besser als grau, was meinst du?"

"Ja ... natürlich. Auf jeden Fall."

"Und weil ich dir gerade mein Innerstes offenbare – da ist noch etwas."

"Was denn noch?"

"Etwas ganz besonders Grässliches."

Wollte sie Iva schon wieder auf den Arm nehmen?

"Ich habe den trivialsten, gewöhnlichsten, peinlichsten, unhexenhaftesten Familiennamen auf der ganzen Welt: Smith!"

Iva lachte. Sie konnte Vivian Smith gut leiden, auch wenn

sie mehr als nur ein wenig verrückt rüberkam.

Der Waldweg glich immer mehr einem Tunnel, je weiter sie kamen. Er war zwar noch genauso breit wie zu Beginn, sodass Iva gelegentlich neben Vivian herlaufen konnte, anstatt ihr hinterher zu trotten wie einem einheimischen Sherpa; aber hoch über ihren Köpfen war das Blätterdach längst so dicht geworden, dass man keinen Streifen Himmel mehr erkennen konnte.

Vivian sagte: "Wir sind gleich –", da schrie Iva plötzlich auf.

8

Iva wirbelte erschrocken herum. Etwas hatte ihr einen Stoß in den Rücken versetzt, sodass sie beinahe vornüber gekippt wäre. Für einen Sekundenbruchteil glaubte sie ernsthaft, der Inselmörder hätte sie aufgespürt und ihr ein Messer in den Rücken gerammt. Doch gleich darauf tadelte sie sich für diesen Unsinn.

Der vermeintliche Angreifer entpuppte sich als Pferd, weiß von Mähne bis Schweif wie jene, die Iva bei ihrer Ankunft am Strand beobachtet hatte. Aus so unmittelbarer Nähe betrachtet, war das Tier eine noch imposantere Erscheinung. Es musste auf dem weichen Waldboden und inmitten der chaotischen Geräuschkulisse des Dschungels lautlos zu ihnen aufgeschlossen sein. Der Nasenstoß in den Rücken war wohl als eine Art Begrüßung gemeint?

"Das ist Niam", sagte Vivian und seufzte gespielt. Dann rubbelte sie dem Attentäter zärtlich die Stirn. "Wirst du es nie lernen, mein Süßer, dass man mit Menschen nicht wie mit Pferden spielen kann?"

Iva hätte es nur milde überrascht, wenn das Tier darauf irgendeine patzige Antwort gegeben hätte – nach allem, was sie in der kurzen Zeit in Arkadia schon erlebt hatte. Gott sei Dank tat es aber doch nichts dergleichen, sondern schüttelte nur seine üppige Mähne, ganz wie es sich für ein völlig normales Pferd gehörte. Dann trabte es schnaubend in die Richtung davon, aus der es gekommen war.

"Niam ist der jüngste in der Herde", sagte Vivian. "Und er hat keinerlei Manieren, fürchte ich. Als er noch ein Fohlen war, bäumte er sich gern vor mir auf und warf mir seine Vorderhufe auf die Schultern – gerade so, als wäre ich einfach ein gleichaltriges Pferd, mit dem man nach Herzenslust spielen konnte."

Sie schüttelte den Kopf und rang die Hände, als hadere sie mit einem besonders schweren Schicksal. "Gott sei Dank hat er damit jetzt aufgehört. Aber seine Zärtlichkeiten kommen noch immer ein wenig grob rüber, fürchte ich."

"Dann bist du wohl diejenige, die mehr den Pferden gehört als umgekehrt", sagte Iva.

"Hm?" Die Bemerkung war wohl selbst für Vivian ein wenig zu kryptisch.

"Ich habe die Herde am Strand gesehen – vom Helikopter aus, bei meiner Ankunft", sagte Iva. "Ich fragte Igor nach dem Besitzer der Tiere, da hat er diese Bemerkung gemacht. Dass – wenn schon – du den Pferden gehörst und keinesfalls umgekehrt."

Vivian lächelte. "Das hat Igor schön gesagt. Und er hat recht damit. Ich glaube nicht, dass sich diese Pferde von irgendjemandem besitzen ließen. Sie waren eines Tages einfach da, und ich würde sie nicht daran hindern, wenn sie in Zukunft einmal weiterziehen wollten. Und was mich betrifft – ich stehe zwar nicht im Eigentum dieser Racker, aber manchmal komme ich mir in der Tat vor wie ihr Butler."

"Was meinst du mit 'Sie waren einfach da'? Doch nicht hier auf der Insel, oder?"

"Nein, in meiner alten Heimat", sagte Vivian. "Texas ... das Kaff, du weißt schon." Sie rollte mit den Augen.

"Das muss ja wirklich ganz schön weit draußen gelegen sein, wenn es dort noch wildlebende Pferde gibt", sagte Iva.

"Gibt es nicht – nicht in den letzten fünfzig Jahren jedenfalls. Ich habe überall herumgefragt, als eines schönen Tages plötzlich vier weiße Rösser auf der Wiese vor meinem Haus grasten. Niemand hatte von freilebenden Pferden in der Gegend gehört, kein Rancher oder Reitstall im Umkreis von fünfzig Meilen vermisste ein Pferd, geschweige denn vier – und ich habe bis heute nicht herausfinden können, welcher Rasse sie eigentlich angehören. Manchmal bin ich mir nicht einmal sicher, ob es wirklich Pferde sind."

Mit einem träumerischen Ausdruck im Gesicht wickelte sie eine ihrer roten Locken um den Zeigefinger. Dann fuhr sie fort: "Sie sind sehr schnell, weißt du, dafür aber katastrophale Springer. Und ich schwör dir, sie verstehen jedes Wort, das du sagst. Unglaublich intelligent! Na ja, bis auf Niam vielleicht."

War das wieder so eine Geschichte wie vorher mit ihrem Vater, dem Voodoo-Priester?

Es sah nicht so aus. Vivian wirkte jetzt völlig ernst.

"Und was ist dann passiert?", fragte Iva.

"Dann? Nichts Besonderes ... sie blieben einfach da und fraßen meine Wiese kahl", sagte Vivian mit einem Schulterzucken. "Irgendwann habe ich angefangen, ihnen etwas Hafer und Karotten zu kaufen, was sie mit Begeisterung aufnahmen. Dann baute ich eine Art Stall für sie, den sie selbst bei strömendem Regen kaum je betreten haben. Und obwohl es mir irgendwie falsch vorkam, zäunte ich schließlich ein paar Monate später meine Wiese ein. Nicht um sie am Weglaufen zu hindern, sondern um sie vor den Menschen zu schützen. Du kannst dir vorstellen, dass sich die merkwürdigen Umstände ihres Auftauchens rasch herumgesprochen haben – es kamen mit jedem Tag mehr Schaulustige. Kinder, die dachten, sie wären in einem Streichelzoo, die Taschen voller Würfelzucker; Erwachsene, die fragten, ob ich Reitunterricht gäbe ... Das gefiel den Tieren nicht besonders, weißt du."

Iva nickte stumm, unschlüssig, was sie von dieser Geschichte halten sollte.

"Mit mir", fuhr Vivian fort, "führte die Herde eine Art Freundschaft mit Respektabstand. Ich ließ sie die meiste

Zeit in Ruhe, außer wenn eines der Tiere von selbst zu mir kam. Nur abends saß ich manchmal am Rand der Wiese und erzählte ihnen von meinem Alltag."

Vivian setzte sich wieder in Bewegung, sprach aber dabei über ihre Schulter gewandt weiter: "Als Michael mich dann nach Arkadia einlud, verbrachte ich ein komplettes Wochenende auf der Koppel. Ich erzählte den Pferden von der Insel: dass dort außergewöhnliche Menschen lebten, dass es zwar kein Präriegras wie in Texas geben würde, dafür aber auch keine Zäune. Und dass sie einen ganzen Ozean zum Baden hätten. Die vier sind nämlich allesamt leidenschaftliche Wasserratten. Sie plätscherten andauernd in dem kleinen Bach herum, der über mein Grundstück verlief. Das war dann das ausschlaggebende Argument, glaub' ich! Du hättest sehen sollen, wie anstandslos sie in die Reisecontainer getrabt sind!"

Vivian musste lachen, und Iva ließ sich ebenfalls anstecken. Sie war jetzt vollends überzeugt davon, dass ihre Begleiterin die Geschichte nicht erfunden hatte. Dafür war sie einfach zu verrückt. Die Geschichte, nicht Vivian – obwohl die womöglich auch nicht alle Tassen im Schrank hatte.

"Wo hast du eigentlich Michael kennen gelernt?", brachte Iva das Gespräch auf eine bodenständigere Ebene zurück.

"Das war ganz ähnlich wie mit den Pferden", sagte Vivian. "Er stand eines Tages auf meiner Wiese."

Sie grinste Iva an. "Na gut, das gerade nicht. Aber vor meiner Tür, ehrlich, einfach so! Ich arbeitete schon damals mit Tieren und Pflanzen, half den Leuten mit Problemhunden oder -pferden, wobei natürlich selten wirklich die Tiere das Problem waren. Ich habe mich um Gärten gekümmert, die nicht so richtig gedeihen wollten, um gekippte Teiche, traumatisierte Landstriche und dergleichen. Im Umkreis meines Kaffs hatte ich mir da schon einen Namen gemacht, und als dann noch die Pferde auftauchten, wurde ich wohl weithin bekannt. Na, jedenfalls hatte Michael über einen gemeinsamen Freund von mir gehört, und stand dann, wie gesagt, eines Tages einfach so vor meiner Tür. Er schlug mir vor, mich um das Ökosystem auf seiner Insel zu kümmern, die er vor Kurzem erworben hatte – alle Lebenskosten bezahlt, kein Job im landläufigen Sinn, sondern einfach eine Einladung auf unbeschränkte Zeit. Das waren seine Worte. Er hat mir von seinen Freunden erzählt, die bereits hier in Arkadia lebten, von ihren Forschungen und Studien, ihrer gemeinsamen Mission, das Leben und die Welt entschlüsseln zu wollen. Und dass ihnen jemand, der so einen Zugang zur Natur hatte wie ich, gerade noch gefehlt hätte. Voilà, hier bin ich nun."

Iva bemerkte nicht, dass sie Vivians Haus erreicht hatten, bis sie bereits direkt davor standen. Es war so eingebunden in den Wald, ging so nahtlos aus ihm hervor, in ihn über, dass man es kaum als Haus im klassischen Wortsinn bezeichnen konnte.

Es gab eine steinerne, leicht erhöhte Plattform, die man über zwei Stufen erreichte, und ein hölzernes Dach, das sich zwischen einigen Baumriesen spannte. Getragen wurde es bloß von einigen Säulen. Wände gab es keine. Dennoch ließen sich mit ein bisschen Fantasie gewisse, wenn auch nicht gerade konventionell gestaltete, Bereiche erkennen: ein Schlafzimmer, ein Bad ... aber der imposanteste Teil von Vivians Behausung war zweifelsohne jener Bereich, den Iva sofort die *Hexenküche* taufte. Eine Art Kräuterstube, ein Indoor-Garten oder doch eher ein Freiluft-Labor? Iva konnte sich nicht entscheiden.

Überall drängten sich bizarre Blattpflanzen und exotisch anmutende Blumen in irdenen Töpfen; Glasfläschchen und dickbauchige Porzellangefäße standen herum, und dazwischen krabbelte, flatterte oder surrte der eine oder andere

Dschungelbewohner. Beinahe wäre Iva auf eine Art Salamander getreten, der friedlich mitten auf dem Flur schlief. Sie wollte gar nicht erst darüber nachdenken, was sonst noch so alles in diesem Haus ein- und ausgehen, oder vielmehr kriechen mochte.

Was aber keinesfalls hieß, dass es Vivians Heim an Komfort mangelte. Das ausladende Sofa sah nicht weniger gemütlich aus als jenes im Gästebungalow, das Bett war ein verspieltes, kitschig vergoldetes Barockmöbel, und seine Größe regte zu Spekulationen an, wen – oder was? – Vivian wohl so alles mit unter die Decke nahm. Immerhin sprang Iva nicht die schon halb erwartete schwarze Katze von den Kissen entgegen.

An die Rückseite des Bauwerks – wenn man sich denn festlegen wollte, wo vorn und hinten war – grenzte eine kleine Lichtung. Sie war ähnlich dem Waldweg mit Rindenmulch bestreut, um sie vor der sofortigen Überwucherung zu bewahren, und in ihrer Mitte standen zwei große steinerne Futtertröge. Gleich daneben entdeckte Iva einen ebenfalls aus Stein gehauenen Quellbrunnen, und ein paar Meter links davon führte ein weiterer Weg in den Dschungel.

"Das beste Haus für den Menschen ist gar kein Haus", kommentierte Vivian ihr Heim, "aber ich bin keine Extremistin, weißt du. Ein bisschen Komfort hat noch niemandem geschadet." Ihr rundliches Gesicht strahlte vergnügt.

"Nun aber zu deinem Sonnenbrand, meine Liebe. Setz dich hierhin, bitte." Vivian deutete auf einen Schemel am Kopfende eines großen Tischs. Dann griff sie nach einer bauchigen Porzellanschüssel und einer Art Gartenschere. Sie schnitt damit einer kakteenähnlichen Pflanze einige Spitzen ab und ließ deren beinahe durchsichtigen Saft in die Schüssel laufen. Ein paar Blätter von einigen Topfkräutern kamen dazu, dann etwas fein geriebenes, nach Getreide duftendes Pulver; und schließlich entnahm Vivian noch einem Holzschrank, der sich innen als moderne Kühl-Gefrier-Kombination erwies, eine milchig weiße Flüssigkeit, die sie ebenfalls in die Mischung gab. Sie verrührte alles mit einem elektrischen Handmixer, worunter die Beschaulichkeit der Szene etwas litt. Hexenhandwerk im einundzwanzigsten Jahrhundert.

Schließlich ließ sie Iva ihre Shorts hochkrempeln und das T-Shirt ausziehen, und trug den dickflüssigen Brei großzügig auf die tiefrote Haut auf.

Der Effekt stellte sich beinahe sofort ein: Die Paste wirkte herrlich kühlend, und der Schmerz ließ deutlich nach. Iva seufzte erleichtert auf.

"Du bist eine ausgezeichnete Heilerin, Vivian", sagte sie.

Vivian winkte ab. "Ach, das ist doch gar nichts. Nicolas hätte –"

Sie unterbrach sich, klatschte die nächste Portion Paste ein wenig zu heftig auf Ivas linkes Schienbein.

Nicolas. Der Mann, der im Meer ertrunken war, obwohl er doch niemals schwimmen ging. Iva griff das Stichwort auf. Sie hatte ohnehin schon einige Zeit überlegt, wie sie das Gespräch auf die Todesfälle lenken konnte, ohne allzu viel Aufsehen zu erregen. *Geh diskret vor*, hatte Michael sie gebeten. Dafür bot sich jetzt die ideale Gelegenheit.

Und so begann sie, den Blick fest auf ihr Schienbein geheftet und so beiläufig wie möglich: "Nicolas ... das ist einer von den beiden Unfalltoten, nicht wahr? Michael hat mir davon erzählt. Schreckliche Geschichte."

Vivians Hände hielten in ihrer Arbeit inne. "Unfälle?", sagte sie gedehnt. Mit einem Mal war alles Scherzhafte, Übermütige aus ihren Zügen verschwunden. "Hat dir Michael das so erzählt? Dass es Unfälle waren?"

Fieberhaft suchte Iva nach einer unverfänglichen Antwort. Sie war eine grauenhafte Lügnerin. Aber sie hatte

Glück, Vivian wartete keine Erklärung ab.

"Bei diesen sogenannten Unfällen hat jemand nachgeholfen! Michael weiß das, und du ... du weißt es auch, nicht wahr, Iva?" Vivians Augen, eben noch so gutmütig und harmlos, blickten sie stechend an.

Iva beschloss spontan, Michaels gut gemeinte Ratschläge in den Wind zu schlagen. Diskretion war hier der falsche Ansatz. Sie musste eine offene Ermittlungsstrategie verfolgen, wenigstens bei Vivian. Es war sinnlos, eine Frau wie sie schonen zu wollen.

"Michael hat erwähnt, dass unter Umständen jemand seine Hand im Spiel hatte", begann Iva vorsichtig.

"Ich habe da keinerlei Zweifel!", sagte Vivian. Der Tonfall ihrer Stimme war entschieden und hart. "Nicolas kannte ich nicht so gut, nur aus unserer beruflichen Zusammenarbeit. Aber Mark und ich waren befreundet. Er wohnte nur ein paar Minuten von hier entfernt, da wo der Wald endet, oben an den Klippen. Hatte nicht so einen Palast wie wir anderen, nur eine einfache Holzhütte. Er hat das so gewollt, er führte ein Leben wie der heilige Franz von Assisi. Und aus diesem winzigen Verschlag hätte er nicht entkommen sollen, als das Feuer ausbrach? Wenn man schon mal die Frage außer Acht lässt, wie es sich überhaupt entzünden konnte!"

"Vielleicht hat ihn das Feuer im Schlaf überrascht?"

Vivian schnaubte genervt. "Nicht Mark, niemals! Seine Sinne waren so –" Sie unterbrach sich. "Er war anders als du und ich, Iva! Er sah, hörte ... spürte mehr als jeder andere auf dieser Insel."

Energisch schüttelte sie ihre rote Mähne. "Im Schlaf überrascht, so ein Unsinn. Mark hätte ein Feuer bemerkt, bevor es die Größe einer Kerzenflamme erreichte! Er war ein Heiliger, Iva. Ich kann mir einfach nicht vorstellen, dass ihm jemand etwas antun wollte. Wieso nur?" Ihre Stimme erstarb. Verstohlen wischte sie sich mit dem Handrücken über die Augenwinkel.

Iva berührte sanft ihre Schulter.

"Das ist aber noch nicht alles", fuhr Vivian fort. "Die Karten haben meinen Verdacht bestätigt. In beiden Fällen – bei Mark und Nicolas."

"Die *Karten*?"

"Der Tarot. Sowohl Marks als auch Nicolas' Todesbild zeigten eindeutig eine Einmischung von außen."

So ein Humbug, durchfuhr es Iva. Das ging nun wirklich zu weit. Ein Kartenorakel zur Aufklärung eines Mordhergangs!?

Aber sie wollte Vivian nicht verletzen, also hielt sie sich mit ihrem Kommentar zurück. Doch sie wurde durchschaut.

"Du glaubst nicht an die Macht der Karten, nicht wahr?"

"Nein", sagte Iva, beinahe erleichtert. "Ich meine, was soll ein Kartenspiel schon wissen können, was sich dem menschlichen Verstand entzieht?"

Vivian sah sie einen Augenblick forschend an, dann stand sie auf und kramte aus einer Lade ein mit violettem Samt umwickeltes Bündel hervor. Unter dem Stoff kam ein Stapel Karten zum Vorschein.

"Es ist genau der menschliche Verstand, den wir mithilfe der Karten anzapfen können", sagte sie, "und zwar jenen Teil, der uns sonst nicht zugänglich ist – das Unbewusste."

"Ich verstehe", murmelte Iva.

"Wenn du mit unseren Biologen und Physikern darüber sprechen möchtest, werden sie dir sagen, dass alles in unserem Universum – inklusive des menschlichen Bewusstseins – auf elementarer Ebene, über Quantenfelder, miteinander verbunden ist. Unser Kosmos ist kein toter, leerer Raum, sondern voller Leben – und Intelligenz. Jedes noch so nebensächliche Ereignis hinterlässt Spuren darin, wird für immer im Gedächtnis des Universums abgespeichert. Und jedes noch so unbedeutende Atom hat über diese Felder Zugriff auf die volle Information. Die Tarotkarten, die du aufgrund dieser Verbundenheit unbewusst – aber keinesfalls zufällig – ziehst, haben keine andere Aufgabe, als dir diese Informationen zugänglich zu machen, sodass dein eher begrenztes Alltagsbewusstsein sie verstehen kann. Die Karten übersetzen die Dinge, die dein Unterbewusstsein weiß, in Bilder, die auch dein Verstand begreifen kann."

Plötzlich lachte Vivian wieder. "Ich weiß nicht, ob du mit dieser Erklärung was anfangen kannst. Ich bin keine Theoretikerin, ich zerbreche mir nicht den Kopf über wissenschaftliche Beweise. Ich verwende die Karten einfach schon, seit ich denken kann, und sie haben mir stets gute Dienste geleistet. Du solltest es selbst versuchen!"

Bevor Iva etwas erwidern konnte, hatte Vivian die Karten mit geübter Handbewegung über die Tischplatte verteilt. Fächerförmig, mit der Bildseite nach unten.

Iva zögerte. Das Ganze erschien ihr noch immer ziemlich obskur. Sie hätte nichts gegen einen wissenschaftlichen Beweis einzuwenden gehabt, so es ihn denn überhaupt gab.

"Na los", sagte Vivian. "Nicht so schüchtern!"

Iva streckte die Hand nach einer Karte aus.

"Halt – zuerst die Frage!"

"Bitte?"

"Das Thema, zu dem du die Karten befragen möchtest. Sie können dir ja kaum eine sinnvolle Antwort geben, wenn du gar keine Frage hast."

Einleuchtend. Iva überlegte.

"Möchtest du was Harmloses nehmen, zum Anfangen?", kam ihr Vivian zur Hilfe. "Wie wäre es mit dem Grund deines Inselbesuchs? Warum du eigentlich hier bist."

Iva neigte den Kopf. Der Grund für ihren Inselbesuch war die Aufklärung zweier Morde. Um das zu wissen, brauchte sie keine Karten. Aber da sie bei diesem Orakelspiel ja ohnedies nur Vivian zuliebe mitmachte, stimmte sie zu und zog eine Karte.

Zum Vorschein kamen ein Mann und eine Frau, ein königliches Paar, in purpurne Mäntel mit Hermelinkrägen gekleidet. Die beiden standen in einer Art Tempel, von einem Löwen und einem Adler flankiert, im Hintergrund die übermächtige Silhouette eines Hohepriesters. *VI – Die Liebenden*, war unter dem Bild zu lesen.

Das klang nicht gerade nach Mord. Iva legte die Karte offen vor Vivian auf den Tisch.

"Die kannst du ohne meine Hilfe interpretieren, denke ich", sagte diese verschmitzt.

9

Die Meditationshöhle war tatsächlich eine Höhle – nicht von Menschenhand gegraben, wenn auch kreativ ausgebaut, lag sie unter dem Hang hinter dem Restaurantgebäude.

Vivian hatte Iva hergeführt. Unweit des Waldhauses hatten sie eine kleinere Höhle betreten, und waren dann über ein Labyrinth von unterirdischen Gängen, teils natürlichen Ursprungs, teils künstlich angelegt, hierher gelangt: in einen Kuppelsaal unter der Erde, in seinem Zentrum bestimmt an die sieben Meter hoch.

Kugelförmige Leuchten, die die Wände säumten, verströmten ein sanftes, gelbes Licht. Der Boden war mit weichen Matten ausgelegt, auf denen man reichlich Sitzkissen verteilt hatte.

Ivas Armbanduhr zeigte fünf Minuten vor vier, und es waren schon gut ein Dutzend Personen anwesend.

Einige saßen bereits mit geschlossenen Augen und gekreuzten Beinen auf einem Kissen, offensichtlich, um sich einzustimmen. Doch die Mehrzahl der Anwesenden stand in kleinen Grüppchen beisammen und unterhielt sich angeregt, wenn auch in gedämpfter Lautstärke.

Eine eingeschworene, vertraute Gemeinschaft, dachte Iva. Keinerlei misstrauische Blicke oder ängstliches Geflüster hinter vorgehaltener Hand trübten das Bild. Michaels Strategie, die beiden Todesfälle der jüngsten Vergangenheit als Unfälle darzustellen, war offensichtlich von Erfolg gekrönt. Diese Menschen verhielten sich nicht, als vermuteten sie einen Mörder in ihrer Mitte.

Aber wo blieb eigentlich Michael? Iva sah sich wiederholt nach ihm um, konnte ihn aber nirgends entdecken. Hatte er sie nicht den Inselbewohnern vorstellen wollen?

Doch das schien ohnedies überflüssig, weil bereits jedermann zu wissen schien, wer sie war: Michaels Ehefrau, lange verschollen, nun endlich an die Seite ihres Mannes zurückgekehrt. Sie wurde von allen Seiten freundlich begrüßt und in Arkadia willkommen geheißen.

Dann ertönte von irgendwoher ein Gong, und die Meditationssitzung begann.

"Was muss ich tun?", flüsterte sie Vivian zu, die erstaunt die Augenbrauen hob. Die Idee, dass jemand noch nie meditiert haben könnte, war ihr offensichtlich nicht gekommen.

"Ich erkläre dir das fürs nächste Mal genauer, ok? Schließ jetzt einfach nur die Augen und versuche, dich zu entspannen. Lass deine Gedanken zur Ruhe kommen. In dieser Gruppe geht das von ganz allein, du wirst sehen!"

Iva tat, wie ihr geheißen. Sie machte es sich, so gut es ging, auf ihrem Kissen bequem. Doch der Versuch, sich zu entspannen, bewirkte zunächst das genaue Gegenteil: Ihre Gedanken wurden lauter, je mehr sie sich bemühte, sie zu unterdrücken. Kaum hatte sie einen erfolgreich beiseite gewischt, drängten zwei neue an seine Stelle. Wie die Köpfe einer Hydra. Ihre Kanzlei kam ihr in den Sinn, der Mietvertrag für einen Gewerbepark, den sie letzte Woche aufgesetzt hatte, ein Mandant, den sie noch dringend hätte anrufen sollen ...

Dann musste sie plötzlich an die vollbusige Rebecca denken, mit der Michael sie damals betrogen hatte. Warum ausgerechnet jetzt?

Erst nach einer kleinen Weile – sie hätte nicht sagen können, ob fünf Minuten vergangen waren oder schon zwanzig – wurde es tatsächlich etwas ruhiger in ihrem Kopf. Ein wohliges Gefühl begann sich in ihrem Körper auszubreiten. Als ob man sich nach einem anstrengenden Arbeitstag in die heiße Badewanne legte.

Wenn es nach ihr gegangen wäre, hätte sie eine ganze Weile so ausharren können. Friedvoll, still und geborgen. Doch dann war da plötzlich ein Störfaktor: das deutliche Empfinden, beobachtet zu werden. Iva glaubte sogar zu wissen, von wo der Blick kam, der sie durchbohrte. Wer immer es war, der sie so anstarrte, er musste irgendwo zu ihrer Linken sitzen.

Sie öffnete vorsichtig die Lider, blinzelte etwas, spähte aus dem Augenwinkel in diese Richtung. Keine zwei Meter neben ihr saß ein älterer, spindeldürrer Mann, den ihr Vivian vorhin als Parapsychologen oder etwas Ähnliches vorgestellt hatte. Doch seine Augen waren fest geschlossen.

Ivas Blick wanderte weiter, hielt sich erst gar nicht bei den nächsten beiden Meditierenden auf, sondern stolperte geradezu in zwei sehr große, hellgraue Augen, vier Plätze weiter.

Sie gehörten Kylian Lacroix, ihrem Bungalow-Nachbarn. Er schloss sie so schnell, dass Iva für einen kurzen Augenblick dachte, sie hätte sich sein Starren doch nur eingebildet. Nun war es an ihr, ihn einer genaueren Begutachtung zu unterziehen.

Er saß sehr aufrecht auf seinem Kissen, sein Rücken berührte nicht die Wand, die nur wenige Zentimeter hinter ihm lag. Sein dunkelbraunes Haar wirkte unfrisiert und fiel ihm bis in den Nacken. Ein sehr ansprechend geschwungener Nacken ... und auch Kylians Gesicht war auf klassische Art schön, mit einer scharf geschnittenen Nase und vollen Lippen, die jetzt jedoch eine sehr harte, gerade Linie formten.

Iva zwang sich, wieder die Augen zu schließen, auch wenn die Gedankenstille dahin war. Sie öffnete sie erst wieder, als die meisten anderen die Höhle bereits verlassen hatten. Vivian winkte ihr gerade noch breit grinsend zu, bevor sie in dem Tunnel verschwand, der sie zuvor hergeführt hatte. Dafür kam ausgerechnet Kylian geradewegs auf sie zu.

Als er vor ihr stand, überragte er sie um einen halben Kopf und musterte sie mit einem geheimnisvollen Lächeln. Was er sagte, und wie er es sagte, klang reserviert, wenn auch nicht unfreundlich: "Du bist Michaels Frau, nicht wahr? Wir sind Nachbarn, unten am Strand."

Langsam ging es ihr auf die Nerven, ständig als *Michaels Frau* angesprochen zu werden. Als hätte sie keinerlei Existenzberechtigung außerhalb dieser Rolle. Und dass Kylian und sie Nachbarn waren, wusste sie bereits, auch wenn sie ihm nicht unbedingt gleich zur Begrüßung gestehen wollte, dass sie ihn schon beim Yoga auf seiner Terrasse beobachtet hatte. Oder was immer für Übungen er dort praktiziert hatte.

"Michael und ich sind zwar verheiratet, haben uns aber schon vor Jahren getrennt", sagte sie, obwohl sie diesem Mann ganz bestimmt keine Erklärung schuldig war. "Wir haben uns ewig nicht gesehen, bis er mich vor Kurzem hier auf seine Insel einlud."

Kylian lächelte mit einem Mal, doch so kurz, dass sie sich wieder fragen musste, ob sie es sich nur eingebildet hatte.

"Vielleicht steht ja jetzt eine Wiederbelebung eurer Beziehung an", sagte er, "sonst wärst du wohl nicht hier, nehme ich an." Dem fügte er noch ein knappes Kopfnicken hinzu, dann war er verschwunden.

Iva fand den richtigen Tunnel zum Restaurant und von dort den Ausgang auf die Strandpromenade. Warum war Michael nicht bei der Meditation gewesen? Er konnte ihre Verabredung doch nicht vom Vormittag auf den Nachmittag vergessen haben? Etwas musste ihm dazwischengekommen sein.

Westspitze der Insel, erinnerte sie sich. Dort lag sein Haus. Sie folgte dem Strandweg in diese Richtung. Die Sonne hing schon ziemlich tief über dem Meer, das jetzt in dunklerem Blau, aber vollkommen ruhig da lag. Im seichten Wasser ließ sich eine junge Frau auf einem Surfbrett treiben. Vielleicht war es gar nicht so schlecht, an diesem Ende der Welt zu leben.

Michaels Haus konnte man, wie er korrekt bemerkt hatte, nicht verfehlen. Es war nicht nur das einzige Gebäude an der schmalen Westküste, sondern lag auch deutlich weiter draußen im Meer als alle anderen Häuser. Der Steg schlängelte sich gute fünfzig Meter weit durchs Wasser, doch Iva kam erst gar nicht dazu, ihn zu betreten. Von einem der Eckpfeiler an der Abzweigung zur Strandpromenade baumelte ein großformatiges Messingschild. Mit dem lapidaren Wort VERREIST informierte es potenzielle Besucher, dass es derzeit nicht lohnte, den Weg zum Haus des Inselbesitzers bis zum Ende zu gehen.

Verreist? Einfach so? Warum hatte Michael am Vormittag kein Wort davon erwähnt? War etwas Unvorhergesehenes geschehen? Doch hoffentlich kein weiteres Unglück?

Iva stand eine Weile am Fuße des Steges, unschlüssig, was sie tun sollte. Schließlich kehrte sie um und machte sich auf den Rückweg zu ihrem Bungalow. Michael war kein Mann, um den man sich sorgen musste. Er würde schon wieder zurückkehren, und in der Zwischenzeit wusste sie ja, was sie zu tun hatte.

Der Rückweg zu ihrem Bungalow nahm eine gute Stunde in Anspruch. Was nicht nur daran lag, dass sie den wunderbaren Meerblick genoss. Mehrmals traf sie auf teils schon bekannte, teils ihr noch fremde Bewohner Arkadias, die sie in Strandgespräche verwickelten.

Iva stand den Leuten mit wachsender Ungeduld Rede und

Antwort:

Ja, sie freute sich sehr, hier zu sein.

In der Tat, sie hatte ihren Mann lang nicht gesehen.

Nein, sie konnte noch nicht sagen, wie lange sie auf der Insel bleiben würde.

Eine junge Frau, die ihr Vivian bei der Gruppenmeditation als Johanna, Molekularbiologin aus Berlin, vorgestellt hatte, sprach sie auf Deutsch an. Iva nützte die Gelegenheit und befragte sie zu Michaels plötzlichem Verschwinden. "Kommt es öfter vor, dass er kurzfristig verreist?"

"Eigentlich nicht", antworte Johanna, und ihre Augen weiteten sich. "Du meinst, er ist einfach weg, ohne was zu sagen? Gerade, wo seine Ehefrau ... wo du zurückgekehrt bist?"

Iva nickte. Die arme, allein zurückgelassene Ehefrau. Ihre Traumrolle.

"Kein Problem", spielte sie die Sache herunter. "Bestimmt bleibt er nicht lange fort."

"Ganz sicher nicht", beeilte Johanna sich zu sagen. Und dann fragte sie Iva, ob sie auch auf dem Weg zum Abendessen sei.

Abendessen. Eine hervorragende Idee! Das Mittagessen hatte sie ja verpasst, also war jetzt durchaus der richtige Zeitpunkt für eine kleine Stärkung. In ihren Bungalow konnte sie dann später zurückkehren. Sie folgte der jungen Deutschen zurück zum Restaurantgebäude, wo sie ein großzügiges Buffet mit den köstlichsten Speisen erwartete.

Glücklicherweise leuchteten Laternen in regelmäßigen Abständen die Strandpromenade einigermaßen aus, sodass Iva – geschätzte dreitausend Kalorien später und mit einem tiefschwarzen Gewissen angesichts dieser Ausschweifung – den Heimweg zu ihrem Bungalow auch im Dunkeln problemlos fand. Zu Vivians Haus hätte sie um diese Stunde aber nicht gehen wollen. Erstens waren die Waldwege nicht beleuchtet, und zweitens klangen die Geräusche, die aus dem nächtlichen Dschungel drangen, ganz schön unheimlich.

Iva beschleunigte ihre Schritte. Dabei konnten es bestimmt nur Vogelschreie sein. Oder schlimmstenfalls Affen. Größeres Getier war auf einem so winzigen Stück Land doch sicher nicht zu Hause.

Im Vorraum ihres Bungalows entdeckte sie auf der Wandkommode ein kleines Paket. Es war mit einer übergroßen, purpurroten Schleife verziert, und darunter eingeklemmt lag ein schmaler Briefumschlag. Arkadias bevorzugtes Kommunikationssystem in Aktion.

Einfach eine Nachricht im Vorraum hinterlassen, hatte Michael ihr erklärt. *Wenn du jemanden nicht persönlich antriffst*. Dass man auch ein Geschenk dazulegte, hatte er allerdings nicht erwähnt. Sie öffnete zuerst den Brief – und erkannte sofort Michaels Handschrift:

Liebe Iva,

ich muss leider unerwartet verreisen. Eine dringende Angelegenheit in London. Ich werde spätestens in zwei, drei Tagen wieder zurück sein. Wenn du in der Zwischenzeit etwas brauchst, wende dich einfach an Igor. Er ist in alles eingeweiht.

Ich küsse Dich,
Michael

Eine dringende Angelegenheit? Und der Abschiedsgruß war auch etwas unorthodox. Das Paket mit der roten Schleife nicht minder, was das betraf. Es enthielt einen rund geschliffenen Glasflakon, unbeschriftet und mit einem Korken verschlossen. Beim Öffnen verströmte er einen frischen, blumigen Duft. Zweifellos eine Parfumkomposition. Nicht aus dem Laden. Etwas Individuelles. Vielleicht ein Produkt aus Vivians Hexenküche? Auf jeden Fall genau das Richtige für die Anwältin, die man aus rein beruflichen Gründen auf seine Insel eingeladen hat. Nicht etwa, weil man zufälligerweise auch mit ihr verheiratet war ...

10

Das Buffet zum Frühstück am nächsten Morgen stand demjenigen vom Vorabend in nichts nach. Doch als Iva gerade ein paar geschnittene Früchte in eine Schale füllte, kam ein Mann in den Speisesaal gestürmt. Er sah drein, als wären ihm die Heerscharen der Hölle auf den Fersen. Als er vor dem Buffet, unmittelbar neben Iva, zu stehen kam, würdigte er sie keines Grußes.

Er war eher klein, aber muskulös gebaut und schon etwas älter. Vielleicht so um die fünfundfünfzig. Seine Jeans waren verknittert, ebenso wie das weiße Hemd, das ihm halb aus der Hose hing. Die Schultern hatte er hochgezogen, als müsse er sich einem eisigen Wind entgegenstemmen, und seine Hand zitterte leicht, als er in den Korb langte, in dem goldbraune Croissants auslagen. Er benutzte keinen Teller und begann sogleich direkt im Stehen zu essen. Mit wenigen Bissen schlang er ein Croissant hinunter, und erst als er sich zwecks Nachschubs wieder dem Buffet zuwandte, schien er zu bemerken, dass er nicht allein war. Jäh zog er die Hand zurück. Seine Augen weiteten sich.

"Wer bist du?", fragte er Iva ohne Einleitung – und wirkte mit einem Mal verängstigt.

Es war das erste Mal, dass sie jemand nicht spontan als Michaels Frau erkannte und ansprach. "Iva Fleming", sagte sie, aber nicht einmal ihr Familienname schien bei dem Mann ein Begreifen auszulösen.

"Ist alles in Ordnung mit dir?", fragte sie ihn. Er guckte noch immer so ängstlich drein. Seine Augenlider zuckten nervös.

Er musterte sie auf merkwürdige Weise. Als ob er sich fragen würde, ob eine Gefahr von ihr ausging. Dann schien er sich doch gewisser Umfangsformen zu entsinnen und streckte ihr die Hand entgegen – fettig und voller Krümel, wie sie war.

"Josef Lauingen", stellte er sich vor. "Stringtheoretiker."

Widerwillig schüttelte Iva seine Hand.

Unter normalen Umständen hätte sie ihn vielleicht gefragt, worum es bei diesem Fachgebiet, von dem sie noch nie gehörte hatte, ging. Eine nette kleine Frühstückskonversation. Aber so, wie er sich verhielt, erschien ihr eine weiterführende Unterhaltung mit ihm wenig erstrebenswert. Um zu signalisieren, dass sie zu tun hatte, und um das Gespräch an dieser Stelle zu beenden, fragte sie ihn nach Samuel Mullands Haus. Sie hatte vor, heute Morgen diesem besten Freund des ertrunkenen Nicolas Rozier auf den Zahn zu fühlen.

"Das liegt gleich unterhalb seines Labors", antwortete Josef. "Aber wann ist Samuel schon je in seinem Haus?"

Daraufhin kam er ihr mit dem Abschied zuvor. Er brummte etwas, das wohl "bis später" heißen sollte, dann griff er sich ein weiteres Croissant und ein paar Meter weiter noch eine Mango. Daraufhin verließ er im Laufschritt das Restaurant.

Seine Auskunft hatte Iva nicht wirklich weitergebracht. War es nicht offensichtlich, dass sie neu auf der Insel war und Samuels Labor genauso wenig kannte, wenn sie schon nach seinem Haus fragte?

Obwohl es noch früh am Morgen war, betraten glücklicherweise gerade zwei – psychisch wesentlich stabiler wirkende – Frauen den Saal.

Bereitwillig und verständlich gaben sie Iva die gewünschte Information. Was für eine Wohltat nach diesem Rüpel.

"Samuels Haus liegt am Südstrand", sagte die eine, und die andere ergänzte: "Du kannst einfach entlang der Promenade laufen, oder du nimmst die Abkürzung durchs

Innere der Insel. Gleich die erste Abzweigung von hier, Richtung Osten."

Nach einem Blick auf ihre Armbanduhr fügte die Frau hinzu: "Um diese Zeit ist Samuel aber sicher schon in seinem Labor. Es liegt nur ein paar Schritte weiter, direkt hinter seinem Haus, in den Höhlen."

Das brachte ein wenig Licht in Josef Lauingens konfuse Bemerkung. Samuel musste ein Frühaufsteher oder ein Arbeitstier sein, vielleicht beides, wenn er jetzt bereits in seinem Labor war. Es war gerade mal kurz vor sieben Uhr.

Iva bedankte sich bei den beiden Frauen und entschied sich für den Weg entlang der Strandpromenade, auch wenn er der längere sein mochte. Sie hatte keine Lust, sich auf der Abkürzung durchs Innere der Insel womöglich im Dschungel zu verlaufen.

Sie brauchte fast eine Stunde, bis sie die beschriebene Laborhöhle fand. Die südliche Strandpromenade endete an dieser Stelle geradewegs in einem gut vier Meter hohen Tunnel in der Flanke des Hügels. Meerseitig fiel das Gelände in steilen Klippen ab.

Iva betrat die Tunnelöffnung und fand sich in einem betonverkleideten Gang, der geradeaus verlief, soweit das Auge reichte. An der linken Wand reihten sich verschlossene Holztüren, (das heißt *ge*schlossene, denn Schlüssellöcher gab es auch hier keine), hinter denen Lagerräume liegen mochten, während man rechterhand durch Glasscheiben und -türen direkt in verschiedene Labors und Büroräume blickte. Durch deren Fenster wiederum fiel Tageslicht herein, und Iva konnte bis aufs Meer hinaussehen. Michaels Architekt hatte anscheinend den felsigen Südhang des Hügels mit diesen Fensterfronten durchbrochen. Das Ambiente wirkte futuristisch – genau das Richtige für Forscher, die sich den großen Fragen des Lebens stellten.

Die einzelnen Labors waren äußerst geräumig und auch nicht von jener langweiligen Sterilität, die man üblicherweise solchen wissenschaftlichen Einrichtungen unterstellte. Die ersten drei Räume, an denen Iva vorbeikam, beherbergten jede Menge Grünpflanzen und einige sehr originelle Möbelstücke. Vom Designerschreibtisch bis zur Jugendstilkommode. An den Wänden hingen Ölgemälde in verspielten Goldrahmen. Nirgends war jedoch eine Menschenseele zu entdecken, und es gab auch keine Namensschilder oder Ähnliches neben den Türen. So folgte Iva dem Gang weiter ins Innere des Berges.

Sie fand Samuel schließlich in einem gänzlich schmucklosen Raum, dem sechsten oder siebenten auf der rechten Seite, der sich in seiner Gewöhnlichkeit auffallend von den vorhergehenden Labors unterschied. Eigentlich konnte man gar nicht von einem Labor im engeren Sinne reden, es war eher eine Art Büro, vielleicht vierzig Quadratmeter groß, aber äußerst nüchtern, um nicht zu sagen spartanisch eingerichtet.

An einem Schreibtisch aus dunklem Holz saß ein Mann – den Rücken der verglasten Eingangstür zugewandt. Sein Hinterkopf war bis auf ein paar kreuz und quer stehende weiße Haarstummel kahl, und seine Haltung war die eines Menschen, der sein Leben im Bürostuhl verbrachte und so abenteuerliche Dinge wie Sport gern anderen überließ.

Iva klopfte an die ohnehin offenstehende Glasschiebetür, um sich bemerkbar zu machen. "Samuel?"

Als er sich umwandte, blickte sie in zwei sehr ernst wirkende Augen von unbestimmter Farbe, und in einen, im Gegensatz zum Haupthaar üppig wuchernden, weißen Vollbart, der die gesamte untere Gesichtshälfte des Mannes verbarg.

"Ja ... bitte?", sagte er förmlich. Dabei erhob er sich von seinem Schreibtisch.

Iva stellte sich mit vollem Namen vor und verspürte entgegen allen Inselbrauchs plötzlich das Bedürfnis, diesen Mann zu siezen. Er wirkte so streng und unnahbar wie sein Büro.

Es dauerte einen Augenblick, bis er ihr das schon zum Erbrechen vertraute "Ah, Michaels Frau, nicht wahr!", erwiderte, das sie seit ihrer Ankunft verfolgte.

"Was kann ich für dich tun?", waren seine nächsten Worte. Es klang zwar nicht unfreundlich, aber der Anflug eines Lächelns verirrte sich dabei nicht in sein Gesicht.

Da Michael ihr versichert hatte, sie könne mit Samuel offen über die vermeintlichen Unfälle sprechen – zumindest, was Nicolas' Tod betraf – legte Iva ihr Juristen-Selbst an, das Samuels Temperament an Sprödheit durchaus gewachsen war, und verzichtete auf lange Vorreden.

"Ich bin Rechtsanwältin, und Michael hat mich gebeten, den Unfall von Nicolas einer näheren Untersuchung zu unterziehen." Weiter kam sie nicht.

"*Unfall*?", donnerte Samuel los. "So ein Unsinn! Es war eindeutig Mord! Und da der Schuldige auch schon feststeht, wüsste ich nicht, was es noch zu untersuchen gäbe."

Das fing ja gut an.

"Darf ich mich setzen?", bemühte Iva sich, dem noch kaum begonnen Gespräch ein wenig an Schärfe zu nehmen.

"Verzeihung", lenkte Samuel ein und zog einen zusätzlichen Stuhl an seinen Schreibtisch heran, den er ihr mit fast schon galanter Handbewegung anbot. Er selbst nahm wieder in seinem Drehsessel Platz.

"Das alles geht mir ziemlich nahe", sagte er, vielleicht um seinen aufbrausenden Einstieg zu rechtfertigen.

Wirklich bewegt hörte es sich nicht an, aber konnte man von einem Mann wie ihm erwarten, dass er einer Fremden gegenüber seine wahren Emotionen offenbarte?

"Das kann ich gut verstehen", sagte Iva. "Nicolas und du,

ihr wart eng befreundet, nicht wahr?"

"Seit er ein grüner Junge war", entgegnete Samuel, und erstmals huschte ein schmales Lächeln über sein Gesicht. "Er war mein Student ... in Paris, an der Sorbonne. Ich unterrichtete dort Medizin. Aber das ist eine Ewigkeit her."

Diese Richtung gefiel Iva schon besser. Wenn Nicolas wirklich ermordet wurde, wovon anscheinend nicht nur Michael überzeugt war, musste sie mehr über ihn erfahren. Über seine Vergangenheit, sein Leben in Arkadia, seine Schwächen und Stärken, seine Freunde ... und möglicherweise Feinde. Dann erst würde sie – vielleicht – abschätzen können, aus welchem Grund ihn jemand töten wollte.

Sie lehnte sich vor, ermunterte Samuel weiterzusprechen. Er tat es nur zu gerne.

"Nicolas stammte aus einer angesehenen Familie aus Reims. Sein Vater war Arzt, Nicolas das einzige Kind – und dieser Sohn sollte in seine beruflichen Fußstapfen treten. Und natürlich musste er an der besten Universität des Landes studieren. Wo ich ihn dann in meiner Anatomievorlesung für Erstsemestrige vorfand. Er war ein Musterstudent, stets höflich, folgte aufmerksam dem Unterricht, las in seiner Freizeit umfangreich über das jeweilige Studienthema hinaus, idealisierte die Medizin als die größte Errungenschaft der Menschheit und hatte den brennenden Wunsch, jedem Patienten zu helfen." Samuel räusperte sich. Die Anspannung in seinem Gesicht ließ ein wenig nach.

"Im zweiten Semester begann Nicolas, Fragen zu stellen. Harmlose zunächst. Die gleichen, die andere intelligente Studenten in diesem Abschnitt auch gelegentlich stellen: nach den Grenzen und Schattenseiten der Medizin, nach Alternativen zu populären Behandlungsmethoden – aber dabei blieb es nicht für Nicolas. Als er den ersten Studienabschnitt beendet hatte, diskutierte er bereits über schamanische Heilmethoden, Homöopathie, Akupunktur und noch obskurere Dinge mit mir."

"Du musst verstehen", fügte Samuel hinzu, "dass derlei Methoden vielleicht in der heutigen Zeit langsam Eingang in die Schulmedizin finden. Aber vor fünfzehn Jahren ... da war es schlicht und einfach Ketzerei, in den ehrwürdigen Hallen der Sorbonne mit einem Studenten solche Dinge auch nur zu diskutieren. Und beim Diskutieren blieb es nicht. Nicolas forderte mich mit seinen Fragen und Ansichten immer weiter heraus, beschränkte sich nicht mehr nur auf das bloße Literaturstudium, und eines Tages kam mir zu Ohren, dass er tatsächlich begonnen hatte, in seinem privatem Umfeld Menschen zu behandeln. Ich fragte erst gar nicht nach den Therapiemethoden, die er dabei anwandte, sondern zitierte in geradewegs in mein Büro – wo ich ihm in aller Deutlichkeit ins Gewissen redete. Ich machte ihm klar, dass ein derartiges Verhalten von Studenten ausnahmslos nicht geduldet wurde, dass er erst dann einen Patienten auch nur anfassen durfte, wenn er seinen Abschluss in der Tasche hatte – und selbst dann hatte er sich gefälligst der anerkannten Heilmethoden zu bedienen! Sie waren erprobt, hatten ihre Wirksamkeit für Generationen von Ärzten und deren Patienten unter Beweis gestellt. 'Sie sind aber nicht wirksam genug!', fiel er mir ins Wort, 'Menschen sterben da draußen, während wir hier über die Etikette diskutieren, ist Ihnen das nicht klar?' Und dann, das werde ich nie vergessen, setzte er noch hinzu, dass es teilweise unsere sogenannten erprobten Methoden waren, an denen die Leute starben. Nicht die Krankheit selbst raffe die Patienten dahin, sondern die Unfähigkeit der Ärzte! Das hat er tatsächlich gesagt. Eine Ungeheuerlichkeit, noch nie dagewesen."

Wenn Nicolas einen derartigen Kommunikationsstil über die Jahre beibehalten hatte, mochte er sich leicht den einen oder anderen Feind geschaffen haben, dachte Iva.

Samuel fuhr fort: "Jeden anderen hätte ich auf der Stelle hinausgeworfen! Fakultätsverweis, nichts anderes gebührte ihm, aber ich ... ich kann bis heute nicht sagen, warum ich mich darauf einließ. Nicolas war damals schon brillant, und ich wusste es. Ich hatte aus jenen Quellen, die mir von seinen illegalen Behandlungsversuchen berichteten, auch von spektakulären Heilerfolgen gehört. Vereinzelt fiel schon das Wort *Wunder*. Und natürlich war ich nicht so blind, dass mir die Schwachstellen der anerkannten Medizin nicht bekannt gewesen wären. Obwohl ich zugeben muss, dass ich sie damals für unvermeidlich hielt."

Er erhob sich von seinem Drehstuhl, auf dem er ohne Unterlass auf und ab gewippt war, und öffnete ein Fenster hinaus aufs Meer, ließ das Geräusch der Wellen herein, die sich nur ein paar Meter tiefer an den Felsen brachen. Dann kehrte er auf seinen Platz zurück – und zu der Erinnerung an seinen Studenten. Iva ließ ihn gewähren.

"Nachdem ich stundenlang auf Nicolas eingeredet hatte, dass unheilbare Patienten und erfolglos verlaufende Therapien eben zu unserer Profession gehörten, dass Krankheit ein unabänderlicher Bestandteil der menschlichen Existenz war – wovon er natürlich nichts hören wollte – überredete er mich zu einer Vereinbarung. Was sage ich, zu einem Pakt mit dem Teufel! Als etwas anderes kann man es nicht bezeichnen."

Seine Finger schlossen sich um die Armlehnen des Stuhls.

"Ich setzte meine Stelle aufs Spiel, meinen Ruf als Universitätsprofessor, mein ganzes Leben – denn die Sorbonne war damals mein Leben. Wir verabredeten, dass ich für den Zeitraum von einem Jahr all jene Patienten, die ich in meiner privaten Arztpraxis mit den etablierten Methoden nicht erfolgreich behandeln konnte, Nicolas überlassen solle. Er wollte mir beweisen, dass da, wo die Universitätsmedizin versagte, *er* Heilung bewirken könne. Natürlich musste das Ganze unter dem Deckmantel einer Assistentenstelle bei mir laufen, was für Studenten am Ende des ersten Abschnitts zwar nicht ausgeschlossen, aber doch sehr ungewöhnlich war – und die Verantwortung für was auch immer er mit den Leuten anstellte, lag natürlich bei mir."

"Ein wirklich mutiger Schritt", sagte Iva.

"Mutig? Vollkommen wahnsinnig aus damaliger Sicht! Das Einzige, was ich für mein eigenes Gewissen anführen konnte, war, dass ich zu keinem Zeitpunkt Patienten in Gefahr brachte. Nicolas' Methoden waren allesamt nicht-invasiv. Das heißt, er verabreichte den Leuten keine Medikamente im herkömmlichen Sinne, schnitt niemals in ihre Körper – alles was er verwendete, homöopathische Substanzen und dergleichen, war nach Auffassung der etablierten Wissenschaft, die damals ja auch die meine war, bestenfalls gewöhnliches Wasser ohne jeden Wirkstoffgehalt. Also auf jeden Fall ungefährlich. Oder aber er bearbeitete in der Tradition der alten Magnetiseure rein äußerlich gewisse Körperzonen. Manchmal berührte er die Patienten nicht einmal, sondern fuchtelte nur mit seinen Händen in ihrem Energiefeld, wie er das nannte, herum."

"Und die Leute wurden gesund?"

"Die Leute wurden gesund. Nicht alle natürlich, aber doch so viele, dass es an ein Wunder grenzte. Einigen der Patienten, die Nicolas retten konnte, hatte ich bereits nach bestem Wissen und Gewissen geraten, baldigst ihre persönlichen Angelegenheiten zu regeln. Die Schulmedizin hätte ihnen keine drei Monate mehr gegeben."

"Und was geschah dann?", fragte Iva gespannt.

11

"Dann ... flog die ganze Geschichte auf", sagte Samuel. "Ich verlor meine Professur und Nicolas seinen Studienplatz."

"Trotz der außergewöhnlichen Heilerfolge?"

"Ja ... trotzdem. Oder gerade deswegen, würde ich heute vielleicht sagen." Quer über seine kahle Stirn hatte sich eine tiefe Furche gebildet.

"Das muss ein schwerer Schlag für dich gewesen sein", sagte Iva.

"Natürlich, obwohl es mir zu diesem Zeitpunkt schon fast nichts mehr ausmachte. Nach allem, was ich gesehen hatte. Von meinem einst so unerschütterlichen Vertrauen in das medizinische Establishment war nicht mehr viel übrig. Selbstverständlich schmerzte es, über Nacht vom respektablen Universitätsprofessor zum geächteten Scharlatan abzusteigen. Nie wieder als Arzt praktizieren zu dürfen. Aber Nicolas hatte meinen lange verlorenen Idealismus wiedererweckt, er gab mir den Glauben zurück, dass Krankheit vielleicht doch nicht das menschliche Schicksal war. Sondern Gesundheit! Uneingeschränkte, vollkommene körperliche, geistige und seelische Gesundheit. Und heute kann ich sagen: So ist es."

Er sah Iva direkt ins Gesicht. Seine zuvor so nüchtern dreinblickenden Augen hatten einen warmen Glanz bekommen.

"Nach unserem Rauswurf aus der Sorbonne blieben Nicolas und ich zusammen. Man könnte sagen, ich wurde nun *sein* Student, obwohl er das natürlich niemals so formuliert hätte. Er hat mir immer vollen Respekt entgegengebracht, mich stets als seinen Lehrmeister vorgestellt, dem er alles verdanke."

Samuel verstummte. Einen Augenblick lang betrachtete er Iva, als ob es ihn erstaune, sie da sitzen zu sehen – und nicht ihn, den Freund, der so plötzlich und unerwartet von ihm gegangen war. Dann jedoch fing er sich wieder und kehrte mit einem trockenen Hüsteln zu seiner Erzählung zurück.

"Wir verließen Paris, siedelten uns in Reims an, im Haus von Nicolas' Eltern, die vor Kurzem verstorben waren. Ein paar Jahre lang lebten wir dort und praktizierten als ... nun ja." Er unterbrach sich. "Im Untergrund gewissermaßen."

Es stand ihm ins Gesicht geschrieben, wie sehr ihn das gedemütigt haben musste.

"Nicolas forschte ohne Unterlass weiter nach neuen und vergessenen Heilweisen. Nächtelang brüteten wir über medizinischen Schriften aus unterschiedlichsten Epochen und weiten Teilen der Welt. Wir studierten den indischen Ayurveda, die beinahe ebenso alte chinesische Medizin, beschäftigten uns mit den schamanischen Methoden aus Südamerika und Afrika, dem Heilwissen christlicher Klöster und den oft nur mündlich weitergegebenen Hausmitteln der Kräuterfrauen, die ich früher bestenfalls belächelt hätte."

Aber das medizinische Establishment war noch lange nicht mit ihnen fertig. Sie wurden wegen unerlaubter Berufsausübung angezeigt, die lokale Ärzteschaft feindete sie an, wo es ihnen nur möglich war, und einmal, als Samuel in der Stadtapotheke – die sie sonst kaum je frequentierten, da sie ja keiner herkömmlichen Arzneien bedurften – ein einfaches Fieberthermometer kaufen wollte, sagte man ihm ins Gesicht, dass er als Kunde unerwünscht sei.

"Und das im 21. Jahrhundert!" Samuel schüttelte den Kopf, starrte durch das offene Fenster hinaus aufs Meer. Nach einer kurzen Pause sprach er weiter und seine Gesichtszüge verfinsterten sich plötzlich.

"Noch etwas anderes machte uns zu schaffen", sagte er. "Besonders Nicolas. Es traf ihn weit mehr als die unwürdige Behandlung, die man uns angedeihen ließ. Ich für meinen Teil war aus meiner langen Zeit als Schulmediziner gewissermaßen daran gewöhnt, auch wenn ich nie so deutlich darüber nachgedacht hatte. Das Problem war, dass viele unserer Patienten eigentlich gar nicht gesund werden wollten."

"Wie bitte?" Sie musste sich verhört haben.

"Was ich meine, ist: Die Menschen wollen natürlich nicht sterben, gar keine Frage, und wenn sie Schmerzen haben, möchten sie sie auch gern loswerden. Aber wenn es darum geht, Verantwortung für die eigene Gesundheit zu übernehmen, etwas mehr dafür zu tun, als nur im akuten Fall eine Tablette einzunehmen ... das ist den meisten schon zu viel. Als Mensch der modernen Welt ist man es einfach gewohnt, sich erst dann über seinen Körper Gedanken zu machen, wenn bereits eine Krankheit ausgebrochen ist. Dann begibt man sich vertrauensvoll in die Hände des Arztes, legt sich bereitwillig unters Messer. Was soll man anderes tun, man kann ja nichts dafür, es hat einen halt erwischt, das hinterhältige Virus, oder wem man sonst die Schuld geben möchte. Neuerdings kann man auch noch die Gene zum Sündenbock machen, ist das nicht wunderbar? 'Schon meine Mutter neigte zu Übergewicht, was soll ich da machen, wenn ich hundertdreißig Kilo auf die Waage bringe?' Und wenn man Glück hat und – fürs Erste – mit dem Leben davonkommt, macht man munter weiter wie zuvor, das gleiche schädliche Verhalten, das überhaupt erst zu der Erkrankung geführt hat. Nicolas konnte und wollte das einfach nicht verstehen. Da kamen Menschen zu uns, die wir unter Aufbietung all unserer Kräfte von, sagen wir, einem Krebsleiden befreien konnten, und nur ein paar Monate später sah man die gleiche Person munter im

Wirtshaus bei einem fetten Braten und einem Krug Bier sitzen, vielleicht noch die Zigarre fröhlich qualmend im Aschenbecher."

Er schüttelte den Kopf. "Nicolas begann, uns mit Lazarettärzten an der Front zu vergleichen, die ihre Soldaten nach einer Schlacht in stundenlanger Operation notdürftig zusammenflicken, nur um vielleicht schon ein paar Wochen später den gleichen Burschen, oft mit noch schlimmerer Verwundung, erneut auf dem Tisch zu haben."

Iva murmelte etwas dahingehend, dass Gesundheitsvorsorge tatsächlich eine recht unpopuläre Angelegenheit sei.

"Ich weiß", entgegnete Samuel, "aber Nicolas wollte das nicht akzeptieren. Mit seinen Visionen war er schon weit über die bloße Heilung von Krankheit hinaus. Was ihn wirklich interessierte, war die Entfaltung des vollen menschlichen Potentials – das sich überhaupt erst erschließen lässt, wenn perfekte Gesundheit zum Ausgangspunkt geworden ist, anstatt das kaum erreichbare Endziel zu sein."

Er verschränkte die Arme vor der Brust. "Irgendwann nahmen wir keine Patienten mehr auf. Früher oder später wären wir dafür ohnedies im Gefängnis gelandet. Stattdessen konzentrierten wir unsere gesamte Forschungstätigkeit auf die Vervollkommnung des menschlichen Körpers. Und vor allem des Geistes. An diesem Punkt hörten wir von einem exzentrischen Amerikaner, der sich angeblich ganz ähnlichen Fragestellungen widmete. Der ein Team von Wissenschaftlern, unorthodoxen vor allem, um sich scharte. Und wir waren ja mittlerweile auch nichts anderes als das: Grenzwissenschaftler, *Outlaws*, wie Nicolas zu sagen pflegte. Man erzählte uns, der Mann sei Milliardär und habe soeben eine ganze Insel erworben."

"Michael ...?"

"Michael." Samuel sprach nicht weiter.

"Nicolas muss ein bemerkenswerter Mann gewesen sein", sagte Iva.

Samuel nickte bloß, fuhr sich mit der Hand über den beinahe kahlen Schädel.

Wieder Stille.

Ob Iva es wollte oder nicht, ihr war klar, dass sie jetzt wieder auf das eigentliche Thema ihres Besuchs zurückkommen musste: Nicolas' Tod. Unfall oder Mord?

Sie tastete sich behutsam vor: "Samuel, als du vorhin sagtest, Nicolas Mörder stünde bereits fest ... da meintest du seinen Assistenten, Robert, nicht wahr?"

"Wen den sonst?" Sofort schwoll Samuels Stimmvolumen wieder bedrohlich an. Nicht viel anders als zu Beginn des Gesprächs.

Es würde nicht leicht sein, mit diesem Mann vernünftig über den Tod seines Freundes zu sprechen. Doch Iva hatte keine Wahl. Sie brauchte Informationen. Während sie noch versuchte, ihre nächste Frage so taktvoll wie möglich zu formulieren, ergriff Samuel das Wort.

Er sagte etwas, das sie nicht erwartet hätte, nämlich: "Robert ist keiner von uns. Ich weiß ehrlich gesagt nicht, warum ihn Michael überhaupt nach Arkadia geholt hat. Er ist kein Wissenschaftler, noch nicht einmal ein besonders fähiger Assistent, und auch sonst ganz und gar gewöhnlich, wenn du verstehst, was ich meine. Recht intelligent, das mag schon sein, aber in Summe als Mensch ziemlich unterentwickelt."

"Das macht ihn aber doch nicht gleich zum Mörder, oder?"

"Natürlich nicht. Aber als ich Nicolas das letzte Mal lebend sah" – er räusperte sich geräuschvoll – "da war er auf dem Weg zu einer Verabredung mit Robert."

Iva betrachtete ihn schweigend. Wenn womöglich Samuel derjenige war, der Nicolas getötet hatte – was sie ja auch nicht ausschließen wollte, nicht ausschließen durfte, auch wenn es ihr noch so unwahrscheinlich erschien – dann war er jedenfalls ein sehr guter Schauspieler. Sein Schmerz wirkte echt. Mehr als das.

"Eine unangenehme Verabredung", fuhr er, sichtlich um Beherrschung ringend fort. "Nicolas wollte Robert wegen eines Diebstahls zur Rede stellen. Und am nächsten Morgen fanden wir seine Leiche am Strand."

"Ein Diebstahl?" Davon hatte Michael gar nichts erwähnt.

"Robert hat eine Erfindung von Nicolas gestohlen, oder sagen wir, eine Entdeckung. Das leugnet er bestimmt nicht einmal selbst."

Er sah sie herausfordernd an, als hätte er mit dieser Enthüllung nun endgültig den Beweis für Roberts Schuld erbracht.

"Und was hatte Robert damit vor?", fragte Iva.

"Was schon, er wollte sie zu Geld machen. Geld ist das Einzige, das ihn überhaupt interessiert, wenn du mich fragst."

"Und diese ... Entdeckung von Nicolas war so wertvoll?"

"Unbezahlbar."

Sie sah ihn skeptisch an. Wissenschaftler neigten ja gelegentlich dazu, ihren eigenen Forschungsarbeiten gar zu viel Wert beizumessen.

"Das erscheint dir übertrieben?", sagte Samuel. "Ich will dir etwas zeigen."

Er stand auf, ging ein paar Schritte zu einem Wandschrank aus Metall, dem er – mit ziemlich theatralischer Geste im Vergleich zu seinen sonst eher spärlichen Bewegungen – eine runde Plastikdose entnahm. Sie enthielt ein weißes grobkörniges Pulver, das er in eine kleine Porzellanschale auf seinem Schreibtisch schüttete.

"Weißt du, was das ist?", fragte er Iva – rein rhetorisch wohl, denn er wartete keine Antwort ab.

"$C_{12}H_{22}O_{11}$", sagte er, "die gefährlichste Substanz der Neuzeit. Sieht unscheinbar aus, nicht wahr? Und doch ist sie vielleicht der größte Killer der modernen Welt. Sie entzieht dem Körper Vitamine und Mineralstoffe, führt zu Immunschwäche, Fettleibigkeit, Herz- und Kreislauferkrankungen, Diabetes oder Alzheimer, macht nervös, aggressiv und ist in höchstem Maße suchterzeugend. Vergleichbar mit Kokain!"

Er rührte mit dem bloßen Finger die kleinen weißen Kristalle in der Schüssel um.

"Wenn du Metastasen – Krebswucherungen – züchten möchtest, fütterst du sie am besten damit. Es gibt kaum ein erfolgversprechenderes Mittel zu ihrem sicheren und raschen Wachstum. Und nahezu jeder Mensch, vom Kleinkindalter an, nimmt es täglich in viel zu großen Mengen zu sich."

Er sah Iva erwartungsvoll an.

"Keine Ahnung." Sie zuckte mit den Schultern. Eine Droge, die schon Kleinkindern verabreicht wurde? Das klang doch verrückt.

"Zucker", sagte Samuel nach einer effektvollen Pause. Er kippte den Inhalt der Porzellanschüssel in den Mülleimer neben seinen Tisch.

Ein brillanter kleiner Vortrag. Samuel musste einen guten Universitätsprofessor abgegeben haben. Trotzdem fühlte Iva sich ein wenig überrumpelt.

"Der Körper braucht doch aber Zucker ... in gewissen Mengen, nicht wahr?", wandte sie ein.

"Das möchte die Zuckerindustrie dir und den Millionen anderen braven Konsumenten, die sich tagtäglich damit vergiften, gern einreden. Der Mensch muss natürlich – unter normalen Lebensumständen – Kohlehydrate zu sich nehmen. Aber raffinierten Zucker? Nein, ganz bestimmt nicht." Er machte eine Handbewegung, als wolle er sich selbst guillotinieren.

"Was die menschliche Ernährung betrifft", fuhr er fort, "haben wir der Nahrungsmittelindustrie so manchen gefährlichen Mythos zu verdanken. Nimm zum Beispiel den durchschnittlichen Energiebedarf des Menschen. Da ist immer von zweitausend Kalorien pro Tag die Rede. Die Wahrheit liegt aber näher bei zwölfhundert, und es gibt Mittel und Wege, mit noch weniger auszukommen. Und die menschliche Lebenserwartung steigt dabei um sagenhafte dreißig Prozent! Aber das ist eine andere Geschichte."

Iva ging darauf nicht ein, sie hatte noch nicht einmal sein vernichtendes Zuckerurteil verdaut.

"Welche Alternativen haben wir denn?", sagte sie, vielleicht eine Spur zu heftig. "Künstliche Süßstoffe werden doch auch immer als krebserregend und was nicht noch alles verteufelt!"

"Und das zu Recht." Wieder schwieg Samuel für einen Augenblick, wohl um seine Worte wirken zu lassen. Vielleicht war er doch nicht ganz so nüchtern und spröde, wie Iva ihn zu Beginn eingeschätzt hatte.

"Ich möchte dir noch etwas zeigen", sagte er schließlich, "komm mit mir nach draußen, bitte."

12

Iva folgte ihm durch den Tunnel hinaus ins gleißend helle Sonnenlicht. Was dieser Aufklärungsunterricht in Sachen Zucker wohl mit dem Tod von Nicolas zu tun haben sollte?

Nur ein paar Schritte entfernt vom Höhleneingang kam Samuel vor einer Gruppe unscheinbarer grüner Stauden zum Stehen. Sie waren etwas mehr als kniehoch und erinnerten Iva entfernt an Küchenkräuter. Samuel rupfte ein Blatt ab und reichte es ihr.

"Koste!", sagte er.

Ein wenig reizvoller Gedanke. Das Blatt war an den Rändern ziemlich ekelhaft behaart. Sie knabberte vorsichtig daran, bereit, es sofort wieder auszuspucken. Doch das war nicht notwendig. Der Geschmack war ausgesprochen angenehm und sehr süß.

Samuel lächelte ein wenig, als er ihren überraschten Gesichtsausdruck sah.

"Caa'ehe wurde dieses Gewächs genannt", sagte er, "in den alten Legenden brasilianischer Indianerstämme. Es hieß, schon die Inka hätten diese Pflanze als heilig verehrt und ihre Kultgetränke mit deren Blättern gesüßt. Sie galt seit Jahrhunderten als verschollen, ausgestorben vielleicht, und viele Leute hielten die alten Geschichten einfach für Ammenmärchen. Und was womöglich überhaupt niemand wusste, weder die Inka noch ihre Nachfahren, was diese Pflanze aber für uns moderne Menschen unbezahlbar macht: Die Süße, die sich aus Caa'ehe gewinnen lässt, ist praktisch kalorienfrei und hat keinerlei Einfluss auf den Blutzuckerspiegel."

Iva zählte sich zwar nicht zu jenen Frauen, die die Hälfte ihres Lebens auf der Waage verbrachten; das Ausmaß der

Sensation, die Samuel ihr da enthüllte, konnte sie aber dennoch ermessen.

"Und es gibt keine ... Nebenwirkungen oder dergleichen? Das Kraut ist doch nicht giftig?"

"Ganz im Gegenteil", sagte Samuel. "Man könnte es ohne Übertreibung sogar als Heilpflanze bezeichnen. Die Blätter enthalten wertvolle Öle, Proteine, Kalzium, Magnesium, Zink, Selen, Beta-Karotin, Niacin und eine ganze Reihe weiterer gesundheitsfördernder Stoffe."

"Dann ist das also Nicolas' Entdeckung, von der du gesprochen hast?"

Samuel nickte. Der Stolz in seinen Augen war unübersehbar.

"Und wie seid ihr auf diese Wunderpflanze gestoßen?"

"Durch Zufall eigentlich – so man denn an dieses Prinzip glaubt. Auf einer Reise, die wir vor zwei Jahren unternommen haben, zu peruanischen Schamanen, deren Heilgeheimnisse wir erforschen wollten. Dort stießen wir auf die alten Legenden, und Nicolas war der Meinung, dieses Kraut, wenn es denn existierte, sollten wir unbedingt in Arkadia kultivieren. Schon allein meinetwegen." Er senkte beschämt den Blick, so als müsse er eine schwerwiegende Verfehlung eingestehen.

"Weißt du", sagte er, fast im Flüsterton, "ich bin ein großer Schokoladenliebhaber, musste mich aber aus gesundheitlichen Gründen stets zurückhalten."

Wie sympathisch ihn das mit einem Mal machte! Iva war beinahe gerührt.

Samuel sprach rasch weiter, jetzt wieder mit unbewegter Miene. Nicolas und er hätten in der Folge eine Expedition in den Amazonas ausgerüstet. Michael habe sie – wie bei allen ihren Projekten – großzügig unterstützt. Sie reisten in das Siedlungsgebiet des fraglichen Indianerstammes und dank ihrer doch recht umfassenden botanischen Kenntnisse, wie er das, sichtlich um Bescheidenheit bemüht, ausdrückte, stießen sie schließlich auf einige Exemplare der Pflanze und konnten eine Handvoll Setzlinge mit nach Arkadia bringen.

"Wie du siehst, gedeihen sie ausgezeichnet hier", sagte er. "Und Nicolas ist es gelungen, ein farbneutrales Konzentrat aus den Blättern zu gewinnen, sodass wir keine grünlichen Kuchen oder Pralinen essen müssen. Jede Süßspeise, die du in Arkadia serviert bekommst, ist mit Caa'ehe zubereitet."

"Und ich habe mich gestern Abend bei der Kokostorte so zurückgehalten", bemerkte Iva trocken – was sogar Samuel zum Lachen brachte.

Der Vormittag war zwischenzeitlich weit fortgeschritten. Fast senkrecht brannte die Sonne vom Himmel herab. Natürlich hatte Iva erneut auf einen Sonnenschutz vergessen. Nicht einmal eine dunkle Brille hatte sie dabei. Wo war sie eigentlich mit ihren Gedanken?

Sie bat Samuel, sich zurück in sein Labor flüchten zu dürfen.

"Und was genau hat Robert nun gestohlen?", lenkte sie am Rückweg das Gespräch wieder dorthin, wo sie es haben wollte.

Samuels Miene verdüsterte sich erneut. "Ganz genau kann ich dir das nicht sagen. Den Verdacht, dass etwas nicht stimmte, hegten wir aber schon seit längerer Zeit. In seiner Eigenschaft als Nicolas' Assistent hatte Robert Zugang zu allen Unterlagen und war teilweise selbst für die Dokumentation von Versuchsreihen, für statistische Auswertungen und dergleichen verantwortlich. Es erschien uns also zunächst nicht weiter ungewöhnlich, ihn im Archiv beim Durchblättern irgendwelcher Akten anzutreffen. Obwohl es schon auffallend war, dass sie fast immer die Caa'ehe Pflanze betrafen, selbst wenn wir zu diesem Zeitpunkt gerade auf einem völlig anderen Gebiet arbeiteten.

Einmal überraschte Nicolas ihn mit einer Digitalkamera in der Hand – gerade über die chemische Blattanalyse gebeugt. Eine Erklärung, zu welchem Zweck er sie fotografieren wollte, konnte Robert nicht vorbringen. Dann begannen sich auf einmal seine Reisen aufs Festland zu häufen, nachdem er früher kaum je einen Fuß von der Insel gesetzt hatte. Und als schließlich Nicolas eines Tages bemerkte, dass auf einer der Caa'ehe Pflanzungen frisch gegraben worden war, und augenscheinlich jemand eine Staude samt Wurzel entfernt hatte, war seine Geduld am Ende. Er wollte Robert noch am gleichen Abend zur Rede stellen."

Samuel hatte, zurück in seinem Büro, am offenen Fenster Position bezogen. Jetzt starrte er unverwandt aufs Meer hinaus.

"Ich werde mir nie verzeihen, dass ich bei dem Gespräch nicht dabei war", sagte er tonlos. "Am nächsten Morgen fand man Nicolas' Leiche am Strand."

"Wer genau ist *man*?", fragte Iva.

"Es war Igor."

"Und an welchem Strand?"

"Bitte?", fragte Samuel irritiert.

"Es gibt ja, soweit ich gesehen habe, mehrere Strände auf der Insel. Einen im Norden, wo ich wohne, einen im Westen ..."

"Auf der Nordseite", sagte Samuel. "Am Badestrand, dort wo keine Bungalows stehen."

"Und wo fand das Gespräch zwischen Robert und Nicolas statt?"

"In Roberts Bungalow. Zumindest hatte Nicolas vereinbart, ihn dort zu treffen. Um zwanzig Uhr, nach dem Abendessen. Ich kann aber nicht sagen, wie lange das Gespräch gedauert hat. Als ich so gegen zweiundzwanzig Uhr bei Nicolas vorbeischaute, war er noch nicht zu Hause. Ich wollte mich erkundigen, wie das Gespräch verlaufen war.

Ich bin dann zu Robert hinübergegangen, aber dort war auch alles finster."

Er wühlte mit den Fingern in seinen Barthaaren, als wolle er sie ausreißen. "Ich hätte wissen müssen, dass da etwas nicht stimmte", sagte er gepresst. Dann verstummte er, die Augen noch immer auf den Horizont geheftet.

Iva musterte ihn nachdenklich.

Keine Frage, es war offensichtlich, dass er litt. Zu offensichtlich vielleicht? *Was wenn du lügst, Samuel? Was wenn du Nicolas sehr wohl angetroffen hast, abends um zehn. Er hat dir von dem Gespräch mit Robert erzählt, bereitwillig bestimmt ... aber vielleicht hatte er es anders geführt, als du es dir vorgestellt hast? Habt ihr euch gestritten?*

Wie oft kam es vor, dass zwei talentierte Forscher so eng zusammenarbeiteten, ohne die geringsten Rivalitäten oder Meinungsverschiedenheiten? Gut, besonders aggressiv wirkte Samuel nicht, aber wie stand es mit Nicolas? Hatte er den Freund im Streit angegriffen, und dieser sich zunächst nur gewehrt? Vielleicht doch eine Art Unfall? Ein Schlag ins Gesicht, ein Sturz ... es konnte so schnell gehen.

Doch einen derartigen Verdacht zum jetzigen Zeitpunkt auszusprechen, das wäre verfrüht, nicht klug. Iva hatte noch kaum Informationen, und dann war da ja auch noch Marks Tod. Standen die beiden "Unfälle" überhaupt in irgendeiner Verbindung miteinander? So viele Fragen.

Am besten noch einmal zurück zu Robert. Sie ging zu Samuel hinüber, lehnte sich neben ihn an den Fensterrahmen und sagte: "Die Bungalows von Nicolas und Robert, wo liegen die genau?"

Er wandte ihr langsam den Kopf zu, blinzelte, als müsse er sich erst wieder vergegenwärtigen, wo er war. Es dauerte ein paar Sekunden, bis er antwortete: "Gleich das erste Haus, wenn du diese Höhle verlässt, ist meines. Danach kommt das von Nicolas, dahinter wohnt Eram, Arkadias

Bibliothekarin, und noch einen Bungalow weiter Robert."

"Alles Overwater-Bungalows, nicht wahr?"

"Ja. Aber worauf willst du hinaus?"

"Du hast gesagt, Nicolas' Leiche wurde am Nordstrand gefunden. Wenn Robert ihn bei dem Treffen in seinem Haus ermordet hat, das am Südstrand liegt, ihn vielleicht von seiner Terrasse oder seinem Steg aus ins Meer stieß, wie kam dann Nicolas' Leiche in den Norden der Insel?"

"Das musst du schon Robert fragen", sagte Samuel. Sein Blick war hart geworden.

Aber dieses Detail durfte man nicht einfach ignorieren. Vielleicht war es wichtig. Iva stellte im Kopf ein paar Berechnungen an. Der Weg vom südlichen Ende der Promenade bis zum Nordstrand, den sie selbst heute Morgen, wenn auch in der Gegenrichtung, beschritten hatte, dauerte eine knappe Stunde. Wenn man die Abkürzung durch das Innere der Insel, über die Hügel nahm, brauchte man sicher nicht ganz so lang. Und vermutlich war das Höhlensystem, das die Labors beherbergte, unterirdisch mit jenem anderen verbunden, das auch in die Nähe von Vivians Haus und zur Meditationshöhle führte – und in weiterer Folge beim Restaurant vorbei ebenfalls zum Nordstrand. Vivian hatte erwähnt, dass einige Teile der Insel untergraben waren. Nicht alle Arkadier seien solche Dschungelfans wie sie selbst, hatte sie erklärt. Was Iva gut nachvollziehen konnte – besonders nachts. Aber selbst wenn man die unterirdischen Wege nahm, musste man trotz allem die komplette Breite der Insel durchqueren, um vom Süden in den Norden zu gelangen. Das bedeutete bestimmt auch nicht weniger als zwanzig Minuten Gehzeit.

Unternahm man solch einen "Spaziergang" mit jemandem, mit dem man ein herausforderndes Gespräch zu führen hatte? Noch dazu in der hereinbrechenden oder vielleicht schon vollständigen Dunkelheit? Gut, das Höhlensystem war sicher auch nachts beleuchtet, aber trotzdem: Wozu um diese Zeit noch dieser Ausflug?

Andererseits, wenn Nicolas tatsächlich in seinem oder auch Roberts Haus getötet worden war: Wie und vor allem warum hätte man dann seine Leiche zum Nordstrand geschafft? Hatte der Mörder sie geschultert und über Land getragen?

Bestimmt nicht. Was, wenn er dabei jemandem begegnet wäre? Abgesehen davon, dass man schon sehr kräftig gebaut sein musste, wollte man einen erwachsenen Mann eine halbe Stunde lang durch unwegsames Gelände schleppen.

Auf dem Wasserweg vielleicht? Schwimmend?

Keinesfalls, das hätte bestimmt gute zwei Stunden in Anspruch genommen.

Mit einem Boot?

Möglich, obwohl die Inselbewohner nicht über private Boote verfügten, soweit es den Anschein hatte. Blieb nur eine Meeresströmung, die den bereits toten Nicolas rund um die Insel transportiert haben könnte, um ihn dann am Nordstrand anzuspülen. Es würde sich herausfinden lassen, ob das prinzipiell möglich war.

Darüber hinaus blieb noch die Frage, *wie* Robert den Mord eigentlich begangen haben sollte. So er denn überhaupt der Täter war, wovon Iva nicht annähernd so überzeugt wie Samuel war. Selbst in der Hitze eines ausufernden Streits ertränkte man einen ausgewachsenen Mann nicht so einfach mit bloßen Händen. Noch dazu im bestenfalls knietiefen Wasser in Strandnähe. Oder war Nicolas mit seinem Mörder mitten in der Nacht weit hinaus geschwommen? Trotz seiner angeblich so ausgeprägten Wasserphobie? Wohl kaum.

Iva wandte sich wieder Samuel zu, der – seinem Blick nach zu urteilen – gerade ebenso düsteren Gedanken nachhing.

"Samuel, würdest du sagen, dass Robert Nicolas körperlich überlegen war?"

"Hm? Nein, das nicht gerade."

Er öffnete eine Schreibtischschublade und zog nach einigem Suchen eine gerahmte Fotografie heraus, die er Iva wortlos reichte. Sie zeigte drei Männer, die vor einer tropischen Kulisse (vermutlich Arkadia?) in die Kamera lächelten. Das heißt: Zwei lächelten, der dritte hatte sich wohl nicht dazu durchringen können. Samuel. Er stand ganz rechts im Bild. In der Mitte erkannte Iva ohne Schwierigkeiten Michael, und der Mann auf der linken Seite musste dann wohl Nicolas sein.

Er wäre problemlos als Basketballprofi durchgegangen. Ein Schrank von einem Mann, wie der Volksmund zu sagen pflegte. Er überragte Michael, der auch nicht gerade kleinwüchsig war, um einen halben Kopf und war von äußerst athletischer Statur.

Sie gab Samuel die Fotografie zurück und verabschiedete sich. Sie brannte jetzt darauf, Robert persönlich kennenzulernen. Ob er es wohl mit Nicolas' Körperbau aufnehmen konnte? Aber dazu hätte er schon ein Sumo-Ringer sein müssen.

13

Zuvor allerdings musste sie unbedingt etwas essen. Es ging schon auf ein Uhr nachmittags zu, als sie das Restaurant erreichte, und ihr Magen gab übelgelaunte Töne von sich.

Sie entschied sich für ein Nudelgericht mit Pilzen, und als Dessert genehmigte sie sich – ohne auch nur den Anflug eines schlechten Gewissens – ein großes Stück Erdbeertorte.

Um mit Robert sprechen zu können, musste sie wohl zunächst Igor aufsuchen, der jetzt, wo Michael verreist war, die Inselaufsicht innehatte. Robert sei isoliert worden, hatte Michael gesagt, unmittelbar nach Nicolas' Tod. Was immer man sich genau darunter vorzustellen hatte, es würde wohl nicht möglich sein, einfach so bei ihm hineinzuspazieren. Abgesehen davon, dass Iva nicht einmal wusste, wo man ihn überhaupt verwahrt hielt.

Aber wo wohnte eigentlich Igor? Sie wandte sich an einen jungen Mann vom Restaurantpersonal, der herbeigeeilt war, um ihren Tisch abzuräumen. Igors Bungalow lag im Inneren der Insel, unweit der Westspitze, aber dennoch mitten im Dschungel, erfuhr sie.

Der Kellner beschrieb ihr im Detail alle Abzweigungen, die sie nehmen musste, doch dann kam ihm noch eine bessere Idee. "Gerade vorhin habe ich Igor in die Bibliothek gehen sehen. Vielleicht findest du ihn ja noch dort und kannst dir den Dschungeltrip ersparen."

Ein sehr vernünftiger Vorschlag. Iva ließ sich also auch noch den Weg in die Bibliothek erklären, aber der war kurz.

"Du gehst einfach nur durch diesen Gang dort und dann die Treppe hinunter", sagte der junge Mann. Dabei deutete er auf einen Torbogen im hinteren Teil des Speisesaals.

Innerhalb von drei Minuten hatte Iva den Eingang zur Bibliothek – in Form einer imposanten, gut vier Meter hohen Doppelflügeltür – gefunden. Das Holz war reich mit Schnitzereien und Vergoldungen verziert, als führe diese Tür geradewegs in einen Tempel. Aber war eine Bibliothek nicht auch eine Art Heiligtum?

Als Iva die Tür aufstemmte, bot sich ihr ein Anblick, der diese Sicht der Dinge mit Nachdruck bestätigte.

Sie fand sich auf einer Art Plattform wieder, einer großen Terrasse mit nostalgisch anmutendem steinernem Geländer, von der man in die Tiefe blicken konnte – in ein quadratisches, vier Stock hohes Atrium. Es war auf allen Seiten von Galerien mit wuchtigen Bücherschränken umgeben. In seiner Mitte hatte man sehr einladend aussehende Lederfauteuils und kleine Tischchen angeordnet. Das eigentlich Faszinierende an dieser Bibliothek aber war, dass sie in hellem Tageslicht erstrahlte, obwohl sie doch unter der Erde lag.

Ivas Augen wanderten zur Decke hoch. Sie bestand aus rasterförmig angeordneten Metallschächten, in denen verspiegelte Glasflächen blitzten. Offensichtlich wurde so Tageslicht von der Oberfläche über eine ganze Folge von Brechungen bis hier nach unten geleitet. Michael und seine Freunde begnügten sich ganz offensichtlich nicht mit ihrem ohnedies schon hehren Ziel, *hinter* die Kulissen der Welt zu blicken; sie verstanden es auch, eben jene Kulissen überaus ansprechend zu gestalten.

Gleich auf der Eingangsplattform, rechterhand der Flügeltür, stand ein goldverschnörkelter Schreibtisch, auf dem sich Unmengen von Büchern türmten. Davor prangte ein messinggraviertes Schild, das den Besucher mit höflichen Worten, aber dennoch unmissverständlich daran erinnerte, dass die Mitnahme von Bänden aus der Bibliothek ausnahmslos nur nach Rücksprache mit Eram zu erfolgen habe. Eram, die Bibliothekarin – Nicolas' und Roberts Bungalow-Nachbarin, erinnerte Iva sich.

Mit dieser Dame sollte sie auch ein Gespräch führen. Vielleicht hatte Eram ja in der Mordnacht irgendeine Beobachtung machen können – oder war unter Umständen sogar selbst in das Verbrechen verwickelt?

Doch das Gespräch mit Eram würde warten müssen, denn die Bibliothekarin war nirgends zu sehen.

Da Iva ja eigentlich auf der Suche nach Igor war – und diese eindrucksvolle Bibliothek unbedingt besichtigt werden musste – begab sie sich auf einen Erkundungsgang.

Die oberste Ebene bestand nur aus der weitläufigen Eingangsterrasse sowie einer einreihigen Galerie ringsum, doch auf den drei darunter liegenden Etagen führten auch noch Seiten- und Zwischengänge vom Atrium weg. Die Büchersammlung erwies sich noch als weitaus umfassender, als Iva zunächst vermutet hatte.

Sie schlenderte durch die teils abenteuerlich verwinkelten Gänge und blieb immer wieder in besonders interessanten Abteilungen hängen. Hinter jeder zweiten Ecke tat sich eine kleine Lichtung im Regallabyrinth auf, die mit bequemen Sofas und Fauteuils zum Verweilen einlud. Doch nirgends fand sich eine Spur von Igor.

Überhaupt hatte Iva den Eindruck, gerade die einzig lebende Seele in diesem Tempel des Wissens zu sein. So schien es ihr zumindest, bis sie auf der untersten Ebene, in einer Abteilung, die der deutschen Lyrik des 19. Jahrhunderts gewidmet war, auf ihren Nachbarn traf.

Kylian Lacroix. Er war so in ein schmales, ziemlich vergilbt aussehendes Buch vertieft, dass er sie nicht gleich bemerkte.

Sie schreckte zurück. Etwas war ganz und gar nicht in Ordnung mit ihm. Er wirkte um Jahre gealtert, seine Gesichtszüge waren gequält verzerrt, seine Schultern gekrümmt. Was mochte er da lesen, das ihn so bewegte?

Beinahe sprang diese Stimmung, dieser Kummer, oder was immer es war, auf sie über. Wie er da vor ihr stand, mit seinem wieder einmal ungeordneten dunklen Haarschopf, das kleine Buch behutsam, einem kranken Vogel gleich, in seinen Händen, wirkte er vollkommen verloren, trotz seines sportlichen Körperbaus auf eigenartige Weise zerbrechlich. Als er sich endlich nach Iva umwandte, hätte sie schwören können, dass es in seinen Augenwinkeln feucht aufblitzte.

"Iva", sagte er tonlos, und für einen Augenblick glaubte sie, in dieser winzigen Äußerung eine solche Sehnsucht zu hören ...

Es hätte nicht viel gefehlt, und sie hätte ihn in die Arme genommen, jetzt und hier zwischen den Bücherschränken. Glücklicherweise ging dieser Moment, dieser geistige Aussetzer – wie konnte man es anders nennen? – so rasch vorüber, wie er über sie gekommen war. Wenige Sekunden später hatte auch Kylian sich wieder unter Kontrolle gebracht und ein verhalten freundliches, wenn auch leeres Lächeln aufgesetzt.

"Was ... liest du da?", fragte Iva.

Er zögerte kurz, dann aber schlug er den schmalen Band zu und reichte in ihr.

Friedrich Dorrfels – Liebesgedichte stand in verblassten goldenen Lettern auf dem Buchdeckel. Iva blätterte ein paar Seiten durch, konnte aber nicht allzu viel entziffern. Obwohl in deutscher Sprache, war der Text in der alten Frakturschrift gedruckt, die Ivas Großmutter noch in der Schule gelernt hatte, sie selbst aber kaum noch zu lesen vermochte. Und davon ließ sich ein junger Kanadier, dessen Muttersprache das Französische war, beinahe zu Tränen rühren?

"Dorrfels war ein Dichter und Romancier des späten neunzehnten Jahrhunderts", führte Kylian aus.

"Ein Deutscher?"

"Ja, er lebte in Köln."

"Eigenartig, ich habe noch nie von ihm gehört. Dabei muss er wohl ein herausragender Dichter gewesen sein, wenn du dir die Mühe machst, das zu entziffern." Sie gab ihm das Buch zurück.

Er stellte es, ohne es noch einmal anzusehen, auf seinen Platz im Regal zurück.

"Warum leihst du es nicht aus?", fragte sie.

Er verzog die Mundwinkel. "Das brauche ich nicht."

"Hm?"

Kylian sah sie mit leicht geneigtem Kopf an. "Ich brauche es nicht auszuleihen. Es ist mein Buch, ich habe es der Bibliothek ..."

"Gestiftet?", half sie ihm weiter.

Er antwortete nicht gleich. "Sagen wir einfach, ich wollte es nicht mehr in meiner Nähe haben."

"Aber dennoch zieht es dich hierher? Du hast doch gerade darin gelesen?"

Er schien diese Fragen zu überhören. "Du brauchst dich nicht zu wundern, dass du noch nie von Dorrfels gehört hast", sagte er anstelle einer Antwort. "Er war ein lausiger Schriftsteller."

"Ich verstehe nicht."

"Liebst du Michael noch?", fragte er plötzlich. Ohne jede Überleitung. Seine hellgrauen Augen fixierten sie.

Sie wollte ihm zuerst nicht antworten. Warum dieses Interesse an ihrem Liebesleben? Das ging ihn doch überhaupt nichts an. Jemanden, mit dem man gerade mal eine Handvoll Sätze gewechselt hatte, so etwas zu fragen!

Andererseits gab es eigentlich nichts zu verbergen.

"Michael und ich sind bestenfalls noch Freunde", sagte sie

schließlich. "Vielleicht nicht einmal mehr das. Ich hätte eigentlich nicht gedacht, ihn überhaupt nochmals wiederzusehen. Aber früher, vor vielen Jahren, habe ich ihn sehr geliebt."

Bestenfalls noch Freunde. Von ihrem Standpunkt aus war das die Wahrheit, aber ob Michael das wohl genauso sah?

"Du hast ihn geliebt", sagte Kylian. Es klang wie ein fernes Echo. Er trat einen Schritt näher und lächelte sie an. Ein Lächeln, das wehmütig wirkte.

"Hast du ihn vermisst", fragte er, "auch wenn er nur mal eben zum Bäcker Croissants für dich kaufen ging? Hast du nachts wach gelegen, ihm beim Schlafen zugesehen und den Göttern gedankt für ihn? Hast du –"

"Ich glaube nicht an Götter", fiel sie ihm ins Wort. "Und auch nicht an diese Art von Liebe. So etwas gibt es doch bestenfalls in Büchern."

"Friedrich Dorrfels hatte eine solche Liebe. Ich hatte eine solche Liebe", sagte Kylian langsam. Noch immer lächelte er. Und trotz der nostalgischen Worte war es kein wehmütiges Lächeln mehr. Dann verfiel er in Schweigen.

Sie sahen sich an. Minuten vergingen, und die ganze Zeit über blieb sein Blick auf Iva geheftet. Es war wie eine Einladung, sich in seinen Augen zu verlieren.

Dann brach er den Bann mit einem leicht dahin gesprochenen Vorschlag: "Wenn es so ist, wie du sagst, zwischen dir und Michael, dann kann er wohl nichts dagegen haben, wenn ich dich auf eine kleine Besichtigungstour unseres Hausriffs einlade? Es ist wirklich sehenswert! Und jetzt am Nachmittag sind die besten Strömungsverhältnisse für einen Tauchgang."

Iva zögerte einen Augenblick, doch dann sagte sie zu. Hatte Michael ihr nicht aufgetragen, auch die schöne Seite Arkadias zu genießen? Und natürlich würde sie Kylian nach dem Ausflug ebenfalls zu den Todesfällen befragen.

Ausgangspunkt der Unterwasserexpedition war die Terrasse von Kylians Bungalow. Iva hatte sich in ihrem Haus rasch Badekleidung angezogen, und als sie bei Kylian eintraf, hatte dieser bereits zwei komplette Taucherausrüstungen auf seiner Terrasse ausgebreitet.

Mit viel Geduld erklärte er ihr die Instrumente, die glücklicherweise relativ einfach gehalten waren, und gab ihr Anweisungen, wie sie sich unter der Wasseroberfläche verhalten musste. Immer schön gleichmäßig durch das Mundstück atmen, auf gar keinen Fall die Luft anhalten, nicht in Panik geraten, sollte die Taucherbrille verrutschen, rhythmisch und ruhig mit den Flossen schlagen ... und so weiter.

Sie nickte zu allem. Wenige Minuten später ließen sie sich direkt vom Rand der Terrasse ins Wasser gleiten, das an dieser Stelle noch keine zwei Meter tief war. Türkisgrün glitzerte es in der Sonne, war herrlich warm, und knapp unter Ivas Flossen zeichnete sich deutlich der feinsandige Grund ab. Ein paar winzige Fische huschten eilig davon.

Vorsichtig drückte Iva ihren Kopf unter die Oberfläche. Die Taucherbrille presste sich an ihr Gesicht, kein Wasser drang hinein – sie konnte wunderbar klar sehen. Dann tat sie ihren ersten Atemzug im Reich der Fische. Es klang ein wenig röchelnd, aber sie stellte überrascht fest, dass ihr die Luft wie von selbst in den Mund perlte, ohne dass sie mit besonderer Anstrengung am Mundstück saugen musste. Es war beinahe einfacher als das gewöhnliche Atmen an der Oberfläche, über das man sich sonst nie einen Gedanken machte. Beim Ausatmen blubberten schillernde Bläschen hervor, die sich rasch ausdehnten, je weiter sie nach oben stiegen. Wirklich sehr hübsch, das Ganze.

Kylian machte eine Handbewegung, die wohl fragen wollte, ob Iva startbereit war. Weil ihr nichts Besseres einfiel, antwortete sie ihm mit einem nach oben gerichteten Daumen nach Art der römischen Cäsaren.

Langsam schwamm er los, und sie paddelte mit noch etwas unbeholfenen Flossenschlägen neben ihm her. Wie ein Waljunges neben seiner Mutter.

Innerhalb von vielleicht fünfzig Metern erreichten sie das Hausriff, und Kylian hatte nicht übertrieben: Es war spektakulär. Einem Miniaturgebirge gleich zog es sich dahin soweit das Auge reichte. Scharfkantige Korallenformationen, Anemonen, die sich weich von der Strömung schaukeln ließen, riesige Muscheln, die selbst wieder von kleineren bewachsen waren; und diese ganze Architektur war belagert von Fischen in nicht minder ungewöhnlichen Formen und dem kompletten Farbspektrum des Regenbogens. Da waren zweidimensional flache und wimpelförmige, kugelrunde und kofferartige, und sogar welche, die aussahen, als trügen sie Federn. Zitronengelbe, orangegestreifte, tiefschwarze, Fische im Clownkostüm – alles war vertreten.

Iva schwebte an Kylians Seite über all das hinweg, als wären es nicht Flossen, die sie trugen, sondern Flügel. Es war ein berauschendes Gefühl.

Sie begegneten einzelgängerischen Raubfischen, aber auch ganzen Fischschwärmen, die sich so koordiniert bewegten, als würden sie von einer unsichtbaren Hand gesteuert. Bevor Iva wusste, wie ihr geschah, hatte eine silbrig glitzernde Wolke sie eingehüllt, wohl um sie eingehender betrachten zu können. Überhaupt hatte sie das eigenartige Gefühl, in dieser fremden Welt nicht nur Beobachter zu sein, sondern bei den Eingeborenen dieser Lande selbst einige Neugierde auszulösen. Fische schwammen direkt auf sie zu, starrten sie mit offenem Maul eine Weile unverwandt an; manche kamen sogar auf Hautkontakt heran.

Die ganze Zeit über wich Kylian nicht von ihrer Seite. Beinahe, als wäre auch er ein Schwarmfisch, der jede ihrer

Bewegungen vorhersehen konnte und sich ihnen mühelos anpasste. Er glitt durchs Wasser, als wäre er hier unter dem Meer zu Hause.

Er schob sich vor sie, wenn Iva vor einem Raubfisch zurückwich, war hinter ihr, sobald sie zu nahe ans Riff abtrieb, und als plötzlich ein schlangenförmiges Unding mit grässlichen Zähnen aus einem Korallenstock hervorschoss, und Iva einen Heidenschrecken einjagte, bot er ihr sogar seine Hand an. Wohl mehr aus psychologischen als romantischen Motiven, doch er ließ Iva bis zum Ende des Tauchgangs nicht mehr los.

14

Wieder sicher zurück im Trockenen, auf Kylians Terrasse, half er ihr aus dem nassen Anzug. "Du bist eine ausgezeichnete Tauchschülerin", sagte er lächelnd.

Iva fühlte sich rund wie ein Kugelfisch vor Stolz. Es war ihr nur ein wenig peinlich, dass sie sich vor dem schlangenförmigen Unding – einer Muräne, wie Kylian ihr erklärte – so geängstigt hatte.

"Jetzt hast du dir aber redlich eine Stärkung verdient", sagte er und verschwand im Inneren des Bungalows.

"Bei mir gibt's den besten Kaffee in ganz Arkadia", verkündete er, als er bald darauf mit zwei großen Porzellantassen zurückkehrte. Der Inhalt hatte die Farbe von sahnigem Karamell und verströmte einen herrlichen Duft.

Sie zogen sich auf den schattigen Teil der Terrasse in zwei komfortable Liegestühle zurück. Schweigend schlürften sie ihren Kaffee und sahen den Wellen zu, wie sie ohne Unterlass, aber doch keine der anderen gleich, dem Strand zuliefen.

Kylian sprach noch eine Weile über seine Taucherfahrungen. Er erzählte von unterirdischen Gärten im Roten Meer und gefluteten Vulkankegeln vor Hawaii, von Begegnungen mit Rochen, Delphinen und Schildkröten, von bizarren Fischen, die aussahen wie Steine, und unscheinbaren Quallen, deren Gift einen Menschen innerhalb weniger Minuten töten konnte (wie nett, dass er damit bis nach dem Tauchgang gewartet hatte!), von Haien, die Plankton fraßen, und Walen, die Robben jagten, von Tauchgängen in Höhlen und Schiffswracks, und schließlich dem Freitauchen, wo man ganz ohne Pressluftflasche, nur mit Flossen und Maske ausgerüstet, in unglaubliche Tiefen vordrang.

"Diese Frau, die du vorhin in der Bibliothek erwähnt hast", fragte Iva ihn unvermittelt, "deine große Liebe – wer war sie?"

"Emily", sagte Kylian langsam. "Sie war wunderschön. Blassgrüne Augen, die auf den Grund deiner Seele blicken konnten, hüftlanges schwarzes Haar, das sie immer gern hoch auf dem Kopf aufgetürmt trug ... In meinen Erinnerungen sehe ich sie stets lachend und guter Laune. Für jeden hatte sie ein freundliches Wort. Und sie war dabei keine jener Frauen, die zu allem Ja und Amen sagen und sich unterdrücken lassen. Ihr Verstand war so scharf wie ihre Zunge, und sie wusste beides zur rechten Zeit einzusetzen."

"Und wann habt ihr euch ... getrennt?", fragte Iva.

"Wir haben uns nicht getrennt. Nichts hätte uns trennen können."

"Dann ist sie ..."

"Gestorben, ja."

"Oh Kylian, das tut mir so leid. Was ist passiert?"

Er zögerte einen Augenblick, holte dann hörbar Luft. "Das kann ich nicht genau sagen. Ich glaube, sie hatte eine unheilbare Krankheit."

"Ich verstehe nicht. Du glaubst? Gab es denn keine Diagnose?"

Die jetzt folgende Pause war noch länger als die vorherige.

Kylian hob seinen Kopf und sah Iva fest in die Augen. "Ich kenne die Diagnose nicht. Emily starb vor über hundert Jahren."

Hätte er ihr offenbart, ihre Kaffeetasse sei in Wirklichkeit ein Mini-UFO, sie hätte ihn nicht verständnisloser anstarren können.

"Reinkarnation", sagte Kylian, ohne den Blick von ihr abzuwenden. "Emily war meine große Liebe in einem früheren Leben."

"Oh, bitte", rief Iva aus, "du glaubst doch wohl nicht an so einen Humbug?"

Im nächsten Moment hätte sie sich am liebsten die Zunge abgebissen. Natürlich glaubte er daran. Diese Geschichte war kein Scherz gewesen.

Seine Augen blickten vollkommen ernst zu ihr herüber und hatten sich angesichts ihres Kommentars zu schmalen Schlitzen zusammengezogen, die alles andere als Erheiterung ausdrückten.

"Du weißt, dass ich Reinkarnationsforscher bin?", fragte er in schneidendem Tonfall.

Verdammt. Auch das noch.

"Hör mal, Kylian, es tut mir leid, wirklich. Natürlich habe ich das nicht gewusst. Ich ..."

"Schon gut." Er räusperte sich. Wie zufällig berührte seine Hand die ihre. "Es gab eine Zeit, da hätte ich genauso reagiert wie du eben."

Seine Züge entspannten sich, der bedrohliche Ausdruck wich aus seinen Augen. Iva beobachtete ihn unsicher.

"Dann kannst du mir verzeihen?", fragte sie.

"Natürlich. Es gibt doch gar nichts zu verzeihen. Mir ist schon bewusst, dass meine Fachrichtung ein wenig exotisch auf dich wirken muss."

Das war noch milde ausgedrückt.

"Andererseits ist die Reinkarnationsforschung doch eigentlich schon ein recht alter Hut", fügte er hinzu. "Ist dir das nicht bewusst?"

Iva schüttelte vorsichtig den Kopf. Sie wollte ihm nicht schon wieder zu nahe treten, aber kühl lächelnd ins Gesicht lügen konnte sie ihm dann auch nicht.

Er schien kurz über etwas nachzudenken, dann sagte er: "Ich glaube sogar, dass das Prinzip der Wiedergeburt eines der bestdokumentierten innerhalb der esoterischen Wissenschaften ist. Zumindest fällt mir spontan kaum etwas Vergleichbares ein."

"Und das heißt?"

"Das heißt, es gibt eine Handvoll gar nicht so selten auftretender Phänomene, die sich kaum anders als mit Hilfe von Reinkarnation erklären lassen. Eine nicht zu unterschätzende Anzahl Menschen haben nachweislich früher schon einmal auf diesem Planeten gelebt."

"Von welchen Phänomenen sprichst du da?", fragte sie.

"Zum Beispiel von Menschen, die, oft von Kindesbeinen an, über Fähigkeiten verfügen, die sie eindeutig nicht in diesem Leben erworben haben. Sie beherrschen beispielsweise spontan ein Instrument, ohne je eine Stunde Unterricht erhalten zu haben. Bevor ich nach Arkadia kam, und das ist erst knapp zwei Jahre her, führte ich in Montreal eine Praxis für Reinkarnationstherapie. Und ich hatte da einen Patienten, bei dem dieses Phänomen auftrat. Einen fünfjährigen Jungen, der am Klavier nahezu jedes klassische Musikstück halbwegs fehlerfrei vom Blatt spielen konnte, ohne je Klavierunterricht erhalten oder auch nur Noten lesen gelernt zu haben."

"Wie kannst du dir da sicher sein?", fragte Iva.

"Worüber – dass er keinen Unterricht hatte? Das konnte ich nicht. Er und seine Eltern hätten mich natürlich belügen können. Obwohl seine Familie aus ärmlichen Verhältnissen stammte, und es selbst mit kostspieligem Privatunterricht bestimmt nicht leicht gewesen wäre, einen Fünfjährigen auf ein derartiges Niveau zu bringen. Und ich machte den Jungen auch mit einem Mann aus meinem Freundeskreis, einem Professor an der Musikhochschule bekannt. Der ließ ihn einige ausgewählte Stücke vorspielen und teilte mir nachher mit, dass der Junge wichtige Werke des 17. und 18. Jahrhunderts fast fehlerfrei, abschnittsweise sogar auswendig spielen konnte, während er mit Kompositionen jüngeren Datums teilweise zu kämpfen hatte. Ich enthielt dem Jungen diese Aussage vor, aber als ich ihn dann in Hypnose rückführte – das ist ein überaus wichtiger Bestandteil meiner Arbeit – erinnerte er sich an Bruchstücke aus dem Leben eines Musiklehrers in einer englischen Kleinstadt. Zirka anno 1800."

Er blickte zu Iva hinüber, die schweigend in ihrem Liegestuhl saß, ihm aber mit einer Handbewegung zu verstehen gab, dass er ruhig weitersprechen solle. Ihr fiel beim besten Willen kein sinnvoller Kommentar zu dieser Geschichte ein.

"Ich hatte noch einen anderen Fall, den ich äußerst aufschlussreich fand", fuhr Kylian fort. "Dabei ging es um eine junge Frau, die sich soeben verheiratet hatte. Und zwar mit einem passionierten Jäger. Sie kam mit einem großen Problem zu mir. Jedes Mal, wenn ihr Gatte sein Gewehr abfeuerte, verlor sie entweder auf der Stelle das Bewusstsein oder aber erlitt eine Panikattacke von so heftiger Natur, dass ihr Mann schon Andeutungen machte, ob vielleicht in ihrem Kopf nicht alles seine Ordnung habe."

"Einfühlsamer Gatte", bemerkte Iva.

Kylian nickte. "Nicht wahr? Ich machte mit der jungen Dame eine Reihe von Rückführungen, bei denen wir einige kleinere Vorfälle ihres jetzigen Lebens aufarbeiteten. Außerdem erinnerte sie sich, wenn auch vage, an ein Vorleben bei einem nordamerikanischen Indianerstamm. Doch ihre Schussangst blieb. Erst bei der vierten oder fünften Sitzung stießen wir plötzlich auf ein Ereignis aus der Hitlerzeit, auf ein Vorleben, das sie als Frau jüdischer Abstammung im Warschauer Ghetto beendet hatte. Und zwar durch eine Gewehrkugel mitten durch den Kopf – nachdem man unmittelbar zuvor ihren Ehemann und dessen Bruder auf gleiche Weise hingerichtet hatte. Vor ihren Augen."

"Was für eine grauenhafte Vorstellung."

"Grauenhaft in der Tat. Aber der Punkt ist, es war mehr als nur eine Vorstellung. Diese Geschichte war nicht einfach nur ein Produkt ihrer Fantasie."

Ivas Augenbrauen krümmten sich, was Kylian nicht entging.

"Es kommt zwar durchaus nicht selten vor", sagte er, "dass Patienten unter Hypnose auch wildes Zeug daherfantasieren. Ich würde sogar behaupten, die echten Reinkarnationserfahrungen sind deutlich in der Minderzahl. Es gibt bestimmt ein paar Tausend Leute auf jedem Kontinent, die sich alle für die Wiedergeburt Napoleons oder Kleopatras halten. Aber die Horrorvision, die jene Patientin mir schilderte, konnte einfach nicht ihrer Fantasie entsprungen sein."

"Weil?"

"Weil sie ihren Bericht zu Beginn in Polnisch und später dann in Jiddisch zum Besten gab. Beides Sprachen, die man zur fraglichen Zeit im Warschauer Ghetto gesprochen hat, die meine Patientin in ihrem jetzigen Leben aber nachweislich nicht beherrschte. Ich musste lange suchen, bis ich einen fast hundertjährigen Holocaust-Überlebenden fand, der mir – als ich ihm den Audio-Mitschnitt dieser Sitzungen vorspielte – mit Tränen in den Augen bestätigte, dass die Frau den Dialekt seiner Jugend und Heimatstadt sprach."

Iva saß plötzlich fast aufrecht in ihrem Liegestuhl. "Das ist doch unmöglich!"

Kylian nickte stumm.

"Und wie ist es der jungen Frau dann mit ihrer Schussangst ergangen?"

"Sie zuckte noch immer bei jedem Schuss zusammen, nachdem wir unsere letzte Sitzung abgeschlossen hatten. Dieses Trauma wird ihr wohl das ganze Leben und vermutlich länger bleiben, aber sie verliert nun wenigstens nicht mehr das Bewusstsein und erleidet keine Panikattacken mehr. Ein paar Monate später ließ sie sich scheiden und heiratete dann einen Koch."

"Recht so!", rief Iva mit ziemlicher Inbrunst.

"Wie ich schon sagte: Diese Phänomene sind viel weiter verbreitet, als du annehmen würdest. Auch wenn sie natürlich nicht oft in solcher Deutlichkeit auftreten. Aber hat nicht beinahe jeder von uns seine Vorlieben und Ängste, seine ganz besonderen Fähigkeiten und Talente? Und sind die wirklich alle und ausschließlich auf unsere vielbemühten Gene zurückzuführen? Was ist mit Déjà-vu-Erlebnissen an Orten, die wir wissentlich in diesem Leben zum ersten Mal betreten? Oder mit Personen, die uns vertraut erscheinen, obwohl wir sie doch gerade erst kennen gelernt haben?"

Iva erwiderte nichts.

"Eine Fallgeschichte habe ich noch für dich", sagte Kylian. "Durch sie bin ich überhaupt erst zum Reinkarnationsforscher geworden. Davor hielt ich von der ganzen Sache ungefähr so viel wie du."

"Kylian, bitte ... ich habe es wirklich nicht so gemeint!"

"Ah, ganz einerlei! Du musst jetzt büßen, dass du dich über meine Arbeit lustig gemacht hast!" Er grinste.

"Aber ich hatte doch keine Ahnung!"

"Wovon? Dass der Mann, den du gerade angefangen hast, sympathisch zu finden, einen so schrägen Job ausübt?"

Sie musste unwillkürlich lachen. "Wie kommst du auf die Idee, dass ich dich sympathisch finde? Das ist ganz schön arrogant!"

"Das musst du einfach. Es muss einfach auf Gegenseitigkeit beruhen." Die letzten Worte sprach er in kaum hörbarer Lautstärke. Seine Stimme hatte alles Scherzhafte verloren.

15

Inzwischen war die Abenddämmerung hereingebrochen, was Iva erst jetzt bemerkte. Wie viel Zeit hatte der Tauchgang mit Kylian eigentlich in Anspruch genommen? Und wie lange saß sie nun schon hier auf seiner Terrasse?

Sie wich seinem Blick aus. In ihrer Magengrube zog sich etwas zusammen. "Du hast mir noch eine Fallgeschichte versprochen", sagte sie.

"Stimmt", erwiderte Kylian nach kurzem Zögern. "Also gut. Es ist quasi mein allererster Fall – der Grund, warum ich überhaupt zur Reinkarnationstherapie kam. Die Geschichte eines ambitionierten Jura-Studenten, der eines Tages – in der Alltagssprache würden wir sagen *zufällig*, im Kontext der Reinkarnationsforschung existiert dieser Begriff aber natürlich nicht – der eines schönen Tages also in einem Antiquariat seiner Heimatstadt auf den Liebesroman eines obskuren deutschen Schriftstellers stieß. Aus dem 19. Jahrhundert. Zu seinem großen Erstaunen musste er feststellen, dass er nicht nur Sprache und Schrift lesen konnte, sondern nach der Lektüre des ersten Kapitels bereits den gesamten restlichen Handlungsverlauf jenes Romans im Voraus kannte. Und dass dieser Mann nicht lügt, daran kann es keinerlei Zweifel geben. Für mich zumindest."

Iva spürte, wie ihr eine Gänsehaut über den Rücken kroch. "Du warst ... du selbst bist dieser Mann, nicht wahr?"

"Ja", sagte Kylian einfach.

"Und das Buch war von diesem – wie hieß er noch?"

"Friedrich Dorrfels. Ja."

"Dann glaubst du, dass du und er – dass ihr ein und dieselbe Person seid?"

Kylian nickte. "Ein und dieselbe Seele. Und für mich ist es

keine Glaubensfrage."

Iva musste an ihr Aufeinandertreffen in der Bibliothek denken – war das tatsächlich erst einen halben Tag her? Der Schmerz in Kylians Gesicht, als sie ihn, tief im Bücherlabyrinth verborgen, gefunden hatte. Das kleine Buch in seinen Händen. Das antiquierte Schriftbild, selbst für sie kaum entzifferbar. Liebesgedichte. Dorrfels war anscheinend nicht nur Romanautor, sondern auch Poet gewesen.

Aber Kylians Geschichte, seine Liebe zu Emily vor über hundert Jahren, Seelenwanderung, Wiedergeburt ... das alles konnte einfach nicht wahr sein. Nicht in Ivas Welt.

Um wieder festen Boden unter den Füßen zu gewinnen, fragte sie: "Und du hast tatsächlich Jura studiert ... Herr Kollege?"

"Zwei Semester", erwiderte Kylian lächelnd. "Dann habe ich es an den Nagel gehängt."

Sie mochte sein Lachen. Und seine Augen, den Klang seiner Stimme, seine chaotische Frisur.

"Dorrfels ist übrigens ein ganz schön sperriger Name", sagte sie.

"Oh ja! Nach allem, was ich mich erinnern kann, war ich ... war *er* auch ein ziemlich sperriger Typ. Eher verschlossen, nicht sehr weltgewandt, grauenvoller Literat – mit Ausnahme von den Gedichten, die er für Emily schrieb. Die Liebe zu ihr war das mit Abstand Bedeutendste in seinem Leben."

Emily. Iva scheute sich, nähere Fragen zu dieser Frau zu stellen. Sie mochte lange verstorben sein, strenggenommen kannte Kylian sie nicht einmal, nicht persönlich jedenfalls. Nicht in diesem Leben, er erinnerte sich nur an sie! Aber überwunden hatte er sie trotz allem nicht, soviel war offensichtlich. Vollkommen verrückt, das Ganze.

"Erzähl mir, wie du Reinkarnationstherapeut geworden bist", bat sie Kylian. "Wo lernt man so etwas?"

"Nicht da, wo sie auch Jura unterrichten", erwiderte er mit einem schalkhaften Grinsen. "Was schade ist, denn ich glaube, dass so ziemlich jeder Mensch durch die Beschäftigung mit seinen früheren Leben eine ganze Menge für sein jetziges lernen könnte."

"Wie das?", fragte Iva.

"Wenn du weißt, wer du früher warst, welche Erfahrungen du bereits auf diesem Planeten oder anderswo gemacht hast, was dir zugestoßen ist, was du selbst vielleicht anderen angetan hast – kannst du dann nicht viele Dinge, die dir in deinem jetzigen Leben widerfahren, in einem größeren Zusammenhang sehen? Und dadurch viel besser verstehen? Es ist eine Entwicklungsmöglichkeit, eine der besten, die ich kenne. Du greifst auf einen enormen Erfahrungsschatz zurück, der nicht von einem Lehrer oder aus irgendeinem Buch stammt, sondern dein ureigener ist. Fehler, die du schon früher gemacht hast, brauchst du dann vielleicht nicht bis zum Erbrechen wiederholen; du verstehst, warum dir gewisse Menschen nahestehen, während du andere spontan nicht leiden kannst. Und so fort. Aber das war nicht deine Frage. Du wolltest wissen, wie ich Therapeut wurde."

Eigentlich wollte sie ihn zu den Mordfällen auf der Insel befragen, aber dazu würde sie schon noch kommen. Sie bat ihn, fortzufahren.

"Nach dem Vorfall mit Dorrfels' Roman las ich alles zum Thema Seelenwanderung und Wiedergeburt, was ich in die Hände bekommen konnte. Ich studierte bestimmt hunderte Fallbeispiele von der Art, wie ich sie dir vorhin geschildert habe. Aber das reichte mir nicht. Es wäre vielleicht das Richtige für jemanden gewesen, der sich erst davon überzeugen muss, dass Reinkarnation tatsächlich existiert." Er blickte Iva herausfordernd an. Sie ging nicht darauf ein.

Mit einem spöttischen Stirnrunzeln fuhr er fort: "Ich hatte das ja bereits hinter mir. Ich wollte mehr über mein ganz konkretes Vorleben als Friedrich Dorrfels herausfinden. Was mich also vorrangig interessierte, waren Mittel und Wege, die Erinnerung anzuregen, um die Vergangenheit, die Vorgeschichte meiner Seele zu erkunden. Im Verlauf meiner Suche stieß ich auf die Schriften zweier Männer: ein gewisser Dethlef Krov aus Kalifornien, und der andere war Dr. Rüdiger Thorwald, ein deutscher Psychiater. Krovs Ansatz war mehr der esoterische. Er interessierte sich für das Phänomen der menschlichen Seele ganz allgemein, das unsterbliche Bewusstsein, und warum es überhaupt in menschlicher Form inkarnierte. Thorwald hingegen war zunächst kein besonders spirituell gesinnter Forscher. Mehr der klassische Psychiater, der über das Phänomen Wiedergeburt als Nebenprodukt seiner Arbeit mit traumatisierten Patienten stolperte. Rückführungen innerhalb des *jetzigen* Lebens kennt die Psychiatrie ja schon seit Freud. Ebenso wie das Prinzip, dass frühe Erfahrungen – speziell aus der Kindheit – gewisse Traumata, Phobien, Neurosen und ganz allgemein die Charaktereigenschaften des erwachsenen Menschen sehr gut erklären können. Und eines Tages nun hatte Thorwald einen Patienten, dessen Erinnerungen innerhalb der Hypnoserückführung nicht bei seiner Kindheit oder selbst im Mutterleib endeten, sondern der einfach immer weiter und weiter sprach. Bis er Erlebnisse aus dem Leben eines italienischen Bauern, ich glaube aus dem 18. Jahrhundert, zum Besten gab. Thorwald, obwohl Schulmediziner, war glücklicherweise aufgeschlossen genug, dieses Phänomen nicht einfach vom Tisch zu wischen. Er handelte nicht nach dem Motto: *Es kann nicht geben, was es nicht geben darf*, das unter orthodoxen Wissenschaftlern leider so weit verbreitet ist. Stattdessen experimentierte er mit weiteren Patienten ... und die Erinnerungen an frühere Leben blieben kein Einzelfall. Als ich auf seine Schriften stieß, arbeitete er bereits seit über zehn Jahren mit der von ihm entwickelten Reinkarnationstherapie und erzielte außergewöhnliche Heilungserfolge damit."

"Und hast du dann bei ihm studiert, oder bei diesem Krov?"

"Bei beiden." Kylian zog einen Mundwinkel hoch. "Eine der Eigenschaften, die ich von Herrn Dorrfels *geerbt* habe, (er setzte das Wort mit einer schwungvollen Bewegung seiner Finger unter Gänsefüßchen), ist ein gewisser Hang zum Perfektionismus – schmeichelhaft ausgedrückt. Der eine oder andere wohlmeinende Freund hat mich auch schon einen Pedanten genannt."

Iva musste lachen. Diesen Eindruck hatte sie überhaupt nicht von ihm.

"Auf jeden Fall habe ich sowohl bei Krov als auch bei Thorwald sämtliche angebotene Kurse absolviert. Danach hatte ich immer noch nicht genug, und so hängte ich noch ein Jahr bei einem buddhistischen Meister in Kathmandu an. In den fernöstlichen Religionen ist die Reinkarnationslehre ja seit Jahrtausenden fest verankert, während wir im Christentum dank Mutter Kirche schon seit langem keinerlei Berührungspunkte mehr damit haben."

"Was hat Mutter Kirche denn damit zu tun?", fragte Iva.

"Alles. Sie hat den Glauben an die Reinkarnation, der ursprünglich auch Bestandteil der Lehre Jesu' – und des Frühchristentums – war, einfach abgeschafft. Anno 553, beim Konzil von Konstantinopel. Ein Jenseits, das mit dem Fegefeuer drohen konnte, war wohl besser geeignet, das Volk unter Kontrolle zu halten, als der Glaube an die Wiedergeburt."

"Du willst sagen, unser Jesus Christus glaubte an Reinkarnation?" Inzwischen saß Iva Kylian im Licht einer einzelnen Kerze gegenüber, die er in einem großen Glasgefäß entzündet hatte. Der Abend war längst in die Nacht übergegangen, aber die Angriffe auf Ivas Weltbild schienen kein Ende nehmen zu wollen

"Unser Jesus." Kylian nickte. "Obwohl du ihn wahrscheinlich nicht wiedererkennen würdest. Ich fürchte, er hat mit dem Mann, den du aus der Bibel kennst, nicht allzu viel gemeinsam."

Er hielt einen Augenblick inne, dann fuhr er fort: "Wir hatten einen jungen Belgier hier auf der Insel. Mark van Leyen. Er hätte dir so manches über den historischen Jesus erzählen können, das du in keinem Evangelium findest."

Mark. Es war das erste Mal heute Abend, dass das Gespräch in die Nähe der Todesfälle kam. Iva war entschlossen, die Chance zu ergreifen.

"Mark ist kürzlich verstorben, nicht wahr?", begann sie.

Kylian nickte.

Sie sprach nicht gleich weiter. Mal sehen, ob Kylian sich zu ihrer neutralen Wortwahl irgendwie äußern würde. Sowohl Vivian als auch Samuel hatten ja sofort – und ziemlich heftig – auf Mord plädiert.

Doch Kylian blieb stumm. Er hatte anscheinend keine Meinung zu diesem Thema.

"Kanntest du Mark gut?", tastete sie sich vorsichtig weiter.

"Nein, leider nicht. Er lebte sehr zurückgezogen. Abgesehen von einigen höchst interessanten Gesprächen über das Christentum hatten wir kaum Kontakt."

Sackgasse. Iva beschloss, noch einen Schritt weiterzugehen. So beiläufig wie möglich erwähnte sie, dass Michael von einem zweiten Todesfall in Arkadia gesprochen hätte. Woran sie die ebenso beiläufige Frage anschloss, ob Kylian vielleicht mit jenem Mann, Nicolas Rozier, besser bekannt gewesen sei?

Kylian schüttelte den Kopf. "Nicht wirklich. Ich fürchte, ich bin ein ziemlicher Eremit. Beinahe wie Mark. Nur leider kein halb so großer Heiliger."

16

Am nächsten Morgen machte Iva sich auf den Weg, nun endlich Igor zu finden. Sie nahm die Abzweigung in den Dschungel, die man ihr beschrieben hatte, und hoffte, dass sie sich nicht verlaufen würde.

Vermutlich war Igors Bungalow ein ähnlich uriges Gebäude wie Vivians Waldhaus. Oder vielleicht gar ein windschiefer, halbverfallener Turm? Eine Höhle mit aufgespießten Totenschädeln vor dem Eingang? Wie man sich die Behausung eines Magiers eben so vorstellte.

Doch Igor schien mit landläufigen Klischees nichts am Hut zu haben. Als Iva schließlich vor dem Haus stand, entpuppte es sich als postmoderner Kubus aus Glas und Stahl, der aus dem Dschungel so herausstach wie ein Picasso in einer mittelalterlichen Gemäldegalerie. Sie hätte es ahnen müssen.

Igor öffnete ihr in Jeans, sockenlosen Sportschuhen und einem schwarzen Poloshirt mit Krokodil-Logo.

"Guten Morgen, Iva. Da bist du ja."

Hatte er sie bereits erwartet? Er machte einen Schritt zur Seite und bat sie mit einer minimalistischen Handbewegung ins Innere seines Hauses.

Das im Wesentlichen aus Büchern bestand, wie Iva sogleich feststellen musste. Überall stapelten sich Bände – in Wandregalen, auf dem Fußboden, auf praktisch jedem Möbelstück, egal ob Tisch, Stuhl oder Schrank; selbst auf der obligaten Kommode im Vorraum hätte man kaum Platz gefunden, eine Nachricht zu hinterlassen.

Die Innenwände des Gebäudes fehlten beinahe zur Gänze. Schon vom Eingangsbereich aus konnte man fast die gesamte Wohnfläche einsehen. Durch die großzügigen

Glasfronten, die die Außenhaut des Gebäudes bildeten, fiel das ewige Dämmerlicht des Dschungels herein.

Dennoch schenkte Iva all dem nur flüchtige Beachtung. Etwas anderes hatte ihre Aufmerksamkeit gefesselt, kaum dass sie das Haus betreten hatte. Die einzige Wand, die diese Bezeichnung verdiente – sie lag gleich rechterhand des Eingangs – war vollflächig mit einem Fresko geschmückt. Es zeigte eine Szene, nahezu fotorealistisch ausgeführt, die Iva sofort vertraut erschien: eine Herde weißer Pferde, die im ersten Licht des Sonnenaufgangs über einen Strand flogen. Ihre Hufe schienen kaum den Sand zu berühren. Nur dass die Pferde auf dem Wandfresko eigentlich gar keine waren. Keine richtigen zumindest. Auf der Stirn jedes einzelnen Tiers, halb von der überlangen Mähne verdeckt, aber dennoch unmöglich zu übersehen, saß ein elfenbeinfarbenes, gut dreißig Zentimeter langes Horn.

"Hast du Hanna schon kennengelernt?", hörte sie Igors Stimme hinter sich.

Sie blinzelte. "Wen?"

"Unsere Malerin. Hanna. Ich bin ein großer Bewunderer ihrer Kunst."

Iva musste unwillkürlich lächeln. In Igors Stimme hatte sich ein so deutlicher Ausdruck von Emotion verirrt, den sie ihm niemals zugetraut hätte.

"Es ist wirklich beeindruckend", pflichtete sie ihm bei, "obwohl ich sonst realistischere Motive bevorzuge."

Igors Augenbrauen wölbten sich, etwas regte sich im Schwarz seiner Pupillen – er sagte aber nichts.

"Gibt es Neuigkeiten von Michael?", kam Iva auf einen der Gründe ihres Besuchs zu sprechen.

Was ihr Igor prompt als die nur allzu verständliche Besorgnis einer liebenden Gattin auslegte. "Nein, tut mir leid", sagte er. "Aber er wird bestimmt bald wieder zurück sein. Du brauchst dir keine Gedanken zu machen."

Iva wich seinem Blick aus. Seine Augen waren wirklich viel zu dunkel.

"Und wie geht es mit deinen Ermittlungen?", fragte er. "Machst du Fortschritte?"

"Keine großen bis jetzt, fürchte ich." Sie erzählte ihm kurz von ihren Besuchen bei Vivian, Samuel und Kylian. Ihre Augen wanderten noch einmal zu dem Wandfresko hinüber. Es wirkte auf fast unheimliche Art lebendig.

"Samuel hing wohl sehr an Nicolas?", fragte sie dann.

"Er vergötterte ihn, könnte man wohl sagen."

"Kann er ihn getötet haben?"

"Samuel? Wie kommst du denn auf die Idee?"

"Selbst die besten Freunde können einmal Streit haben, nicht wahr? Und wir müssen einfach jeden als Mörder in Betracht ziehen."

Igor erwiderte nichts. Er warf ihr lediglich einen wenig beeindruckten Blick zu.

"Außerdem ist Samuel für meinen Geschmack ein wenig zu sehr überzeugt von Roberts Schuld", fügte Iva hinzu. "Ich meine, was liegt denn tatsächlich vor gegen den Jungen, abgesehen davon, dass ihn Nicolas ausgerechnet am Vorabend seines Todes als Dieb entlarven wollte?"

"Genügt das nicht?", sagte Igor, mehr zu sich selbst als an sie gerichtet.

"Ja ... vielleicht. Dass er diese Pflanze stehlen wollte, spricht nicht gerade für ihn. Soviel ist sicher."

Igor nickte. "Wollen wir auf die Veranda gehen?"

Was in der Geschäftswelt der Konferenzraum, war in Arkadia die Terrasse, so schien es. Man sprach, dachte, ja lebte hier bevorzugt im Freien.

"Gern", sagte sie.

Die Rückseite des Hauses, wo sich die Veranda in Form quadratischer Granitplatten erstreckte, lag im Schatten der Bäume. Die Gruppe Liegestühle, im Halbkreis mit Blick in den Dschungel angeordnet, war jedoch bereits belegt. Ein Bataillon gelbgrüner Sittiche hielt sie belagert, und die kecken Vögel dachten gar nicht daran, ihren Versammlungsort an zwei Neuankömmlinge abzutreten, bloß weil es sich dabei um Menschen handelte. Igor machte zu Ivas Verblüffung auch keine Anstalten, die Sittiche zu vertreiben. Er überließ ihnen einfach die Stühle, zuckte bloß mit den Schultern.

Dann nahm er – im Stehen – das unterbrochene Gespräch wieder auf. "Dass Robert vielleicht ein Motiv hatte, Nicolas zu töten, ist leider noch nicht alles, was gegen ihn spricht", sagte er. "Er weigert sich auch beharrlich, uns mitzuteilen, wo er die Nacht nach der Aussprache mit Nicolas verbracht hat. In seinem Haus auf jeden Fall nicht, soviel steht fest. Wir fanden ihn erst am nächsten Vormittag, mitten im Dschungel. Er wirkte sehr aufgewühlt, und er hatte Blut an seinen Händen."

"Das hat Samuel gar nicht erwähnt."

"Weil er es nicht weiß. Ich war es, der Robert fand – und ich habe nur Michael davon erzählt."

Iva sah schweigend zu den Sittichen hinüber. Das sprach nun nicht gerade für Roberts Unschuld.

"Wir haben ihn dann in sein Haus verbannt", ergänzte I-gor.

Seine Ausdrucksweise war wirklich gelegentlich etwas hölzern. Jemand in sein Haus *verbannen*?

"Und Nicolas' Leiche?", fragte Iva. "Ist die eigentlich untersucht worden?"

"Natürlich. Von Samuel höchstpersönlich."

Eigentlich naheliegend. Immerhin war er ja Arzt – wenn auch ein vom medizinischen Establishment geächteter.

"Und zu welchem Ergebnis ist er gekommen?"

"Tod durch Ertrinken. Äußerlich war Nicolas' Körper vollkommen unversehrt. Keine wie auch immer gearteten

Verletzungen, Schwellungen, Würgemale ... nicht der kleinste Kratzer. Keine Spur eines Kampfes."

"Und woher soll dann bitte das Blut an Roberts Händen stammen? Das ergibt doch keinen Sinn."

"Nein. Glücklicherweise nicht. Wir hätten ihn sonst längst der Polizei übergeben. Bei aller Rücksichtnahme auf den Frieden und den guten Ruf von Arkadia."

Iva nickte stumm. Wie konnte sich ein mutmaßlicher Mörder blutige Hände holen, während sein Opfer vollkommen unversehrt blieb?

"Hat Samuel auch eine Blutuntersuchung bei Nicolas gemacht?", fragte sie weiter.

Igor bejahte. "Keinerlei Spuren eines Betäubungsmittels oder einer sonstigen Droge, falls du das meinst."

"Aber wie zum Teufel bringt man dann einen Mann – noch dazu von Nicolas' Statur – dazu, in Strandnähe zu ertrinken?"

"Ich habe keine Ahnung." Igor sprach vollkommen emotionslos. Als führe er eine rein akademische Diskussion. *Wäre er nicht der perfekte kaltblütige Mörder?*, fragte Iva sich unvermittelt.

Nein, das führte zu nichts. Michael vertraute diesem sogenannten Magier, also würde sie es auch tun. Vorläufig zumindest.

"Da ist noch etwas", sagte er – allem Anschein nach zu einem Sittich, der gerade frech auf seiner Schuhspitze gelandet war. Aber dann hob er doch den Kopf, und seine unergründlichen Augen wanderten zu Iva zurück. "Nicolas war mit einer Badehose bekleidet, als wir ihn fanden."

Das wurde ja immer besser. Der Vogel auf Igors Schuh zwitscherte lautstark, als fände er diese Vorstellung ebenso unerhört wie sie.

"Vielleicht wollte der Mörder einen Badeunfall vortäuschen", sagte Iva.

"Bei einem Mann, der das Wasser fürchtete, wie der Teufel den Messwein? Ziemlich unsinnig, oder?", gab Igor zu bedenken. "Nicolas wäre niemals freiwillig schwimmen gegangen, und jeder Arkadier wusste das."

Der Sittich hatte das Interesse an Igors Schuh verloren. Er hüpfte hinunter auf die Granitplatten der Terrasse, wo er nach etwas Essbarem Ausschau zu halten schien.

"Und was schließt du also aus der Badehose?", fragte Iva.

"Dass Nicolas vielleicht doch freiwillig ins Meer gegangen ist", erwiderte der Magier. "Womöglich wurde er am Ende doch nicht ermordet – sondern *wollte* sterben."

Er schnippte ein winziges Staubkorn von seinem Ärmel – nachdem ihn ein ausgewachsener Vogel auf seinem Schuh offensichtlich weniger gestört hatte.

"Ich habe versucht, mir einen Einblick in die Ereignisse jener Nacht zu verschaffen", fuhr er fort. "Mit ... gewissen Methoden, die einem Magier zur Verfügung stehen. Trance-Visionen, wenn du so willst."

Was hatte Michael ihr erzählt, über Igor und seine esoterischen Wege der Wissensgewinnung? Das Ganze hatte sich ziemlich abstrakt für sie angehört.

Sie hätte nicht sagen können, ob sie Trancevisionen bevorzugte – im Vergleich zu Vivians Kartenorakel. Zur Wahrheitsfindung in einer Mordsache? Das war doch Wahnsinn!

Sie wandte sich erneut Igor zu, bemüht, nicht allzu sarkastisch zu klingen: "Und welches Ergebnis brachten diese, ähm, Trance-Visionen?"

"Ich konnte kein sehr klares Bild gewinnen", erwiderte er. Als spräche er über etwas so Alltägliches wie den Empfang eines Fernsehgerätes. "Aber ich *habe* Nicolas schwimmen gesehen, draußen im Meer, da bin ich mir ziemlich sicher. Und ich spürte etwas. Nicht gerade einen Todeswunsch, aber –"

"Vielleicht nicht direkt Selbstmord, aber eine an Selbstmord grenzende Fahrlässigkeit?", fiel Iva ihm ins Wort. "Könnte es das gewesen sein? Vielleicht wollte Nicolas sich endlich seiner Wasserphobie stellen, und hat dann seine Fähigkeiten als Schwimmer überschätzt. Gibt es im Umkreis der Insel gefährliche Meeresströmungen?"

"Nein", sagte Igor. "Und auch keine, die eine Leiche von der Südküste an die Nordküste transportieren würden. Dort haben wir Nicolas nämlich gefunden."

Er hatte sich über diese Merkwürdigkeit also auch schon Gedanken gemacht.

Iva jonglierte die Idee eines Selbstmords ein wenig im Kopf herum. Eigentlich schien das unter den gegebenen Umständen noch die plausibelste Erklärung zu sein. Wenn man einmal von Vivians Tarotkarten absah, die eine Einmischung von außen unterstellt hatten. Was sich in etwas juristischeren Begriffen wohl als Fremdverschulden ausdrücken ließ. Und dann waren da noch Roberts blutige Hände. Wie zum Teufel passten die ins Bild?

"Würdest du sagen, dass Nicolas zu Depressionen neigte, Igor? Im Allgemeinen oder speziell in der letzten Zeit vor seinem Tod?"

In Igors schwarzen Augen funkelte etwas wie Anerkennung. War er der Ansicht, dass Iva eine intelligente Frage gestellt hatte?

Sie hätte viel dafür gegeben, Einblick in die Gedanken dieses Mannes zu gewinnen. Ein Wunsch, den sie bei anderen Leuten nicht oft verspürte. Ob es dafür wohl auch "magische Methoden" gab? Und wenn ja, wandte Igor ebendiese vielleicht schon die ganze Zeit bei ihr selbst an?

Keine sehr angenehme Vorstellung.

"Nicolas war generell kein sehr fröhlicher Mensch", sagte er. "Besonders nicht für einen jungen Mann, der mit so vielfältigen Talenten gesegnet war. Aber was die Zeit vor seinem Tod anbelangt, die letzten zwei oder drei Wochen vielleicht ... da hatte ich eindeutig das Gefühl, dass er sich verändert hatte. Dass etwas nicht stimmte. Nicolas war niemand, der sein Herz offen auf der Zunge trug, aber ich spürte trotz allem, dass ihn irgendetwas beschäftigte. Vielleicht mehr als das."

Er steckte die Hände in die Taschen seiner Jeans und blickte mit starrem Blick in das dunkle Grün des Dschungels. "Ich habe Samuel darauf angesprochen, wenige Tag vor Nicolas' Tod", fügte er hinzu. "Doch er teilte meinen Eindruck in keinster Weise. Seiner Meinung nach verhielt sich Nicolas nicht anders als sonst auch, und er als sein bester Freund und Mentor musste das schließlich wissen."

Iva nahm sich vor, als nächsten Schritt nun endlich Robert Scherrer kennenzulernen. Igor erklärte ihr, dass der junge Assistent in seinem eigenen Bungalow unter Überwachung gestellt worden sei, Iva ihn aber jederzeit dort aufsuchen könne.

Unter "Überwachung" stellte sie sich einen Mann vom internen Sicherheitsdienst vor (so es in Arkadia etwas Derartiges überhaupt gab), den man vor Roberts Haus postiert hatte. Gestern allerdings, als sie auf ihrem Weg zu Samuel bei dem Haus vorbeigekommen sein musste, war ihr kein Wächter aufgefallen.

Nun, vielleicht hatte er innerhalb des Hauses Quartier bezogen. Das war bestimmt vernünftiger, wenn es darum ging, die Inselbewohner nicht zu beunruhigen.

Just in diesem Augenblick ließ der kecke Sittich, der während der letzten paar Minuten scheinbar ziellos auf der Terrasse herumgehüpft war, seinen krummen Schnabel wie ein Hackbeil zu Boden sausen. Zweifellos, um irgendein schmackhaftes Insekt hinzurichten.

Dieser Akt, im Grunde genommen nichts weiter als alltägliche Nahrungsaufnahme, erschien Iva mit einem Mal unnötig brutal. Und verleitete sie auf unerklärliche Weise dazu, Igor eine ebenso brutale, wenn auch ganz und gar nicht unnötige Frage zu stellen. Eine, die sie schon mindestens drei anderen Personen auf der Insel hätte stellen sollen.

"Wo warst du eigentlich in der Nacht, als Nicolas zu Tode kam, Igor?"

Seine buschigen schwarzen Augenbrauen krümmten sich zu gotischen Spitzbögen, aber wenn er sich durch diese Frage beleidigt fühlte, so beschwerte er sich mit keinem Wort.

Stattdessen berichtete er von einem Arbeitskreis, den ein Mann namens Peter Olafsen, seines Zeichens Wasserforscher, ins Leben gerufen hätte. Dessen Teilnehmer – darunter Igor – waren angeblich bis in die frühen Morgenstunden der fraglichen Nacht mit Laborexperimenten beschäftigt gewesen.

"Und falls du jetzt wissen möchtest, wann Nicolas genau starb ..." Er sah ihr direkt in die Augen, und sie nickte mit einem entschuldigenden Achselzucken.

"Laut Samuel trat der Tod zwischen zehn Uhr abends und zwei Uhr morgens ein", sagte er.

"Ich verstehe. Und in der Nacht als Mark starb? Wo warst du da?"

"Bei deinem Mann", entgegnete Igor prompt.

Musste er ihn ständig ihren Mann nennen? Konnte er nicht einfach *Michael* sagen?

"Wir aßen in seinem Aquarium zu Abend und arbeiteten anschließend bis zirka elf Uhr an einigen Sigillen."

Ein Aquarium, in dem man essen konnte? Schon wieder Igors exzentrische Wortwahl? Iva wusste auch nicht, was Sigillen waren, aber das war jetzt nicht wichtig.

"Wart ihr alleine – du und Michael?", fragte sie weiter. "Oder waren noch andere Leute dabei?"

"Nur wir zwei. Die Sigillenmagie ist eine Art gemeinsames Steckenpferd."

Magie also, wieder einmal. Was sonst?

"Und was Marks Sterbezeitpunkt betrifft", sagte Igor noch, "der steht aufgrund der Umstände seines Todes ziemlich exakt fest. Um elf Uhr abends stand seine Hütte lichterloh in Flammen."

17

Auf dem Steg, der zu Roberts Bungalow führte, war keine Menschenseele zu sehen. Und die Haustür hatte genauso wenig ein Schloss wie jede andere in Arkadia auch.

Niemand reagierte auf Ivas Klopfen. Sie versuchte es etwas lauter, doch wiederum ohne Erfolg. Kein Ton war aus dem Inneren des Bungalows zu hören. Sie zögerte einen Augenblick, dann griff sie nach dem Drehknauf und öffnete sich selbst.

Auch im Flur war keine Spur eines Wächters zu bemerken, oder sonst irgendetwas, das Robert daran hätte hindern können, zu kommen und zu gehen, wie es ihm beliebte.

Die Zimmereinteilung war identisch mit Ivas eigenem Bungalow: Bibliothek, Bad, Schlafzimmer, Wohnzimmer – nur, dass hier so penibel aufgeräumt war wie in einer Hotelsuite, durch die gerade ein Schwadron Zimmermädchen gefegt war. Millimetergenau gefaltete Bettdecke im Schlafzimmer, fein säuberlich in Reih und Glied stehende Tuben und Tiegel im Bad, nach Größe und Farbe sortierte Bände in der Bibliothek. Was die Buchauswahl anbelangte, so hatte sie rein gar nichts mit den in Arkadia favorisierten Fachgebieten gemeinsam. Die Regale waren auf den ersten Blick fast ausschließlich mit erzählender Literatur gefüllt: Proust, Brecht, Faulkner, Balzac, Hemingway. Nicht gerade die typische Behausung eines jungen Mannes, der Ivas Informationen nach fast noch ein Teenager war. Sie selbst war kinderlos, aber von Kusinen oder Freundinnen hatte sie so manches gehört, den lieben Nachwuchs betreffend.

Diesen vertrauenswürdigen Quellen zufolge lebte der typische Sohn in Roberts Alter in etwa so: schmutzige Wäsche kreativ über den Fußboden der gesamten Wohnung verteilt, aufgelockert von Pizzakartons und leeren Coladosen, Wolken von Zigarettenrauch, die einem schon im Vorzimmer den Atem nahmen, Musik (wenn man es denn so nennen wollte), die den Putz von den Wänden bröckeln ließ; und wenn man den Sprössling, dessen höchst löbliche Studententätigkeit das Haushaltsbudget grob überschlagen in Höhe eines Managergehaltes belastete, persönlich antraf, dann an einem von zwei möglichen Aufenthaltsorten. Entweder laut fluchend, die Maus malträtierend, vor dem Computerbildschirm oder in Bauchlage auf dem Fernsehsofa.

Was jedoch dieses Haus betraf, so hatte Iva sich entweder in der Tür geirrt, oder aber Robert war erstens ein ausgesprochen ordnungsliebender Bursche und hatte sich zweitens, von Igors "Überwachung" gänzlich unbeeindruckt, zur Tür hinausbegeben und mochte mittlerweile bereits in Argentinien sein. Oder sonst wo.

Als sie schon wieder die Türklinke in der Hand hatte, um sich auf den Rückweg zu Igor zu machen, sagte plötzlich eine betont lässige Stimme hinter ihr: "Was willst du hier, Lady?"

In der Terrassentür stand ein großgewachsener junger Mann in Poloshirt und Tropenshorts, ein Buch mit Ledereinband in der rechten Hand, den Zeigefinger als Lesezeichen zwischen die Seiten geklemmt. Mit der Linken schob er die dunkle Sonnenbrille, die seine Augen verdeckt hatte, über die Stirn nach oben, in sein kurz geschnittenes blondes Haar.

Die Terrasse! Wie hatte Iva nur darauf vergessen können.

"Ich dachte, du wärst fort", sagte sie anstelle einer richtigen Begrüßung. Der Junge hatte sie einfach überrascht. Und dann, nach einer kurzen Verlegenheitspause: "Ich bin Iva Flem–"

"Ich weiß wer du bist. Big Michaels Flamme. Er quatscht die ganze Zeit von dir."

Das hörte sich eher nach Gangsterroman als nach Proust oder Hemingway an – und es ging in dieser Tonart weiter. "Hat er dich geschickt, um mir auf den Zahn zu fühlen, mit den Waffen einer Frau, huh?" Roberts Arme mimten einen Schuss mit Pfeil und Bogen, und er stieß ein schrilles Lachen aus.

Wie reizend. Ein fast so netter Empfang wie tags zuvor bei Samuel.

Iva versuchte, sich diplomatisch zu verhalten. "Weißt du Robert, es wäre –"

Er beachtete sie nicht, machte stattdessen in Zeitlupe, wiederum auf Lässigkeit bedacht, auf dem Absatz kehrt, zurück in Richtung Terrasse und warf ihr zum Abschied ein "Hat mich nicht gefreut, dich kennen zu lernen" über die Schulter hin.

Das ging zu weit. Noch bevor er seinen Liegestuhl erreicht hatte, war sie hinter ihm, packte ihn unter Einsatz der Fingernägel an der Schulter und drückte so kräftig zu, dass er aufschrie. Wohl mehr aus Schreck als vor echtem Schmerz, aber immerhin.

"Jetzt hör mir mal zu, du Möchtegern-Jimmy-Cool! Du wirst mir jetzt verdammt noch mal alles erzählen, was du über Nicolas' Tod weißt, und zwar pronto. Sonst sorge ich dafür, dass dein Big Michael dich in irgendeinem kubanischen Knast verrotten lässt, kapische?" Auch Iva hatte schon mal einen Gangsterroman gelesen.

"Wieso kubanisch?", sagte Robert, plötzlich in einwandfreiem Standard-Englisch. "Wir sind hier auf französischem Hoheitsgebiet!"

"Weil das die letzten Drecklöcher sind, und sie dort sicher gern einen hübschen, blonden Kapitalisten-Boy *betreuen* möchten. Und glaub mir, wir bringen dich in jeden Knast, der uns beliebt, Hoheitsgebiet oder nicht." Sie rieb Zeigefinger und Daumen in unmissverständlicher Geste gegeneinander, um ihn an Michaels Vermögen und die damit verbundene Macht zu erinnern.

Darauf hatte Robert nichts zu erwidern.

Mit einem postpubertären Bürschchen werde ich gerade noch fertig, dachte Iva befriedigt.

Sie drückte ihn zurück in seinen Liegestuhl und zog sich selbst auch einen heran. Dann nahm sie ihm behutsam das Buch aus der Hand, in dem noch immer sein Zeigefinger steckte, ersetzte diesen durch das Lesezeichen, das auf dem Beistelltisch lag, und klappte den Deckel zu. In altmodischen goldenen Lettern stand da: *Oliver Twist by Charles Dickens*. Wie süß.

"Ich bin Anwältin", sagte sie, erwähnte kurz ihre Gespräche mit Michael, Samuel und Igor und erklärte ihm, dass sie unvoreingenommen an die Aufklärung der Morde herangehen wolle. Sie enthielt ihm aber auch die ungeschminkte Wahrheit über seine eigene Situation nicht vor: So ziemlich alles sprach gegen ihn.

"Würdest du mir nun bitte deine Version der fraglichen Nacht schildern? Dein Gespräch mit Nicolas und vor allem, was danach geschehen ist?"

Robert sah sie aus seinen kugelrunden, leicht hervortretenden braunen Augen an. "Wozu soll das gut sein? Ihr habt ohnehin schon alle eure vorgefasste Meinung. Mir glaubt doch eh keiner ein Wort."

Wie pathetisch, von Jimmy Cool zum hilflosen Hundewelpen in weniger als fünf Minuten.

"Wenn ich von deiner Schuld so überzeugt wäre – glaubst du wirklich, dass ich dann hier säße?", sagte Iva etwas sanfter.

Er atmete seufzend aus. "Also gut, was willst du wissen?", sagte er mit gequältem Augenaufschlag.

"Zunächst einmal, warum du Nicolas' Entdeckung stehlen wolltest? Diese Zuckerpflanze. Was hattest du eigentlich damit vor?"

"Na, was wohl? Sie den Menschen da draußen zugänglich machen." Seine Hand deutete aufs Meer hinaus, während sein Stimmvolumen deutlich zunahm. Das Thema war ihm offensichtlich nicht gleichgültig.

"Dieser Nicolas", fuhr er fort, "ich kann nicht behaupten, dass ich ihn besonders mochte, aber er war ein gottverdammtes Genie! Er brauchte nur – buchstäblich! – mit den Fingern zu schnippen, und du warst deine Grippe los, oder was du sonst gerade für Beschwerden hattest. Auf dieser ganzen durchgeknallten Insel haben wir keinen einzigen Krebs-Fall, keine Herzkranken, noch nicht mal einen Diabetiker! Nicolas hätte die Welt verändern können, den ewigen Krieg gegen die Krankheit endlich zugunsten der Menschheit entscheiden, und was tat er? Kehrte dem allen den Rücken und forschte, just for fun, im stillen Kämmerlein. Beleidigte Eitelkeit. Das medizinische Establishment hat ihm in seiner Jugend ein wenig übel mitgespielt – na und? Wen kümmert's, ich hatte auch nicht gerade eine tolle Jugendzeit hier am Ende der Welt."

"Und *deine* Motive, die sind also vollkommen altruistisch?", sagte Iva. "Du wolltest der Welt das Wissen um die Zuckerpflanze schenken?"

"Sehe ich so bescheuert aus? Natürlich nicht! Ich bin doch kein Kommunist oder so was! Nein, ich hätte es an irgendeinen Konzern für ein hübsches Sümmchen verscherbelt. Die bringen das dann schon unters Volk. Und natürlich hätte ich die Kohle nicht für mich allein behalten", beeilte er sich hinzuzufügen.

"Und" – er lehnte sich ruckartig vor und fuchtelte Iva mit den Armen vor der Nase herum – "ich hab' ihn überzeugt!"

"Wen, Nicolas?"

"Wen denn sonst? Fast zwei Stunden hab' ich ihn vollgelabert wie einen kranken Gaul. Aber dann hat er's kapiert. Auf der *Das-bist-du-der-Menschheit-schuldig-Schiene* habe ich ihn weichgekriegt. Und dann geht er hin und lässt sich abmurksen, der Idiot!"

Mit Roberts Sprachniveau ging es wieder deutlich bergab.

"Dann hast du Nicolas also nicht getötet?", sagte Iva.

"Natürlich nicht", erwiderte Robert, als spräche er zu einem zurückgebliebenen Kind. "Sonst hätte ich ihn doch nicht erst mühsam überzeugen müssen."

"Dass du ihn tatsächlich überzeugt hast, dafür haben wir bis jetzt allein deine Aussage."

"Und die ist einen Scheiß wert, schon klar." Er sagte das mit solcher Inbrunst, dass Iva lachen musste.

"Habe ich das behauptet? Nehmen wir einmal an, es ist die Wahrheit. Wie spät war es, als du Nicolas nach diesem Gespräch verlassen hast?"

"Er war es, der mich verließ. Wir haben uns hier bei mir getroffen, und als er wieder ging, war es kurz vor zehn, denke ich."

Das stimmte soweit mit Samuels Version überein.

Iva beugte sich in ihrem Liegestuhl vor. "Als Nicolas zu dir kam, wie war er da bekleidet?"

"Ganz normal, wie immer ... wieso?"

"Erinnerst du dich an die genauen Kleidungsstücke?"

Robert überlegte kurz. "Er trug Jeans. Schwarze, keine blauen. Und so ein grässliches Hawaii-Hemd. Lila Blumen auf gelbem Untergrund, glaub ich. Nicolas liebte die Dinger."

"Und die Schuhe?"

"Keine Ahnung ... nein warte, rote Sportschuhe! Ich kann mich noch erinnern, dass sie sich farblich mit dem Hemd schlugen. Und wie. Sein Geschmack, was Klamotten anbelangte, war unterirdisch."

"Und hat Nicolas erwähnt, wo er hin wollte, als er dich verließ?"

"Nach Hause, nehme ich an. Weit hatte er es ja nicht."

"Er hat nichts von einer weiteren Verabredung angedeutet? Oder vielleicht, dass er noch ein nächtliches Bad im Meer nehmen wollte?"

Robert verschluckte sich beinahe vor Lachen. "Ein Bad im Meer? Nicolas? Haben sie dir nicht gesagt, dass er totalen Schiss vorm Wasser hatte, Frau Anwältin? Also wirklich!"

"Gesagt haben sie es mir, *Herr Angeklagter*, aber vielleicht kannst du mit deinem überragenden Intellekt mir ja erklären, warum er dann in einer Badehose starb?"

Robert starrte sie entgeistert an. Offensichtlich war ihm dieses Detail neu. Er ging jedoch nicht weiter darauf ein, sondern beeilte sich, seinen Intellekt zu verteidigen. "Mein IQ ist ganz in Ordnung! Überdurchschnittlich sogar, wenn ich mich nicht mit all den gottverdammten Genies auf dieser verfluchten Insel messen müsste."

Seine Schultern sackten plötzlich ein, was ihm das Aussehen einer beim Gießen vernachlässigten Zimmerpflanze verlieh. Leiser, eher wehmütig als zornig, fügte er hinzu: "Sie sind alle so ... so überragend, so hoch entwickelt, weise, erleuchtet, von allen bewundert, die vorderste Front der Menschheit. Es kotzt mich an, mich daneben wie eine Amöbe zu fühlen."

Da hatte Iva wohl einen wunden Punkt getroffen. "Was hat dich eigentlich nach Arkadia geführt, Robert?", fuhr sie fort. Das fragte sie sich schon seit ihrem gestrigen Gespräch mit Samuel. Bereits da war klar gewesen, dass Robert auf der Insel eine Außenseiterrolle einnahm. Soweit sie wusste, war er der einzige "Assistent" in Arkadia, und sie hegte keinerlei Zweifel daran, dass man ihn das bei Gelegenheit auch deutlich spüren ließ.

"Das fragst du am besten deinen Alten", sagte Robert. "Er

hat den Wohltäter gemimt, hat das arme hilflose Waisenkind bei sich aufgenommen."

Ein Waisenkind? Das sah Michael ähnlich. Sie bohrte nicht weiter.

"Möchtest du 'ne Cola?", fragte Robert in die entstandene Stille hinein.

"Gern. Light bitte, wenn du hast."

Er musterte sie mit prüfendem Blick. "Wozu das denn? Hast eh 'ne klasse Figur. Also für dein Alter."

Wie überaus charmant. Genau das wollte eine Frau hören.

Robert verschwand im Bungalow und kam gleich darauf mit zwei Coladosen zurück. Eine davon reichte er Iva.

"Danke!" Sie öffnete die Dose und nahm einen Schluck. "Noch einmal zu der Mordnacht, Robert", sagte sie dann. "Nicolas ging also deiner Ansicht nach zurück in seinen Bungalow. Und du? Was hast du getan?"

"Nichts, ich war hier."

"Nicht um zehn Uhr. Da kam nämlich Samuel vorbei und fand dein Haus leer vor. Das von Nicolas übrigens auch. Und am nächsten Morgen warst du auch nicht auffindbar, hat man mir erzählt."

"Ich war spazieren. Im Wald. Tue ich öfters."

"Die ganze Nacht?" Was für eine holprige Lüge.

"Ist doch meine Sache!"

"Nicht wenn du mit blutigen Händen zurückkommst, und am Strand ein Toter liegt."

"Ich bin gestürzt", murmelte Robert. Er riss den Verschluss seiner eigenen Cola-Dose auf und trank in hastigen Schlucken.

"Und in der anderen Nacht, als Mark starb?", fragte Iva weiter. "Warst du da auch im Wald spazieren?"

"Das wollt ihr mir jetzt auch noch anhängen!? Wirklich praktisch, so ein Sündenbock, wenn man ihn erst mal gefunden hat! Aber Pech gehabt, meine Liebe! In *der* Nacht war ich nämlich schon hier unter Hausarrest. In den Händen von Kerkermeister Igor." Er sah sie triumphierend an.

Sie antwortete zunächst nicht, sondern nahm noch einen Schluck aus ihrer Dose. Dann begann sie vorsichtig: "Vielleicht sollte ich dir das nicht sagen, aber mir ist keinerlei Bewachung in der näheren oder weiteren Umgebung deines Hauses aufgefallen. Meines Erachtens könntest du jederzeit ungehindert durch die Türe spazieren – somit auch in der Nacht, als Mark starb."

Robert grinste sie überheblich an. "Ah Lady, du magst Anwältin sein und dir einbilden, dich könne nichts mehr überraschen auf dieser Welt. Und dass alles, was du nicht sehen kannst, auch nicht existiert. Aber wenn du ein paar Jahre auf dieser Insel verbringst, so wie ich, wenn du erlebst, was ich erlebt habe, dann denkst du anders darüber, so viel kann ich dir sagen!"

Die Arroganz, die in diesen Worten mitschwang, machte Iva ärgerlich. "Du kannst das Haus also nicht verlassen, ja?", sagte sie mit unverhohlenem Sarkasmus.

Er verschränkte die Arme vor der Brust und nickte so heftig, dass es in seinem Nacken krachte. "Nicht, ohne dass Onkelchen Igor es merken würde! Und abgesehen davon: Nicolas war mir nicht sonderlich sympathisch – aber Mark, Mark war cool. Ihn hätte ich niemals angefasst."

Das erstaunte Iva ein wenig. Nicht, dass Robert den Mord leugnete natürlich, das war zu erwarten – ob er nun schuldig oder unschuldig sein mochte. Aber dass er so viel von Mark hielt? Was konnte ein Spätpubertierender an einem fast schon heiligen Eremiten denn *cool* finden?

Sie verlegte sich auf eine neue Strategie, eine, die ihr bereits in der Vergangenheit – wenn auch unter harmloseren Umständen – schon oftmals gute Dienste geleistet hatte. Eine Strategie, die sich die menschliche Neigung, Schuld gern auf andere zu schieben, zu Nutze machte.

"Was würdest *du* sagen, Robert, wer hat Nicolas ermordet? Und Mark?"

Robert schlug die Beine übereinander und starrte in den Himmel.

"Keine Ahnung, vielleicht sind sie ja einfach, na ja, gestorben? Wie ich schon sagte, auf dieser Insel würde ich nichts ausschließen, aber" – jetzt begann die Strategie zu greifen – "wenn's dich interessiert: Meine Herren Ankläger sind auch nicht solche Engelchen, wie sie gern vorgeben. Mister Kerkermeister beispielsweise – hast du dir mal seine Büchersammlung angesehen? Crowley, Gurdjieff und solches Zeug! Ziemlich finstere Gesellen, meine Teure. Die meisten Arten von Magie sind alles andere als harmlos, falls dir das nicht bekannt sein sollte. Oder Samuel, der immer so auf vernünftig und erhaben macht! Der hat auch schon mal ein bisschen Geschirr zerbrochen, wenn du weißt, was ich meine. Ist Vivian mal so richtig drübergefahren, als ihre Gäule seine Wunderstauden angefressen haben! Am liebsten würde er sie mit ins Bett nehmen, glaub ich – die Stauden, nicht die Hexe. Ein ziemlich heißblütiges Temperament hinter der vertrockneten Fassade, unser Guter. Und dann tut er ja immer, als wär' Nicolas sein Augäpfelchen gewesen, nicht wahr? Es ist aber noch gar nicht lange her, da waren sie beide mit unserer Inselschlampe – dieser Francesca – im Bett, hintereinander oder gleichzeitig, was weiß ich. Da ging's dann schon manchmal recht unwissenschaftlich zu bei uns im Labor, vor lauter Eifersucht."

Er grinste Iva grimmig an. "Überhaupt sind die Typen hier allesamt keine Kinder von Traurigkeit, falls du das denkst. Bloß, weil sie ein bisschen was in der Birne haben. Unser Tanga-Physiker beispielsweise –"

"Bitte wer?"

"Na, Josef Lauingen, der immer von diesen Strings quatscht! Kennt sich wohl mit Damenwäsche ganz gut aus, der alte Knabe. Hätte ich ihm gar nicht zugetraut. Läuft in letzter Zeit total schmuddelig rum. Wie irgendein Penner."

Iva wusste sofort, von wem er sprach. Josef Lauingen war derjenige gewesen, der gestern beim Frühstücksbuffet Ivas Aufmerksamkeit erregt hatte. Sein Aussehen war in der Tat nicht besonders gepflegt gewesen – und geistig hatte er auch ziemlich verwirrt gewirkt.

Robert fuhr fort: "Jedenfalls hat Josef, keine drei Monate ist es her, unserem Peter die Alte ausgespannt. Hanna ... ein echter Feger, die Kleine! Malt geniales Zeug und ist echt sexy. Peter hat wegen ihr seinerzeit das Kloster verlassen. Er war früher Mönch, der Gute, jetzt ist er Wasserforscher. Und während er hübsch mit seinen Wasserkristallen beschäftigt war, ging Josef seiner Kleinen an den String, hahaha."

Befriedigt lehnte er sich in seinem Liegestuhl zurück und verschränkte die Arme hinter dem Kopf. "Sodom und Gomorrha, Frau Anwältin! Und die wollen *mir* was anhängen?"

18

Es war schon kurz nach vier Uhr Nachmittag, aber die Sonne brannte mit unverminderter Kraft vom Himmel. Obwohl angeblich Regenzeit in der Karibik herrschte, war seit Ivas Ankunft auf der Insel noch kein einziger Tropfen gefallen. Ob das dem vieldiskutierten Klimawandel zuzuschreiben war?

Als sie Nicolas' Haus betrat, dachte sie zunächst, dass man seine persönlichen Dinge bereits entfernt hätte. Dem war aber beim näheren Hinsehen nicht so – Nicolas hatte es augenscheinlich nur an Zeit oder Interesse gemangelt, dem Haus eine persönliche Note zu verleihen. Nirgendwo war ein Schmuckobjekt oder Staubfänger auf den Regalen und Kommoden zu sehen. Keine Bilder oder Fotos zierten die Wände. Im Bad fand Iva eine Zahnbürste und einen Kamm, im Schlafzimmer ein Fachbuch auf dem ansonsten jungfräulichen Nachttisch. Spartanisch.

Der einzige Kleiderschrank befand sich im Vorraum und war von derart winzigen Dimensionen, dass er nicht einmal Ivas Businesskostüme hätte beherbergen können. Sie stand einen Moment lang unschlüssig davor. Es kam ihr wie ein Einbruch in Nicolas' Intimsphäre vor, seine Garderobe zu sichten. Aber es musste sein. Sie gab sich einen Ruck und öffnete die beiden Schranktüren – auf der Suche nach schwarzen Jeans und einem lila-gelb geblümten Hawaii-Hemd. Jene Kleidungsstücke, die Nicolas laut Robert in der Nacht seines Todes getragen hatte. Sie fand beide.

Hawaii-Hemden waren der bei weitem bestsortierte Bestandteil von Nicolas' Garderobe. Er hatte wohl wirklich eine Schwäche dafür gehabt, Robert hatte nicht übertrieben. Ganze vier Exemplare hingen im Schrank, darunter das gelb-lilafarbene.

Am Boden des Schrankes standen, fein säuberlich aufgereiht, ein Paar elegante schwarze Halbschuhe, halbhohe, etwas abgetragene Wanderstiefel, Sandalen und zwei Paar Sportschuhe. Davon war eines rot. Allem Anschein nach war Nicolas zwischen seinem Besuch bei Robert und dem Zusammentreffen mit seinem Mörder tatsächlich noch einmal hierher zurückgekehrt und hatte sich umgezogen. Was nicht gleichzeitig heißen musste, dass Robert und der Mörder nicht doch ein und dieselbe Person sein konnten.

Jeans und Hawaii-Hemd hingen im rechten Teil des Schrankes auf Kleiderbügeln. Was Iva nun noch suchte, war zweifellos, wenn überhaupt, im linken Teil zu finden, und zwar nicht in den offenen Fächern, in denen fein säuberlich T-Shirts und ein paar weitere, diesmal einfärbige, Hemden aufgestapelt lagen. Ein Mann, der nur einen einzigen Schrank besaß, würde eine Badehose wohl am ehesten bei der Unterwäsche aufbewahren, und die wiederum befand sich zweifellos in den zwei Schubladen unterhalb der offenen Ablagen.

Wieder zögerte sie. Die Oberbekleidung eines fremden Menschen zu inspizieren war eine Sache, in seiner Leibwäsche zu wühlen, eine ganz andere.

Sie tat es. Mit Schwung zog sie das erste Ladenfach heraus. Und fand Socken.

Die zweite Lade enthielt wie vermutet Unterhosen. Sie waren ausnahmslos schwarz, allem Anschein nach stets das gleiche Modell. Eine bunte Badehose konnte sich dazwischen nicht gut verstecken, aber vielleicht eine ebenfalls schwarze? Das wäre dann Nicolas' zweite gewesen, neben jener, in der er gestorben war. Und somit ein Hinweis darauf, dass er sich vielleicht doch öfters als angenommen, oder zumindest gelegentlich, ins Wasser wagte. Ein ausreichendes Indiz, die Mordtheorie in Frage zu stellen?

Iva langte in die Lade, schob die Wäschestücke herum, befühlte sogar den Stoff, damit sich zwischen all den Baumwollteilen kein schnelltrocknendes Material durch ihre Finger schummeln konnte.

Es gab keine Badehose. Aber auf dem Grund der Lade blitzte plötzlich etwas Cremefarbenes durch. Iva hielt es zunächst für Seidenpapier, das besonders in Holzladen ja gerne als Einlage verwendet wurde, aber dafür war es beim näheren Hinsehen zu klein. Es füllte nicht einmal die hintere Hälfte der Lade aus.

Nachdem Iva es hervorgezogen hatte, entpuppte es sich als Foto in einer Papiermappe. Jene Art von professioneller Portraitaufnahme, auf der Paare oder Familien sich stets in größter Innigkeit verbunden schienen.

Auch das Bild, das Iva jetzt in Händen hielt, zeigte auf den ersten Blick eine Familienidylle. Zwei Erwachsene, zweifellos Mutter und Vater, und ein blonder, vielleicht acht Jahre alter Junge lächelten in die Kamera. Das vierte Familienmitglied jedoch, ebenfalls ein Junge, aber um einiges jünger als der andere, lächelte nicht. Es hing schlaff auf dem Schoß der Mutter und stierte mit weit aufgerissenen Augen in die Kamera. Ein Kind mit Down-Syndrom.

War das Nicolas' Familie? Vermutlich. Der größere Junge in dem Bild hatte eine gewisse Ähnlichkeit mit dem erwachsenen Nicolas in Samuels Foto. Und der kleine?

Samuel hatte nichts von Nicolas' Bruder erwähnt, obwohl das im Zusammenhang ihres Gesprächs nicht weiter ungewöhnlich war. Schließlich hatten sie ja kaum über Nicolas' Familienverhältnisse gesprochen – mehr über seine berufliche Laufbahn.

Iva wollte das Foto schon zurück in die Lade legen, da fielen ihr Samuels genaue Worte wieder ein. Das Stichwort *berufliche Laufbahn* hatte sie wohl darauf gebracht. Nicolas' Vater hatte darauf bestanden, dass der Junge wie er selbst

Medizin studierte. Weil Nicolas sein *einziges* Kind war. Das hatte Samuel gesagt.

Eigenartig. Was, wenn man es genau überlegte, aber vielleicht noch seltsamer war: Warum hatte Nicolas dieses Foto zwischen seinen Unterhosen verwahrt? Oder präziser ausgedrückt, versteckt?

Diese Entdeckung würde ihr vielleicht nicht bei ihrer Morduntersuchung hilfreich sein – dennoch steckte Iva die Fotografie in ihre Handtasche, um sie bei Gelegenheit Samuel zu zeigen.

19

Die ersten Regentropfen fielen, als sie Nicolas' Haus verließ. Gerade so, als hätte sie den Wettergott mit ihren Überlegungen zu der ungewöhnlichen Trockenheit in Arkadia an seine Pflichten erinnert. Am Ende des Stegs waren es schon keine einzelnen Tropfen mehr, und ein Blick zum Himmel hinauf, wo sich bedrohlich anmutende schwarze Wolkenungeheuer ballten, überzeugte Iva davon, dass das erst der Anfang war. Sie würde es nicht trockenen Fußes ans andere Ende der Insel schaffen.

Ohne lang zu überlegen, rannte sie los, die Strandpromenade entlang. Was sie ungefähr hundert Meter durchhielt, bevor ihr die Luft ausging. Vielleicht sollte sie, wenn sie wieder zu Hause war, doch endlich einmal mit dem schon seit Jahren geplanten Jogging-Programm beginnen.

Zu ihrer Rechten öffnete sich einer der breiten, mit Rindenmulch bedeckten Pfade, die den Dschungel Arkadias durchzogen – dieser hier führte zweifellos durch das Innere der Insel auf die andere Seite des Strandes. Eine Abkürzung, und sie war dank des üppigen Blätterdaches nahezu trocken. Iva entschied sich kurzerhand dafür, sie zu nehmen.

Etwas mulmig war ihr schon zumute, als sie in den dunklen Schlund hinein lief, aber es war ohnehin Zeit, sich dem Dschungel zu stellen. Schließlich und endlich waren es nur Bäume, nichts weiter. Und Iva war ja kein kleines Kind mehr, für das man nachts das Licht anlassen musste, weil es sich im Dunkeln fürchtete.

Dank des Gewitters schien es, als wäre bereits die Dämmerung hereingebrochen, und das Blätterdach über Ivas Kopf tat sein Übriges. Innerhalb weniger Meter auf dem

Dschungelpfad war sie von Dunkelheit eingehüllt. Aber ihre Augen würden sich schon daran gewöhnen.

Sie fiel in einen Laufschritt, den sie hoffentlich eine Zeit lang durchhalten würde.

Ein paar Minuten später fragte sie sich, ob zwischenzeitlich auch noch ein Sturm aufgekommen war. In den Baumkronen ächzte und knackte es, und das Blattwerk über ihrem Kopf raschelte ohne Unterlass.

Dann jedoch war da plötzlich ein Knacken im Unterholz, das den Weg säumte. Vor Schreck tat Iva einen Riesenschritt zur Seite, stolperte, griff in die Dunkelheit, um nicht zu fallen. Ihre Finger schlossen sich um etwas Haariges, zuckten angeekelt zurück.

Bestimmt nur eine Pflanze, sagte sie sich rasch. Ein behaartes Blatt, nichts weiter! Ihr Puls beschleunigte, schlug deutlich spürbar von innen gegen ihre Schläfen. Einen qualvollen Augenblick lang wusste sie nicht mehr, aus welcher Richtung sie gekommen war, und wo es weiterging.

Ruhe bewahren. Sie befand sich auf einer kleinen Insel, die Distanzen waren nur kurz. Hier konnte man sich nicht wirklich verlaufen.

Bergauf, sie musste bergauf gehen, sie war ja vom Strand gekommen, dem tiefsten Punkt der Insel. Das Landesinnere war hügelig. Also bergauf! Oder war sie schon wieder auf dem Abstieg zur Nordseite hin gewesen, bevor sie gestolpert war?

Einfach nur weitergehen, der Weg musste ja irgendwann wieder zurück ins Freie führen, egal auf welcher Seite der Insel. Schlimmstenfalls fände sie sich an ihrem Ausgangspunkt wieder.

Nur raus aus diesem Wald. Doch lieber den Regen in Kauf nehmen als diese grässliche Finsternis. Und all diese unheimlichen Geräusche. Vielleicht konnte sie ja einen nahegelegenen Eingang zum unterirdischen Tunnelnetz Arkadias aufstöbern.

Sie kam einige Schritte gut voran, dann wurde plötzlich der Weg schmäler. Dann noch schmäler. War sie hier richtig? War es wirklich der Pfad, der schmäler wurde – oder nicht vielmehr der Wald, der immer näher rückte? Auf einmal ragten Zweige mitten in den Weg, schlugen ihr ins Gesicht; etwas streifte ihre rechte Schulter.

Lächerlich. Nur in drittklassigen Horrorfilmen wurden Wälder plötzlich lebendig und griffen nach einem einsamen nächtlichen Wanderer. Bloß jetzt nicht in Panik geraten!

Das Knacken im Geäst wurde lauter. Kam es wirklich aus den Baumkronen, nicht vielleicht von ... hinter ihr?!

Sie wirbelte herum, lauschte.

Keine gute Idee. Dutzende von nie gehörten Geräuschen stürzten auf sie ein. Konnten das Vogelschreie sein? Oder waren es womöglich ... größere Tiere? Atmete da nicht jemand, genau vor ihr auf dem Weg? Etwas leuchtete kurz rot auf – Augen eines Jägers, eines Fleischfressers, auf hungriger Pirsch? Auf einer Insel wie Arkadia konnte es doch unmöglich Raubtiere geben, das wäre viel zu gefährlich! Bestimmt lebten hier keine Jaguare oder dergleichen. Was war nur mit ihr los?

Doch da war noch immer dieses Knacken. Und es kam ganz sicher aus dem Unterholz, nicht aus den Baumwipfeln! Es klang nach den Schritten eines Menschen. Einer Person, die sich bewusst so lautlos wie möglich fortbewegte? Das war womöglich schlimmer als ein Jaguar. Schließlich lief auf der Insel ein Mörder frei herum ...

Iva beschleunigte ihre Schritte. Joggte jetzt, obwohl sie bereits heftiges Seitenstechen verspürte.

Plötzlich berührte etwas ihr Gesicht. Hektisch fuhr sie sich über die Stirn, versuchte es abzustreifen. Irgendein langbeiniges Insekt, oh Gott!

Sie musste unvermittelt an all die *kleineren* Tiere denken, die in einem Regenwald so kreuchten und fleuchten. Skorpione, Schlangen ... Spinnen? Und sie konnte nicht einmal sehen, wo sie ihre Füße hinsetzte! Oder was sich vielleicht aus dem Blätterdach auf sie herabließ. Ein achtbeiniges Ungetüm, an einem klebrigen Faden?

Sie konnte nicht weiter rennen, ihre Lungen brannten, ihr Atem ging nur noch stoßweise. Das T-Shirt klebte schweißnass auf ihrem Rücken. Als sie anhielt, drehte sich der ganze Wald um sie. Schwarze Schatten.

Plötzlich erklang ein Heulen in ihrer unmittelbaren Nähe. Als hätte Satan sich gerade persönlich eine verlorene Seele geholt. Roberts Worte schossen ihr durch den Kopf: *Nur weil du etwas nicht sehen kannst, heißt das noch lange nicht, dass es nicht existiert.*

Humbug, ermahnte sie sich. Doch dann vernahm sie erneut die Schritte. Sie waren menschlicher Natur. Kein Dämon, verdammt noch mal! Aber das machte es nicht besser.

Der Doppelmörder wusste bestimmt längst, warum sie auf der Insel war. Um ihn zu entlarven. Verfolgte er sie? Vielleicht schon seit ihrer Ankunft?

Was für eine ideale Gelegenheit, die lästige Schnüfflerin aus dem Weg zu räumen, bevor sie ihm zu nahekommen konnte. Ein einsamer Dschungelpfad während eines Unwetters. Man sah kaum die Hand vor Augen – und niemand würde ihre Schreie hören.

Sie holte tief Luft, wollte weiterlaufen. Sie atmete etwas ein, das herb und harzig schmeckte. Etwas, das sie in Arkadias Dschungel ganz bestimmt noch nicht gerochen hatte. Ein Männerparfum?

Ein harter Schlag traf sie auf den Hinterkopf. Ihr wurde schwarz vor Augen. Sie fiel in einen bodenlosen Abgrund.

20

Sie kam mit pulsierendem Kopfschmerz zu sich. Bäuchlings lag sie auf dem Waldweg, schmeckte Erde in ihrem Mund.

Sie rappelte sich hoch. Noch immer drehte sich alles um sie. Der Dschungel! Sie war noch immer im Dschungel. Prasselnder Regen trommelte hoch über ihr auf das Blätterdach. Was war geschehen? Hatte der Mörder sie angegriffen? Sie feige von hinten niedergeschlagen? Und sie dann einfach liegen gelassen, ohne sich zu überzeugen, ob sie wirklich tot war? Oder hatte er sie nur einschüchtern wollen? Eine eindeutige Botschaft: *Verschwinde von der Insel, solange du noch kannst. Komm mir nicht zu nahe.*

Oder hatte sie sich die Schritte, das Attentat bloß eingebildet? War ihr lediglich ein Ast auf den Kopf gefallen, den der Sturm abgerissen hatte?

Sie befühlte tastend ihren Hinterkopf. Da war eine feuchte Stelle. Blut? Und der Ansatz einer Beule war auch bereits zu spüren. Sie blickte sich um, suchte den Boden mit den Augen ab, obwohl dort kaum etwas auszumachen war. Es war einfach zu dunkel. Aber einen schweren Ast, der sie womöglich K.O. geschlagen hatte, konnte sie nicht erkennen.

Sie lief los, bergab, auch wenn ihre Beine sich wie Pudding anfühlten. Bloß weg hier.

Bildete sie sich das nur ein, oder wurde der Weg wieder breiter? Und war es da vorn nicht etwas heller?

Auf schwankenden Beinen erreichte sie den Strand – den richtigen Strand, ihre Seite der Insel, da vorne war schon das Restaurantgebäude!

Sie schaffte es bis in den Speisesaal. Noch immer surrte das Blut in ihren Ohren, aber das Stechen in den Lungen hatte etwas nachgelassen. Und der Kopfschmerz hämmerte auch nicht mehr so heftig.

Das Abendessen war in vollem Gange, Geschirr klapperte, Menschen unterhielten sich und lachten. Es wirkte so alltäglich, so banal ... für jemanden, der eben noch dem Tod ins Auge geblickt hatte.

Hatte sie das tatsächlich? Hier im sanften Licht der Deckenlampen, zwischen vertrauten Essensgerüchen und harmlosen Tischgesprächen schien es ihr auf einmal schwer vorstellbar, dass sie eben noch, nur ein paar hundert Meter entfernt, solche Ängste ausgestanden hatte. Waren die Nerven mit ihr durchgegangen? Nur wegen der Dunkelheit, ein paar ungewohnten Geräuschen und einem herabgestürzten Ast? Oder war da doch mehr gewesen in diesem Wald? Sie wusste es nicht mehr mit Sicherheit zu sagen.

Die Beule auf ihrem Hinterkopf fühlte sich noch immer feucht an. Doch als sie die Stelle erneut abtastete, konnte sie keinen starken Blutfluss feststellen. Nur eine oberflächliche Wunde – verdammt schmerzhaft, aber nichts Lebensbedrohliches.

Sie suchte sich einen leeren Tisch im hinteren Bereich des Speisesaals und ließ sich schwer auf einen Stuhl fallen. Ihr war jetzt nicht nach Gesellschaft zumute. Aber Hunger hatte sie für eine ganze Wolfsmeute! Sie bat einen der Kellner, ihr etwas vom Buffet zu bringen. Auf wackeligen Beinen dorthin zu humpeln, unter den Augen aller Anwesenden – danach stand ihr jetzt wirklich nicht der Sinn.

Sie musste an Michael denken, an ihren Auftrag auf der Insel. Den Mörder aufzuspüren, ohne Aufsehen zu erregen. Ohne die Bewohner Arkadias in Angst und Schrecken zu versetzen. Nun, wenn sie sich jetzt hier als Opfer eines Attentats aufspielte und ihre Wunde vorzeigte, so wäre das wohl nicht im Sinne der Diskretion. Und am Ende hatte sie sich den Angreifer ja vielleicht tatsächlich bloß eingebildet.

Sie verdrückte ein riesiges Stück gebratene Ente und eine große Portion Reis. Mit Messer und Gabel bewaffnet, ging sie mit solcher Entschlossenheit auf den armen Vogel los, als wäre er es gewesen, der ihr voller Heimtücke aufgelauert hatte. Draußen im Dschungel.

"So hungrig, liebe Iva?", sagte eine Bariton-Stimme hinter ihr. Eine Stimme, die ihr bereits vertraut erschien.

Sie wandte vorsichtig den Kopf. "Oh, hallo Kylian!"

Sein Lächeln erstarb, als er ihr in die Augen blickte. "Was ist denn mit dir los? Geht es dir gut? Bist du in das Unwetter gekommen?"

Seine Worte klangen ehrlich besorgt. Iva berichtete ihm von ihrer nächtlichen Walddurchquerung – und einem herabstürzenden Ast, der sie am Kopf getroffen hatte. Sie ließ ihn die Beule auf ihrem Kopf begutachten.

"Hm", sagte er. "Da hast du noch mal Glück gehabt. Das ist nur eine oberflächliche Platzwunde, denke ich. Wenn du willst, reinige ich sie dir nachher. Oder soll ich Samuel holen, damit er sich das ansieht?"

Er sah sich im Speisesaal um, als wolle er nach dem Arzt Ausschau halten.

"Nein, nicht nötig", sagte Iva schnell. "Es geht schon wieder."

Kylian nickte langsam. "Dann werde ich dich nachher verarzten. Und als Draufgabe bekommst du meinen Sahnekaffee. Der erweckt sogar Tote wieder zum Leben!"

Eine gute Stunde später saßen sie auf der Terrasse von Kylians Bungalow und blickten schweigend aufs Meer hinaus. Wie versprochen hatte er ihre Wunde gereinigt und seinen köstlichen Kaffee für sie zubereitet. Daraufhin hatte Iva sich kurzerhand entschlossen, ihn zumindest ein Stück weit ins Vertrauen zu ziehen. Sie gestand ihm den wahren

Grund für ihre Anwesenheit in Arkadia ein. Dass sie Nachforschungen anstellte, ob Nicolas und Mark womöglich ermordet worden waren. Und von wem.

Kylian nahm ihre Enthüllungen gelassen hin. Er gehörte wohl nicht zu den Menschen, die gleich erschüttert zusammenbrachen, wenn man ihnen von einem Mordverdacht berichtete.

"Du bist eine sehr mutige Frau", sagte er, nachdem sie geendet hatte. "Und du liebst Michael wohl doch noch mehr, als du dir eingestehen willst. Würdest du sonst dein Leben für ihn riskieren?"

Sie tat die Bemerkung mit einer Handbewegung ab. "Ich bin jedenfalls nicht bereit, mich einschüchtern zu lassen!"

Er lächelte. "Wie ich schon sagte: eine sehr mutige Frau. Ich bin sicher, du wirst den Mörder zur Strecke bringen, wenn er denn tatsächlich existiert."

"Und du?", fragte sie ihn. "Macht es dir keine Angst, dass sich womöglich ein Killer in eurer Mitte verbirgt?"

Es dauerte eine ganze Weile, bis sie eine Antwort erhielt. "Ich gehöre nicht zu jenen Menschen, die den Tod fürchten", sagte Kylian. "Für mich hat er nichts Geheimnisvolles, nichts Bedrohliches. Ich weiß, was danach kommt, und das ist absolut nichts, wovor man Angst haben müsste. *Der Tod ist nur ein Umzug in ein schöneres Haus*, pflegte einer meiner Lehrer zu sagen. Der Übergang auf die nächste Ebene unseres Lebens – so würde ich es formulieren."

Er stellte seine Kaffeetasse ab und griff unvermittelt nach Ivas Hand. Sie wollte sie ihm schon entziehen, tat es dann aber doch nicht.

"Den Tod zu verstehen heißt allerdings nicht, deswegen das Leben weniger zu schätzen", fuhr er fort. "Ganz im Gegenteil. Und einen Mord zu begehen, ist so ziemlich das Schlimmste, was ein Mensch tun kann – vom karmischen Standpunkt betrachtet."

Karma. Davon hatte Iva schon gehört. "Hat das nicht etwas mit Schuld und Sühne zu tun?"

"Nicht ganz. Oder besser gesagt: nicht nur. Karma muss nicht ausschließlich negativ sein. Nennen wir es das Prinzip von Ursache und Wirkung. Alles, was sich in unserem Universum ereignet, jede deiner Handlungen, aber auch jeder Gedanke, jeder Atemzug selbst des kleinsten Geschöpfs, hinterlässt eine Spur in Raum und Zeit – im elementaren Energiefeld, würden unsere Physiker sagen. Und diese Spur, dieser Impuls löst wiederum etwas Neues aus. Ursache und Wirkung, immer so fort. Keine noch so unbedeutende Tat bleibt ohne Folge."

Iva nickte. Sie war schon sehr müde, und ihr Schädel brummte doch noch recht heftig von dem Erlebnis im Dschungel. Ob es nun ein Attentat oder ein bloßer Unfall gewesen war.

"Wenn du jetzt bedenkst, wie komplex das menschliche Leben ist", fuhr Kylian fort, "dann kannst du dir sicher vorstellen, dass sich die karmischen Auswirkungen manchmal über viele Inkarnationen hinweg erstrecken können. Du setzt in einem Leben eine Handlung, oder du unterlässt auch etwas; vielleicht ist es sogar nur ein Gedanke, den du hast, und erst viele Jahrhunderte später spürst du plötzlich das Resultat davon. Wie ein fernes Echo. Die Energiebalance – was wir so gern stark vereinfacht als Gut und Böse bezeichnen, bleibt dabei immer gewahrt. Es ist in Wahrheit nichts anderes als Newtons Energieerhaltungssatz. Oder das Resonanzprinzip. Das heißt – wieder vereinfacht ausgedrückt – wer Gutes sät, wird Gutes ernten, und mit dem Bösen verhält es sich ebenso. Die Energie, die du gibst, kommt auch zu dir zurück."

"Das hört sich ja wie in der Bibel an."

"Ein elementares Gesetz des Lebens, das unsere Urväter deutlich besser verstanden als wir moderne Menschen."

"Und wenn man also einen Mord begeht?"

"Dann schafft man sich damit eine so gewaltige Menge negativen Karmas, dass man unter Umständen viele Leben damit zubringen muss, es wieder abzutragen."

"Wird einem selbst dann auch Schreckliches widerfahren? Als Ausgleich gewissermaßen?"

"Gut möglich. Ich konnte das bei meinen Patienten schon oft beobachten. Einige unter ihnen fühlten sich geradezu vom Schicksal verfolgt. Geliebte Menschen starben, geschäftliche Unternehmungen endeten im Konkurs, Krankheiten und Unfälle häuften sich. Aber unbewältigtes Karma kann sich auch viel subtiler äußern. In psychischen Problemen, dem Hang zu Depressionen vielleicht, dem Gefühl, dass man nicht weiterkommt im Leben, dass ohnedies alles sinnlos ist. Oder darin, dass man sich abgeschnitten fühlt, ohne zu wissen, wovon eigentlich. Andererseits ist es aber auch möglich, einige ganz glückliche Leben zu verbringen, und erst dann, vielleicht Jahrhunderte nach der eigentlichen Ursache, holt dich dein Karma plötzlich ein. Zeit spielt keine Rolle im elementaren Gefüge der Welt."

Er verstummte, und sein Gesicht nahm einen träumerischen Ausdruck an. "Ich verdanke es übrigens einer Forschungsarbeit, die ich genau über dieses Thema – über Karma – schrieb, dass Michael mich nach Arkadia holte. Karma und Reinkarnation waren ... sind für ihn wichtige Bausteine in seinem Bestreben, die Welt in ihrem Innersten zu verstehen."

21

Am nächsten Morgen sah Iva erneut bei Michaels Haus vorbei. Am Steg – so viel war schon aus einiger Entfernung zu erkennen – baumelte noch immer das Messingschild mit der Aufschrift VERREIST.

Die Tür des Bungalows am Ende des Stegs jedoch öffnete sich plötzlich von innen. Heraus trat nicht Michael, sondern Igor. In einen flatternden schwarzen Kaftan gekleidet, das Haar zum Pferdeschwanz gebunden, schritt er über den Steg auf Iva zu.

Das traf sich. Sie hatte ihn ja nach Roberts Bewachung fragen wollen, die anscheinend unsichtbar war. Oder schlicht nicht existierte?

"Guten Morgen, Iva", begrüßte er sie, und diesmal – lag es am grellen Sonnenlicht? – wirkten seine sonst so unheimlichen schwarzen Augen beinahe harmlos.

"Ich habe gestern mit Robert gesprochen", kam Iva gleich zur Sache, ohne zuvor die üblichen Höflichkeiten auszutauschen. Small Talk ergab mit Igor ohnedies keinen Sinn. "Er sagte mir, du persönlich wärst für seine Bewachung verantwortlich."

"Das ist korrekt", antwortete Igor. "Und du warst ein wenig überrascht, weil du sein Haus betreten konntest, ohne eine Gruppe Bewaffneter passieren zu müssen, nehme ich an?" In seine Augen funkelte es. Der harmlose Ausdruck war wohl eine Illusion gewesen.

"Nicht unbedingt gleich eine Gruppe", wandte Iva ein. "Aber ich habe überhaupt keine Bewacher gesehen."

"Das sind mitunter die effektivsten Wächter. Jene, die man nicht sieht."

"Ich fürchte, ich verstehe nicht ganz."

Ein kaum wahrnehmbares Lächeln spielte um Igors Lippen. Er ließ sich einen Augenblick Zeit, bevor er antwortete.

"Roberts Bewachung erfolgt durch Elementale – rein astrale Wesenheiten, die durch menschliche Gedankenenergien erschaffen werden. Für das ungeübte Auge sind sie unsichtbar."

Das war kein Scherz. Natürlich nicht. Eigentlich hatte Iva etwas Derartiges sogar erwartet. Na ja, nicht ganz so haarsträubend vielleicht.

"Du kannst dir nicht vorstellen, dass menschliche Gedanken so etwas bewirken können. Dass sie so mächtig sein sollen, nicht wahr?", sagte Igor, als hätte er erneut ihre Gedanken gelesen.

Eigentlich brauchte Iva gar nichts zu sagen, und sie könnten trotzdem ein durchaus nettes Gespräch führen. Immerhin eine amüsante Vorstellung.

"Ich habe dich bei der Gruppenmeditation beobachtet", fuhr er fort. "Hast du da versucht, deine Gedanken zur Ruhe zu bringen? Sie verstummen zu lassen, für eine Weile zumindest?"

"Ja. Vivian meinte, es wäre eine gute Einstiegsübung. Und es ist mir sogar gelungen, allerdings nicht für lange." Dann hatten Kylians Blicke ihre Konzentration zerstört. Aber das musste Igor nicht unbedingt wissen.

Er nickte langsam, und eine glänzende schwarze Haarsträhne fiel ihm ins Gesicht. Er strich sie nicht zur Seite. "Die meisten Menschen werden von ihren Gedanken kontrolliert", sagte er. "Dabei sollte es doch umgekehrt sein, nicht wahr? Es erfordert nur ein wenig Übung, den – wie sagt man? – den Spieß umzudrehen?"

Wie liebenswürdig, wenn er versuchte, sich volksnah zu geben. Wenigstens, was seine Wortwahl anbelangte.

"Sobald man diese elementare Stufe gemeistert hat, sobald einem die Gedanken wieder gehorchen, kann man sie im nächsten Schritt bündeln, konzentrieren, und damit verstärken. Sie können zu einem der mächtigsten Werkzeuge werden. Mächtig und schnell, denn deine Gedanken erreichen sogar noch die fernste Galaxie augenblicklich, während selbst das Licht dafür Jahrmillionen braucht. Im Orient gibt es Menschen, die es in der Kunst der Gedankenbeherrschung zu wahrer Meisterschaft gebracht haben. Ich bin auf meinen Reisen Mönchen begegnet, die sich in eisigen Winternächten nackt in den Schnee setzen, mit nichts als einer nassen Decke um ihre Schultern gelegt. Sie beschwören dann, bloß mit ihren Gedanken, ein so starkes inneres Feuer herauf, dass sie nicht nur nicht erfrieren, sondern bis zum Sonnenaufgang auch noch die Decke getrocknet haben. Mit nichts als der Wärme ihrer Körper. Der *eingebildeten* Wärme ihrer Körper, wie der Uneingeweihte sagen würde."

"Und mit diesen ... mit deinen Gedanken überwachst du also Robert?"

"Mit meinen Gedanken habe ich Elementale erschaffen, und die überwachen Robert." Er unterbrach sich, schien einen Moment zu überlegen. Er zog die Hände aus den Taschen seines Kaftans.

"Elementale sind quasi Gedankenenergien, die du aus deinem Kopf aussenden kannst. Sie sind ein Teil von dir, eine Abspaltung deines Bewusstseins, die aber – wie primitive, selbständige Wesen – die Welt jenseits des Körpers durchstreifen können. Wenn du sie als Wächter einsetzen möchtest, so gibst du ihnen einfach die entsprechenden Instruktionen. Ich habe derzeit vier solcher Elementale rund um Roberts Bungalow postiert. Sie wachen Tag und Nacht, bis ich sie zurückrufe."

"Keines im Inneren seines Hauses?"

"Nein. Auch ein Magier respektiert die Grundregeln

menschlichen Zusammenlebens. Selbst wenn Robert wirklich ein Mörder ist, würde ich seine Intimsphäre nicht verletzen." Igors Mundwinkel wanderten einen Moment nach oben. Der Anflug eines Lächelns.

Iva erwiderte es. "Dann kann ich mir diese Elementale also so ähnlich wie Überwachungskameras vorstellen – nur kabellos?" Dieser winzige Sarkasmus musste einfach sein.

Igor nahm ihn scheinbar gleichmütig hin. "Keine Kameras. So komplex ist ein Elemental nicht. Es sind simple Geschöpfe, sie liefern dir keine detaillierten Bilder ihres Standorts, sie gehorchen nur ihrem Befehl. Einem einzigen Befehl – der in diesem Fall lautet, sofort zu mir zurückzukehren, sollte Robert sein Haus verlassen. Das ist alles. Ich bin nur ein einfacher Vertreter meiner Kunst."

Seit wann so bescheiden?, dachte Iva.

"Und das funktioniert?", fragte sie vorsichtig.

"Zweifelst du daran?" Es klang nicht unfreundlich oder gar beleidigt, eher erstaunt.

"Nein ... natürlich nicht. Aber bis jetzt hast du keine Meldung erhalten, oder?

"Das ist richtig."

"Auch nicht in der Nacht, als Mark starb?"

"Auch nicht in jener Nacht."

"Das heißt, Robert kann Mark also nicht getötet haben?"

"Nein – es sei denn, er wäre selbst ein einigermaßen fortgeschrittener Magier, der meine Elementale überlisten könnte. Doch das halte ich für unwahrscheinlich."

So bescheiden war Igor dann auch wieder nicht.

22

Bei Tageslicht betrachtet wirkte der Wald zwar bei weitem nicht so bedrohlich wie am Tag zuvor bei Unwetter und Dunkelheit, dennoch konnte Iva sich des Eindrucks nicht erwehren, dass das viele Grünzeug etwas gegen sie hatte. Etwas Persönliches.

Sie war auf dem Weg zu Vivians Dschungel-Haus – wobei sie alle paar Meter einen Blick über ihre Schulter warf. Ein weiteres Mal würde sie sich nicht von hinten niederschlagen lassen.

Wie konnte Vivian nur inmitten dieser Wildnis wohnen? Wie hielt sie es aus, nachts, allein, völlig ungeschützt in ihrem wandlosen Haus?

Iva war drauf und dran, einfach kehrtzumachen. Das flaue Gefühl in ihrem Magen ließ sich einfach nicht vertreiben. Und schließlich konnte sie Vivian ja auch nachmittags bei der Meditation oder abends im Restaurant treffen, statt dem Inselmörder eine weitere günstige Gelegenheit zu einem Anschlag auf ihr Leben zu bieten.

Doch just in diesem Augenblick schickte ihr – die Vorsehung? – eine Eskorte. Sie hatte die schon vertraute Gestalt eines weißen Pferdes und kam der verunsicherten Anwältin auf dem Waldweg entgegengetrabt.

Iva trat einen Schritt beiseite, um dem Tier Platz zu machen. Aber es dachte gar nicht daran, an ihr vorbeizulaufen. Stattdessen kam es genau neben ihr zum Stehen, tänzelte einen Augenblick am Fleck, blies die Luft aus seinen Nüstern und wendete dann sehr grazil auf den Hinterbeinen.

"Führst du mich zu deinem Frauchen, Niam?", sagte Iva – und kam sich im nächsten Moment wie eine jener alten Damen vor, die mit ihren Pudeln sprachen. Und ihnen im

Winter selbstgestrickte Jäckchen anzogen. Noch dazu, wo Vivian sich ja explizit nicht als das Frauchen dieser etwas ungewöhnlichen Schoßhunde sah.

Das Pferd jedoch schien sich daran nicht zu stoßen. Es setzte sich in Bewegung, in die Richtung, aus der es gekommen war, und das in so gemächlichem Schritt, dass Iva ihm problemlos folgen konnte. Und mit einem Mal fühlte sie sich zwischen all dem wuchernden Grün, das ihr gerade noch solches Unbehagen bereitet hatte, nicht mehr wie ein unerwünschter Eindringling, sondern als respektierter Gast mit einheimischem Führer.

Gott sei Dank konnten die Klienten ihrer Kanzlei sie jetzt nicht sehen: Zuerst von nichts weiter als einer größeren Menge Bäume zu einem Häufchen Elend reduziert, und nun in den Hufspuren eines Pferdes, von dem sie hätte schwören können, es habe sie abgeholt.

Vivian saß mit gekreuzten Beinen in einem schmalen Sonnenstreifen vor ihrem Haus, wie von einem Theater-Scheinwerfer beleuchtet, und hatte beide Hände in einer Art segnender Geste über eine große bauchige Wasserkaraffe gestreckt. Ihre Augen waren geschlossen – bis sie Iva und das Pferd bemerkte, die gemeinsam vor sie hintraten.

"Hallo, Schätzchen!", sagte sie und blinzelte Iva gegen das Sonnenlicht zu. "Schön, dich zu sehen."

"Niam hier war so nett, mich zu dir zu bringen." Iva deutete auf das Pferd, das seine Aufgabe offensichtlich als erfüllt betrachtete und gerade wieder im Dschungel verschwand. Dabei wölbte es den weißen Schweif auf wie eine elegante Perserkatze.

"Das war nicht Niam, sondern Sinff", sagte Vivian. "Beschützerin der Witwen und Waisen."

"Wie bitte?"

"Nur Spaß! Ich nenne sie so, weil sie die nette Angewohnheit hat, immer genau dann zur Stelle zu sein, wenn man gerade Hilfe braucht." Vivian stand auf und klopfte sich Spuren von Erde und Grünzeug aus ihren ausgebeulten Safarihosen.

"Im Ernst?", sagte Iva. "Ich habe Sinff nämlich eben im Wald getroffen. Oder besser gesagt: sie mich. Mir war ein kleines bisschen mulmig zumute, so ganz allein zwischen all den ... Bäumen." Was für eine Untertreibung.

Vivian nickte lächelnd, dann verfinsterten sich mit einem Mal ihre Züge. "In der Nacht, als Marks Hütte brannte, da war Sinff auch zur Stelle. Sie zitterte am ganzen Körper, das Feuer machte ihre große Angst, aber sie lief nicht davon. Dennoch konnten wir Mark nicht mehr helfen, keiner von uns."

Sie hob ihre Karaffe vom Boden auf und sah Iva prüfend ins Gesicht. "Du siehst gut aus, meine Liebe. Viel entspannter um die Mundwinkel – und auch nicht mehr wie ein dem Kochtopf entronnener Hummer."

"Dass ich entronnen bin, verdanke ich deiner Salbe", sagte Iva lachend.

"Und die entspannten Mundwinkel, wem verdankst du die? Michael vielleicht?" Vivian verpasste ihr einen sanften Stoß mit dem Ellbogen. Und deutete Ivas plötzliches Verstummen gänzlich falsch. "Oh, nicht Michael? Jemand anderer?"

"Nein!"

"Schon gut, schon gut. Du musst es mir nicht sagen!" Vivian spielte die Beleidigte. Dann, als hätte sie eine plötzliche Eingebung, rief sie: "Jetzt weiß ich, warum du zu mir kommst! Du möchtest einen Tiegel von meiner berühmten Antifalten-Creme? Garantiert nur biologische Zutaten. Das Geheimnis liegt in den frischen Fledermausflügeln aus Freilandhaltung, wenn du es wissen möchtest. Du wirst wie eine Göttin aussehen, und *er* wird dir zu Füßen liegen! Wer immer er auch sein mag."

Die Frau war wirklich originell. Iva räusperte sich und kam rasch auf den eigentlichen Grund ihres Besuchs zu sprechen: "Ich wollte mit dir über Mark reden. Ich habe schon einiges über Nicolas erfahren, aber von Mark weiß ich bis jetzt nicht viel mehr, als dass er ziemlich zurückgezogen lebte und in seinem eigenen Haus ums Leben gekommen ist."

Vivians Züge verdüsterten sich. Dann deute sie mit dem Kopf auf die Glaskaraffe, über die sie vorhin segnend ihre Hände gehalten hatte. Sie hob das Gefäß auf. "Ich wollte ohnehin gerade zu Marks Hütte – das heißt, was davon übrig ist. Die Erde dort hat eine tiefe Wunde davongetragen, die sich nicht schließen will. Möchtest du mich begleiten?"

"Gern", sagte Iva, und sie machten sich sogleich auf den Weg. Sie folgten dem Pfad, der beim Haus vorbeiführte, weiter durch den Dschungel.

Die Glaskaraffe enthielt Heilwasser, erklärte Vivian, während sie im Gänsemarsch hintereinander liefen. Eine Formel, die sie von Peter Olafsen übernommen habe, Arkadias Wasserexperten. Man setzte reines Quellwasser dem lebenspendenden Sonnenlicht aus, und lud es anschließend mit eigenen Gedankenenergien auf.

"Der menschliche Geist hat große Kraft", sagte Vivian. "Du kannst das leicht selbst feststellen, wenn du für jemanden betest oder ihm gute Wünsche sendest. Und Wasser ist die perfekte Trägersubstanz. Es hat ein geradezu phänomenales Gedächtnis."

Iva pflegte nicht zu beten, aber von den menschlichen Gedankenkräften hatte sie heute schon einmal gehört.

Sie brauchten nur rund zehn Minuten zu dem Flecken verbrannter Erde, der bis vor kurzem Marks Hütte beherbergt hatte. Er lag genau da, wo der Dschungel endete – auf einem recht felsigen, nur hier und da von niedrigem

Buschwerk und vereinzelten Palmgehölzen bewachsenen Plateau.

Neben dem einstigen Bauplatz verlief der Weg, soweit Iva sehen konnte, noch ein Stück weiter zwischen größeren Felsen. Laut Vivian war das allerdings eine Sackgasse. "Der Pfad endet bei einer Höhle, die jedoch nicht an Arkadias unterirdisches Tunnelsystem angeschlossen ist", erklärte sie Iva.

Knappe fünf Meter hinter der Stelle, an der sich Marks Hütte befunden haben musste, ging das Plateau in eine Geröllhalde über, die steil zum Meer hin abfiel. Kein Ausblick für schwindelgefährdete Menschen. Iva wich schnell ein paar Schritte zurück. Wer diesen unwirtlichen Ort einer komfortablen Strandvilla vorzog, musste wirklich ein Asket sein.

Von der Hütte selbst zeugten nur noch einige verkohlte Holzreste, und auch sie würden bald verschwunden sein. Der Wind hatte bereits begonnen, sie über das Plateau zu verstreuen und würde sie letztendlich mit hinaus aufs Meer nehmen. Der Brandstifter war bei seinem Werk gründlich vorgegangen.

Iva nahm sich vor, bei Samuel oder Igor Erkundigungen über Marks sterbliche Überreste einzuziehen – der Vollständigkeit halber. Vivian wollte sie diese Art von Fragen lieber ersparen, und nennenswerte Erkenntnisse erwartete sie sich ohnedies nicht. Welche Spuren der Mörder an Marks Körper zu Lebzeiten auch hinterlassen haben mochte, das Feuer würde sie unwiederbringlich ausgelöscht haben.

Vivian entstöpselte ihre Karaffe und machte sich daran, das Elixier über die verbrannte Erde zu träufeln, die – ohne dass man dazu allzu viel Fantasie aufbringen musste – tatsächlich einer großen Narbe glich.

"Ist das nicht ein bisschen wenig, was du da vergießt?",

fragte Iva. "Eine einzige Karaffe auf die gesamte Fläche?"

"Nein, ich will den Boden ja nicht bewässern, sondern ihm nur einen Impuls geben. Eine heilsame Information. Das funktioniert genau wie mit homöopathischen Medikamenten. Eine winzige Dosis genügt."

Nachdem Vivian alles verteilt hatte, stellte sie die Karaffe ab und lehnte sich mit dem Rücken gegen einen Felsen – der für Ivas Geschmack viel zu nahe am Abgrund lag.

"Ich vermisse ihn", sagte sie, den Blick aufs Meer hinaus gewandt. "Er sprach nicht viel, und seine Götter waren nicht die meinen, aber trotzdem waren Mark und ich mehr als nur Nachbarn."

Vielleicht kanntet ihr euch ja aus einem früheren Leben, hätte Iva beinahe gesagt.

Hatte sie gerade an Kylian gedacht? Und konnte so etwas tatsächlich möglich sein? Dass man Freunden oder Verwandten aus früheren Leben wiederbegegnete? Selbst wenn es Reinkarnation tatsächlich gab, wie hoch war die Wahrscheinlichkeit dafür, unter Milliarden von Seelen? Und wie ging man solchen Fragestellungen überhaupt nach? Gab es eine Mathematik der Unsterblichkeit? Konnte man ausrechnen, wie hoch die Chancen für ein Wiedersehen mit alten Freunden waren?

"Iva?"

"Hm? Oh, entschuldige bitte, ich ..."

Um Vivians Mund spielte ein wissendes Lächeln.

"Erzähl mir von Mark", sagte Iva rasch. "Wie sah er eigentlich aus?"

"Wie er aussah?" Die Frage wirkte wohl reichlich oberflächlich auf Vivian.

"War er athletisch gebaut – so wie Nicolas?"

"Ach so. Nein, also Mark war eher das Gegenteil. Kaum größer als du, nicht sehr muskulös." Vivian schloss die Augen, und einen Augenblick lang hatte es den Anschein, es wäre nun an ihr, sich in Gedanken zu verlieren.

Doch dann sprach sie weiter: "Nicht, dass er seinen Körper vernachlässigte. Ich habe ihn nie etwas Ungesundes essen sehen. Eigentlich habe ich ihn überhaupt kaum etwas essen sehen. Aber es war sicherlich nicht schwierig, ihn –"

Sie schluchzte laut auf und ballte die Fäuste. "Warum Mark!" rief sie. "Warum nur? Welcher Wahnsinnige würde ausgerechnet ihn töten? Er war so ... so durch und durch gut, Iva! Nie auch nur ein böses Wort zu irgendjemand." Tränen liefen über ihre Wangen.

Iva, miserabel in solchen Situationen, fiel nichts Besseres ein, als ihr den Arm um die Schultern zu legen, sie fest zu drücken und abzuwarten, bis sie sich wieder beruhigt hatte.

Vivian wischte sich mit dem Handrücken übers Gesicht und stieß ein paar Flüche aus. Schließlich schniefte sie nur noch leise vor sich hin.

"Wie ist Mark eigentlich nach Arkadia gekommen?", fragte Iva nach einer Weile – nur um etwas möglichst Harmloses zu sagen.

Vivian begann, stockend zu sprechen: "Er war ... schon da, als ich selbst kam", brachte sie hervor, "von Anfang an in dieser Hütte hier."

Mit einer schlaffen Handbewegung deutete sie auf die Stelle, ohne jedoch hinzusehen. "Obwohl ihm Michael natürlich ein Haus am Strand angeboten hat, wie allen anderen. Ich weiß nicht, wo die beiden sich begegnet sind. Auf jeden Fall hat mir Michael einmal erzählt, dass Mark für ihn die Religion des einundzwanzigsten Jahrhunderts verkörperte. Ich glaube, das waren seine genauen Worte."

Vivian hatte die Kontrolle über sich einigermaßen wiedererlangt. Nur ihr Atem ging noch etwas unregelmäßig. "Mark war Christ", fuhr sie fort, "aber er hätte genauso gut Hindu oder Buddhist sein können. Er sah in Gott nicht den strengen Richter, der ständig Verehrung forderte und nichts Besseres zu tun hatte, als die Menschheit für ihre angeblich angeborene Schlechtigkeit zu strafen. Die Erbsünde, wie das die Kirche so gern nennt. Und Mark brauchte auch nicht die Vermittlung eines Priesters, um Gott zu finden. Er lebte an der Hand des Allmächtigen, jede Minute, bei allem was er tat. Noch mehr, er lebte in Gott, und Gott in ihm. Für ihn war das ein und dasselbe. *Das Königreich Gottes liegt in dir* – das war die einzige Bibelstelle, die ich ihn oft zitieren hörte. Und nach seiner Ansicht lag unser alleiniges Problem, der ganze Makel der Menschheit, darin, dass wir unsere eigene Göttlichkeit mitunter vergaßen."

"Ziemlich attraktive Sicht der Dinge", sagte Iva. "Wenn er dergleichen auch in der Öffentlichkeit predigte, hätte man ihn über kurz oder lang wahrscheinlich exkommuniziert."

"Mark sprach nicht in der Öffentlichkeit, er war kein Prediger", entgegnete Vivian trotzig. "Er versuchte nicht, andere zum 'wahren Glauben' zu bekehren. Seiner Ansicht nach gab es unendlich viele Wege zu Gott, und alles, was er wollte, war, den seinen unbehelligt zu gehen. Das einzige Laster, das man ihm hätte vorwerfen können, war, dass es ihm manchmal nicht schnell genug ging. *Gott hält noch so viel für mich bereit, und ich bin so eine Schnecke*, sagte er oft." Vivian lächelte bitter und schüttelte den Kopf.

23

"Du hast aber recht", fuhr Vivian nach einer kurzen Pause fort. "Die römisch-katholische Kirche hätte Mark bestimmt exkommuniziert, wenn er mit seinen Glaubensvorstellungen an die Öffentlichkeit gegangen wäre. Oder Schlimmeres. Die schrecken ja vor nichts zurück, nicht wahr? Wenn wir nämlich von Marks ketzerischen Ideen sprechen, dann war das, was ich dir gerade erzählt habe, noch lange nicht alles. In Marks Version des christlichen Glaubens war Jesus nicht nur ein jüdischer Rabbi – der übrigens verheiratet war, aber das ist heutzutage ja kein wirklich revolutionärer Standpunkt mehr – sondern er studierte und lehrte auch Jahrzehnte im Fernen Osten, vor und *nach* seiner Kreuzigung."

"Du meinst er kam wieder auf die Erde zurück? Nach der Auferstehung?"

"Nein, er verließ sie erst gar nicht. Er *überlebte*. Ich hab's ja nicht so mit dem Christentum, deswegen interessierte ich mich nie besonders für diese Geschichten – aber soweit ich Mark richtig verstanden habe, gibt es selbst in den offiziellen Evangelien eine ganze Menge Hinweise dafür, dass Jesus nicht am Kreuz gestorben ist."

"Ach ja?"

"Ja. Mal sehen, ob ich es noch zusammenbringe. Also, erstens wurde Jesus am Nachmittag gekreuzigt, aber schon bei Sonnenuntergang wieder abgenommen. Seine Beine wurden nicht gebrochen. Was bedeutet, dass er mehrere Tage am Kreuz überlebt hätte. Aus der Wunde, die ihm der Soldat mit der Lanze schlug, um seinen Tod festzustellen, flossen Wasser und Blut. Blut fließt aber nur bei Lebenden, nicht bei Toten. Es gibt sogar die Theorie, dass der Essigschwamm, den man ihm reichte, mit einem Alraunenelixier getränkt war – ein schon in der Antike bekanntes Mittel, einen todesähnlichen Zustand vorzutäuschen. Die Evangelien berichten außerdem von großen Mengen Aloe und anderen Heilkräutern, die ins Grab gebracht wurden. Zu viel um einen Toten zu salben, aber genau richtig, um einen Überlebenden zu heilen. Und dann hat Mark noch in Kaschmir einige interessante Spuren verfolgt."

Iva dachte, sich verhört zu haben.

Doch Vivian bekräftigte es mit einem Kopfnicken. "Ja, in der Stadt Srinagar. Dort befindet sich das Grabmal eines gewissen *Yuz Asaf*, das bedeutet *Jesus, der Versammler*, wenn ich mich recht erinnere. Ein Heiliger, der nach jüdischer Art bestattet wurde, von Osten nach Westen ausgerichtet, obwohl man die Toten nach lokalem Glauben üblicherweise von Norden nach Süden aufbahrt. Es gibt auch versteinerte Fußabdrücke von ihm, die Spuren der Kreuzigungsnarben zeigen. Seine Frau war Marjam ... Maria. Er lebte und lehrte viele Jahre in dieser Region, starb erst mit hundertsieben Jahren oder so."

Iva musterte Vivian nachdenklich. Dann beeilte sie sich, das Gespräch wieder auf Marks Tod zurückzubringen. Auf die Geschehnisse in jener Nacht, als seine Hütte abgebrannt war.

"Du hast gesagt, der Weg dort drüben ist eine Sackgasse, nicht wahr?", begann sie. Sie deutete mit der Hand auf die großen Felsen, zwischen denen der Pfad sich weiterschlängelte.

Vivian nickte gedankenverloren.

"Und es führt nur ein Weg hier herauf? Der, auf dem wir selbst gekommen sind?" Wenn sie sich recht erinnerte, hatte er sich seit Vivians Haus nicht verzweigt.

"Gar kein Weg", sagte Vivian. "Jedenfalls in jener Nacht."

"Wie bitte?"

"Deine Beobachtungen sind ganz richtig, Iva. Aber Marks Mörder kann nicht auf diesem Weg gekommen sein."

"Und warum nicht?"

"An dem Abend, an dem Mark starb, war ich bei ihm", sagte Vivian. "Das heißt, bis kurz nach acht. Ich habe ihm eine meiner Kräuterteemischungen gebracht. Das kam öfters vor – er mochte sie sehr. Wir saßen eine Weile auf der Bank hinter seiner Hütte und unterhielten uns. Man hatte einen wunderbaren Blick übers Meer, von dort aus."

Ihre Augen wanderten über den Rand des Plateaus, dann zurück zu dem Flecken geschwärzter Erde. "Ich bin nicht lange geblieben, weil in dieser Nacht Vollmond war, und ich noch einige Kräuter schneiden wollte. Wenn du Kräuter bei Vollmond erntest, sind ihre Kräfte nämlich am größten. Ich bin also zu meinem Haus zurück, holte mir einen Korb und die Pflanzenschere, und hab mich dann gleich an die Arbeit gemacht."

"Und wo hast du gesammelt?"

"In der näheren Umgebung von meinem Haus. Weiter brauche ich gar nicht zu gehen. Zumindest nicht für die Kräuter, die ich im Alltag verwende."

Die Vorstellung, dass sich jemand freiwillig bei Nacht im Dschungel herumtrieb, zog Ivas Eingeweide zusammen. Und das alles wegen ein paar Kräutern! Das konnte man doch wirklich bei Tageslicht erledigen, Vollmond hin oder her.

"Du hast wohl keine Angst vor der Dunkelheit", sagte sie, mehr zu sich selbst als an Vivian gerichtet.

"Der Dschungel ist tagsüber ein freundlicher Ort", erwiderte Vivian. "Aber nachts ist es etwas anderes, da muss man schon ein wenig aufpassen, wo man hintritt. Das heißt, ich halte mich beim Kräutersammeln meist in unmittelbarer Nähe der Wege auf."

Iva wurde mit einem Mal klar, worauf sie hinauswollte.

"Du meinst, wer auch immer an diesem Abend noch zu Marks Hütte hinaufging, hätte dir begegnen müssen. Ist es das, was du mir sagen willst?"

"Genau. Nach meinem Haus, also oberhalb davon, gibt es keine Weggabelung mehr. Und auch keinen Zugang ins Höhlennetz. Und mir ist niemand begegnet, den ganzen Abend nicht, bis ich auf einmal in der Ferne, also hier oben, den Lichtschein sah. Ich habe mich darüber gewundert, aber auf die Idee, dass er von einem Feuer stammen könnte ... darauf bin ich einfach nicht gekommen. Und also –"

Ihre Stimme versagte. Sie schlug die Augen nieder, blinzelte ein paar Mal schnell.

"Also bist du nicht gleich losgerannt", half Iva ihr weiter. "Deswegen willst du dir doch hoffentlich keine Vorwürfe machen?"

Vivian schüttelte ohne rechte Überzeugungskraft den Kopf. "Nur ein paar Minuten später loderten schon die Flammen zum Himmel, und dann wurde mir endlich klar, dass es genau die Stelle von Marks Hütte war, und dass da etwas ganz und gar nicht stimmte. Hätte ich früher reagiert, dann wäre er vielleicht –"

"Nicht, Vivian", fiel Iva ihr ins Wort. "Nur denjenigen, der dieses Feuer gelegt hat, trifft die Schuld. Die *alleinige* Schuld. Und wir werden ihn finden, das verspreche ich dir."

"Danke", sagte Vivian und versuchte ein Lächeln. Dann sprach sie mit gepresster Stimme weiter: "Ich lief so schnell ich konnte, in höchstens fünf Minuten war ich hier oben – aber das Haus war schon ein einziger Scheiterhaufen, überall nur Flammen und Rauch. Unmengen von Rauch."

"Und du glaubst nicht, dass sich doch jemand unbemerkt an dir vorbeischleichen hätte können? Während du Kräuter gesammelt hast?", fragte Iva.

"Durchs Unterholz, mitten in der Nacht? Das kann ich mir wirklich nicht vorstellen. Du siehst hier schon in der

Dämmerung kaum die eigene Hand vor Augen. Selbst bei Vollmond verirrt sich nur selten ein Lichtstrahl durch die Baumkronen. Und ein paar Meter hinter den Wegen gibt es auch praktisch kein Durchkommen mehr – für einen Ungeübten. Er hätte den Wald schon besser kennen müssen als ich ..."

In diesem Augenblick trabte ein weißes Pferd zwischen den Bäumen hervor, überquerte das kleine Plateau und steuerte geradewegs auf die beiden Felsen zu, zwischen denen der Weg verschwand. Dort blieb es abrupt stehen, wieherte zweimal laut und blähte die Nüstern.

"Nicht jetzt, Niam", sagte Vivian, ohne das Tier auch nur anzusehen. "Lass uns später spielen, wir haben hier etwas Wichtiges zu besprechen."

Niam scharrte mit den Vorderhufen und wieherte erneut. Vivian ignorierte ihn. Fast tat er Iva leid, aber jetzt war wirklich nicht die Zeit für harmlose Vergnügungen. Bloß, wie sollte man das einem Pferd begreiflich machen?

Sie machte ein paar Schritte auf den Abgrund zu, näherte sich der Geröllwand, die hinter dem verkohlten Bauplatz zum Meer hin abfiel – und spähte in die Tiefe. Ihr schwindelte erneut, und als ihr auch noch ein plötzlicher Windstoß von hinten durchs Haar fuhr, schrie sie erschrocken auf. Rasch sprang sie ein paar Schritte zurück. Ihr Puls hämmerte.

Konnte der Mörder hier heraufgekommen sein? Über diesen Abhang? Theoretisch möglich war es schon, aber nicht ohne Seil und fortgeschrittene Klettererfahrung. Auf jeden Fall schloss dieser Zugang ein spontanes Verbrechen, vielleicht aus einem unglücklich verlaufenen Streit heraus, definitiv aus. Wer immer sich auf diesem Wege Marks Hütte genähert hätte, wäre sicher nicht zum Tee gekommen.

"Seit jenem Abend treffe ich ihn öfters hier oben", riss Vivian sie aus ihren Gedanken.

Iva sah sie verständnislos an. "Wen?"

"Niam. Früher habe ich ihn hier nie gesehen, aber seit Mark tot ist ..." Sie tätschelte dem Pferd den Hals. "Vielleicht ist es seine Art, damit umzugehen. An diese Stelle zu kommen, an den Ort, an dem Mark lebte ... jetzt, wo er nicht mehr da ist."

Niam schien sich damit abzufinden, dass hier im Moment keine Spielgefährten zu gewinnen waren. Er tänzelte noch ein wenig zwischen den Felsen umher, wölbte den Hals, schnaubte, und trabte schließlich mit hoch erhobenem Schweif davon, zurück in den Wald.

"Es war kein Mensch, der Mark getötet hat", murmelte Vivian halblaut vor sich hin. "Mark hatte Zugang zu ganz anderen Ebenen als du und ich. Und bei weitem nicht alle Geschöpfe, die du dort antriffst, sind Lichtwesen."

Iva erwiderte nichts. Für sie stand fest, dass Marks Mörder ein Mensch aus Fleisch und Blut sein musste. Sie glaubte nicht an Dämonen. Verbrechen waren Menschensache. Immer gewesen.

Der Mörder hatte Marks Tod wohl im Voraus geplant. Er musste sich über die Zugangsmöglichkeiten zu der einsamen Hütte Gedanken gemacht haben. Vielleicht hatte er sogar damit gerechnet, dass Vivian in dieser Vollmondnacht Kräuter sammeln gehen würde. Anscheinend tat sie das ja öfters.

Wer mochte sich im Dschungel so gut auskennen, dass er sich unter Umständen doch an Vivian hatte vorbeischleichen können? Iva kaute auf ihrer Unterlippe. Eine schlechte Angewohnheit ihrer Teenagerzeit, die sie eigentlich schon vor Jahren aufgegeben hatte. Igor vielleicht? Immerhin wohnte er selbst inmitten dieses blattgewordenen Alptraums – und rühmte sich darüber hinaus nicht unerheblicher "magischer" Kräfte. Doch angeblich hatte er den fraglichen Abend in Michaels Gesellschaft verbracht. Das würde sie überprüfen müssen.

Und dann war da natürlich auch noch Vivian selbst – so weit hergeholt diese Möglichkeit auch schien. Waren Mark und sie wirklich die dicksten Freunde gewesen, wie sie behauptete?

24

Als sie zu Vivians Haus zurückkamen, wartete im Vorgarten ein Kobold auf sie.

Zumindest sah es aus einiger Entfernung sehr danach aus. Nicht größer als ein Kind, die langen dünnen Arme um die Knie geschlungen, kauerte er auf einem moosbewachsenen Baumstumpf. Sein Haar war kurz, intensiv violett, und stand stachelig vom Kopf ab. Erst als Iva und Vivian schon auf knapp zehn Meter herangekommen waren, schien er sie zu bemerken.

Er war eigentlich eine *sie* – und wohl doch kein Kobold; vielmehr eine junge Frau, die sich Iva mit hoher und nicht sehr kräftiger Stimme als Hanna vorstellte. Man konnte sie nicht als klassische Schönheit bezeichnen, aber sie hatte doch etwas Anziehendes an sich. Etwas, das man nicht so rasch wieder vergaß.

Das war also Hanna, die Malerin, die Igors unglaubliches Einhorngemälde geschaffen hatte? Jene Frau, für die Peter Olafsen, der Wasserforscher, sein Mönchstum an den Nagel gehängt hatte – nur um sie dann an Josef Lauingen, den Stringphysiker zu verlieren. Robert hatte Hanna einen *Feger* genannt.

Vivian übernahm es, Iva ebenfalls vorzustellen.

"Michaels Frau", sagte sie mit einer ausladenden Handbewegung und einem vergnügten Zwinkern in den Augenwinkeln. "Sie ist zu Besuch hier – die beiden haben sich viele Jahre nicht gesehen."

Iva fand das wirklich nicht mehr komisch, aber wenigstens schien es eine vertrauensfördernde Wirkung auf Hanna zu haben.

"Sehr gut, dann kann ich ja ganz offen sprechen", rief sie

und sprang von ihrem Baumstumpf auf. Im Stehen reichte sie Iva bis knapp unters Kinn. "Mein Mann ist nämlich ein Mörder."

Sie sagte das in einem Tonfall, als hätte sie nur vom Kauf einer neuen Handtasche berichtet. Doch als sie den Schrecken in den Gesichtern ihrer Zuhörerinnen registrierte, fügte sie rasch hinzu: "Ich meine, er *hält sich* für einen Mörder, natürlich ist er keiner!" Und dann, als noch immer niemand lachte: "Was dachtet ihr denn?"

"Nichts", kam Iva Vivian zuvor.

Offensichtlich gehörte Hanna zu jenen Inselbewohnern, die den jüngsten Todesfällen keine besondere Dramatik beimaßen. Vielleicht hatte sie die beiden Verstorbenen nicht näher gekannt, oder war mit den Umständen ihrer "Unfälle" nicht besonders vertraut – auf jeden Fall schien das Wort *Mörder* für sie nicht den gleichen, entsetzlich realen Beigeschmack zu haben.

Iva ermutigte Hanna mit einem forcierten Lächeln, doch zu erzählen, warum Josef sich für einen Mörder hielt. Was diese nur allzu gerne tat. Sie war ja offensichtlich gekommen, um sich in dieser Angelegenheit bei Vivian Rat zu holen.

"Josef hat sich da in eine Art Wahnvorstellung reingesteigert", begann sie. "In den letzten Wochen. Besonders seit Mark diesen bedauernswerten Unfall hatte." Sie sprach mit weichem, etwas entrücktem Gesichtsausdruck, als berichte sie über die merkwürdigen, wenn auch gänzlich harmlosen Hirngespinste eines ihr anvertrauten Kindes.

"Er ist durch seine Arbeit in Dimensionen vorgedrungen, die dem Menschen sehr gefährlich werden können, und glaubt jetzt, dass er die Kontrolle darüber verloren hat. Er ist vollkommen außer sich deswegen."

Iva entsann sich erneut ihres Zusammentreffens mit Josef beim Frühstücksbuffet. Dass dieser Mann ein psychisches

Problem hatte, wollte sie gern glauben.

"Ich habe ihm versprochen, dass ich dich um ein Schutzfeld für ihn bitten werde, Vivian", fuhr Hanna fort. "Das hat ihn zumindest vorübergehend ein wenig beruhigt. Und vielleicht könntest du mir auch einen deiner Tränke mitgeben? Ich weiß wirklich nicht, was mit ihm los ist. Sonst ist er doch eher der ruhige Typ, immer der Vernünftigere von uns beiden."

"Das stimmt", sagte Vivian lächelnd, tätschelte der kleinen Frau freundschaftlich die Schulter und versprach, sogleich ein passendes Elixier zu mischen.

Hanna und Iva folgten ihr in die Kräuterküche, wo sie in konzentrierter Eile getrocknete und flüssige Substanzen aus Schubladen und von Regalen zusammensuchte, ein Glasgefäß bereit stellte und in unzusammenhängenden Worten mit sich selbst beriet, welches in diesem besonderen Fall wohl die beste Rezeptur sei.

Iva andererseits wollte Josefs Wahnvorstellung, er könne ein Mörder sein, doch etwas genauer hinterfragen. Immerhin war sie ja auf der Suche nach einem Mörder. Vielleicht waren seine Ängste doch nicht ganz unbegründet? Um das beurteilen zu können, musste sie allerdings erst einmal eine Ahnung davon haben, was Josefs Arbeit nun eigentlich beinhaltete. Konnte ihr Hanna zumindest einen oberflächlichen Einblick verschaffen?

"Ich will es gern versuchen", sagte die Malerin. Sie rieb sich mit ihren knöchernen Fingern die Nase, die eigentlich viel zu spitz für ein menschliches Gesicht war. "Aber ich fürchte, es wird keinem hohen wissenschaftlichen Anspruch gerecht werden."

"Oh, keine Angst", erwiderte Iva mit einem aufmunternden Lächeln. "Ich bin Juristin. Keine Ahnung von Wissenschaft."

"Dann ist es ja gut." Hanna lächelte schüchtern zurück.

"Hast du schon mal von Strings gehört?", fragte sie dann.

Das hatte ja kommen müssen. "Gehört schon, aber viel mehr auch nicht", sagte Iva mit einem entschuldigenden Schulterzucken.

"Kein Problem." Dann wirkte Hanna plötzlich völlig verändert. Ihre Piepsstimme klang eine Oktave tiefer, sie sprach laut und deutlich und mit ausladenden Gesten. Beinahe wie ein Professor am Vortragspult, wenn man einmal von der Wortwahl absah.

"Die Stringtheorie behauptet", begann sie beinahe feierlich, "dass es sich bei den kleinsten Bausteinen der Materie nicht um eindimensionale, punktförmige Partikel handelt, sondern um so etwas wie Fäden – natürlich extrem klein und unendlich dünn. Und, na ja, Faden heißt auf Englisch *String*. Daher haben die Dinger ihren Namen. Diese Strings können auf verschiedene Arten schwingen, ganz ähnlich wie die Saiten einer Violine, und dabei – so die Theorie – erzeugen sie die unterschiedlichen Arten von Elementarteilchen, die man im Labor beobachten kann. So wie die Geige mit stets denselben Saiten ja auch viele unterschiedliche Töne hervorbringen kann. Die Elementarteilchen sind also nur eine optische Illusion – in Wirklichkeit gibt es bloß die schwingenden Strings, aber weil sie eben so winzig sind, können wir sie irrtümlich für Punkte halten. Zumindest taten das frühere Generationen von Wissenschaftlern."

Vivian pulverisierte gerade fahlgelbe Blüten in einem filigranen Porzellanmörser und schien so auf diese Tätigkeit konzentriert, dass sie Hannas Ausführungen augenscheinlich nicht folgte. Somit lag es also ausschließlich an Iva, jene peinlichen Zwischenfragen zu stellen, mit denen sie das ganze Ausmaß ihrer naturwissenschaftlichen Ignoranz offenbaren würde.

Doch glücklicherweise fuhr Hanna bereits fort: "Der große Vorteil der Stringtheorie ist nun, dass es eben nur eine, wie soll ich sagen ... nur eine *Sorte* von Strings gibt, statt einen ganzen Zoo von Elementarteilchen. Was die Dinge außerordentlich vereinfacht. Aber das Wichtigste ist, dass Strings masselos sind, also reine Energie."

Schon ergab sich die erste, hoffentlich nicht allzu unpassende Frage. "Soll das heißen, die kleinsten Bausteine der Materie sind in Wahrheit gar nicht mehr ... materiell?"

"Genau. Die letzte Konsequenz von Einsteins berühmter Formel $e=mc^2$, pflegt mein Liebster zu sagen."

Davon hatte Iva wenigstens schon einmal gehört, allerdings im Rahmen irgendeiner Atombombendiskussion, wenn sie sich recht erinnerte. Sie wusste nicht mehr, wo und wann. Jedenfalls stand e für Energie, m für Masse, und c^2 war das Quadrat der Lichtgeschwindigkeit, also eine enorm große Zahl. Was wiederum hieß, dass jede noch so geringe Masse ungeheure Mengen von Energie enthielt. Oder vielmehr Energie *war*, wenn man Hannas Ausführungen trauen durfte.

"Dass Materie und Energie auf elementarer Ebene ein und dasselbe sind, ist ein ganz wichtiger Punkt – besonders für uns eher unorthodoxe Forscher hier in Arkadia", warf Vivian an dieser Stelle ein. Ohne von ihrem Mörser aufzusehen. Sie war dem Gespräch also doch gefolgt und schien immerhin mehr Ahnung von diesem Themengebiet als Iva zu haben.

Iva verfiel ins Grübeln. Vielleicht hatte sie Vivian doch ein wenig Unrecht getan? Anscheinend beruhte das Weltbild dieser Hexe, wie sie sich nannte, nicht ausschließlich auf altem Aberglauben.

Das morgendliche Gespräch mit Igor fiel ihr wieder ein. Hatte nicht auch er behauptet, mit nichts als seiner Gedankenenergie konkrete materielle Phänomene hervorrufen zu können? Wenn Energie und Materie in Wahrheit dasselbe waren, klang das nicht mehr ganz so haarsträubend.

Es gefiel Iva, dass der Wahnsinn in Arkadia zumindest Methode hatte. Was ihr deutlich weniger gefiel: Sie war sich nicht mehr so sicher wie noch am ersten Tag, dass es tatsächlich Wahnsinn war.

"Wie genau will Josef nun mit diesen Strings einen Mord begangen haben?", wandte sie sich wieder Hanna zu. Das war zumindest vorderhand die wichtigste Frage.

Hannas Stimme nahm erneut den Professoren-Tonfall an. Sie schien es zu einem gewissen Grad zu genießen, über dieses fremde Themengebiet zu referieren. "Strings existieren – und schwingen – in insgesamt elf Dimensionen, wenn man die Zeitdimension mitrechnet. Deutlich mehr als unsere altbekannten drei also, und es war an diesem Punkt, dass Josef die herrschende Lehrmeinung, und damit auch seine Universität verließ. Die etablierte Wissenschaft geht nämlich davon aus, dass wir nur deshalb unsere Alltagswelt als dreidimensional erleben, weil die überzähligen Dimensionen der Stringtheorie aufgewickelt seien, zu einer Art mikroskopischem Knäuel – und somit für uns Menschen nicht zugänglich."

Der Inhalt von Vivians Mörser hatte sich zwischenzeitlich in eine klebrige hellbraune Masse verwandelt, und Ivas Kopf fühlte sich an, als ginge in seinem Inneren Ähnliches vor. Obwohl sie fand, dass Hanna, besonders für eine Malerin, dieses – freundlich ausgedrückt – exotische Kapitel der Physik ausgesprochen gut erklären konnte. Gerade blickte der Kobold in Menschengestalt sie prüfend an, ob sie ihr noch folgen konnte. Iva signalisierte mit einem kurzen Kopfnicken ihre Zustimmung.

Hanna fuhr fort: "Josef hat herausgefunden, dass die zusätzlichen Dimensionen in Wahrheit nicht aufgerollt, sondern gewissermaßen parallel zu den uns bekannten drei angesiedelt sind. Darüber und darunter, wenn man sich das so vorstellen will, obwohl diese Begriffe im elfdimensionalen Raum natürlich eine ganz andere Bedeutung gewinnen. Dafür hätte man ihm eigentlich den Nobelpreis verleihen sollen, doch stattdessen verlor er seinen Lehrstuhl an der Universität Heidelberg."

"Ach du liebe Güte! Nur weil er eine andere Meinung vertrat?"

Hanna zuckte mit ihren spitzen Schultern. "Selbst in den Künsten gibt es weniger Freiraum, als man vermuten würde, aber die etablierte Wissenschaft kommt meiner Meinung nach noch vor der Kirche, was die Unterdrückung abweichender Standpunkte anbelangt."

Vivian schmunzelte, noch immer über ihren Mörser gebeugt, sagte aber nichts.

"Josef hat den Fehler begangen, einen Artikel zu veröffentlichen", fuhr Hanna fort. "Im Modern Scientist, einem konservativen Wissenschaftsmagazin. Darin spekulierte er, dass die Paralleldimensionen der Stringtheorie den in esoterischen Kreisen seit Jahrtausenden bekannten Ebenen der Anderswelt, den Reichen der Engel, Feen und Dämonen, dem Jenseits und so weiter entsprechen könnten."

Den Rest der Geschichte konnte Iva sich gut selbst vorstellen: In Arkadia hatte man Josef aufgrund dieser Ansichten sicher mit Handkuss aufgenommen.

"Und das Ironische an der ganzen Sache ist", sagte Hanna mit triumphierendem Gesichtsausdruck, "dass eben diese Theorie, die Josef seinen guten Ruf und seine Universitätslaufbahn gekostet hat, jetzt nicht mehr nur bloße Spekulation ist. Es ist ihm vor Kurzem gelungen, sich auf physikalischem Wege Zugang zu einigen dieser zusätzlichen Dimensionen zu verschaffen."

Iva neigte überrascht den Kopf. Vivian sah von ihrem Mörser auf.

"Einigen Bewohnern Arkadias sind diese Welten natürlich bereits vertraut", fügte Hanna noch hinzu. "Aber dank Josef gibt es nun eben auch einen *wissenschaftlichen* Weg samt detailliertem mathematischen Formelwerk, mit dem man die für die einzelnen Dimensionen erforderlichen Energieniveaus und genauen Zugangsvoraussetzungen berechnen kann."

"Aha." Iva wollte keine angemessenere Äußerung zu dieser zweifellos spektakulären Enthüllung einfallen.

Vivian verpasste ihrem Elixier den letzten Schliff. Sie goss einige Tropfen einer schwarzen, äußerst übelriechenden Flüssigkeit über die braune Masse in ihrem Mörser und fügte dann eine getrocknete Substanz hinzu. Vielleicht waren es Getreidekörner, aber für Ivas schon ein wenig überhitzte Fantasie sahen sie verdächtig nach Insektenlarven aus.

Hanna hingegen kam nun endlich auf Josefs Mordtheorie zu sprechen: "Einige der Dimensionen, zu denen Josef Zugang gefunden hat, haben eine Frequenz, ein Energieniveau, das dem Menschen gefährlich werden kann. Er meint, das sei nicht weiter ungewöhnlich, weil schließlich schon gewisse Formen von Energie, die noch *innerhalb* des irdischen Alltagsspektrums liegen, den menschlichen Organismus schädigen können. Röntgen- oder Gammastrahlen beispielsweise. Wusstet ihr, dass Gammastrahlen bis zu einer Milliarde mal energiereicher als gewöhnliches Licht sind?"

Iva schüttelte wortlos den Kopf.

"Da kann man sich schon vorstellen, was erst Energiequellen anderer Dimensionen anrichten können, wenn man das Tor zu ihnen einmal aufgestoßen hat", sagte Hanna. "Dimensionen, zu denen wir normalerweise niemals Zugang erhalten würden." Ihre Miene war ernster geworden, düster beinahe.

Iva drängte sich der Vergleich zu Goethes Zauberlehrling auf. *Die ich rief, die Geister, werd ich nun nicht los.*

Hanna redete weiter: "Ich weiß nicht, ob du schon davon gehört hast, Iva, aber innerhalb kurzer Zeit haben sich bei uns auf der Insel zwei Unfälle ereignet. Nicolas ist ertrunken und Mark ... Marks Hütte ist abgebrannt."

"Wie schrecklich", murmelte Iva und bemühte sich, einigermaßen überrascht drein zu gucken.

"Ich hätte da nie eine Verbindung hergestellt", sagte Hanna, "aber die beiden starben, kurz nachdem Josef eine Dimension erschlossen hatte, die energetisch etwas tiefer als die unsrige liegt. Seiner Ansicht nach ist sie identisch mit der Unterwelt im esoterischen Sinn, dem Hades der griechischen Mythologie. Und seither verfolgen ihn die schlimmsten Alpträume, Visionen von grauenerregenden Dämonen, Schattenwesen, die nach ihm greifen. Physikalisch gesehen sind das Energieformen, die zwar nicht die menschlichen Körperzellen schädigen können, unsere Psyche oder Seele aber sehr wohl. Und ich kann ihn einfach nicht von der fixen Idee abbringen, dass genau diese Wesen Mark und Nicolas auf dem Gewissen haben."

Hanna schielte zu Vivian hinüber, die gerade das vollendete Elixier aus dem Mörser in das Glasgefäß umgoss. Mit unsicherer Stimme fuhr sie fort: "Josefs größte Angst ist, dass sie sich bei nächster Gelegenheit auch ihn holen werden." Es stand ihr ins Gesicht geschrieben, dass ihr die Sache doch mehr Sorge bereitete, als sie zugeben wollte.

"Mir glaubt er natürlich nicht, wenn ich ihm sage, dass er sich da in was reinsteigert. Ich habe ihn angefleht, doch wenigstens mit Igor oder Michael darüber zu reden. Sonst diskutiert er ja auch immer seine Forschungsergebnisse mit ihnen. Aber diesmal nicht, und er hat auch mir verboten, irgendjemandem davon zu erzählen. Sonst würde man ihn des Mordes beschuldigen, meint er, und er müsse Arkadia für immer verlassen."

"Das scheint mir das geringere Übel zu sein, wenn er andererseits befürchtet, dass diese Dämonen auch ihn töten könnten", sagte Vivian trocken. Jetzt, wo es nicht mehr um Mark ging, hatte sie offensichtlich zu ihrer gewohnten Robustheit zurückgefunden.

"Genau das habe ich auch gesagt", erwiderte Hanna mit heftigem Kopfnicken. "Aber er ist der Ansicht, wenn er schon zwei Arkadier auf dem Gewissen hat, muss er sein Leben dafür einsetzen, die Sache in Ordnung zu bringen. Er isst und schläft kaum noch. Tag und Nacht arbeitet er daran, den Zugang zu dieser Unterwelt wieder zu verschließen, bevor weiteres Unheil geschieht."

Sie ließ sich auf einen Stuhl an Vivians großem Arbeitstisch fallen, als wäre sie erschöpft von so viel Verbohrtheit. Ihre Füße reichten kaum auf den Boden. "Ich weiß wirklich nicht mehr, wie ich ihm helfen kann. Er macht mir auch schon Angst mit diesem Quatsch."

Sie blickte erst Iva, dann Vivian an: "Ihr glaubt doch auch, dass er sich das alles bloß einbildet, nicht wahr? Ich meine, ich zweifle natürlich nicht an der Existenz dieser Dimensionen ..."

"Natürlich nicht", murmelte Iva.

Hanna raufte sich das violette Haar. "Aber welches Interesse könnte – was auch immer dort wirklich lebt – daran haben, ausgerechnet Menschen zu ermorden?"

"Zumal Mark und Nicolas ja durchaus irdische Tode gestorben sind", warf Iva ein. "Ich kenne mich mit diesen Dingen zwar nicht aus, aber ein Dämon würde doch nicht ein Haus anzünden oder jemanden ertränken, oder? Bestimmt haben die ... andere Möglichkeiten?"

Sie blickte sich zwecks Unterstützung zu Vivian um. Sicherlich gab es präzisere Argumente, um Hanna zu beruhigen.

Doch der Hexe fiel offensichtlich nichts Besseres ein, als zu sagen: "Energetische Geschöpfe würden nicht selbst das

Streichholz entzünden. Ich glaube gar nicht, dass sie dazu in der Lage wären. Zweifellos können sie nicht *materiell* in unsere Dimension eingreifen. Aber jemanden so zu verwirren, dass er sich selbst in die Fluten stürzt oder sein Haus in Brand steckt ... wer weiß. Das traue ich ihnen schon zu. Obwohl Mark –"

"Vivian!", schnitt Iva ihr das Wort ab. War sie noch bei Verstand? Wie konnte sie die arme Hanna, die offensichtlich kurz davor stand, den Wahnvorstellungen ihres Lebensgefährten ebenfalls zu erliegen, auch noch darin bestärken?

Vivian zuckte mit den Achseln. "Tschuldigung", sagte sie. "Ich wollte niemandem Angst machen."

Hannas Augen weiteten sich. Dann rief sie: "Übrigens, ihr dürft mich nicht verraten! Ich hab' Josef versprochen, um ein energetisches Schutzfeld für ihn zu bitten ... und einen Nerventrank. Aber ich hab' euch nichts von seinen Mordtheorien erzählt, okay?"

"Schon gut", sagte Vivian. "Wir behalten es für uns. Aber wenn Josef nicht bald eine Lösung findet, musst *du* mir versprechen, dass du wieder kommst. Dann bleibt uns nichts anderes übrig, als Michael oder Igor einzuschalten. Einverstanden?"

Hannas Koboldkopf wippte rasch auf und ab.

"Gut. Dann wollen wir jetzt das Schutzfeld für Josef manifestieren. Hilfst du uns, Iva? Je mehr Energie wir aufbringen können, desto besser."

Iva nickte unschlüssig. Sie war sich nicht sicher, ob sie diese neue Welt, in der alles nur noch aus Energie, Energie und noch einmal Energie bestand, sonderlich mochte. Wo blieb da die Vielfalt? Aber natürlich würde sie mithelfen. Hatte sie denn eine Wahl?

Gott sei Dank konnten ihre Anwaltskollegen sie jetzt nicht sehen. Die saßen viele tausend Kilometer entfernt in ihren vollklimatisierten, *dreidimensionalen* Büros, während sie hier mitten im Dschungel mit einer Hexe einen Zauber gegen Dämonen ... ach, wenn schon!

"Was muss ich tun?", fragte sie.

Anstelle einer Antwort ergriff Vivian lächelnd ihre Hand, Hanna die andere, und sie bildeten einen Kreis.

Die beiden schlossen die Augen, und Iva tat es ihnen gleich. Vivian murmelte einige unverständliche Formeln, wiederholte mehrere Minuten lang eine Art Mantra und sagte schließlich, wieder in ihrem üblichen Texanisch, aber dennoch in feierlichem Tonfall: "Wir konzentrieren nun unsere geistigen Kräfte auf Josef, manifestieren eine leuchtende Kugel um seinen Körper ..."

Und so weiter. Iva bemühte sich, allen Anweisungen so gut wie möglich Folge zu leisten, auch wenn sie an manchen Stellen lieber gelacht hätte. An ihr sollte es nicht liegen, sie würde sich keine geistige Engstirnigkeit vorwerfen lassen!

Am Ende hatten sie Josef in mehrere Lagen schützender Gedanken gehüllt, ihm ihre Bestärkung gesandt, dass er rasch eine Lösung für das Dimensionenproblem finden würde, und alle Dämonen und sonstigen feindseligen Kreaturen dahingehend informiert, dass er von nun an für sie unantastbar sei. In die Aufzählung möglicher Feinde schloss Vivian, wohl der Vollständigkeit halber, auch Menschen ein. Was Iva wenigstens vernünftig fand.

Und dann, nach abgeschlossener Schildzeremonie, gingen sie auseinander – wie die drei Hexen aus Shakespeares *Macbeth*.

25

Im Restaurant war das Abendessen in vollem Gange. Diesmal sogar mit Musikuntermalung. Auf einem leicht erhöhten Podest an der rechten Schmalseite des Raumes griff eine schlanke Frau in die Saiten einer Konzertharfe.

Sie spielte eine leichte, orientalisch anmutende Weise und wirkte dabei so verträumt, als kämmten ihre Finger das Haar des Geliebten. Lange Pfauenfedern schmückten das Dekolleté ihres Abendkleides – ein Modell aus schwarzem Samt, das bis zum Boden fiel. Ihr Haar ergoss sich über die Schultern, glänzend wie silbriges Metall. Iva wusste nicht, wer sie war.

Die Frau beherrschte ihr Instrument meisterhaft. Wer hätte gedacht, dass man einer Harfe solch ein reiches Klangspektrum entlocken konnte? Und eine so wundervolle Melodie. Sie wirkte trügerisch einfach und halb vertraut, obwohl Iva sicher war, sie noch nie gehört zu haben. Wie eine Erinnerung an unbeschwerte Sommertage. Und die unzähligen Kerzenlichter, die man überall im Restaurant verteilt hatte, trugen noch zu der fast magischen Atmosphäre bei. Gab es einen besonders festlichen Anlass heute Abend? Oder war der Speisesaal an den vergangenen Tagen auch schon so detailverliebt dekoriert gewesen? Iva hätte es nicht sagen können. Sie hatte gar nicht darauf geachtet.

Das Aroma frischer Mangos drang vom Buffet herüber. Sie erinnerte sich, dass sie eigentlich etwas essen wollte. Warum nicht Mangos? Wie saftig sie aussahen, als habe man sie vom Baum des Lebens selbst gepflückt. Und dazu Oliven, glänzend schwarz und mit Mandeln gefüllt. Oder diese herrlich duftenden Rosmarinkartoffeln. Reife Tomaten. Frisches Brot, das nach Erde und Feuer roch. Ein knusprig gegrillter Seeteufel. Würde er das Geheimnis des Meeres preisgeben, wenn man ihn aß? All diese Farben und Düfte. Iva sog sie begierig ein. Warum bemerkte sie das alles erst jetzt? Als käme sie geradewegs aus einem Bunker, und habe ihre Sinne jahrelang nicht genutzt.

Sie rieb sich die Schläfen. Was ging hier vor? Ein Fisch blieb ein Fisch. Eine Proteinquelle, nichts weiter. Was war mit ihr los?

Da war noch immer diese Musik. Mit jeder Minute klang sie verführerischer. Das Stück schien kein Ende zu nehmen, und dennoch wandelte es sich andauernd. Immer blieb es unvorhersehbar und neu. Man konnte nicht zuhören, ohne dabei zu lächeln. Der Komponist musste verliebt gewesen sein.

Iva bediente sich am Buffet, dann ließ sie sich an einem Tisch direkt vor dem Podest der Harfenistin nieder. Die Frau mit dem silbrigen Haar neigte leicht den Kopf und lächelte ihr zu, als spiele sie ganz für sie allein.

Jemand schenkte Iva Wein ein. Ein Kellner? Bevor sie ihn richtig wahrgenommen hatte, war er schon wieder verschwunden. Zurück blieb ein dunkler, samtiger Rotwein in einem kühn geschwungenen Kelch. Er roch nach Waldbeeren und schmeckte wie Nektar der griechischen Götter.

Iva beschloss, noch ein Glas zu trinken. Es war falsch, sich immer nur einzuschränken. Das Leben ließ sich nicht einschränken, es wollte gefeiert werden, mit allen Sinnen genossen ...

Iva hätte nicht sagen können, wie lange sie in diesem seltsam verträumten Zustand dagesessen hatte. Schon längst stand kein Teller mehr vor ihr auf dem Tisch. Wann war er abserviert worden? Und von wem? Nur das Weinglas hatte sich wieder gefüllt, ganz von selbst. Sehr angenehm.

Die Frau mit den Pfauenfedern beendete ihr Spiel. Grazil erhob sie sich von ihrem Schemel und verbeugte sich.

Iva applaudierte begeistert, und ein paar Hände hinter ihr taten es ihr gleich. So wenige? Hatten denn all diese Leute keinen Musikgeschmack? Sie fuhr auf ihrem Stuhl herum, bereit, diesen Ignoranten ihre Meinung auf ganz unzweideutige Weise kundzutun ... und konnte sich gerade noch bremsen. Es klatschten mustergültig alle Gäste im Saal, es waren einfach nur noch sehr wenige anwesend.

Das Restaurant war doch eben noch nahezu voll belegt gewesen? Auch das Buffet war schon abgeräumt worden, bemerkte Iva jetzt. Wie spät war es überhaupt?

Die Zeiger ihrer Armbanduhr gingen auf die zehn zu. Das konnte doch unmöglich stimmen. Sie hatte das Restaurant gegen sieben Uhr betreten, das wusste sie noch. War sie eingeschlafen – mitten am Tisch?

Bevor sie dieser Frage nachgehen konnte, sagte eine Stimme dicht neben ihr: "Darf ich mich zu dir setzen, Iva?"

Es war die Harfespielerin! Sie nahm an Ivas Tisch Platz und lächelte ihr zu. "Das sehe ich leider viel zu selten in Arkadia", sagte die Frau mit sanfter Stimme, "die Wirkung meiner Musik auf das unvorbereitete Ohr."

Die Musik also. Iva rieb sich die Schläfen. Es fühlte sich an, als hätte diese seltsame Melodie sie mit einem Zauber belegt.

"Wer bist du?", fragte sie die Harfenistin unvermittelt.

"Francesca", erwiderte diese und lächelte dabei, als hätte sie soeben ihr Herz verschenkt.

Iva blinzelte. Francesca? Das konnte doch nicht sein. Robert hatte sie kurz in seiner Schmährede erwähnt. *Die Inselschlampe* hatte er sie genannt. Wenn man dem Jungen trauen konnte, hatte es ihretwegen sogar eine Eifersuchtsszene gegeben, zwischen Samuel und Nicolas.

Iva ordnete ihre Gedanken. Die Art, wie diese Francesca

sie ansah, wie sie ihr zulächelte ... als wäre Iva der Mittelpunkt des Universums. Alles, was in diesem Augenblick zählte. Mit einem Mal hatte sie eine Vorstellung davon, was es war, das die Männer zu dieser Frau hinzog. Selbst den so nüchternen Samuel. Francesca verstand es, ihnen ungeteilte Aufmerksamkeit zu schenken. Und auf die gleiche Art spielte sie die Harfe. Stets nur für einen einzigen Zuhörer, auch wenn ein ganzer Saal lauschte.

Wenn das selbst auf mich als Frau eine solche Wirkung hat, spukte es Iva durch den Kopf, *wie weit würde dann ein Mann gehen, um sich diese allumfassende Aufmerksamkeit dauerhaft zu sichern?*

Sie musste dieser Sirene dringend ein paar Fragen stellen!

Francesca jedoch kam ihr zuvor. "Ich freue mich wirklich, dich endlich kennenzulernen. Dein Mann ist ein sehr kunstfertiger Liebhaber", sagte sie in leichtem Plauderton. Dabei nickte sie Iva so unbefangen zu, als wäre bloß von Michaels Kochkünsten die Rede.

"Ach wirklich?", brachte Iva hervor. "Das ... weiß ich eigentlich, glaube ich."

"Kommt mich doch einmal gemeinsam besuchen", fuhr Francesca fort. Die Art, wie sie es sagte, ließ nicht an eine Einladung zu Kaffee und Kuchen denken.

"Ich dachte, du wärst mit Samuel zusammen", sagte Iva aufs Geratewohl.

Francescas Lächeln wurde breiter. Ihre linke Hand spielte mit den Pfauenfedern an ihrem Ausschnitt. "Wir verbringen die eine oder andere Nacht zusammen", gab sie zur Antwort.

Iva beschloss, mit der Tür ins Haus zu fallen. Zu einer raffinierteren Strategie war sie im Augenblick nicht fähig. Ihr Kopf fühlte sich noch immer wie in Watte gepackt an.

"Sag mal, Francesca, in der Nacht als Nicolas starb – warst du da zufällig auch mit Samuel zusammen?"

"Warum möchtest du das wissen?", fragte Francesca.

Bildete Iva sich das nur ein, oder war ihr Lächeln ein wenig dünner geworden?

"Michael hat mich gebeten, den Hergang der beiden Unfälle, die sich kürzlich auf der Insel ereignet haben, für ihn zu rekonstruieren, nichts weiter", improvisierte sie.

Francesca nahm diese Erklärung gelassen hin. Die Idee, dass mit den beiden Unfällen etwas nicht ganz in Ordnung sein könnte, schien sich ihr in keiner Weise aufzudrängen.

"Ach so", sagte sie nur. Dann beantwortete sie bereitwillig Ivas Frage: "In der Nacht, als Nicolas starb, war ich nicht mit Samuel zusammen", sagte sie, "sondern mit Kylian. Dem Reinkarnationsforscher. Hast du ihn schon kennengelernt?"

"Er ... er ist mein Nachbar", brachte Iva hervor.

"Ich habe noch nie solch einen Sexgott wie ihn getroffen", sagte Francesca verträumt. Ihre Augen verloren den Fokus, wanderten durch den Saal. "Ich wünschte, ich könnte es dir beschreiben. Er hat mich die ganze Nacht –"

"Du hast auf diesem Gebiet wohl einige Erfahrung?", schnitt Iva ihr das Wort ab. Sie würde sich bestimmt keine Lobeshymne auf Kylians Qualitäten als Liebhaber anhören.

Francesca schien die Frage nicht als Beleidigung zu nehmen. Eher im Gegenteil. "Oh ja", sagte sie, jetzt wieder mit strahlenderem Lächeln. "Ich studiere die heilige Kunst des Tantra. Hat dir Michael das nicht erzählt?"

Francescas Hände, zart und sorgfältig gepflegt, mit langen rosigen Fingernägeln, strichen über die Tischplatte. Bestimmt dachte sie dabei an Kylians Körper.

Iva nahm sich zusammen. "Tantra? Was soll das sein?", sagte sie gepresst.

Ein Anflug von Mitleid unterwanderte Francescas Lächeln. Sie begegnete offensichtlich nicht allzu oft Leuten, die mit ihrem Fachgebiet nicht vertraut waren. "Erleuchtung durch Ekstase", sagte sie langsam, als müsse sie jedes Wort erst vorkosten. "Wenn du das Diesseits, die Welt der Sinne erforschst, sie voll auslebst, das ganze Spektrum des menschlichen Körpers – erst dann kannst du darüber hinausgehen und die Befreiung der Seele erfahren. Dich mit dem unsterblichen Selbst deines Partners vereinigen. Und deinem eigenen. Es ist ein sehr erfüllender Weg."

Kann ich mir vorstellen, kommentierte Iva stumm. Besonders mit Kylian.

Ihre letzten Hemmungen, Francesca schonen zu müssen, was die Morde betraf, waren dahin.

"In der Nacht als Mark *getötet* wurde", begann sie ohne jede Überleitung, "bist du da auch deinen ... Studien nachgegangen?"

Ob Frauen wohl auch zu Francescas Schülern gehörten? Iva hatte nicht die Absicht, es herauszufinden. Ganz bestimmt nicht.

"Schreckliche Geschichte", sagte die Tantra-Expertin.

Iva brauchte einen Augenblick, bis ihr klar wurde, dass sich das auf Marks Tod bezog.

"Ich weiß zwar nicht, warum dich das so interessiert", fuhr Francesca fort, "aber in dieser Nacht war ich ebenfalls mit Kylian zusammen. Wiederum bis in die frühen Morgenstunden. Seine Ausdauer ist einfach erstaunlich. Wir –"

"Trefft ihr euch schon länger ... du und Kylian?", fiel Iva ihr ins Wort.

"Nein. Es ist erst ein paar Wochen her, dass er überhaupt zum ersten Mal bei mir war." Francesca hörte sich an, als erstaune sie diese Tatsache. Besuchte die gesamte übrige Einwohnerschaft Arkadias sie regelmäßig? Aus rein akademischem Interesse natürlich? Für welche bahnbrechenden Forschungen hatte Michael wohl eine Tantra-Expertin auf seine Insel geholt?

26

"Wie geht es mit deinen Ermittlungen, Iva?", fragte Kylian, nachdem er ihr eine Tasse seines Sahnekaffees serviert hatte. "Hast du schon Fortschritte gemacht?"

Sie hatte ihn auf seiner Terrasse entdeckt, kurz nachdem sie in ihren Bungalow zurückgekehrt war. Allem Anschein nach absolvierte er gerade eine nächtliche Yoga-Sitzung. Oder was immer das für Übungen waren, die er so gern auf seiner Terrasse praktizierte. Iva hatte ihm eine Weile dabei zugesehen, und ihm war das wohl nicht entgangen. Nachdem er seine Übungen beendet hatte, winkte er zu ihr herüber – und lud sie auf einen Kaffee in sein Haus ein.

"Fortschritte?", wiederholte sie nachdenklich. "Ehrlich gesagt, ich weiß es nicht. Nein, vermutlich kann ich das nicht behaupten. Wer auch immer Mark ermordet hat, konnte eigentlich gar nicht zu seiner Hütte gelangen, weil er sonst Vivian in die Arme gelaufen wäre; Igors Wachmannschaft besteht aus unsichtbaren Gedankenwesen; und wenn es nach Josef Lauingen geht, wurden die Morde überhaupt von irgendwelchen Dämonen aus einer Paralleldimension verübt."

Sie gab Josefs verrückte Geschichte in einigem Detail wieder – um schließlich von der unzweifelhaften Krönung des Tages zu berichten: ihren ersten eigenen Gehversuchen als Hexe bei der Schildzeremonie.

Wenn sie jedoch erwartet hatte, Kylian damit erheitern zu können, so hatte sie sich geirrt. Er schien im Gegensatz zu ihr Josefs Wahnvorstellungen durchaus ernst zu nehmen. Er stellte eine ganze Menge Fragen dazu, und keine davon klang im Entferntesten nach einem Scherz. Erst als Iva schon alles, woran sie sich noch erinnern konnte, erzählt hatte, fiel ihr ein, dass sie Hanna eigentlich Verschwiegenheit gelobt hatte. Zu spät. Sie konnte Kylian nur noch das gleiche Versprechen abnehmen. So in etwa musste das wohl ablaufen, wenn sich geheime Neuigkeiten in einer Dorfgemeinschaft schneller als das Licht verbreiteten, dachte sie amüsiert.

Damit hatte sie die Erlebnisse dieses Tages aber noch nicht erschöpfend abgehandelt. Ein weiteres Detail ihrer Ermittlungen blieb noch zu berichten. Es mochte zwar unbedeutend sein, aber sie konnte nicht anders, sie musste es Kylian einfach auf dem Silbertablett servieren: Francescas Alibi für die beiden Mordnächte.

"Sie sagte, du wärst ein fabelhafter Liebhaber", endete sie – und blickte Kylian herausfordernd an.

"Zweifelst du daran?", gab er zurück. Sein übliches schelmisches Lächeln zuckte um die Mundwinkel. Iva musste sich eingestehen, dass sie es sehr mochte.

Plötzlich jedoch fügte er in völlig verändertem Tonfall hinzu: "Weißt du, Iva, es hat nicht viele Frauen gegeben in meinem bisherigen Leben. Francesca ist die einzige in Arkadia, und was zwischen uns war ... ich würde das nicht einmal als Liebesaffäre bezeichnen. Hat sie dir gesagt, dass sie eine Schülerin des Tantra ist?"

"Das hat sie. Und ich bin überzeugt, es geht ihr im Bett ausschließlich um die Erleuchtung. Besonders mit jemandem wie dir!"

Diesmal grinste Kylian nicht. Im Gegenteil: Er schien in eine dumpfe Melancholie zu sinken. Seine sonst so wachen grauen Augen trübten sich ein.

"Woran liegt das denn?", fragte Iva in unverfänglichem Plauderton.

"Woran liegt was?"

"Dass Sie erst wenige Damen beglückt haben, in Ihrem irdischen Dasein, mein Herr." Vielleicht konnte sie ihn mit neckischem Geplauder ein wenig aufheitern?

"Ich weiß es nicht", sagte Kylian. Seine Miene blieb düster. "Nachdem ich auf Dorrfels gestoßen war, auf meine frühere Inkarnation, meine Liebe zu Emily ... da konnte ich in meinem jetzigen Leben einfach nichts finden, was damit vergleichbar gewesen wäre. Emily war so anders als jede andere Frau, die ich kennengelernt habe."

Seine Gedanken schienen zu wandern. Dann aber fuhr er fort: "Wir hatten nicht viel Geld. Ich meine Dorrfels und Emily. Ich bin mir nicht einmal sicher, ob ich sie damals geheiratet habe, bevor sie starb. Meine Erinnerung ist so verwaschen an dieser Stelle. Emilys Tod muss dermaßen traumatisch gewesen sein für Dorrfels, dass ich selbst heute noch keinen echten Zugang zu diesem Lebensabschnitt bekommen kann. Und glaub mir, ich habe alles versucht. Aber verheiratet oder nicht, unsere Liebe war perfekt. Wir lebten nur füreinander. Und wenn du so etwas einmal erlebt hast, dann hast du einfach keine Lust mehr auf amouröse Abenteuer oder oberflächliche Bindungen."

Iva nickte schweigend.

"Stattdessen nahm ich mir vor, nach Emily zu suchen. Wenn es sein musste, bis ans Ende meiner Tage." Ein verlegenes Lächeln huschte über sein Gesicht.

"Aber Emily ist doch tot?", sagte Iva verwirrt.

"In Dorrfels' Leben starb sie, ja. Vor hundert Jahren. Aber ich bin ja auch wiedergeboren worden, nicht wahr? Und meine Forschungen haben mich gelehrt, dass Menschen, die sich nahe stehen, oftmals in einem späteren Leben wieder gemeinsam inkarnieren. Es kommt sogar weit häufiger vor, als man statistisch annehmen würde. Die Gründe dafür habe ich noch nicht völlig entschlüsseln können. Vermutlich hängt es damit zusammen, dass sich manche Seelen über Zeit und Raum hinweg zueinander hingezogen fühlen."

"Eine sehr schöne Vorstellung."
"Ja, nicht wahr? Es gibt eine sehr romantische Theorie dazu. Sie stammt ursprünglich aus dem Orient, ist allerdings kaum wissenschaftlich zu belegen.
"Lass hören."
Kylian blickte Iva an. Seine Augen wirkten jetzt wieder lebendiger. "Sie besagt, dass verwandte Seelen, Seelen wahrer Liebender, in Wahrheit zwei Hälften eines Ganzen sind, das einmal vor langer Zeit auseinandergebrochen ist. Und dass sie sich überall im Universum suchen, solange, bis sie wieder zueinander gefunden haben."
Kylian zuckte die Schultern. Und lächelte betrübt. "Wie du an meiner kleinen Affäre mit Francesca sehen kannst, habe ich meine Träume schon so gut wie begraben. Früher war das anders. Ich habe Jahre auf der Suche nach Emily verbracht – mit Hilfe der von alters her überlieferten Methoden und einigen neuen, die ich selbst entwickelt habe. Ich war bei Channelmedien, suchte in indischen Palmblattbibliotheken nach meinen und Emilys Schicksalsblättern, ließ mir die Karten legen, fastete wochenlang in einsamen Klöstern, um klarere Visionen zu erlangen, ging bei jenen Mönchen in die Lehre, die nach den Neuinkarnationen tibetischer Lamas suchen ... Aber sie haben es leichter, sie haben Gegenstände des Verstorbenen, die sie potentiellen Kandidaten zur Identifizierung vorlegen können. Ich hatte nichts von Emily. Ich kann nicht einmal sagen, wie sie starb."
Seine Augen wanderten über Ivas Gesicht, als wollten sie sich jedes Detail davon einprägen. Sie wandte den Kopf ab.
"Ich habe halb Deutschland bereist, Monate in Köln verbracht. Oft inkarniert man mehrere Leben hindurch am gleichen Ort, weißt du. Mit jeder Frau, die mir dort über den Weg lief, habe ich mich verabredet, und immer lebte ich in der Angst, ich könnte meine Geliebte vielleicht nicht

wiedererkennen, selbst wenn sie endlich vor mir stünde ..."

Er schwieg einen Augenblick. Sein Blick wanderte durch den Raum. Doch dann heftete er sich erneut auf Iva.

Schließlich sprach er weiter: "Selbst Michaels Einladung nach Arkadia bin ich – wenn auch nicht ausschließlich – deshalb gefolgt, weil sie zu einem der wenigen Hinweise passte, die ich mir in den Jahren meiner Suche erarbeitet hatte."

"Was denn für Hinweise?"

"Genaugenommen waren es insgesamt nur zwei. Und einer davon wies auf eine Insel hin. Ich hoffte natürlich, Arkadia könnte diese Insel ein. In den ersten Monaten nach meiner Ankunft hielten mich die Damen hier schon für einen Don Juan, weil ich mich so auffallend für sie interessierte. Wobei es immer nur bei Gesprächen blieb, denn keine war letztlich die, die ich suchte."

"Vielleicht ist ja Francesca deine Emily, und du hast es bloß noch nicht gemerkt?" Diese kleine Boshaftigkeit konnte Iva sich einfach nicht verkneifen.

Kylian lachte. "Sie ist es ganz bestimmt nicht – das versichere ich dir."

"Und der zweite Hinweis?", fragte Iva.

Er schien nicht verwundert über ihre Neugier. "Die Insel war ein Bild, das mehrmals in den Tarotkarten und bei der Befragung anderer Orakelsysteme auftauchte. Ich selbst hatte nie eine Vision davon. Somit auch keine Ahnung, wie das Eiland eigentlich aussehen sollte. Groß oder winzig, tropisch oder im ewigen Eis, ich konnte nichts ausschließen. Aber der *Zufall*, dass mich Michael dann plötzlich ausgerechnet auf eine Insel einlud, schien mir doch bedeutsam. Ich dachte, Arkadia müsse einfach die richtige sein. Ich meine, wie oft passiert es einem schon, dass man auf eine Insel eingeladen wird?"

Er strich sich eine Haarsträhne aus dem Gesicht. "Der

zweite Hinweis aber", fuhr er fort, "war ein Bild, das ich in allen Einzelheiten vor mir sehe – selbst heute noch, obwohl ich mich schon seit längerem nicht mehr damit beschäftigt habe. Es erschien mir in Träumen und absichtlich herbeigeführten Visionen, immer und immer wieder. Das Bild eines Tigers. Was sich durchaus gut mit der Insel ergänzte. Ich habe mehr als nur einen Urlaub auf allen möglichen indonesischen und sonstigen Inseln verbracht, auf denen Tiger leben. Was die Sache aber erschwerte, war, dass das Tier aus meinen Visionen eigentlich nicht durch einen Dschungel lief, sondern in einer Art Park umherstreifte. Im Hintergrund war etwas zu sehen, das wie der Seitenflügel oder das Nebengebäude eines Schlosses wirkte. Der Stil der Anlagen erinnerte mich ein wenig an Versailles. Kaum etwas, das man auf einer tropischen Insel vermuten würde. Wahrscheinlich gehören die beiden Hinweise also doch nicht zusammen. Sie beziehen sich wohl auf zwei ganz verschiedene Orte. An denen ich Emily finden könnte?" Er zog mit einem frustrierten Stöhnen seine Schultern hoch.

"Natürlich ist das alles keine exakte Wissenschaft", sagte er nach einer kurzen Pause. "Der Tiger könnte auch bloß ein Symbol – für weiß Gott was alles – sein. Im indischen Kulturkreis beispielsweise stehen Tiger für –"

Iva fiel ihm ins Wort: "War das Schlossgebäude, das du in deinen Träumen gesehen hast, gelb? Ein eher dunkles gelb?"

Seine Augenbrauen wölbten sich. Ohne dass er etwas sagen musste, verriet sein erstaunter Blick, dass das Gebäude in der Tat dunkelgelb gewesen sein musste.

"Ich glaube, dein Tiger könnte ein echtes Tier sein, kein Symbol", sagte sie. Warum schlug ihr Herz plötzlich so heftig?

"Und ich habe ihn sogar schon in natura gesehen. Genau genommen sehe ich ihn fast täglich. Meine Kanzlei ist in den Wirtschaftsgebäuden einer alten kaiserlichen Sommerresidenz eingemietet, zu der auch ein Tiergarten gehört. Und wie in jedem Zoo, der auf sich hält, gibt es natürlich ein Tigergehege. Zufälligerweise liegt es fast direkt unter meinem Fenster."

Zufälligerweise?

27

Am nächsten Vormittag kehrte Iva in die Bibliothek zurück, allerdings nicht wegen der großen Leidenschaft, die sie für Bücher hegte. Sie wollte mit Eram, der Bibliothekarin sprechen, deren Bungalow am Strand genau zwischen den Häusern von Nicolas und Robert lag.

Sie hatte Glück. Eram hielt sich heute Morgen an ihrem Prachtexemplar von Schreibtisch auf der Eingangsplattform auf, war allerdings keineswegs der Untätigkeit hingegeben. Die Bibliothekarin schien ihren Job überaus ernst zu nehmen. Erst als Iva ihr ein "Guten Morgen!" zurief, bekam sie Eram in ihrer Vollständigkeit zu sehen. Zuvor hatten nur hier und da einzelne Gliedmaßen und ein graumelierter, stark gekräuselter Haarschopf zwischen einem halben Dutzend Kartons hervorgelugt. Versandkisten zweifellos, in deren beachtlichen Tiefen Erams Oberkörper stets aufs Neue verschwand, um dann jeweils mit einem Arm voller Bücher, sorgfältig in Luftpolsterfolie verpackt, wieder aufzutauchen.

"Iva, nicht wahr?", erwiderte die Bibliothekarin freundlich den Gruß. Iva schloss sie sogleich ins Herz dafür, dass sie ihre Worte nicht um das übliche *Michaels Frau* oder Ähnliches ergänzte.

Eram stammte, soweit man das in den ungefähr zehn Sekunden abschätzen konnte, die sie aufrecht und einigermaßen ruhig zwischen den Kisten verharrte, vermutlich aus der Gegend des früheren Persiens. Mit ihrer gekräuselten Haarpracht, der sehr geraden Haltung und dem etwas hakennasigen Profil machte sie nicht den Eindruck wie jemand, der mit sich spaßen ließ. Bestimmt wurden in Arkadias Bibliothek die Bücher zuverlässig und pünktlich retourniert.

"Was kann ich für dich tun?", fragte Eram, durchaus sanft. Mit einem Seitenblick auf die turmhohen Bücherstapel, die sich inzwischen auf dem Schreibtisch drängten, gab sie Iva aber unmissverständlich zu verstehen, dass sie sich kurzfassen sollte.

Was wieder einmal hieß, alle Diskretion in den Wind zu schlagen und gleich zur Sache zu kommen. Iva eröffnete der Bibliothekarin also geradeheraus, dass sie nicht in einer literarischen Angelegenheit gekommen war, sondern aufgrund der Tatsache, dass Eram die Nachbarin von Nicolas und Robert war. Dann lieferte sie die gleiche fadenscheinige Begründung für ihr Interesse an den Todesfällen, die sie auch schon Francesca aufgetischt hatte: Michael wünschte eine Rekonstruktion der *Unfälle*.

"Ach ja?", nahm Eram diese Erklärung gelassen hin. "Und wie kann ich dir dabei behilflich sein?"

"Ich frage mich, ob du vielleicht in der Nacht, als Nicolas ertrank, etwas Ungewöhnliches in der Umgebung deines Bungalows beobachten konntest?"

"Das kommt darauf an ..."

"Ja?"

"Wie du ungewöhnlich definierst, meine ich." Erams tiefschwarze Pupillen musterten Iva eindringlich.

Als diese nichts erwiderte, fuhr sie fort: "Ich bin an diesem Abend spät nach Hause gekommen. Es war schon nach Mitternacht, und sowohl bei Robert als auch bei Nicolas war alles dunkel. Was man in Nicolas' Fall durchaus als ungewöhnlich bezeichnen könnte. Üblicherweise pflegte er um diese Zeit nämlich noch in seiner Heimbibliothek zu arbeiten. Oft bis in die frühen Morgenstunden."

"Er brauchte wohl nicht sehr viel Schlaf?"

"Nein. Aber das ist für einen Energetiker von seinem Schlag kaum verwunderlich."

Eram zögerte einen Augenblick, dann fügte sie mit leicht veränderter Stimme hinzu: "Bei Robert hingegen kam es häufiger vor, dass er zu späteren Nachtstunden noch einmal ... ausging."

Sie schielte zu ihren Kartons hinüber, während sie gleichzeitig die ohnedies schon aufgekrempelten Ärmel ihrer Bluse noch weiter nach oben schob. Wohl um ihrer Hoffnung Ausdruck zu verleihen, dass Ivas Neugier nunmehr gestillt sei.

Iva musste sie enttäuschen. Beiläufig fragte sie, aus welcher Richtung Eram denn in der fraglichen Nacht nach Hause gekommen sei.

Sie antwortete, ohne zu zögern: "Hier von der Bibliothek aus. Ich musste noch einige Internetrecherchen erledigen. Wieder mal ein vergriffenes Buch aufspüren, für einen Arkadier."

Das hätte Iva eigentlich genügt. Eram hatte demnach kein Alibi für die Mordnacht und konnte anscheinend auch nichts zur Aufklärung von Nicolas' Tod beitragen.

Die Bibliothekarin jedoch fühlte sich bemüßigt, ihre Aussage noch näher zu erläutern und dabei ihre Verdienste um Arkadias bibliophile Qualitäten hervorzukehren: "Meine Funktion hier beschränkt sich nämlich nicht bloß auf die Verwaltung der bestehenden Sammlung, die – wie du vielleicht schon gesehen hast – nicht unbescheiden ist", sagte sie. "Ich bin auch für den Erwerb neuer Bestände verantwortlich. Und die wenigsten Titel, die meine geschätzten Arkadier auf ihren Wunschlisten haben, kauft man einfach so im Laden. Üblicherweise sind diese Bücher – wenn überhaupt – ausschließlich bei Spezialverlagen erhältlich. Oder nur noch antiquarisch. Manchmal handelt es sich gleich von vornherein um eine alte, nicht mehr frei verkäufliche Handschrift, und ich bringe dann den einen oder anderen vollen Monat damit zu, mit ängstlichen Museumskuratoren über die Faksimilierung ihrer eifersüchtig gehüteten Schätze zu diskutieren. Oder ich überweise einem Händler den finanziellen Gegenwert eines Kleinwagens, damit er mir ein geeignetes Exemplar aus Quellen beschafft, denen ich gar nicht näher nachgehen möchte. Schön, wenn Geld keine Rolle spielt. Aber wenn wir weiterhin in diesem Tempo zukaufen, werden wir bald anbauen müssen. Fragt sich nur, wo."

Iva nickte verständnisvoll.

"Sieh dich nur um", fügte Eram, nun in Fahrt gekommen, hinzu. Mit ausladender Handbewegung deutete sie auf die Bücherkartons. "Solche Lieferungen erhalten wir alle paar Wochen! Diese hier ist nicht einmal besonders umfangreich."

Iva tat ihr den Gefallen und warf einen Blick in einen der noch nicht ausgepackten Kartons. Zuoberst, schon von seiner schützenden Transportverpackung befreit, lag ein eindeutig auf antiquarischem Wege erworbenes, reichlich abgegriffenes Buch mit Ledereinband. Anstelle eines Titels fand sich ein goldgraviertes Pentagramm auf dem Frontdeckel. Iva tippte, ohne zu überlegen, auf eine Bestellung von Igor.

Und lag damit richtig, was Eram erhebliches Vergnügen zu bereiten schien. "*Zeige mir was du liest, und ich sage dir, wer du bist*", verkündete die Bibliothekarin mit breitem Lächeln. Dass ihre Zeit knapp bemessen war, schien sie vorübergehend vergessen zu haben.

"Wir kaufen natürlich regelmäßig die Neuerscheinungen der großen Wissenschaftsverlage", fuhr sie in angeregtem Plauderton fort, "aber unsere Forschungsliteratur hier in Arkadia umfasst beispielsweise auch *solche* Titel." Sie griff nach einem wohl auch mit der aktuellen Lieferung eingetroffenen Buch, das zuoberst auf einem der Schreibtischstapel lag. Es war in feinen violetten Samt gebunden und so kleinformatig, dass es in ihre Handfläche passte. Als Eram es aufblätterte, präsentierten sich Iva Seite um Seite fantasievoller erotischer Miniaturen, die dem Betrachter nichts vorenthielten. In allen möglichen und unmöglichen Positionen frönten Männer und Frauen in wechselnder Zusammenstellung dem stets gleichen Zeitvertreib. Ein Werk, das zweifellos Francescas *Forschungsgebiet* zuzuordnen war.

Iva konnte sich eine diesbezügliche Bemerkung nicht verkneifen, und der Blick, den sie dafür erntete, verriet ihr, dass Eram auch keine allzu große Bewunderin der Tantra-Expertin war. Ein Grund mehr, die Bibliothekarin sympathisch zu finden.

"Es ist aber nicht etwa Francesca selbst, die diese Bücher bestellt", flüsterte die neugewonnene Freundin Iva hinter vorgehaltenem Buchdeckel zu.

"Nicht? Wer denn sonst?"

"Liegt das nicht auf der Hand?", sagte Eram genüsslich.

Iva brauchte eine Weile, bis sie die Pointe hinter diesem Hinweis verstand. "Du meinst ... es sind Francescas Liebhaber, die diese Bücher bestellen?"

"Ihre Schüler", korrigierte Eram.

"Oh, entschuldige. Ja natürlich. Alles im Dienste der Weisheit, nicht wahr?"

"Und der Erleuchtung." Erams Augen zwinkerten vielsagend. Sie forderten Iva auf, dieses beschauliche kleine Spielchen noch ein wenig weiter zu treiben.

Iva ließ sich nicht zweimal bitten. "Vielleicht ... warte! Du weißt anhand der Bücherbestellungen immer, wer gerade Francescas Bett teilt, das ist es!"

"Anhand der Neubestellungen und Entleihungen, ja." Eram legte sichtlich Wert auf präzise Aussagen. "Wir haben auch schon einen recht beachtlichen Bestand. Wenn du das Kamasutra studieren möchtest, meine Liebe ..."

Iva lehnte dankend ab. "Verrätst du mir, wer dieses literarische Kleinod bestellt hat?" Sie tippte auf das zierliche Buch, das noch immer in Erams Handfläche ruhte.

"Samuel!", gab die Bibliothekarin triumphierend zurück.

Iva schmunzelte – doch dann verfiel sie ins Grübeln. Wenn man anhand der Buchbestellungen und Entleihungen in der Bibliothek schon die erotischen Geheimnisse der Insel erkunden konnte – vielleicht vermochten diese Daten ihr noch etwas mehr über die Bewohner Arkadias zu verraten? Möglicherweise etwas, das ihr bei den Mordermittlungen hilfreich sein konnte? Auf den Versuch kam es an.

"Würde es dir etwas ausmachen, Eram, mich die Bestellungen der letzten paar Monate einsehen zu lassen? Du archivierst die Listen doch bestimmt?"

"Kein Problem", sagte die Bibliothekarin großzügig. Wenn sie Ivas Bitte überrascht hatte, so ließ sie sich nichts davon anmerken. Erams eigene Rückschlüsse aus den Lesewünschen der Inselbewohner hatten sich bestimmt auch nicht bloß auf Francescas fröhliches Treiben beschränkt. Dessen war sich Iva ganz sicher. Und schließlich waren Bestelllisten ja keine Geheimdokumente.

Eram entnahm einem wuchtigen Wandsekretär einen Büroordner und überreichte ihn Iva wortlos. Nur ein kleines Lächeln spielte um ihre Mundwinkel. "Alles noch altmodisch ausgedruckt", kommentierte sie. "Obwohl ich natürlich nichts gegen Computer habe."

Iva ließ sich auf einem samtgepolsterten Lesesessel nieder, der ganz in der Nähe von Erams Schreibtisch stand, und öffnete den Ordner.

Die Belege, die darin gesammelt waren, gingen bis zum August dieses Jahres zurück. Sie führten jeweils den Namen des Bestellers auf, das gewünschte Buch – Titel und Autor – sowie die Quelle, aus der das passende Exemplar dann beschafft worden war. Außerdem die dafür aufgewandte Summe in US-Dollar. Die letzten beiden Spalten informierten noch zusätzlich über das Datum der Bestellung sowie jenes der Lieferung. Oft lagen diese Eintragungen Wochen, manchmal sogar Monate auseinander. Eram hatte nicht übertrieben. Einige dieser Bücher waren ganz offensichtlich schwierig zu beschaffen gewesen.

Iva ging die Listen Monat für Monat durch, ohne eine klare Vorstellung zu haben, wonach sie eigentlich Ausschau hielt. Natürlich erwartete sie nicht, der Täter könne ein Handbuch *Morden für Anfänger* oder dergleichen bestellt haben. Aber vielleicht würde ihr doch irgendein interessantes Detail ins Auge stechen. Etwas, das sie endlich weiterbrächte, zumindest ein Stück weit.

Im August waren, soweit Iva die Buchtitel interpretieren konnte, ausschließlich wissenschaftliche Fachbücher bestellt worden. Wissenschaftlich im klassischen Sinn des Wortes. Keine Abhandlungen über magische Rituale, die kosmetischen Anwendungsmöglichkeiten von getrockneten Insekten oder exotische Sexpraktiken.

Anfang September hatte Robert eine Biografie des heiligen Franz von Assisi bestellt. Eine ungewöhnliche Lektüre für einen Jungen seines Alters. Für Mark war ein Buch über Hexenverbrennungen gekauft worden, dessen letzte verfügbare Auflage aus dem Jahre 1851 stammte.

Arme Eram. Aber aus welchem Grund interessierte sich Mark für Hexenverbrennungen? Vielleicht im Zusammenhang mit seinen Forschungen zur Kirchengeschichte, und deren Widerspruch zu den wahren Lehren Jesu'? Das ergab durchaus Sinn.

Iva blätterte weiter. Weitere Fachbuch-Bestellungen aus Physik, Biologie und Chemie. Einige der Arkadier, die auf den Listen namentlich angeführt waren, hatte sie noch gar nicht kennengelernt. Aber sie lasen allesamt nichts, was irgendwie verdächtig klang. Ab und zu auch einen Roman.

Sie musste sich auf das Umfeld der Toten konzentrieren.

Und hoffen, dass sich dort die Lösung des Rätsels fand. Und der Mörder.

Ein Eintrag vom 20. September erregte Ivas Aufmerksamkeit. Besteller: Igor Mendelev. Das Werk eines gewissen Mercurius Maximus mit dem Titel *The Magical Art of Bilocation*.

Bilocation? Gut, wenn man über Lateinkenntnisse verfügte, mochten sie auch schon etwas eingerostet sein. *Bi* ließ sich mit *zwei* übersetzen, und *location* stammte wohl von *locus* ab, was nichts anderes als *Ort* bedeutete. Das besagte Werk handelte also offensichtlich von der magischen Kunst, sich an zwei Orten aufzuhalten. Zweifellos gleichzeitig, sonst wäre es ja kaum eine Kunst.

Ob etwas Derartiges tatsächlich möglich war? Noch vor drei oder vier Tagen hätte Iva sich diese Frage nicht ernsthaft gestellt. Aber falls doch, wäre diese Fähigkeit dann nicht der heilige Gral jedes potentiellen Verbrechers? Man raubte in aller Seelenruhe eine Bank aus, vergiftete seinen Erbonkel, schaffte sich die unpraktisch gewordene Ehefrau vom Hals; und *gleichzeitig* saß man mit Freunden bei einem gemütlichen Abendessen. Mit Freunden in großzügiger Anzahl und von einwandfreiem Leumund, die das später glaubhaft bezeugen könnten. Das perfekte Alibi.

Hatte es sich so abgespielt? Hatte Igor mit Michael beim Abendessen gesessen und *gleichzeitig* Marks Haus in Brand gesteckt? Hatte er an Peter Olafsens Arbeitskreis teilgenommen, *während* er Nicolas ertränkte?

Wenn er dazu wirklich in der Lage war, brauchte sie sich dann noch ernsthaft den Kopf wegen eines möglichen Motivs zu zerbrechen? Mitnichten. Ein Mensch, der solche Ebenen des Lebens erreicht hatte, würde einen Normalsterblichen vielleicht aus einer Laune heraus töten. So gedankenlos, wie man eine Ameise zertritt.

Obwohl, was Nicolas und Mark anbelangte – die beiden

waren alles andere als Ameisen gewesen.

Ging es bei den beiden Mordfällen womöglich um eine Art magischer Fehde? Oder weiß Gott, wie man so etwas nannte? Widerwillig strich sie sich eine Haarsträhne aus dem Gesicht.

Sie blätterte weiter in Erams Ordner. 25. September, schon wieder Igor. Ein Werk über die Einsatzmöglichkeiten und Grenzen von *Bannzaubern*.

Wofür brauchte man wohl einen Bannzauber? Zweifellos um etwas – wie der Name schon sagte – zu bannen, aufzuhalten, zu verhindern. Eine Verteidigungsstrategie in besagter Magierfehde? Missmutig schlug sie die Seite um. Sie durfte nicht zulassen, dass die Fantasie mit ihr durchging.

Keine neuen Wünsche von Igor im Oktober. Dafür ein Kauf für Robert Scherrer: *Leben und Sterben der Therese Neumann von Konnersreuth*.

Nie von der Dame gehört.

8. Oktober, im Auftrag von Josef Lauingen: *Frauen im Islam*. Was hatten muslimische Frauen mit Stringphysik zu tun? Nichts wahrscheinlich, es musste sich um ein Privatinteresse handeln. Gehörte vielleicht Hanna diesem Glauben an?

Fragen über Fragen. Weitere zusammenhanglose Details. Oder hatte Iva etwas übersehen?

Für den Rest des Oktobers fanden sich nur die üblichen Fachbuchbestellungen, die Iva überging. Und der November bis zum heutigen Tage lieferte auch nichts Auffälliges mehr.

Sie klappte den Ordner zu und kehrte zu Eram zurück, die gerade die letzte Kiste öffnete. Auf deren Frage, ob sie etwas Hilfreiches gefunden hätte, konnte sie keine wirkliche Antwort geben. Hatte sie? Sie wusste es selbst nicht.

"Du hast vorhin Robert erwähnt. Meinen Nachbarn", sagte die Bibliothekarin, nachdem sie den Ordner an seinen

Platz zurückgestellt hatte. "Warum interessierst du dich für ihn? Nur, weil er mit Nicolas zusammenarbeitete und sein Nachbar war? Oder hast du andere Gründe? Mir kommt ja manches zu Ohren hier, und einige Leute auf der Insel reden davon, dass Nicolas' Tod vielleicht kein Unfall war. Ebenso wenig wie der von Mark."

Iva bemühte sich, einigermaßen erstaunt auszusehen.

"Und Robert –", fuhr Eram fort. "Seit Nicolas starb, habe ich ihn sein Haus nicht mehr verlassen sehen. Sogar das Essen bringt man ihm. Wird er gefangen gehalten? Denkst du, er könnte etwas mit dem Tod von Nicolas zu tun haben?"

"Ich weiß nicht genau, was ich denke", erwiderte Iva wahrheitsgemäß. "Alles, was ich weiß, ist, dass Robert in der Nacht, als Nicolas ertrank, plötzlich verschwand – bis in die späten Morgenstunden hinein. Und dass er niemandem sagen will, wo er sich aufgehalten hat."

"Ich ... verstehe." Die Bibliothekarin zögerte, wandte für einen Augenblick die Augen ab.

"Kannst du etwas dazu sagen, Eram? Irgendetwas?" Iva trat einen Schritt näher. Sie waren noch immer allein in der Bibliothek.

"Ich weiß nicht", erwiderte Eram unsicher, "Wie ich schon sagte, verlässt Robert oft spät nachts noch sein Haus. Manchmal scheint er es dabei sehr eilig zu haben und ..." Sie brach ab.

Iva warf ihr einen ermutigenden Blick zu. "Ja?", sagte sie.

"Na ja, es geht mich natürlich nichts an, und du darfst nicht glauben, dass ich nichts Besseres zu tun hätte, als meine Nachbarn auszuspionieren."

"Auf die Idee wäre ich nie gekommen", war Iva rasch mit einer frommen Lüge zur Hand.

"Dann ist es ja gut. Also ... ich habe da eine Vermutung, wirklich nur eine Vermutung, wo Robert vielleicht seine

Nächte verbringt. Oder vielmehr verbrachte."

"Was immer du mir sagst, ich werde es vertraulich behandeln", bekräftige Iva.

Eram nickte langsam. "Vor ein paar Wochen", begann sie, "da war ich gerade damit beschäftigt, retournierte Bücher zurückzustellen, unten in der theologischen Abteilung. Plötzlich hörte ich durch die Buchregale hindurch ein Schluchzen. Eine Männerstimme, die über etwas klagte. Ich konnte die genauen Worte nicht verstehen, aber es klang sehr aufgewühlt. Ich wollte natürlich nicht lauschen, aber ich hatte noch zwei Bücher weiter vorn im Gang einzureihen, und als ich nahe genug herangekommen war, hörte ich die verzweifelte Stimme sagen: *Warum passiert das ausgerechnet mir? Ich kann damit einfach nicht umgehen!* Dann wollte ... musste ich doch wissen, wer es war, der da solchen Kummer hatte. Zufällig gab es eine Lücke im Regal, zwischen den Büchern, gerade so in Augenhöhe. Ich spähte hindurch – und erkannte Mark van Leyen. Und der andere Mann, der in Tränen aufgelöst war, das war Robert. Er machte wirklich einen sehr jämmerlichen Eindruck. Und plötzlich umarmte Mark ihn. Nicht auf diese typisch kumpelhafte Art unter Männern, sondern fast zärtlich, wie zwei Menschen, die sich – wie soll ich sagen – zwei Menschen, die zueinander gefunden haben."

"Du willst also andeuten, Mark und Robert könnten – "

"Ich will gar nichts andeuten. Ich denke mir nur, dass es immerhin eine Erklärung dafür wäre, wo Robert sich nachts herumtrieb. Findest du nicht? Er wird ja wohl kaum Waldspaziergänge gemacht haben."

"Ob er sich deswegen so hartnäckig weigert, darüber zu sprechen?", sagte Iva nachdenklich. "Er ist noch sehr jung, und dem Gespräch nach zu schließen, das du mitangehört hast, kann er sich mit dieser Neigung nicht abfinden. Wahrscheinlich hält er sie für unmännlich oder etwas in der Art."

"Und er las Heiligenbiografien", ergänzte Eram, "seit ein paar Monaten. Was er früher nie getan hat."

Iva entsann sich, dass Robert ein Buch über den heiligen Franz von Assisi bestellt hatte. Weil er selbst einem Mann zugetan war, der als Heiliger angesehen wurde? War das der Grund?

Die Vorstellung eines homosexuellen Heiligen in der katholischen Kirche ... Wäre Mark nicht ermordet worden, hätte man darüber schmunzeln können. Obwohl er nach kirchlichen Kriterien ohnehin eher ein Ketzer war, als dass man ihn heiliggesprochen hätte. Ganz unabhängig von seinen sexuellen Vorlieben.

"Diese Frau, wie hieß sie noch?", wandte Iva sich wieder der Bibliothekarin zu. "Therese Neumann? Robert hat ein Buch über sie bestellt. Über ihr Leben. War sie auch eine Heilige?"

Eram nickte. "Ich kannte sie vorher nicht, muss ich zugeben. Aber als ich das Buch kaufen sollte, habe ich natürlich nachgeforscht."

Eram nahm ihren Job tatsächlich sehr ernst. Und dazu gehörte wohl auch eine gewisse Neugier. Iva hatte vollstes Verständnis dafür. Eine gute Anwältin arbeitete gar nicht so viel anders.

"Sie ist keine *offizielle* Heilige, diese Therese Neumann, aber sie wird von vielen Menschen verehrt. Sie lebte zu Beginn des 20. Jahrhunderts, erfuhr wundersame Genesungen durch eine andere Heilige, hatte die Stigmata – die Wundmale Christi – und lebte über Jahre hinweg nachweislich ohne jede Nahrungsaufnahme!"

Michael hätte sie auf seine Insel einladen sollte, dachte Iva im Stillen.

Doch zurück zu Robert – konnte das wirklich sein Geheimnis sein? Dass er sich zu einem Mann hingezogen fühlte, vielleicht sogar eine Liebesbeziehung mit ihm unterhielt? Schloss ihn das als Marks möglichen Mörder aus? Oder machte es ihn, im Gegenteil, erst recht verdächtig?

Hatte es einen Streit unter Liebenden gegeben? Oder hatte Robert einfach nur Angst gehabt, Mark könne ihr Geheimnis preisgeben? Nach dem, was Eram in der Bibliothek beobachtet hatte, schien Mark die Dinge etwas weniger dramatisch zu sehen als Robert – aber das war nur eine Vermutung. Vielleicht hatten auch ihn Zweifel gequält, womöglich hatte er als Mann Gottes es sogar als unverzeihliche Sünde betrachtet, der Fleischeslust, noch dazu der sodomitischen, zu frönen. Grund genug, sich selbst den reinigenden Flammen zu übergeben, wie das die Inquisition so gern ausdrückte? Hatte Mark deswegen ein Buch über Hexenverbrennungen bestellt?

Und Nicolas? Wie passte sein Tod in das zaghaft sich abzeichnende neue Bild? Konnte er Roberts heimlichen Neigungen auf die Spur gekommen sein? Schließlich arbeiteten sie zusammen und waren darüber hinaus auch noch Nachbarn.

Möglich, durchaus möglich. Auch wenn Iva sich Robert noch immer nicht als Mörder vorstellen konnte.

28

Als Iva die Bibliothek verließ, hatte sich die Regenzeit – zumindest vorübergehend – durchgesetzt und schien grimmig entschlossen, gleich einige Sonnentage auf einmal wettzumachen.

Eigentlich hatte sie Vivian einen weiteren Besuch abstatten wollen. Und Samuel. Sie musste überprüfen, ob die beiden von der Beziehung, die Mark und Robert offensichtlich verband, irgendetwas mitbekommen hatten. Doch nun kehrte sie erst einmal in ihren Bungalow zurück. Bis sie ihn erreichte, war sie zwar auch klatschnass, doch hier konnte sie sich wenigstens etwas Trockenes anziehen.

An bereits vertrauter Stelle im Vorraum erwartete sie eine Nachricht in Form eines blutroten quadratischen Kuverts. Darauf lag ein Päckchen in Geschenkpapier, das – wenn man von Art und Größe der Verpackung schließen durfte – nur ein Schmuckstück enthalten konnte.

Ivas Herz schlug mit einem Mal schneller, ohne dass sie etwas dagegen tun konnte. Das rote Kuvert enthielt eine einzelne Karte aus festem Karton. Noch bevor sie die Nachricht zu lesen begann, hatte sie bereits Michaels Handschrift erkannt.

Bin wieder da, lautete die knappe Botschaft. *Bitte komm mich besuchen, sobald du Zeit hast. Love, Michael.*

Michaels *Love* bereitete ihr Unbehagen. Dafür war es Jahre zu spät. Dennoch riss sie Schleife und Papier von dem Päckchen, und es kam tatsächlich die Schatulle eines Juweliers – aus London – zum Vorschein. Darin lag ein funkelndes Collier. Eine tropfenförmige schwarze Perle, an einer mit gelben Diamanten besetzten Platinkette.

Ach du liebe Güte.

Sie musste es einfach kurz anlegen. Obwohl sie dieses Geschenk natürlich auf keinen Fall annehmen konnte.

Aus dem Wandspiegel lächelte ihr eine Prinzessin entgegen, die darüber sichtlich anderer Meinung war.

Sie nahm die Kette wieder ab, was ihr nicht leicht fiel, legte sie zurück in die samtgepolsterte Schachtel und machte sich mit sehr gemischten Gefühlen auf den Weg zu Michael. Der Regen hatte zwischenzeitlich nachgelassen, doch erst auf halbem Wege fiel ihr auf, dass ihr noch immer die nassen Kleider am Leib klebten.

Ihr Noch-Ehemann umarmte sie zur Begrüßung. Ein wenig zu leidenschaftlich. Dann führte er sie, zu ihrer nicht geringen Überraschung, eine kühn geschwungene Freitreppe hinunter. Michaels Bungalow war gar kein Bungalow; vielmehr ein zweistöckiges Haus, und die untere Ebene hatte nicht nur keinerlei Innenwände, sondern es fehlten gewissermaßen auch die äußeren. Fensterfronten gab es zwar, nur dass sie keinen Ausblick über die Insel oder aufs Meer boten. Stattdessen *unter* das Meer – auf drei Seiten des Raumes lag Wasser, und durch die frontale Glaswand schaute man direkt aufs Hausriff. Jetzt verstand sie, warum Igor von einem Aquarium gesprochen hatte. Nichts anderes war es, nur dass die Fische draußen schwammen.

Michael ließ sich auf einem blassgrauen Ledersofa nieder und tätschelte den Platz neben sich mit einladender Geste. Iva folgte der Aufforderung, wählte den Abstand zu Michael jedoch so groß wie möglich. Dann beging sie den Fehler, sich für sein großzügiges Geschenk zu bedanken, anstatt es ihm sofort zurückzugeben.

"Warum legst du es nicht an?", sagte er, und nahm ihr die Schatulle ab, die sie wie ein glühendes Stück Kohle in der Hand gehalten hatte.

Die Perle wirkte hier unter der Wasseroberfläche noch eindrucksvoller als zuvor in der Oberwelt. Michael ließ die

Kette vorsichtig durch seine Finger laufen, als wolle er ihr etwas mitgeben – auf dem Weg zu Ivas Hals.

"Ich habe über uns nachgedacht", sagte er, "während der letzten Tage. Fast die ganze Zeit."

Der veränderte Tonfall seiner Stimme weckte Erinnerungen, die Iva lieber hätte ruhen lassen.

"Seit ich dich wiedergesehen habe, seit du hier in Arkadia bist ... jetzt weiß ich erst, wie sehr du mir all die Jahre gefehlt hast." Seine Hand strich sanft über ihre Schulter.

Iva versteifte sich. "Wie liefen denn deine, ähm, Geschäfte, für die du so dringend fort musstest?", fragte sie. Sie musste das Gespräch dringend auf neutralen Boden zurückbringen.

"Ich habe Rebecca getroffen", sagte er. "In London."

Das Busenwunder, das ihre Ehe ruiniert hatte?

"Oh", entfuhr es Iva. Das passte nun wirklich nicht zu Michaels angeblich neuentflammten Gefühlen für sie. Wollte er sie auf den Arm nehmen?

Er schien in ihrem Gesicht ablesen zu können, was in ihr vorging. "Nicht, was du denkst", sagte er rasch. "Ich habe Rebecca angerufen und das Treffen mit ihr vereinbart, eben weil ich dich wiedertraf. Und weil ich ... dich zurückerobern will, Iva."

"Ich verstehe nicht ..."

"Ich weiß, du hast es mir damals nicht geglaubt – dass nichts lief zwischen dieser Frau und mir. Weil sie dir diese scheinbar eindeutigen Fotografien von uns zugespielt hat."

"Oh bitte, willst du mir noch immer einreden, dass das Fälschungen waren?", brauste Iva auf.

Anstelle einer Antwort ging Michael zu einer Wandkommode hinüber und öffnete eine Schublade. Er kam mit einem länglichen Kuvert zu Iva zurück. "Rebecca hat mir das schon seit Jahren angeboten. Ihr Geständnis, gewissermaßen. Die Wahrheit. Vor einem Rechtsanwalt und Zeugen unterschrieben. Nachdem du mich verlassen hattest, dachte sie, dass *sie* mich nun kriegen könnte. Doch ich habe ihr rasch klargemacht, dass ich in hundert Jahren nicht an ihr interessiert sein würde. Dann hat sie eine, na sagen wir, geschäftliche Chance gewittert. Ich denke, bei ihrem Interesse an mir ging es sowieso immer nur ums Geld. Nicht, dass mich das kümmert."

Er zog ein einzelnes Blatt Papier aus dem Kuvert hervor und reichte es Iva. "Sie wollte eine Million Dollar dafür, diese miese kleine Erpresserin. Seit Jahren hat sie mir angeboten, diese Erklärung zu unterschreiben. Ich weigerte mich, darauf einzugehen. Bis ich dich vor ein paar Tagen wiedergesehen habe, Iva. Da war mir alles egal. Erpressung, eine Million Dollar – Rebecca sollte ihren Willen haben, wenn ich dafür die Chance bekam, dich zurückzugewinnen.

Iva entfaltete das Blatt und begann zu lesen.

In dem Schreiben bat Rebecca Michael um Verzeihung – für gefälschte Fotografien, die seine Ehe zerstört hatten.

Ich wollte dich für mich, schrieb sie. *Aber ich weiß jetzt, dass das falsch war. Ich werde auch mit deiner Frau reden, wenn du das möchtest. Ihr alles erklären. Ihr sagen, dass nie etwas war zwischen uns – obwohl ich mir nichts sehnlicher wünschte.*

Unterzeichnet: *Rebecca Marlin.*

Ein dicker Kloß saß plötzlich in Ivas Kehle – der jedes Wort unmöglich machte.

Michael ergriff ihre Hand. "Meine Liebste. Jetzt, wo nichts mehr zwischen uns steht, denkst du, wir könnten –"

Sie zog ihre Hand zurück. Wandte den Blick ab. Sie hätte nicht behaupten können, dass ihr Michael nichts mehr bedeutete. Es war eine große, eine wunderbare Liebe gewesen, *damals*. Und die Erinnerung daran würde sie vielleicht ein Leben lang verbinden ... aber mehr auch nicht. Iva war nicht bereit für eine so plötzliche Wiederbelebung ihrer

Ehe. Nach all den Jahren. Auch wenn sie nun annehmen musste, dass sie Michael Unrecht getan hatte.

Hatte er tatsächlich einer Erpresserin eine Million Dollar in den Rachen geworfen, nur um Iva endlich seine Unschuld zu beweisen? Oder hatte sich die – scheinbar wirklich nur an Geld interessierte – Rebecca kaufen lassen und eine Lüge zu Papier gebracht?

Aufgrund ihrer eigenen beruflichen Erfahrung wusste Iva, dass ein Schriftstück noch lange nicht die Wahrheit enthalten musste, bloß weil man es im Beisein eines Anwalts und von ein paar Zeugen unterschrieb.

Michael schien erneut in ihrem Gesicht lesen zu können. Bevor Iva irgendwelche Ausflüchte hervorstammeln konnte, die ihnen zweifellos beiden peinlich gewesen wären, rückte er ihr auf dem Sofa näher und legte behutsam seine Hand unter ihr Kinn. Er hob es ein Stück an, gerade soweit, dass sie sich seinem Blick stellen musste.

"Du brauchst mir jetzt nicht zu antworten, Iva. Mir ist klar, dass das alles ein bisschen plötzlich für dich kommen muss. Ich hatte nur gehofft ... was weiß ich, was ich gehofft hatte! Es war töricht von mir, dich so zu überfallen. Nach all den Jahren."

Mit geschickter Handbewegung öffnete er den Verschluss des Perlencolliers und wollte es Iva um den Hals legen. Sie machte Anstalten zu protestieren, doch erneut kam er ihr zuvor.

"Nimm es an, Iva. Bitte. Es wird dir gut stehen, das weiß ich. Und es sind keinerlei Bedingungen daran geknüpft. Ich bin einfach froh, dass du hier bist. Ich hoffe, du bleibst in Arkadia – solange du nur möchtest."

Und damit war sein romantischer Vorstoß beendet, der – wie Iva sich eingestehen musste – doch nicht ganz spurlos an ihr abgeprallt war. Zumindest fühlte sie sich, nun ja, geschmeichelt.

Ohne Übergang brachte Michael das Gespräch auf neutrales Terrain: "Wie ist es dir ergangen, während meiner Abwesenheit?" fragte er. "In der Mordsache?"

"Ich bin mir nicht sicher." Iva zögerte. Erst jetzt bemerkte sie, dass sie die Luft angehalten hatte. Sie atmete ein paar Mal tief ein und aus.

Dann sagte sie: "Ein paar Hinweise habe ich schon erhalten, einige Indizien gesammelt, aber welche Bedeutung sie haben, wenn überhaupt ... "

Iva entschied sich spontan, Michael alles zu erzählen, was sie bis jetzt erfahren oder sich zusammengereimt hatte. Vielleicht würde es zu zweit einfacher sein, die richtigen Schlüsse zu ziehen.

Sie begann mit ihren Überlegungen zu Nicolas' Tod, der Unversehrtheit seiner Leiche, und der überaus merkwürdigen Tatsache, dass er als Nichtschwimmer mit einer Badehose bekleidet gefunden worden war.

Michael schien ihr zwar zuzuhören, seine Augen jedoch blieben auf die Perle an ihrem Hals fixiert. Offensichtlich berichtete sie ihm da nichts, worüber er nicht schon selbst nachgedacht hätte. Nun gut.

Hatte er auch schon Vivians Meinung vernommen? Dass man schon ein Waldgeist hätte sein müssen, um in der Mordnacht ungesehen zu Marks Hütte zu gelangen?

Und Josefs obskure Ängste? Diese Dinge schienen Michael sehr wohl neu zu sein. Iva gab sich alle Mühe, ihm die haarsträubende Theorie von Energie-Dämonen aus der Unterwelt einigermaßen zusammenhängend wiederzugeben. Woraufhin er eine ganze Weile schwieg, augenscheinlich in Gedanken versunken.

"Du glaubst doch nicht etwa an diese ... Geschichte?", fragte Iva. Beinahe hätte sie *an diesen Unsinn* gesagt.

Michael zog die Augenbrauen hoch. "Ich bin leider nicht auf dem allerletzten Stand, was Josefs Forschungen betrifft", sagte er. "Wir arbeiten hier in Arkadia an so zahlreichen vielversprechenden Projekten, dass ich mich kaum noch allen im Einzelnen widmen kann. Aber Josefs erste Erfolge, Paralleldimensionen auf physikalischem Wege zu erschließen, habe ich noch mitverfolgt. Sie waren sehr vielversprechend, die Ergebnisse konkret, die Experimente wiederholbar ... und ich könnte nicht behaupten, dass Josef eine leicht entzündliche Fantasie hätte. Eher im Gegenteil. Ich würde ihn als besonnenen, konservativen Wissenschaftler beschreiben. Diese Dämonengeschichte passt so überhaupt nicht zu ihm ... hast du schon mit Igor darüber gesprochen?"

Iva entgegnete, dass sie Hanna Verschwiegenheit gelobt hatte. Ein Versprechen, das sie noch am gleichen Abend gebrochen hatte – aber das musste Michael nicht unbedingt wissen. Und dass sie sein uneingeschränktes Vertrauen in Igor gelinde gesagt nicht teilte, wollte sie ihm auch nicht so einfach ins Gesicht sagen. Schließlich war es offensichtlich, dass Michael große Stücke auf den Mann hielt.

Und gerade deshalb vielleicht blind war für Igors dunklere Seiten? Sie hatte keine Wahl. Sie musste ihre Verdachtsmomente gegen den Magier zumindest andeuten. Das war sie den beiden Toten schuldig.

So beiläufig wie möglich brachte sie Michael bei, dass sie in der Bibliothek die Buchbestellungen der letzten Monate durchgesehen hatte. Und dabei *zufällig* auf die unorthodoxe Lektüre Igors gestoßen war.

Als sie das Buch über Bannzauber erwähnte, rief das keine Reaktion bei Michael hervor, als sie jedoch auf das Werk über Bilokation zu sprechen kam, horchte er auf.

"Denkst du nicht, dass es sich dabei – so die Erlangung einer derartigen Fähigkeit überhaupt möglich ist – um eine exzellente Methode der Alibifälschung handeln könnte?", fragte sie ihn.

Michaels Mundwinkel verzogen sich zu einem breiten Grinsen. Nicht ganz das, was Iva sich erwartet hatte.

"Du bist wirklich eine exzellente Ermittlerin, Liebste", sagte er.

Musste er sie unbedingt so nennen?

"Auf die Idee mit den Bücherlisten wäre ich nie gekommen. Aber was Igors Interesse an der Bilokation anbelangt, kann ich dich beruhigen. Er arbeitet da nämlich in meinem Auftrag."

Iva starrte durch die Panoramascheibe hinaus ins Meer – geradewegs in die leidenschaftslosen Augen eines torpedoförmigen Fisches. Zweifellos ein Raubfisch.

"Du interessierst dich für Bilokation? Warum das denn, um Himmels willen?"

"Oh, einfach ein persönliches Interesse. Du weißt ja, dass ich für mein Leben gern reise. Du doch auch, nicht wahr?"

Sie nickte zögerlich.

"Wie würde es dir gefallen, zu reisen, ohne dein Haus verlassen zu müssen? Sogar an Orte und in Dimensionen, die man auf herkömmlichem Wege niemals erreichen könnte?"

"Wie zum Beispiel?"

"Andere Galaxien. Die Vergangenheit. Die Zukunft. Was immer du möchtest. Wenn du es dir in Gedanken ausmalen kannst, so liegt es innerhalb deiner Reichweite. Bilokation ist eine Art von Astralreise. Der Doppelgänger, der dabei erzeugt wird, ist natürlich nicht aus Fleisch und Blut, sondern nur eine Gedankenprojektion. Was du spaltest, ist dein Bewusstsein. Aber es gibt keinen Ort, an den deine Gedanken dich nicht tragen könnten – und das mit Überlichtgeschwindigkeit. In der Sekunde, in der du an deine Destination denkst, erreichst du sie auch schon, und sei es das andere Ende des Universums. Was aber auch bedeutet, dass ein solcherart erzeugter Doppelgänger kaum in der Lage sein dürfte, materielle Tätigkeiten auszuführen –

sprich jemanden zu ermorden."

"Und wenn der Doppelgänger nur das Alibi liefert? Sich irgendwo blicken lässt, während der echte Mensch den Mord begeht?"

Michael schüttelte den Kopf. "Nur ein vollendeter Magier könnte einen sichtbaren Doppelgänger erzeugen – so er das überhaupt wünscht. Ungesehen zu reisen ist in vieler Hinsicht sicherer und bequemer, meinst du nicht? Aber selbst, wenn es zu bewerkstelligen wäre – auch der sichtbare Doppelgänger würde nicht wie ein echter Mensch aussehen. Mehr wie eine Schattengestalt, eine Geistererscheinung."

Iva erwiderte nichts. Vielleicht hatte sie Igor in dieser Sache Unrecht getan. Was aber noch lange nicht heißen musste, dass er unschuldig war ...

"Und was ist mit der Wirksamkeit von Igors magischen Bewachungsmethoden?", fragte sie weiter. "Bist du davon auch überzeugt?"

Michael räumte ein, dass er mit Igors Elementalen selbst noch keine Erfahrungen gesammelt hatte, versicherte ihr aber erneut, dass er den Fähigkeiten seines Freundes vollkommen vertraute.

Musste er das ständig betonen? Was hatte er nur mit diesem Igor? Es hatte fast den Anschein, als ob ... aber nein, das ging wohl doch zu weit. Michael stand nicht unter Igors Einfluss. Igors *magischem* Einfluss. Was für ein paranoider Gedanke.

Es gab aber noch eine andere Sache, die Iva zur Sprache bringen musste, eine andere Beziehung, deren wahre Natur ebenfalls im Verborgenen lag. Robert und Mark. Nur: Wie stand eigentlich Michael selbst zu Robert? Immerhin hatte der Junge erzählt, dass Michael ihn bei sich aufgenommen hatte, anscheinend schon vor längerer Zeit. Und wissenschaftlicher Natur konnten Michaels Motive bei dieser Gelegenheit wohl nicht gewesen sein.

"Ich ... kannte Roberts Mutter", lautete Michaels reichlich vage Erklärung.

Das war Iva zu wenig. Sie bohrte nach. Er zögerte.

"Ich habe niemandem in Arkadia davon erzählt", sagte er schließlich, "nicht einmal Robert selbst kennt die ganze Geschichte. Und es ist sehr wichtig für mich, für meine finanzielle Situation, dass das auch so bleibt. Aber ich vertraue dir, Iva. Hundertprozentig."

Wo würde das nun wieder hinführen?

Draußen vor dem Riff glitt gerade ein vollkommen flacher Fisch vorüber. So flach, dass beide Augen auf die gleiche Seite gewandert waren. Es sah aus, als ob er schielte.

"Roberts Mutter starb vor ein paar Jahren", sagte Michael. "Sie ... wir waren befreundet. Nichts Ernstes, wir lebten nicht zusammen, trafen uns aber doch über Jahre hinweg regelmäßig. Ihr Name war Miriam." Seine Stimme bebte, strafte die Oberflächlichkeit ihrer Beziehung Lügen.

"Sie hatte oft über Kopfschmerzen geklagt, die ich immer nur für eine gewisse Migräneanfälligkeit hielt – bis dann die Ärzte einen Gehirntumor bei ihr feststellten. Und ihr noch drei Monate gaben. Damals war ich gerade auf die Idee mit der Insel gekommen, und natürlich habe ich ihr gleich nach der ... der Diagnose angeboten, Robert bei mir aufzunehmen. Seine Vormundschaft zu übernehmen. Er hatte sonst keine Verwandten mehr. Sein leiblicher Vater war schon vor seiner Geburt gestorben."

"Und warum musst du das geheim halten? Das ist doch nicht weiter ungewöhnlich."

"Nein, das nicht ... ungewöhnlich war nur der Erfolg, den ich plötzlich an der Börse hatte, kurz nachdem ich Miriam kennenlernte. Und wie du dir sicher vorstellen kannst, blieb das Interesse *daran* – von anderen Investoren, Konkurrenten aus der Finanzwelt – nicht aus. Ich musste um jeden Preis vermeiden, dass sie eine Verbindung herstellten, zwischen meinen Börsenerfolgen und meiner Beziehung zu Miriam, beziehungsweise der Tatsache, dass ich ihren Sohn bei mir aufnahm ... nach ihrem Tod."

"Gab es denn eine Verbindung?", fragte Iva.

"Mehr als das. Das Spekulationsmodell, mit dem ich heute noch erfolgreich arbeite, verdanke ich Miriam. Sie war eine sehr fähige Astrologin."

"Was hat denn ein Börsensystem mit Astrologie zu tun?"

"Nichts, in den Augen meiner Mitbewerber. Alles – was mich betrifft. Die Astrologie, wenn man sie ernsthaft betreibt, also nicht in Form von Zeitungshoroskopen, die sich irgendein gelangweilter Redaktionsassistent aus den Fingern saugt, gewährt Einblick in gewisse ... nennen wir es psychologische Impulse. Tendenzen, die zu bestimmten Stunden, an bestimmten Tagen, aber auch über größere Zeiträume, über Monate oder sogar Jahre hinweg, die Menschen auf der Erde beeinflussen. Subtile Einflüsse nur, nicht mehr. Aber auch nicht weniger. Die Menschen verhalten sich zum Beispiel ein wenig anders an Vollmondtagen als zu Neumond. Nicht alle natürlich, aber doch genügend, um in der Masse eine Auswirkung zu haben. Investoren treffen geringfügig andere Entscheidungen unter dem Einfluss der Venus als beispielsweise unter Marsdominanz. Und Börsenkurse sind ein größtenteils psychologisches Phänomen. Ob ein Aktienkurs kurzfristig steigt oder fällt, hat mit dem dahinterstehenden Unternehmen überhaupt nichts zu tun. Er spiegelt ausschließlich die Erwartungen, die Hoffnungen und Ängste der Spekulanten wider, und die unterliegen eben den unabänderlichen astrologischen Prinzipien."

"Und damit verdienst du dein Geld?"

Michael nickte kaum merklich. "Miriams astrologische Berechnungen haben mir einen Vorteil von knapp fünf Prozent verschafft. Mein altes Börsensystem hatte eine

Trefferquote von nicht ganz zweiundfünfzig Prozent, im langfristigen Durchschnitt natürlich, und dank Miriam konnte ich dieses Verhältnis auf gute siebenundfünfzig Prozent steigern."

"Das heißt dreiundvierzig Prozent der Zeit sind deine Entscheidungen falsch? Und damit lässt sich das alles hier finanzieren?" Ivas Hände beschrieben einen Kreis in Richtung der Meereslandschaft vor dem Fenster.

"Natürlich in Kombination mit einem disziplinierten Risikomanagement – aber ja, es funktioniert wunderbar, heute wie damals, und dennoch ... du kannst dir sicherlich vorstellen, dass es damit sehr rasch zu Ende wäre, wenn andere Investoren auch nach diesen Prinzipien vorgehen würden. Eine Börsenstrategie ist nur so lange profitabel, wie nicht allzu viele Leute das gleiche tun. Nicht auf dieselben Pferde setzen, gewissermaßen. Deswegen habe ich immer darauf geachtet, dass niemand eine Verbindung herstellt, zwischen meiner Beziehung zu Miriam – und Robert – und meinem Aufstieg als Börsenspekulant."

"Und weil du Roberts Mutter das alles verdankst, hältst du deine schützende Hand über ihren Sohn?"

"Nicht nur deswegen", sagte Michael. "Ich ... mag den Jungen auch. Er hat es oft nicht leicht gehabt. Früher nicht und hier in Arkadia erst recht nicht, fürchte ich. Aber es steckt mehr in ihm, als du vielleicht denkst. Und er ist kein Mörder."

"Kannst du dir da wirklich sicher sein?"

Jetzt war der Zeitpunkt gekommen, das Verhältnis zwischen Robert und Mark zur Sprache zu bringen. Festzustellen, ob Michael etwas davon wusste. Iva schilderte ihm das Gespräch der beiden Männer, das Eram in der Bibliothek mitangehört hatte und erwähnte die Heiligenbücher, die Robert bestellt hatte. Aus welchem anderen Grund sollte er das getan haben als, dass er selbst einen Heiligen verehrte, wenn auch auf höchst unchristliche Weise?

Iva erwähnte außerdem, dass Roberts plötzliches nächtliches Verschwinden nach der Aussprache mit Nicolas kein Einzelfall gewesen war. Jedenfalls hatte Eram, die Bibliothekarin, ihn schon des Öfteren nachts aus dem Haus schleichen sehen. Und letztlich hatte Robert auch kein Alibi für jene Nacht, in der Marks Hütte in Flammen aufgegangen war. Man konnte Igors Elementalen, die den Jungen zu diesem Zeitpunkt angeblich bewachten, nicht wirklich vertrauen, fand Iva.

Michael hörte sich das alles schweigend und mit ernster Miene an. "Ich werde mit Robert darüber reden", sagte er, als Iva geendet hatte.

Konnte man es ihm verübeln, dass er seinen Schützling auf jeden Fall für unschuldig halten wollte? Börsensystem hin oder her, Iva kannte Michaels weiches Herz, und der Junge hatte eindeutig einen besonderen Platz darin. Genau wie Igor, obwohl die Gründe dafür weniger greifbar sein mochten.

Michael blickte auf seine Armbanduhr. "Ist es dir recht, wenn ich dich so gegen 18 Uhr abhole – und wir gehen gemeinsam zum Abendessen?"

29

Auf dem Weg ins Restaurant kam Michael noch einmal auf Josefs vermeintliche Wahnvorstellungen zu sprechen. Es war nicht zu übersehen, dass er sich Sorgen um seinen Stringphysiker machte. "Meinst du wirklich nicht, dass ich mit ihm reden sollte?", fragte er Iva.

"Nein, auf keinen Fall. Das wäre für meine weiteren Ermittlungen auf der Insel bestimmt nicht förderlich. Wenn sich verbreitet, dass ich vertrauliche Informationen nicht entsprechend behandle ..." Sie brauchte den Satz nicht zu vollenden. Michael sah es ein.

"Wenn du möchtest, könnte ich aber Hanna noch einmal darauf ansprechen?", schlug sie stattdessen vor. "Mich erkundigen, wie es Josef seit unserem kleinen Hexensabbat ergangen ist?"

Michael stimmte sofort zu. Und wer weiß, sagte sich Iva, vielleicht hatte, wenn schon nicht ihre lächerliche Schildzeremonie, so doch Vivians Kräutertrank seine Wirkung entfaltet. Mit etwas Glück hatte das Gebräu – oder wenigstens der damit verbundene Placebo-Effekt – den armen Dämonengeplagten ein wenig beruhigen können, sodass er die Dinge zwischenzeitlich bereits wieder etwas entspannter sah.

Sie hatten das Restaurant gerade erst betreten, da erspähte Iva gleich an einem der ersten Tische beim Eingang Hannas violetten Koboldschopf. Er lugte hinter einem auf der Tischkante abgestützten Zeichenblock hervor, während links davon eine Hand, die zweifellos ebenfalls Hanna gehörte, in einer Schüssel mit mundgerecht zerkleinerten

Früchten herumtastete. Dann tauchte mit einem Mal der gesamte Kopf auf, geweitete Augen blickten für ein paar Sekunden gedankenverloren in den Raum, nur um sogleich wieder hinter der Zeichenfläche zu verschwinden.

Skizzierte die Künstlerin gerade eine Restaurantszene?

Wie es aussah, war Josef nicht mit zum Essen gekommen. Doch Hanna nach seinem Befinden zu fragen, würde sich schwierig gestalten, denn ihr gegenüber saß ausgerechnet Francesca. Sie hatte die schlanken Finger um ein Weinglas gelegt und lächelte glückselig vor sich hin. Vor ihr ein Gespräch über Josefs Wahnvorstellungen zu beginnen, kam nicht in Frage.

Iva blieb nichts anderes übrig, als erst einmal eine Kleinigkeit zu essen. Mit Michael. Anschließend, am Weg hinaus, wenn Francesca schon aufgebrochen war, konnte sie noch einmal an Hannas Tisch vorbeischauen, und dann hoffentlich mit ihr unter vier Augen sprechen. Die künstlerische Umsetzung der Restaurantszene würde bestimmt längere Zeit in Anspruch nehmen. Hanna vollführte nur gelegentlich einige rasche Handstriche auf ihrem Block.

Michael bestand darauf, für Iva die besonderen Leckerbissen des Buffets auszusuchen und persönlich servieren zu dürfen. Was ihr gar nicht gefiel – es hatte so einen ehelich-häuslichen Charakter. Aber immerhin schmeckte seine Speisenauswahl exzellent.

Als Iva sich bereits über das Dessert hermachte – heiße Waffeln mit Kokoseis und Passionsfruchtmark – war Francesca noch immer nicht gegangen. Und das, obwohl sie bereits vorhin, bei Ivas Ankunft, schon fertig gegessen zu haben schien. Andererseits: Vielleicht hatte die Tantra-Expertin derlei Banalitäten wie Essen gar nicht nötig, sondern nährte sich ausschließlich von den höheren Schwingungen der Ekstase? Kein Grund also, stundenlang im Restaurant herumzuhängen. Wartete denn ausgerechnet heute

Nacht kein gelehriger Schüler auf sie?

Ohne Unterlass sprach Francesca auf Hanna ein, begrub sie unter ihrem Lächeln, während die Malerin nur ab und zu, wenn sie gerade hinter ihrem Block auftauchte, etwas erwiderte.

Iva trommelte mit den Fingern auf die Tischplatte – was Michael als Signal verstand, dass er etwas unternehmen müsse.

"Was hältst du davon, Liebste, wenn ich Francesca ein wenig ablenke?", flüsterte er verschwörerisch.

"Und wie?"

Er berührte kaum spürbar Ivas Arm. "Nun, nachdem es ohnehin nicht den Anschein hat, als gedächtest du heute Nacht mein Lager zu teilen, ich also gewissermaßen frei bin ... so könnte ich doch Francesca zu mir einladen? Eine Versuchung, der sie bestimmt nicht widerstehen kann!" Er klimperte verführerisch mit den Wimpern.

"Wie selbstlos von dir, ein solches Opfer zu bringen! Warum, um alles in der Welt, hast du diese Frau eigentlich nach Arkadia geholt? Doch wohl nicht wegen ihres zukunftsweisenden Forschungsgebietes, oder?"

"Das nicht gerade – aber sie macht umwerfende Musik und ist fantastisch im Bett!" Er zwinkerte schelmisch.

Daraufhin verabschiedete er sich mit einem betont brüderlichen Kuss, dem Iva wohl oder übel die Wange darbieten musste, schlenderte dann zu Hannas Tisch hinüber und beugte sich über Francesca, sodass seine Locken in ihr Dekolleté fielen.

Warum stört mich das eigentlich?, fragte sich Iva. Sie hätte nur zu gern die Worte verstanden, die Michael der aus dem Weg zu Schaffenden ins Ohr flüsterte. Auf jeden Fall brauchte er kaum dreißig Sekunden, schon stand Francesca auf, leerte ihr Weinglas in einem Zug und winkte Hanna einen raschen Abschied zu. Und verließ an Michaels Arm den Saal wie die Königin von Saba.

Iva zählte mehr als nur ein Augenpaar im Raum, das dieser Szene aufmerksam folgte, nur um anschließend erstaunt zu ihr herüber zu schielen. Bei allem Sinn für ekstatische Erleuchtung hatte man in Arkadia wohl doch noch eine gewisse altmodische Vorstellung von der Institution der Ehe.

Sie wartete ein paar Minuten, in denen sie scheinbar verträumt an die Decke starrte, dann leerte sie ebenfalls ihr Glas und ging zu Hannas Tisch hinüber, an dem die Künstlerin nun endlich alleine saß. Hanna begrüßte sie freundschaftlich, doch als Iva sich über den Zeichenblock beugte um das Bildnis des Abends zu bewundern, musste sie feststellen, dass es gar nicht die erwartete fröhliche Restaurantgesellschaft zeigte. Vielmehr eine Szene auf hoher See, sturmgepeitschte Wogen unter einem bleigrauen Himmel. Im Vordergrund eine Meerjungfrau, schön wie die Sünde, die einen jungen Matrosen von den sicheren Planken seines Schiffes hinab in ihr dunkles Reich lockte, wo ihn nichts anderes erwarten konnte als der Tod. Der Unterkörper der Nixe samt Fischschwanz verbarg sich halb im Wasser. Geschickt hatte Hanna ihn aus den Wellenkämmen des Meeres geformt. Für den sich aus den Fluten räkelnden Oberkörper der Nixe hingegen konnte gut Francescas Dekolleté Pate gestanden haben.

Iva zog sich einen Stuhl heran, so nah wie möglich, um nicht am Nachbartisch gehört zu werden. "Was für ein erstaunliches Bild", sagte sie.

Nach einer kurzen Unterhaltung über Nixen und Einhörner, Vermeer und Albrecht Dürer, fragte sie Hanna nach Josefs Befinden.

"Oh, es geht ihm schon besser, glaube ich", kam die geflüsterte Antwort. "Er verlässt zwar kaum noch sein Labor, ist jetzt aber zuversichtlich, dass er die schädlichen Energien wieder unter Kontrolle bekommen kann. Noch einmal danke für deine Hilfe!"

"Keine Ursache", sagte Iva, "es war mein erster Einsatz als Hexe."

Hanna kicherte vergnügt.

Ob sich der Matrose wohl in die Arme der Nixe stürzen würde?

30

Iva wälzte sich in ihrem Bett herum. Seltsame Bilder von Meerjungfrauen, aber auch von brennenden Häusern und verkohlten Leichen verfolgten sie. Elementale, die wie hungrige Dämonen aussahen, machten auf sie Jagd.

"Träume ich?", fragte sie sich. Oder lag sie bereits seit Stunden schlaflos unter der leichten Decke und verlor sich bloß in düsteren Gedanken? Wie spät war es überhaupt? Konnte diese Nacht nicht endlich vorbeigehen? Sie wollte hinaus aufs Meer blicken, ob dort vielleicht schon die erste Morgenröte zu sehen war, doch es gelang ihr nicht, die Augenlider zu öffnen. Also schlief sie doch? Und träumte bloß, dass sie die Augen öffnen wollte? Einer jener seltsamen Träume, in denen man wusste, dass man schlief?

Plötzlich hatte sie den Eindruck, dass es noch dunkler um sie herum wurde. Etwas drückte jetzt auf ihre Augenlider. Nein, auf ihr ganzes Gesicht! Es war weich, doch es nahm ihr den Atem. In einem Anflug von Panik schlug sie mit den Händen danach. Ein Kissen, das war ein Kissen! Was hatte das mitten auf ihrem Gesicht zu suchen? Träumte sie noch immer?

Erneut schlug sie um sich, jetzt mit aller Kraft. Und bekam einen weichen, fleischigen Arm zu fassen. Sie vernahm einen erstickten Schrei. Der Druck auf das Kissen ließ nach.

Iva nutzte die Chance. Sie boxte das Kissen fort, holte tief Luft, sprang aus dem Bett. Sie konnte kaum etwas sehen. Von einem Sonnenaufgang war noch lange nicht die Rede. Finstere Nacht umgab sie.

In diesem Augenblick sprang ein Schatten sie an. Schlug auf sie ein. Harte, wütende Schläge, gegen die Brust, auf den Kopf, in den Bauch.

Iva krümmte sich vor Schmerz zusammen. Sie taumelte, wollte sich zur Wehr setzen, doch der Angreifer war schneller. Stärker. Zorniger? Sie konnte ein paar Schläge austeilen, doch musste weit härtere einstecken. Die Gestalt hob sich kaum von der Dunkelheit ab. Sie war ganz in schwarz gekleidet. Sogar das Haar war bedeckt, soweit Iva sehen konnte. Und im Gesicht trug der Angreifer eine schwarze Maske. Wie aus einem Mantel-und-Degen-Film.

Iva wich zurück. Das Phantom versperrte ihr den Weg zum Ausgang. Die einzige Fluchtmöglichkeit lag hinter ihr. Hinaus auf die Terrasse! Dort konnte sie um Hilfe rufen.

Gesagt, getan. Sie wirbelte herum, stürmte los, wich den dunklen Schemen der Möbel so gut es ging aus. Die Terrassentür stand halb offen. Iva schlief lieber bei frischer Nachtluft als bei laufender Klimaanlage.

Sie riss am Türgriff, stürzte hinaus ins Freie. Der schwarze Schatten war ihr dicht auf den Fersen. Schlug erneut nach ihr – und landete schmerzhafte Treffer.

Iva schrie laut um Hilfe. Zweimal, dreimal, viermal. Dabei setzte sie sich, so gut es ging, zur Wehr. Der Angreifer drängte sie an den Rand der Terrasse. Nur noch wenige Schritte, dann würde sie ins Meer stürzen.

Oder konnte das ihre Rettung sein? Das Meer? Sollte sie springen und ihr Glück im Wasser versuchen? Würde sie ihren Angreifer dort abhängen können?

In diesem Augenblick war ein rhythmisches Platschen zu hören, im nächsten Moment fuhr dicht neben ihr ein Arm aus dem Wasser – gefolgt von einem Oberkörper.

Kylian! Mit den behänden Bewegungen eines Raubtiers zog er sich aus dem Wasser hoch, hievte sich auf die Terrasse – und stürzte sich beherzt auf den Angreifer.

Ein heftiger Schlagabtausch entbrannte – doch er währte nur kurz. Der Angreifer landete einen letzten Hieb in Kylians Magengrube, dann schlug er einen Haken und stürzte davon. Zurück in den Bungalow. Gleich darauf konnte Iva hören, wie die Eingangstür ins Schloss fiel.

Kylian nahm die Verfolgung auf. Doch er sprintete nicht mit voller Geschwindigkeit los. Es sah aus, als ob er auf einem Bein hinke. Hatte der Angreifer ihn verletzt?

Iva stolperte ihm hinterher, durchquerte ihrerseits den Bungalow, lief durch die weit offen stehende Haustür – und konnte gerade noch erkennen, wie der Schatten die Uferpromenade erreichte. Dort war er im Licht der Strandlaternen noch kurz zu sehen, dann bog er in einen der Dschungelpfade ein und verschmolz mit der Dunkelheit.

Kylian kehrte wenige Sekunden später zu ihr zurück. Sie hatte sich nicht geirrt. Er hinkte. Frustriert schüttelte er den Kopf, als er sie erreichte. "Der Mistkerl war zu schnell", keuchte er – dann stieß er einen Fluch aus.

Iva ließ sich mit hämmerndem Puls auf die Holzplanken des Stegs sinken.

Kylian legte seinen Arm um Ivas Schulter, als er sie zurück in den Bungalow begleitete. Sie kehrte ins Bett zurück, ließ sich, noch immer schwer atmend, auf die Matratze fallen, presste den Rücken gegen das Betthaupt und zog die Decke bis unters Kinn. Kylian nahm, tropfnass wie er war, neben ihr Platz.

Ihr Blick wanderte über seinen Körper. Er trug ein T-Shirt und Bermudashorts, die ihm nass auf der Haut klebten. Sein linker Unterschenkel war verschrammt – vermutlich der Grund für sein Hinken. Die Wunde schien jedoch nicht tief zu sein, und sie blutete nicht mehr. Eine Kruste hatte sich bereits gebildet, auch wenn sie noch frisch aussah. Die Verletzung konnte nicht aus dem Kampf gegen den Angreifer herrühren.

Kylians Blick folgte dem von Iva. "Nichts Dramatisches",

kommentierte er. "Ich war nach dem Abendessen noch tauchen, und nachts sind die Strömungen leider unberechenbar. Ich bin gegen das Riff geschrammt. Verflucht noch mal, sonst hätte ich diesen Kerl bestimmt eingeholt! Konntest du erkennen, wer es war?"

Iva schüttelte den Kopf. "Zu dunkel. Und er trug eine Maske."

Kylian nickte. "Das habe ich auch bemerkt."

Er legte seine Hand auf ihre Schulter und sah sie besorgt an. "Alles in Ordnung mit dir? Bist du verletzt?"

"Nein. Es geht mir gut." Doch ihre Stimme zitterte, dagegen war Iva machtlos.

Eine Weile lang lagen sie beide reglos und stumm da. Iva konnte spüren, dass sie bereits wieder in einen Traum abzudriften begann. Bleischwere Müdigkeit übermannte sie.

"Ich schlafe heute Nacht hier, wenn es dir recht ist", hörte sie Kylian – wie aus weiter Ferne – sagen. "Ich glaube zwar nicht, dass der Kerl noch einmal zurückkommt, aber lieber auf Nummer sicher gehen ..."

Man konnte es vielleicht darauf schieben, dass Iva schon halb eingeschlafen war und für ihre Taten nicht mehr verantwortlich gemacht werden konnte – doch mit dem nächsten Atemzug rollte sie sich auf die Seite. Direkt hinein in Kylians Arme. Sie nahm noch die tröstende Wärme seines Körpers wahr, dann versank sie in der Dunkelheit.

"Iva, bist du wach?"

"Hm ... ja." Sie lag schon seit geraumer Zeit mit offenen Augen da und starrte an die Zimmerdecke. Sie hatte über den Angriff auf ihr Leben nachgegrübelt und dabei ein ums andere Mal das entsetzliche Gefühl noch einmal durchlebt. Die Atemnot, als der Attentäter ihr das Kissen aufs Gesicht gepresst hatte. Die nackte Panik, gleich ersticken zu müssen ...

Jemand in Arkadia trachtete ihr nach dem Leben, das ließ sich jetzt wohl nicht mehr leugnen. Bereits vorgestern, während des Unwetters auf dem Dschungelpfad, hatte er versucht, sie zu töten. Der gleiche Angreifer. Kein herabfallender Ast. Dessen war Iva sich jetzt sicher – denn als sie während des Schlagabtausches der schwarzgewandeten Gestalt ganz nahegekommen war, hatte sie erneut den seltsamen Geruch bemerkt. Den gleichen, den sie im Dschungel wahrgenommen hatte, kurz bevor sie niedergeschlagen worden war.

Die beiden Attentate konnten nur eines bedeuten: Nicolas und Mark waren nicht durch Unfälle ums Leben gekommen. Unter den sogenannten Erleuchteten in Arkadia verbarg sich ein Mörder. Einer, der anscheinend keinerlei Skrupel hegte, ein weiteres Mal zu töten.

War der Angreifer ein Mann gewesen – worauf der herbe Duft hinwies, der von ihm ausgegangen war? Von der Figur der schwarzgewandeten Gestalt hatte Iva in der Dunkelheit kaum etwas sehen können. Doch die Arme des Attentäters, die sie ein paar Mal zu fassen bekommen hatte, waren nicht muskulös gewesen. Eher weich und nicht besonders kräftig. Was an eine Frau denken ließ. Wenn auch nicht zwingend. Es gab gestählte weibliche Körper ebenso wie untrainierte männliche.

Langsam kroch die Morgendämmerung ins Zimmer. Kylians Kopf tauchte in Ivas Sichtfeld auf. Er beugte sich über sie und musterte sie aufmerksam. In seinen hellen grauen Augen war Sorge zu lesen.

Sie lag nicht mehr in seinen Armen, hatte sich auf ihre Seite des Bettes zurückgezogen. Die nächtliche Kuschelnummer war ihr jetzt, im ersten Licht des neuen Tags, ein wenig peinlich. Sie lächelte ihn unsicher an. "Guten Morgen, mein Retter."

Er erwiderte ihr Lächeln. "Ich möchte dich um etwas bitten", begann er unvermittelt, "dir einen Vorschlag machen." Er strich mit zwei Fingerspitzen über ihre Wange, und sah sie dabei an, als wolle er sie mit seinem Blick durchbohren. Auf den Grund ihrer Seele blicken – in der Sprache der Arkadier ausgedrückt.

"Was denn?", fragte sie unsicher. Hatte er ihre nächtliche Zärtlichkeit fehlinterpretiert?

"Ich würde dich gern rückführen", sagte er.

Sie setzte sich auf – wobei sie beinahe mit seinem Kopf kollidierte. "Du meinst in ... Hypnose? In ein früheres Leben?"

Er nickte. Und schien sogleich ihre Zweifel zu spüren.

Einerseits hielt Iva dieses ganze Gerede um Wiedergeburt und die Erinnerung an frühere Leben für Humbug. Andererseits war sie natürlich neugierig. Doch sie konnte sich des Eindrucks nicht erwehren, dass Kylian sie nicht bloß aus neutralem wissenschaftlichem Interesse rückführen wollte. Oder machte sie sich da bloß etwas vor?

"Du wirst sehen, es ist eine interessante Erfahrung", sagte er lächelnd. Erneut streckte er seine Fingerspitzen nach ihr aus, doch diesmal wich Iva zurück.

Sein Gesichtsausdruck wurde ernst. "Aber zuerst haben wir uns ein ausgiebiges Frühstück verdient, meinst du nicht?", sagte er leichthin.

31

"Deine Augen sind ganz auf das Pendel fixiert", hörte sie Kylians Stimme. "Dein Atem geht ruhig und gleichmäßig. Sehr gut. Lass dich fallen. Du bist völlig entspannt. Lass alles los. Nur das Pendel und meine Stimme haben noch Bedeutung. Wenn andere Gedanken kommen, lässt du sie einfach vorbeiziehen. Ausgezeichnet. Du machst das sehr gut. Dir ist angenehm warm. Du hast Zeit. Sehr viel Zeit. Dein Körper ruht sicher und völlig entspannt auf dem Sofa. Lass dich tragen, es ist ganz einfach ..."

Sie hatten zusammen gefrühstückt, wie Kylian es vorgeschlagen hatte. Im Restaurant waren sie aufgrund der frühen Stunde nahezu die einzigen Gäste gewesen. Iva hatte eine große Portion Ham & Eggs und einen doppelten Espresso bestellt. Kylian aß eine Schale frischer Früchte.

"Okay, ich bin dabei", hatte sie schließlich zu ihm gesagt. "Bei der Rückführung. Ich will wissen, wie so was abläuft."

Wann hatte man schon je die Gelegenheit, in die Vergangenheit zu reisen? Und indem sie sich selbst einer Rückführung unterzog, würde sie letztendlich auch besser beurteilen können, was an der Methode nun wirklich dran war. Oder eben nicht.

Kylian freute sich natürlich über diese Entscheidung. Daraus machte er keinen Hehl. Er schlug vor, gleich nach dem Frühstück mit der Sitzung zu beginnen.

Jetzt lag sie also hier, auf Kylians Sofa und ließ sich von ihm in Hypnose versetzen. Pflegte er alle seine Rückführungen bei sich zu Hause abzuhalten? Hatte er kein Büro/Labor wie zum Beispiel Samuel oder Nicolas? Oder sah er in ihr mehr als nur ein weiteres Versuchskaninchen?

Sie musste an den Tiger im Zoo denken, der vor dem

Fenster ihrer Kanzlei wohnte. Den Kylian überall auf der Welt gesucht hatte, weil er ein Hinweis auf jenen Ort sein sollte, wo er seine Emily wiederfinden konnte. Der zweite Hinweis bei seiner Suche war eine Insel – bei der es sich zweifellos um Arkadia handelte. Jene Insel, wo Iva sich jetzt aufhielt. Wo sie Kylian zum ersten Mal begegnet war.

War es wirklich das erste Mal?

Seinen Weisungen folgend, starrte sie auf das Pendel in seiner Hand, das vor ihren Augen hin und her schwang. *So ein Unsinn!*, dachte sie zunächst. *Ich bin weder entspannt, noch ist mir warm. Vermutlich kann man einen Sturschädel wie mich gar nicht richtig hypnotisieren.*

Doch als Kylian noch eine Weile so weitersprach, immer in der gleichen monotonen Stimmlage, kam ihr plötzlich der Gedanke, dass er vielleicht doch recht haben könnte. Sie fühlte sich angenehm wohl. Im Grunde genommen war es auch eine gute Idee, die Augen zu schließen, genau wie er jetzt sagte ...

Sie hatte sich vorgestellt, dass sie seine Stimme wie von weiter Ferne hören würde, doch das war nicht der Fall. Im Gegenteil, sie war ganz dicht bei ihr, fast schon in ihrem Kopf. Sie wirkte anziehend. Und vertraut.

Seine Worte begleiteten Iva durch einige Stationen ihres jetzigen Lebens bis zurück zur Geburt. Einen entsetzlichen Augenblick lang glaubte sie, ersticken zu müssen; was für ein grässlicher Ort, nur raus hier ...

Im Anschluss folgte eine sehr angenehme Phase. Iva fühlte sich leicht und vollkommen geborgen, spürte Dunkelheit um sich herum. Oder war es Licht? Irgendwie schien das plötzlich ein und dasselbe zu sein. War sie eingeschlafen? Träumte sie?

Nein, da war noch immer Kylians Stimme. Er führte sie, stellte Fragen. *Wo bist du? Was siehst du? Was geschieht gerade?* Sie antwortete. Ein müheloser Dialog.

Plötzlich fand sie sich auf einer Art Tanzveranstaltung wieder, ohne dass sie hätte sagen können, wie sie dorthin gekommen war. Aber das war doch kein Ballsaal. Mehr eine ... Scheune? Die man bloß ein wenig mit billigem Zierkram aufgehübscht hatte? Sie trug ein ländliches Kostüm, der Stoff kratzte fürchterlich, doch was machte das schon ... sie fühlte sich so glücklich! Es war ein Tag, auf den sie lange gewartet hatte, auch wenn sie sich nicht mehr erinnern konnte wieso. Aber ja doch – ihr Tanzpartner! Wie hatte sie das vergessen können? Sie liebte diesen Mann. Diesen hochgewachsenen, bedenklich dürren und unglaublich tollpatschigen jungen Dichter. Sie war so stolz auf ihn!

Mit ungelenken Bewegungen steuerte er sie über die Tanzfläche. Ihr hoffnungsloser Tänzer. Schon wieder war er ihr auf die Füße getreten!

Ihr Vater würde sie umbringen, wenn er es herausfand. Dass sie Friedrich liebte. Ihn heiraten wolle. Aber sie würde ihn niemals verlassen, komme was wolle! Sein strohblondes Haar leuchtete im Schein der Kerzenleuchter. Die Augen hatte er zusammengekniffen hinter den runden Gelehrtenbrillen, die sie so unwiderstehlich fand. Er blinzelte sie an, beugte sich ganz nah an ihr Ohr, flüsterte mit zärtlicher Stimme: Du siehst wunderschön aus, Emily."

Emily?

"Du gehst etwas weiter vor in der Zeit, bis zum nächsten wichtigen Ereignis deines Lebens", hörte Iva jemanden sagen. Was für ein unsinniger Satz. Aber die Stimme ... klang irgendwie vertraut. War das Friedrich?

Was dann geschah, wusste sie nicht mehr genau, obwohl es doch direkt vor ihr lag. Sie brauchte nur danach zu greifen. Gleich würde es ihr wieder einfallen.

Wieder diese Stimme. Diesmal zählte sie: "drei ... vier ... fünf. Du bist wieder zurück in der Gegenwart, in Arkadia, bequem in deinem Körper, der sicher auf dem Sofa ruht.

Wenn du möchtest, öffnest du jetzt die Augen."

Kylian! Er war kreidebleich. Iva konnte gerade noch sehen, wie er sich mit dem Handrücken über die Augen fuhr, bevor er den Kopf abwandte.

Sie brauchte einen Augenblick, um alles richtig einzuordnen. Sich zu orientieren. Was war geschehen? Wo war sie?

Natürlich – die Rückführung! Kylian hatte sie hypnotisiert. Der Mann, den sie gesehen hatte ... sein Name war Friedrich gewesen. Friedrich Dorrfels. Und er hatte sie Emily genannt!

Iva fuhr von der Liege hoch. "Unmöglich!"

Sie starrte Kylian an. "Was hast du getan? Mir diese Geschichte suggeriert? Mir eingeredet, ich sei ... Emily!?"

Er schüttelte den Kopf, wie in Zeitlupe. Fuhr sich mit beiden Händen durchs Haar. Räusperte sich rau, sagte aber nichts.

Sie beugte sich vor, hatte plötzlich das Bedürfnis, seinen Arm zu berühren. Ihr Zorn war verflogen, so plötzlich wie er über sie gekommen war. Was war mit Kylian los? Er sah drein, als hätte er ein Gespenst gesehen. Oder schlimmer noch: Satan höchstpersönlich.

Sie strich sanft über seinen Arm, blickte ihn besorgt an. In diesem Augenblick klopfte es an der Tür. Der Besucher wartete nicht ab, bis man ihn hereinbat, sondern stürmte durch die Tür, stand plötzlich mitten im Zimmer.

Michael. Er kam jäh zum Stehen. Blinzelte, als könne er nicht begreifen, was er da vor sich sah.

Iva zog rasch ihre Hand zurück. Sie fühlte sich ertappt. Und gleich darauf verärgert über sich selbst, weil sie sich ertappt fühlte. Es war ja nicht so, dass sie Michael noch eheliche Treue schuldete! Abgesehen davon, dass ihre Geste gegenüber Kylian, ihre Berührung, wenn auch zärtlich, so doch nicht erotischer Natur gewesen war. Kylians plötzlicher Stimmungsumschwung, der Schock, der aus seinen

Augen sprach, hatte sie bloß angesteckt. Sie ebenfalls in Aufruhr versetzt.

Michael fasste sich als Erster. "Gott sei Dank, Iva", brachte er hervor. "Ich habe dich überall gesucht, ich dachte schon, dir könnte auch etwas zugestoßen sein!"

Iva erhob sich vom Sofa. Kylian jedoch blieb regungslos auf seinem Stuhl sitzen, den er am Beginn der Hypnosesitzung nahe ans Sofa herangezogen hatte.

Warum wirkte Michael so aufgeregt? So verstört? Erst Kylian und jetzt auch noch er? Aber das konnte doch unmöglich den gleichen Grund haben.

Michael war ins Haus gestürmt, als müsse es jeden Moment einstürzen. Erst jetzt sickerten seine Worte in Ivas Bewusstsein: "*auch* etwas zugestoßen".

Doch Michael lieferte bereits selbst die Erklärung: "Josef ist verschwunden", sagte er tonlos. "Und Robert hatte wieder Blut –"

Er unterbrach sich jäh, schien sich zu besinnen, dass sie nicht allein im Raum waren. Ohne weitere Erklärungen ließ er sich aufs Sofa fallen und atmete tief durch.

"Hanna stand heute Morgen vor meiner Tür", fand er seine Stimme wieder. "Josef – ihr Lebensgefährte, unser Stringphysiker ... er ist in der Nacht nicht vom Labor nach Hause gekommen. Und als sie kurz nach Sonnenaufgang dort nach ihm sehen wollte, war alles dunkel. Keine Spur von Josef. Ich habe ein paar verfügbare Leute vom Personal zusammengetrommelt; sie suchen schon seit Stunden nach ihm. Ich dachte, dass du das wissen solltest", fügte er in plötzlich viel neutralerem Tonfall hinzu. Sein Blick wanderte zu Kylian.

Was ging in seinem Kopf vor?, fragte sich Iva. Dachte er ernsthaft, dass da etwas lief, zwischen ihr und dem jungen Kanadier?

"Als ich dich zu Hause nicht angetroffen habe, wollte ich

Kylian fragen, ob er dich hatte weggehen sehen", fuhr Michael fort. "Ich begann schon, mir Sorgen zu machen, dass du womöglich auch verschwunden sein könntest. Dass dir etwas zugestoßen ist." Er räusperte sich. "Aber es ist ja alles in Ordnung. Falscher Alarm, wie ich sehe."

Erneut wanderte sein Blick über Kylians Gesicht. Dann über seine Arme und Hände. Seinen ganzen Körper.

32

Josef fand man am späten Nachmittag. Seine Leiche lag am Fuß der Geröllhalde, die unmittelbar hinter Marks ehemaliger Hütte zum Meer hin abfiel. Seine Arme und Beine erinnerten an die zerbrochenen Gliedmaßen einer Porzellanpuppe. Seine Schädeldecke war zertrümmert, das Rückgrat gebrochen. Samuel, der für ein ärztliches Attest hinzugerufen wurde, hatte keine Schwierigkeit, die Todesursache festzustellen: Sturz aus großer Höhe.

Doch ob Josef tatsächlich gestürzt war, gestoßen wurde, oder selbst sprang, ließ sich daraus natürlich nicht ableiten. Zeichen eines Kampfes waren auch diesmal nicht zu erkennen, weder an seinem Körper noch auf dem versengten Plateau, wo er sich vor seinem Todessturz – aus welchen Gründen auch immer – aufgehalten haben musste.

Aufgrund der schon fortgeschrittenen Totenstarre legte Samuel den Todeszeitpunkt auf den Abend des Vortages fest, irgendwann zwischen 20 Uhr und Mitternacht. Genauer ließe es sich nach der bereits verstrichenen Zeit und mit den auf der Insel zur Verfügung stehenden Methoden nicht bestimmen, erklärte er Iva.

Samuel war es auch, der Michael ganz unverhohlen nach Roberts Aufenthalt in der letzten Nacht befragte.

"Er hat seinen Bungalow nicht verlassen", sagte Michael knapp. Erst als Samuel sich verabschiedet hatte, und Iva allein mit ihrem Noch-Ehemann zurückblieb, stellte sie diese Aussage in Frage. "Heute Morgen, bei ... bei Kylian, wolltest du da nicht sagen, Robert hätte wieder Blut –"

"– an seinen Händen gehabt. Ja. Das ist allerdings nicht mehr als eine Vermutung. Ich war bei ihm, gleich nachdem Hanna mich aufgesucht und ich die Suche nach Josef organisiert hatte. Um mich zu überzeugen, dass er im Haus war. Robert hatte seine Hände bandagiert, beide Hände – er wollte sie mir aber um keinen Preis zeigen."

"Dann hat er Josef umgebracht! Und bestimmt auch Mark und Nicolas. Wie soll er sich denn blutige Hände geholt haben, wenn er sein Haus angeblich nicht verlassen hat? Samuel hatte die ganze Zeit über recht mit seinem Verdacht!"

"Ganz so einfach ist es nicht", sagte Michael.

"Wie bitte?"

"Robert hat sein Haus nicht verlassen, ganz bestimmt nicht. Nicht heute Nacht und auch nicht davor oder danach."

Iva starrte ihn verständnislos an. Eine düstere Ahnung schlich sich in ihren Kopf. Es konnte doch nicht sein. Michael würde doch nicht ...

"Du willst doch nicht behaupten, dass Igors *Dinger* nicht angeschlagen haben, und dass du deswegen von Roberts Unschuld überzeugt bist?"

"Doch Iva, genau das. Die Elementale haben nicht reagiert, also kann Robert sein Haus nicht verlassen haben. Ich habe mit Igor noch einmal darüber gesprochen."

Iva konnte nicht glauben, dass Michael sich von diesem faulen Zauber beeindrucken ließ. Von diesem metaphysischen Wachtrupp, diesen Elementalen. Sein Vertrauen in den Magier grenzte an Verblendung. Genau wie seine Überzeugung von Roberts Unschuld.

Sie war schon drauf und dran gewesen, Michael von dem nächtlichen Attentat auf ihr Leben zu berichten. Doch jetzt überlegte sie es sich anders. Sie wusste nicht, wem sie noch vertrauen konnte. Wie es aussah, keiner Menschenseele mehr auf dieser gottverdammten Insel. Diesem Paradies für Erleuchtete, in dem Menschen wie am Fließband abgeschlachtet wurden. Drei Tote waren es nun. Wenn Kylian ihr in der Nacht nicht zur Hilfe gekommen wäre, vermutlich sogar vier.

Es war sinnlos, zu diesem Zeitpunkt weiter mit Michael zu diskutieren. Josef war tot, das war die Tatsache. Iva hatte sich über die Ängste des Stringphysikers lustig gemacht, über seine Paralleldimensionen, die energetischen Dämonen, die ihm angeblich nach dem Leben getrachtet hatten. Er mochte die falschen Feinde gefürchtet haben, aber die Todesangst – die hatte er zu Recht verspürt!

Der Rest des Tages verstrich wie in einem dunklen Traum. Immer wieder musste Iva an die Ermordeten denken – und an die seltsame Rückführung, die Kylian mit ihr gemacht hatte. War sie von ihm manipuliert worden? Oder hatte ihre eigene Fantasie sich die Geschichte, die sie da erlebt hatte, zusammengereimt, bloß weil Kylian so oft – und so sehnsuchtsvoll – von seiner Emily gesprochen hatte?

Michael verwehrte ihr den Zugang zu Robert, mit dem sie dringend über Josef Lauingens Tod sprechen wollte. Er wollte dem Jungen Zeit geben, sich ihm von selbst anzuvertrauen. War das zu fassen?

Und dann, gewissermaßen als Krönung seines Starrsinns, fand sie am nächsten Vormittag, nach dem Frühstück, einen gefalteten weißen Zettel an vertrauter Stelle im Vorzimmer. Auf der Nachrichtenkommode. Neutrales Computerpapier, Maschinenschrift.

Robert ist unschuldig.

Kein weiterer Kommentar und natürlich keine Unterschrift. Aber Iva wusste trotzdem, wer die Botschaft geschrieben hatte. Sie schnappte sich den Zettel und machte sich auf den Weg zu Michaels Bungalow.

Er hatte kaum die Türe geöffnet, da hatte sie ihm das Schriftstück schon unter die Nase gerieben. "Was soll das, Michael? Hast du so etwas wirklich nötig?"

Er sah sie entgeistert an, überflog rasch den Zettel – und wollte ihr wohl vormachen, er lese die Botschaft zum ersten Mal.

"Wo hast du das her?", fragte er.

"Tu nicht so ahnungslos. Du selbst hast es doch auf meiner Kommode platziert!"

"Ich? Ganz bestimmt nicht, Iva."

"Wer außer dir ist dermaßen von Roberts Unschuld überzeugt?"

"Ich habe keine Ahnung. Der Mörder vielleicht? Würdest du dich bitte beruhigen."

Sie dachte nicht daran. "Oh, sicher. Der Mörder! Der hat bestimmt ein lebhaftes Interesse daran, einen Unschuldigen zu entlasten, nicht wahr? Damit man sich endlich wieder auf ihn konzentriert? Wenn er so bescheuert wäre, glaubst du nicht, dass ich ihn schon geschnappt hätte?"

Michael erwiderte nichts. Sie zwang sich, tief durchzuatmen. Warum war sie eigentlich so wütend? Weil Robert ihr einziger ernsthafter Verdächtiger war? Weil Michael meinte, ihn dermaßen beschützen zu müssen – sogar vor ihr?

"Außerdem würde der Mörder sich wohl kaum in meinem Bungalow erwischen lassen wollen, während er gerade diesen Zettel hier platziert", fügte sie in versöhnlicherem Tonfall hinzu. "Du hingegen kannst jederzeit unauffällig bei mir ein- und ausspazieren, ohne dass es auffallen würde. Los, gib es schon zu!"

"Ich habe diese Nachricht nicht geschrieben, Iva. Würdest du mir das bitte glauben?"

"Glauben, glauben! Was ich schon alles glauben soll, auf dieser verfluchten Insel. Vielleicht solltest du eine Sekte gründen, dann könnten alle an dich glauben! Du würdest einen exzellenten Messias abgeben."

Diese Worte trafen, das konnte sie noch sehen, ehe sie Michael einfach stehen ließ und über den Steg zurück zum Strand stürmte. Noch nicht in ihrem eigenen Bungalow angekommen, tat es ihr schon ein wenig leid, ihr aufbrausendes Verhalten. Vielleicht war sie doch etwas zu grob gewesen.

Als sie Michael zu Mittag im Restaurant wiedertraf, schien er ihr jedoch bereits verziehen zu haben. Er grüßte sie liebenswürdig und empfahl ihr, die Lachssteaks mit Pfefferkruste zu probieren, als wäre nie etwas vorgefallen zwischen ihnen.

33

Nach dem Mittagessen beschloss Iva, sich noch einmal oben auf dem Plateau umzusehen, wo Marks Hütte gestanden hatte. Josef war die Geröllhalde hinuntergestürzt, die direkt dahinter zum Meer hin abfiel. Er war also fast an der gleichen Stelle wie Mark gestorben – aufgrund eines Zufalls, oder spielte der Tatort eine Rolle?

Sie lief den Strand entlang und schlug den Dschungelpfad ein, der sie hinauf zu dem Plateau führen würde – ohne links oder rechts zu blicken.

Kurz bevor sie Vivians Haus passierte, fiel ihr ein, dass sie ihrer Hexenfreundin auch noch einige Fragen zu stellen hatte. Was die Beziehung zwischen Mark und Robert betraf. Michael mochte diese Verbindung nicht ernst nehmen, aber er war eindeutig befangen, was Robert anbelangte.

Vivian war nicht zu Hause. Also zunächst einmal hinauf zu jenem Tatort, an dem Mark und Josef ums Leben gekommen waren. Sie konnte ja am Rückweg noch einmal ihr Glück bei der Hexe versuchen.

Innerhalb von vielleicht zehn Minuten hatte Iva ihr Ziel erreicht. Sie hielt kurz bei dem verbrannten Flecken Erde an, wo einst Marks Hütte stand, und schielte über die Felsen hinunter auf den Steilhang, der Josef das Leben gekostet hatte. Der Abgrund wirkte noch ungleich bedrohlicher als bei ihrem ersten Besuch. An einigen Stellen schien er geradezu vertikal in die Tiefe zu stürzen; dazwischen lauerten wuchtige Geröllblöcke und heimtückische Felsspitzen. Was mochte Josef nur hier heraufgeführt haben, nach Einbruch der Dunkelheit – wo er doch bereits um seine Sicherheit fürchtete?

Sie wandte sich ab und folgte dem schmalen Steinpfad, der zwischen den großen Felsen verlief, bis zu seinem Ende. Vielleicht fünfzig Meter nach der ersten Wegbiegung entdeckte sie zu ihrer Rechten ein schwarzes Loch im Fels. Das musste die Höhle sein, die Vivian erwähnt hatte. *Nicht an das unterirdische Wegenetz angeschlossen*, hatte die Hexe ihr versichert. Iva wagte sich ein paar Schritte in die kühle Dunkelheit hinein, um sich selbst zu überzeugen.

Kein erkennbarer Pfad, keine Wandbeleuchtung, nur einige Steinblöcke, die in die Tiefe führten. Ihr schwindelte. Vivian hatte zweifellos recht.

Als Iva auf dem Rückweg wieder das Hexenhaus erreichte, war Vivian gerade damit beschäftigt, Hafer oder irgendein ähnliches Getreide in die Futtertröge der Pferde zu füllen, auf der Lichtung hinter ihrem Haus.

"Wie schön dich zu sehen, Schätzchen!", wurde Iva begrüßt. "Kann ich etwas für dich tun?"

"Ich wollte dich was fragen, Vivian", kam sie ohne Umschweife auf den Punkt. "Wegen Mark."

"Ja?"

Wie die Sache formulieren, ohne Vivians Gefühle zu verletzen?

"Ist dir vielleicht aufgefallen, dass Robert ihn in letzter Zeit öfters besucht hätte, besonders spätabends oder nachts?"

"Wie kommst du denn darauf?", sagte Vivian. Sie leerte noch etwas Hafer nach.

In der Zwischenzeit waren drei weiße Pferde bei den Trögen eingetroffen. Iva dachte, Niam unter ihnen zu erkennen. Er fraß genauso ungestüm, wie er zu begrüßen pflegte. Seine Kiefer schlugen sich in das Futter, als habe er es satt, ein Pflanzenfresser zu sein. Körner spritzten nach allen

Seiten. Irgendwie mochte Iva den Racker.

"Ich kann mich nicht erinnern, Robert überhaupt je in diesem Teil des Waldes gesehen zu haben", sagte Vivian. "Doch, warte! Einmal habe ich ihn beim Kräuterschneiden getroffen. Das war tatsächlich abends. Ist aber schon ein paar Monate her, und ich denke nicht, dass er bei der Gelegenheit auf dem Weg zu Mark war."

"Ich habe mich nur gefragt, wie gut die beiden sich kannten?"

"Mark und Robert? Kaum, wenn du mich fragst. Aber –" Sie sah Iva prüfend an. "Du glaubst doch nicht, dass Robert etwas mit Marks Tod zu tun haben könnte, oder? Hast du etwas herausgefunden?"

Und als Iva nicht gleich antwortete: "Los sag schon! Was ist es?"

"Das weiß ich noch nicht so genau", wich Iva aus, so gut sie konnte. Sie wandte sich den Pferden zu, als wäre die Entdeckung, von der sie Vivian berichten könnte, nicht halb so interessant, wie diesen Geschöpfen bei der Nahrungsaufnahme zuzusehen. Vivian schien das zu akzeptieren.

So entstand eine längere Stille zwischen ihnen, nur durch die nie verstummenden Geräusche des Waldes und das Mahlen der Pferdekiefer unterbrochen.

Schließlich sagte Iva: "Vivian, da ist noch etwas, worüber ich mit dir reden wollte. Eine persönliche Angelegenheit."

Sie berichtete der Hexe von ihrer Rückführung, bei der sie sich plötzlich für Emily gehalten hatte. Sie gab ein paar Eckdaten von Kylians angeblichem Vorleben wieder; nur so viel, dass Vivian verstehen konnte, wovon sie überhaupt sprach. Schließlich wollte Kylian bestimmt nicht, dass die ganze Insel von seiner tragischen Lovestory erfuhr – oder was er dafür hielt.

Außerdem schilderte sie der Hexe das seltsame Ende der

Sitzung. Dass ihre vermeintlichen Erinnerungen an Emily so jäh geendet hatten, und sie sich nicht das geringste Detail davon ins Gedächtnis zurückrufen konnte. Obwohl ihr ausgerechnet dieser Teil der Sitzung intuitiv irgendwie wichtig erschien. Und sie erwähnte auch Kylians zu Tode erschrockenen Gesichtsausdruck, nachdem die Rückführung abgeschlossen war.

"Ist so etwas normal?", fragte Iva. "Hast du selbst schon einmal eine Rückführung gemacht? Denkst du, man sieht da wirklich etwas, das man einmal selbst erlebt hat? In einem früheren Leben ..." Alles in ihr sträubte sich gegen diese Vorstellung.

Vivian zog die Stirn in Falten. "Ich fürchte, ich kann dir da nicht weiterhelfen. Ich weiß nur sehr wenig über Kylians Arbeit – oder über frühere Leben im Allgemeinen. Obwohl es mich nicht überraschen würde, wenn wir wiedergeboren werden. Alles in der Natur ist doch ein Kreislauf, nicht wahr?"

"Dann hast du selbst noch keine Rückführung gemacht?"

Vivian schüttelte den Kopf. "Nein, aber was Kylians eigenartiges Verhalten anbelangt – dass er nach der Sitzung so verstört wirkte, wie du sagst – so was dürfte wohl häufiger vorkommen. Warum, weiß ich nicht, das fragst du am besten ihn selbst. Aber ich kann mich erinnern, dass Mark nach seiner Sitzung auch ein paar Tage ziemlich seltsam drauf war", sagte Vivian.

Sie strich einem ihrer weißen Pferde über die Mähne. "Wenn du mich fragst, hat es schon seinen Grund, dass man sich im Alltagsbewusstsein nicht an seine Vorleben erinnern kann. Manche Dinge bleiben besser im Verborgenen. Wenn man so plötzlich darin herumwühlt, in all dem Zeug, das man verdrängt hat –"

Sie schüttelte den Kopf. "Obwohl Kylian ja der Hypnotiseur ist, nicht der Klient. Keine Ahnung, warum *er* verstört sein könnte."

"Mark hat sich auch rückführen lassen?", fragte Iva nach. "Davon hat Kylian gar nichts erwähnt. Ich hatte eigentlich den Eindruck, dass sich die beiden nicht gut kannten?"

"Sie waren auch nicht befreundet oder so. Aber natürlich weiß jeder Arkadier um die Fachgebiete seiner Mitbewohner auf der Insel. Also auch, dass Kylian sich mit Reinkarnation beschäftigt. Und Mark wollte unbedingt herausfinden, wie in früheren Leben sein Verhältnis zu Gott ausgesehen hatte. Also wandte er sich an Kylian, ob der ihm dabei helfen könne."

"Und was kam bei dieser Rückführung heraus?"

"Keine Ahnung. Hat er mir nicht erzählt. Er hatte insgesamt nur zwei oder drei Sitzungen, dann hat er nicht mehr darüber gesprochen – und ich hab' auch nicht mehr daran gedacht, ihn zu fragen. Ich nahm an, dass er das Interesse verloren hätte. Aber Kylian wird dir darüber sicher mehr erzählen können."

Da Kylian zum Abendessen nicht im Restaurant erschien, klopfte Iva auf dem Heimweg zu ihrem Bungalow bei ihm an.

Er öffnete ihr, doch schien wenig erfreut, sie zu sehen. Kein Anflug jenes Lächelns, mit dem er sie zuvor immer begrüßt hatte, huschte über seine Lippen.

"Ich wollte mit dir über Marks Rückführung reden", begann sie. Woraufhin er sie immerhin ins Haus ließ.

"Was möchtest du wissen?", sagte er kurzangebunden, kaum dass sie auf seinem Sofa Platz genommen hatten.

Iva war drauf und dran, ihn über ihre eigene Sitzung zu löchern. Warum konnte sie sich an das Ende nicht erinnern? Was hatte er erlebt, das ihn so schockiert hatte dreinblicken lassen? Warum war er plötzlich so abweisend?

Doch eben jenes unnahbare Verhalten sagte ihr, dass sie keine Antworten auf diese Fragen bekommen würde. Also konzentrierte sie sich auf ihre Ermittlungsarbeit.

"Kannst du mir von den Sitzungen, die du mit Mark gemacht hast, erzählen?", bat sie ihn. "Hat er dabei irgendetwas erwähnt, das auf Feinde hindeuten könnte? Ich meine, in seinem jetzigen Leben?" Sie wusste ja nun aus eigener Erfahrung, dass man sich in Kylians Sitzungen nicht nur an vermeintliche frühere Inkarnationen erinnerte, sondern auch an Geschehnisse des jetzigen Erdenlebens.

"Wäre doch möglich, dass es da irgendein ... Ereignis gab, in Marks Vergangenheit?", sagte sie. "Vielleicht ist etwas vorgefallen zwischen ihm und seinem Mörder, und der Brandanschlag war die Vergeltung? Ein Racheakt?"

Kylian schien nicht sehr beeindruckt von diesem Ermittlungsansatz. "Nicht, dass ich wüsste", sagte er mit einem Schulterzucken. "Ich fürchte, da war nichts Außergewöhnliches, nur ein paar belanglose Erlebnisse aus Marks Jugendzeit. Es kamen keine Erinnerungen an ein Vorleben hoch. Das passiert manchmal. Oft braucht es mehrere Sitzungen, bis man den Wärter des eigenen Unterbewusstseins überreden kann, den Weg frei zu geben. Aber Mark hat schon nach ein oder zwei Treffen das Interesse verloren."

"Und wann haben diese Sitzungen stattgefunden?"

"Ist schon etwas länger her. Anfang September, denke ich."

"Du führst doch sicher Aufzeichnungen über die Rückführungen, oder?"

"Natürlich."

"Darf ich sie sehen?" Sie konnte ja nicht erwarten, dass Kylian sich auswendig an jede Einzelheit erinnerte.

Er führte sie zu einem Büroschrank in seiner Bibliothek, der fein säuberlich beschriftete Hängeregister enthielt. Sie waren alphabetisch nach Familiennamen geordnet, soweit Iva sehen konnte.

Kylian ging in die Knie, seine Finger wanderten zielstrebig über die Plastikreiter. Der Ordner mit dem Titel *Van Leyen, Mark* hing dort, wo er hängen sollte. Kylian hob ihn aus der Halterung, doch als er ihn öffnete, fand sich – nichts. Der Ordner war vollkommen leer.

Kylian durchsuchte mit raschen Handbewegungen die nächsten paar Mappen, vor und hinter Marks Namen. In jeder von ihnen steckten ein oder mehrere handschriftliche Notizblätter, doch keines davon war am falschen Platz.

Kylian blickte Iva verwundert an. "Ich habe die Unterlagen ganz bestimmt nicht verlegt", sagte er tonlos. "Ich bin zwar nicht der allerpenibelste Archivar – aber ich habe noch nie ein Sitzungsprotokoll verloren!"

"Dann wurde es wohl gestohlen", sagte Iva. Was in Arkadia, wo man Schlösser für einen entbehrlichen Luxus hielt, keine allzu großen Schwierigkeiten bereitet haben dürfte.

Doch wozu ein Rückführungsprotokoll stehlen? So eine Tat ergab nur für eine einzige Person Sinn: den Mörder. Hatte er gefürchtet, Mark könne bei der Sitzung doch etwas verraten haben, nur ein winziges Detail vielleicht, das auf das Mordmotiv des Täters hinweisen mochte? Etwas, das scheinbar so unbedeutend war, dass Kylian ihm keine Bedeutung beigemessen und es nach der Sitzung vergessen hatte?

"Hat Nicolas sich auch rückführen lassen?", fragte Iva, einer spontanen Eingebung folgend.

Kylian verneinte.

"Und Josef vielleicht?"

"Nein, tut mir leid."

Eine Sackgasse. Es wäre auch zu schön gewesen.

Sie suchte Kylians Blick. "Könnte ich mein eigenes Rückführungsprotokoll sehen?", fragte sie. Vielleicht waren darin die Antworten auf ihre Fragen zu finden? Oder wenigstens ein Hinweis?

Kylian runzelte die Stirn. Ein Echo jenes verstörten Ausdrucks, den Iva nach der Sitzung bemerkt hatte, kehrte in seine Augen zurück.

"Es gibt kein Protokoll von deiner Sitzung", sagte er tonlos. "Deine Rückführung ... das war keine professionelle Angelegenheit."

Er hob den Kopf und sah ihr unvermittelt in die Augen. Sein Blick war intensiv, fast durchbohrend. "Es ist *unser Leben*, Iva, das du gesehen hast. Ist dir das nicht klar? Du bist nicht einfach irgendein weiterer Name in meinem Archiv. Aber ich werde mich immer an jedes einzelne deiner Worte erinnern, auch ohne Protokoll."

Und sie? Wie sollte sie sich erinnern? Sie überwand endlich ihre Scheu und bohrte nach. Was war am Ende ihrer Sitzung geschehen? Und warum hatte Kylian so verstört reagiert?

Er schüttelte den Kopf. "Ich weiß nicht, was du meinst. Du warst bei dieser Tanzveranstaltung – mit mir. Also mit Friedrich. Das war alles, was du berichtet hast. Ein ausgezeichneter Erfolg für eine erste Sitzung! Wie ich schon sagte: Manche Menschen brauchen Wochen oder Monate, bis sie sich erstmalig an ein früheres Leben erinnern können."

"Dann denkst du also ernsthaft, dass du Emily in mir wiedergefunden hast?", fragte Iva.

Er nickte langsam.

Wenn dem so wäre, solltest du dich darüber nicht freuen? War Emily nicht angeblich deine ganz große Liebe? Oder bist du bloß enttäuscht, sie ausgerechnet in mir wiederzufinden?

Iva sprach die Gedanken nicht aus.

Als sie kurz darauf zu Bett ging, wurde sie von einem seltsamen Traum verfolgt.

Unfassbar, was sich da direkt vor ihren Augen abspielte. Rebecca warf sich Michael an den Hals. Stürmisch, hemmungslos, leidenschaftlich. Hatte diese Frau überhaupt keinen Anstand? Gierig wanderten ihre Hände über seinen Körper – seinen schon halb entblößten Körper. Und er? Ließ es einfach geschehen. Wehrte sich nicht. Stieß sie nicht von sich. Schleuderte der Verführerin nicht entgegen, dass sein Herz für immer einer anderen gehörte.

Wie konnte er Iva das nur antun? Und: Was tat sie eigentlich hier? Wie war sie in das Zimmer der beiden Ruchlosen gekommen? Und wo befanden sich die beiden? In einem Hotel?

Es musste eines dieser nostalgischen Palasthotels sein, die den Glanz längst vergangener Epochen perfekt nachzubilden trachteten. Das komplette Inventar bestand aus Stücken der Biedermeierzeit, bestimmt alles Originalantiquitäten. Selbst die Bilder an den Wänden. Keine billigen Reproduktionen, sondern echte Ölgemälde: idyllische Landschaften mit strammen Schäfern und rotbackigen Bauernmädchen, Familienszenen voll beschaulicher Gemütlichkeit, eine altmeisterliche Madonna mit blauem Schleier und Jesuskind auf den Knien. Sogar einen antiquierten Waschkrug samt Schüssel hatte man auf der Kommode arrangiert. Was für eine Liebe zum Detail.

Das Bett mit seinen üppig vergoldeten Schnitzereien, auf das die verhasste Rivalin Michael jetzt zerrte, war bestimmt auch ein Original; kein Mensch schlief heutzutage mehr auf so hohen Matratzen. Rebecca konnte sich problemlos rücklings fallen lassen, in die Pose der sich hingebenden Eroberten – obwohl sie nicht eben beweglich aussah.

Etwas stimmte hier nicht. Rebecca war doch nicht so alt – und abgesehen von ihren Brüsten auch ganz bestimmt nicht so füllig.

Und so … hässlich? Ihr Miederkleid quetschte ein teigiges Dekolleté hervor, und das Kinn darüber hätte auch eine Fettabsaugung vertragen. Auf den Fotos war die Verachtenswerte doch schlank und hübsch gewesen?

Wie war Iva eigentlich auf die Idee gekommen, dass es sich bei der Frau, die ihrem Michael jetzt mit goldberingten Wurstfingern die Hose öffnete, um Rebecca handelte? Und dabei gurgelte, als müsse sie im süßen Nektar seiner Liebe ertrinken.

Jetzt wo sie darüber nachdachte: Der Mann sah eigentlich auch nicht wie Michael aus. Warum fiel ihr das erst jetzt auf? Er ließ sich gerade eine Gelehrtenbrille von der Nase ziehen, die sie bei Michael nie zuvor gesehen hatte. Doch woanders schon …

Bei wem nur? Es wollte ihr nicht einfallen. Lüstern fuhr ihm die dralle Dame, bei der es sich bestimmt nicht um Rebecca handelte, durchs strohblonde Haar. Er war noch ein Jüngling, wirkte hilflos neben der wolllüstigen Alten. Wer war er … sie kannte ihn doch, warum wollte ihr sein Name nicht einfallen? Wo sie doch so heftige Eifersucht seinetwegen empfand!

Er schien das alles nicht besonders zu genießen, immerhin, doch als die liebeshungrige Matrone schließlich seine Hände an ihr Mieder führte, begann er doch brav, es aufzuschnüren. Wer trug denn heute um Himmels Willen noch ein Schnürmieder?

Natürlich – jetzt war ihr alles klar!

Iva fuhr auf, stieß sich den Kopf an. Der Bettpfosten, verdammt. Es war heiß im Zimmer … ein Bungalow in den Tropen, moderne Einrichtung … Arkadia!

Sie rieb sich die Augen, blinzelte in die Dunkelheit. Ein Traum, nur ein dummer Traum! Nichts weiter. Aber jetzt hatte sie vergessen, was ihr zum Schluss plötzlich klar geworden war.

Sie sprang aus dem Bett, knipste das Licht an und eilte zur Tür. Vor dem Schlafengehen hatte sie einen Stuhl unter die Türklinke geklemmt. Für den Fall, dass der nächtliche Angreifer einen weiteren Anschlag auf ihr Leben plante. Wenn sich die Tür schon nicht abschließen ließ, so wollte sie wenigstens gewarnt sein, falls sich jemand ins Haus schlich. Außerdem hatte sie im Restaurant ein scharfes Fleischmesser "ausgeliehen", das jetzt griffbereit auf ihrem Nachttisch lag.

Der Stuhl war an Ort und Stelle. Alles in Ordnung. Hatte Kylians beherztes Eingreifen beim letzten Angriff den Mörder fürs Erste eingeschüchtert? Sodass er kein weiteres Attentat auf Iva wagen würde? Sie hoffte es inständig. Sie wollte das Messer wirklich nicht benutzen müssen.

34

Beim Frühstück traf sie auf Michael, der mit Samuel an einem Tisch saß. Mit einer linkischen Handbewegung bedeutete er ihr, sich doch zu ihnen zu gesellen.

Iva entsann sich, dass sie Samuel schon die längste Zeit etwas hatte zeigen wollen: das Familienfoto von Nicolas, das sie in der Wäscheschublade des Ermordeten gefunden hatte. Die Eltern mit zwei Söhnen – wo Nicolas doch angeblich ein Einzelkind gewesen war?

Sie kramte in ihrer Handtasche, glättete rasch ein Eselsohr, dann schob sie Samuel das Foto vor den Teller.

Er war gerade im Begriff gewesen, sich über eine Portion Rührei herzumachen. Jetzt jedoch legte er das Besteck ab und nahm das Bild in beide Hände. "Wo hast du das her?", fragte er erstaunt.

Es war ihr peinlich, von der Suchaktion in Nicolas' Wäscheschrank berichten zu müssen. Sie legte die Betonung darauf, dass sie die Kleidungsstücke gesucht – und gefunden hatte, die Nicolas bei seiner abendlichen Aussprache mit Robert trug.

An Samuel gewandt sagte sie: "Zumindest können wir jetzt davon ausgehen, dass Nicolas nach diesem Treffen noch lebend in sein Haus zurückgekehrt ist und sich umgezogen hat. Was aber nicht heißen soll, dass Roberts Unschuld damit bewiesen wäre", fügte sie rasch mit einem vielsagenden Seitenblick auf Michael hinzu.

Samuel nickte. Seine Augen wanderten zurück zu der Fotografie. Er fingerte an seinem Bart herum. "Ich begreife das nicht. Nicolas war ein Einzelkind – das hat er mir immer erzählt."

Iva nickte. Wer mochte der Kleine in dem Bild sein? Ein

Brüderchen mit Down-Syndrom, das Nicolas ... unangenehm war? Für das er sich schämte? Von dessen Existenz er niemandem etwas verraten hatte?

"Hast du noch Kontakt zu Nicolas Eltern?", fragte sie Samuel.

"Nein. Sie sind beide tot. Bei einem Autounfall ums Leben gekommen, schon vor vielen Jahren. Habe ich dir das nicht erzählt?"

Michael ließ sich das Foto geben und betrachtete es eingehend.

Iva sagte: "Ich werde meiner Sekretärin eine E-Mail schreiben. Ich kenne einige sehr talentierte Leute, die für uns recherchieren können. Effizient, diskret ... noch heute Abend werden wir über Nicolas' genaue Familienverhältnisse Bescheid wissen. Vielleicht bringt uns das ja weiter."

Sie hätte nicht genau sagen können, was sie sich von diesen Nachforschungen versprach. Doch wenn in Arkadia aus irgendeinem Grund das Rückführungsprotokoll eines Toten verschwand, spielte die Vergangenheit vielleicht doch eine Rolle. Marks Vorleben war allem Anschein nach zwar wenig aufsehenerregend verlaufen – sonst hätte sich Kylian bestimmt daran erinnert, mit oder ohne Protokoll – aber das musste ja nicht notwendigerweise auch für Nicolas gelten. Sie fragte Samuel, ob Nicolas einmal eine Rückführung gemacht habe.

"Eine was? Oh, du meinst bei Kylian? Kann ich mir nicht vorstellen. Nicolas war ein Mensch, der in der Gegenwart lebte. Die Vergangenheit interessierte ihn nicht. Vorbei ist vorbei, er blickte lieber nach vorn. Er hatte noch so viel vor, der arme Junge ..." Samuel wandte den Kopf ab.

Iva nickte und stand auf. Sie verspürte keinen Hunger. Sie würde gleich die Nachforschungen zu Nicolas' Familienverhältnissen in Auftrag geben. Und danach?

Sie musste an den seltsamen Traum der letzten Nacht

denken. Der Mann, den sie da gesehen hatte, war Friedrich Dorrfels gewesen. Soviel war ihr inzwischen klar geworden. Aber die feiste Matrone?

Sie wusste viel zu wenig darüber, wie dieser ganze Hokuspokus rund um Reinkarnation, Rückführungen, Hypnose oder gar Seelenverwandtschaft funktionierte. Hatte Kylian ihr Wahnvorstellungen in den Kopf gepflanzt – ob nun willentlich oder unabsichtlich? Halluzinationen, die sie bis in ihre Träume verfolgten?

Er war einer der führenden Experten auf diesem Gebiet, doch ausgerechnet er konnte – oder wollte – ihr nicht helfen. Darüber hinaus gab es in Michaels Gelehrtenkolonie, bei aller Exzentrik, keinen weiteren Reinkarnationsforscher. Und somit keine Auskunftsquelle für Iva. Obwohl – das stimmte doch nicht!

Was tat der Mann, die Frau von Welt, die Anwältin, die auf sich hielt, wenn sie einen Experten brauchte, aber gerade keinen zur Hand hatte? Sie griff zu einem Buch! Oder mehreren. Und Bücher gab es nun wirklich reichlich in Arkadia. Iva schöpfte neue Hoffnung – und lenkte ihre Schritte in die Bibliothek.

Eram, die Bibliothekarin, schien gerade eine ihrer seltenen arbeitsfreien Minuten zu genießen. Mit einer Miene, die auf eine anregende Lektüre schließen ließ, saß sie hinter ihrem Schreibtisch, ein abgegriffenes Taschenbuch vor sich aufgeschlagen.

Bibliothekarin aus Leidenschaft, dachte Iva. Selbst zu Erholungszwecken griff Eram anscheinend noch gern auf das geschriebene Wort zurück, obwohl sie doch den ganzen Tag über Bücher schlichtete, bestellte, auspackte, katalogisierte, ja atmete.

Heute würde Iva sie nicht lange stören.

"Guten Morgen, Eram! Wo finde ich Literatur zum Thema Reinkarnation, bitte?"

"Zweites Untergeschoss, gleich beim Abgang links, Regale 2.56 und 2.57. Hast du dich auch rückführen lassen?"

"Danke – ja." Sie machte sich auf den Weg zur Treppe. Erams Finger blätterten schon die nächste Seite um.

Was hatte die Bibliothekarin da gerade gesagt? Iva eilte zurück an ihren Tisch.

"Wie kommst du darauf, dass ich eine Rückführung gemacht habe?"

Eram blickte kurz auf und zwinkerte ihr zu. "Schon vergessen? Bücher erzählen Geschichten. Nicht nur, was ihren Inhalt anbelangt, sondern auch über die Menschen, von denen sie gelesen werden. Wer gerade eine Reinkarnationstherapie macht, möchte mehr zu dem Thema wissen. Ist doch ganz natürlich, oder? Er kommt zu mir und besorgt sich ein Buch. Genau wie du jetzt. Du bist nicht die Erste."

"Wie die Männer, die Francescas Bett teilen und dann erotische Literatur bestellen?"

"Du sagst es." Eram kicherte wie ein junges Mädchen. Vermutlich war das alles, was ihr in punkto Liebesleben geboten wurde, hier auf der Insel. Festzustellen, wer gerade mit Francesca schlief und wer nicht. Michael sollte zusätzlich einen männlichen Toy-Boy – pardon, Tantra-Experten einstellen, dachte Iva schmunzelnd. Die gegenwärtige Situation benachteiligte die Frauen Arkadias!

Doch jetzt war nicht der Zeitpunkt für derlei Überlegungen. Iva wandte sich erneut der Bibliothekarin zu. "Deine Bestellliste neulich enthielt, soweit ich mich erinnere, aber keine Werke über Reinkarnation?"

"Gut beobachtet", lobte Eram. Die Lesegewohnheiten ihrer Kunden mit detektivischem Spürsinn zu analysieren, schien die geheime Leidenschaft der Bibliothekarin zu sein. Nun ja, gar nicht so geheim. Und es gefiel ihr wohl, dass Iva diese Neigung teilte. Dafür ließ Eram sich gerne bei ihrer Lektüre stören.

Sie stieß sich auf ihrem mit Rollen ausgestatteten Schreibtischsessel vom Tisch ab, in Richtung des Wandsekretärs hinter ihr, und entnahm einem der unteren Fächer zwei grüne Kartonordner.

"Unsere Erotikabteilung ist ... noch im Aufbau begriffen, könnte man sagen. Deshalb müssen wir die gewünschten Werke oft zukaufen. Zum Thema Reinkarnation hingegen verfügen wir bereits über eine umfangreiche Sammlung. Und darum findest du die Leser dieser Bücher nicht auf den Bestelllisten, sondern hier drin." Sie hielt Iva die beiden Ordner entgegen, als wären sie Szepter und Krone eines geheimen Königreichs. "Die Entleihlisten – viel Vergnügen!"

Es war Iva unangenehm, für eine Schnüfflerin gehalten zu werden, auch wenn die Bibliothekarin selbst eine war. Die sexuellen Verstrickungen der Arkadier mochten ja noch ganz interessant sein, aber wen konnte es schon ernsthaft interessieren, wer sich rückführen ließ? Nun, genau sie, das ließ sich nicht leugnen – doch nur weil das Thema Reinkarnation in ihrem Privatleben plötzlich eine so gewichtige Rolle spielte. Und weil das Rückführungsprotokoll eines Toten verschwunden war.

Marks Name fand sich kein einziges Mal in den beiden Ordnern, die die Entleihungen des gesamten laufenden Jahres dokumentierten. Nicht in Zusammenhang mit einem Buch über Reinkarnation, aber auch mit keinem sonstigen Werk. Der Kauf des Titels über Hexenprozesse, den Iva vor ein paar Tagen auf der Liste mit den Bestellungen gefunden hatte, war wohl im heurigen Jahr sein einziger Kontakt zur Bibliothek gewesen. Nicht sehr ergiebig für die arme Eram.

Sie suchte weiter, nach Nicolas' und Josefs Namen – und fand beide. Nicolas hatte Anfang September ein Werk von

Rüdiger Thorwald entliehen. Das war doch einer jener Männer gewesen, bei denen Kylian studiert hatte? *Die Ewige Wiederkehr* hieß das Buch. Zweifellos ging es dabei um Wiedergeburt – und Nicolas hatte es vor seinem Tod nicht mehr zurückbringen können, denn die Spalte *Datum retour* enthielt keinen Eintrag.

Josef war im Oktober mit einem Buch vermerkt, das den Titel *Karma und Schicksal* trug – eindeutig auch dem Themengebiet Reinkarnation zuzuordnen. Retourniert hatte er es Anfang November.

Und was sagte ihr das jetzt? Iva verfiel ins Grübeln. Mark, von dessen Rückführung sie wusste, hatte kein Buch zu dieser Erfahrung konsultiert; die beiden anderen Mordopfer hingegen schon. Obwohl sie laut Kylian keine Reinkarnationssitzungen absolviert hatten. Das ergab nicht gerade viel Sinn.

Sie brachte Eram die Ordner zurück und suchte die Regale 2.56 und 2.57 im zweiten Untergeschoß auf – schließlich war sie gekommen, um Licht in ihre eigene Rückführung zu bringen.

Die Literaturauswahl war schier überwältigend. Doch als sie sich viele Stunden später den schmerzenden Nacken massierte und das bestimmt zwanzigste Buch zuklappte, das sie auf der Suche nach einer möglichen Erklärung, nach dem allerkleinsten Hinweis, durchgeblättert hatte, war sie der Aufklärung ihrer Erlebnisse – oder von Kylians merkwürdigem Verhalten – keinen Schritt näher gekommen.

Als sie die Bibliothek verließ, machte sie sich auf den direkten Weg ins Restaurant. Dort war bereits das Abendessen im Gange. Wo war nur die ganze Zeit geblieben? Inzwischen verspürte Iva einen Bärenhunger.

Sie setzte sich allein an einen Tisch und verschlang ein

köstliches Steak mit Prinzessbohnen. Ihre Gedanken kreisten um die stets gleichen Themen. Drei tote Arkadier. Der Angriff auf ihr Leben. Ihre Rückführung. Kylian. Michael. Friedrich Dorrfels und seine Emily.

In dieser Nacht wurde sie von einer neuen Halluzination heimgesucht. Oder war es wieder nur ein Traum?

Es fühlte sich so real an, gar nicht wie ein Hirngespinst. Realer als alles, was ihr tagsüber in ihrem Leben je widerfahren war.

Sie stand in einer ärmlichen Stube, in einem ärmlichen Haus, von dem sie aus irgendeinem Grund wusste, dass es ihr Elternhaus war. Sie war allein – und litt Todesangst. Sie bekam kaum Luft, ihr Herz schlug wie verrückt. Sie war gerannt. Das wusste sie noch. Jetzt riss sie sich das Gewand vom Leib, ein einfaches Kleid aus einem kratzenden grauen Stoff. Doch die Farbe des Kleides spielte keine Rolle. Es war tiefrot! Rot vor Blut! Auch an ihren Händen klebte Blut. War sie verletzt? Angegriffen worden?

Was nur war ihr zugestoßen? Etwas Schreckliches war geschehen. Etwas, das mit Friedrich und der lüsternen Matrone zu tun hatte …

In diesem Augenblick schreckte Iva hoch. Fand sich schweißgebadet in ihrem Bett in Arkadia wieder. Ihr Herz schlug, als wolle es ihren Brustkorb sprengen. Sie tastete nach der Nachttischlampe und knipste das Licht an. Von Blut war nichts zu sehen. Sie trug ein angenehm weiches Nachthemd – auch wenn es ihr jetzt feucht am Körper klebte.

35

Als Iva am nächsten Morgen den ersten Blick auf ihr Handy warf, entdeckte sie eine SMS von Marlies. Die Nachricht war vor einer knappen Viertelstunde eingegangen – aber in Wien war es längst früher Nachmittag.

ICH HABE NEUIGKEITEN ÜBER NICOLAS' BRUDER.
BITTE RUFEN SIE MICH KURZ ZURÜCK.

Das Foto! Ivas Lebensgeister meldeten sich zurück. Nicolas hatte also tatsächlich einen Bruder?

Sie wählte die Nummer ihrer Kanzlei. Marlies hob nach dem ersten Läuten ab. Die verlässlichen und diskreten Leute, die für Iva gelegentlich Recherchen übernahmen – eine junge Detektei in Salzburg – hatten wie immer Wort gehalten und blitzschnell Ergebnisse geliefert.

"Wie Sie vermutet hatten", sagte Marlies, "wurde Nicolas' Bruder mit Down-Syndrom geboren. Er starb, als Nicolas neun Jahre alt war. Bei einem Badeurlaub am Meer. Die Eltern hatten die beiden Kinder nur kurz allein gelassen, Nicolas sollte aufpassen ..."

"Ein Badeurlaub?"

"... doch als sie zurückkamen, war der Kleine tot. Ertrunken. Nicolas war völlig erstarrt, konnte nicht erzählen, wie es passiert war. Es gab einen größeren Artikel in der Lokalpresse."

"Ertrunken? Was für ein grässlicher Zufall."

"Was denn für ein Zufall?", fragte Marlies.

"Ich muss los", rief Iva, "ich erkläre Ihnen alles später. Wenn ich wieder in Wien bin. Danke!" Sie legte auf. Erneut raste ihr Herz – wie in der Nacht zuvor bei dem grässlichen

Traum. Nicolas' Bruder war ertrunken. Nicolas war ertrunken. *Bloß ein Zufall?*

Sie zog sich rasch das erstbeste T-Shirt und ein paar Shorts über, dann verließ sie das Haus. Marlies' Worte hatten ihr einen furchtbaren Verdacht in den Kopf gesetzt. Sie musste dringend mit Hanna sprechen, Josefs Lebensgefährtin.

Der Bungalow, den der Stringphysiker mit der Malerin geteilt hatte, lag im südöstlichen Teil von Arkadia. Dort gab es keinen Strand, die Insel fiel jäh ins Meer ab. Doch das Gefälle betrug nur wenige Meter. Es war kein tödlicher Abgrund wie jener hinter Marks Hütte, über den Josef in die Tiefe gestürzt war. Oder vielmehr gestoßen worden war, daran konnte es keinen Zweifel mehr geben.

Niemand antwortete auf Ivas Klopfen, also öffnete sie sich nach kurzem Warten selbst die Tür. Und fand Hanna in der Bibliothek, die in diesem Haus auch gleichzeitig als Atelier diente. Vollgestopfte Bücherschränke kämpften mit Leinwänden, Farbtuben und zwei Staffeleien um die ersten Blicke des Besuchers.

Hannas Aufmerksamkeit hingegen war den Krallen eines Greifs gewidmet, der sich in blassviolette Wolken über einer futuristischen Stadt erhob. Vor dem halbfertigen Bild, das fast bis zur Zimmerdecke reichte, wirkte die Malerin koboldhafter denn je, als wäre sie selbst ein Fabelwesen aus einem ihrer Gemälde. Sie kaute am Stiel eines winzigen Pinsels und schrak zusammen, als sie ihren Gast bemerkte.

"Ich muss dich etwas fragen, Hanna", sagte Iva anstelle einer angemessenen Begrüßung. Für Feinheiten der Etikette war jetzt nicht die Zeit. Sie erntete einen verwirrten Blick, kam aber trotzdem gleich zur Sache.

"Kannst du dich erinnern, ob Josef einmal eine Rückführung gemacht hat? Du weißt schon, in Hypnose ... in seine Kindheit oder vielleicht ein früheres Leben?"

Hanna tauchte ihren Pinsel in ein Behältnis mit durchsichtiger Flüssigkeit und sah Iva ausdruckslos an. Hatte sie die Frage nicht verstanden?

Doch dann sagte sie: "Ja, hat er. Vor ein paar Wochen, bei Kylian. Kennst du Kylian?"

Der Kloß in Ivas Kehle, der sich soeben aus dem Nichts manifestiert hatte, hinderte sie an einer Antwort.

So fuhr Hanna fort: "Josef hatte häufig Alpträume – schon bevor er in diese gefährlichen Dimensionen vorstieß, von denen ich dir erzählt habe. Eigentlich schon seit Jahren, glaube ich. Jedenfalls wachte er oft mitten in der Nacht schreiend auf, konnte sich dann aber nie erinnern, was so Schreckliches geschehen war. Er hoffte, die Rückführung könne ihm dabei helfen."

"Und ... hat sie geholfen?"

"Nein. Das heißt, ich weiß es nicht. Kurz nach seinen ersten Sitzungen bei Kylian haben die Probleme mit seiner Arbeit angefangen, und dann sah er plötzlich überall diese Dämonen. Und hatte natürlich noch schlimmere Alpträume – keine Ahnung, ob es noch die gleichen waren."

Hanna schien über den Tod ihres Lebensgefährten noch nicht ansatzweise hinweg zu sein. Sie hatte ihre Gesichtszüge unter beinahe steinerner Kontrolle, ihre Worte gaben keinen Kummer preis, doch die Kapriolen, die ihre Stimme schlug, wenn sie von Josef sprach, straften alle Masken Lügen.

Iva berührte sanft ihren Arm. "Hat er dir erzählt, was bei seinen Rückführungen herausgekommen ist?"

"Ich habe ihn natürlich gefragt. Ich war neugierig, ob er seine Traumbilder entschlüsseln hatte können. Aber er wollte nicht darüber sprechen. Es schien ihm plötzlich gar nicht mehr wichtig zu sein, und er hat dann auch keine weiteren Sitzungen gemacht."

Sie blickte kurz zu Iva auf, schlug aber sofort wieder die Augen nieder. Sie griff nach einem anderen Pinsel, einem gröberen, als sie vorhin benutzt hatte, und drehte ihn prüfend zwischen den Fingern.

"Nur einmal hat er kurz etwas von einem Vorleben erwähnt", fuhr sie zögerlich fort. "Irgendwo im Morgenland, ich glaube in Bagdad. Ich habe dann später gesehen, dass er sogar ein Buch darüber gelesen hat."

Die Buchbestellung! Erams Liste. Wie hatte noch der Titel gelautet? *Frauen im Islam* oder so ähnlich. Dieses Werk hatte Josef bei der Bibliothekarin geordert.

Ivas Blick wanderte über das Gemälde. Der Greif wirkte verloren über den bedrohlich funkelnden Wolkenkratzern. Ein vergessenes Wesen, dem Tod geweiht in einer Welt aus Beton und Stahl. Am liebsten hätte Iva ihn, vorsichtig wie man ein Küken birgt, von der Leinwand heruntergehoben.

"Danke für deine Hilfe", sagte sie zu Hanna – und verließ das Haus.

Josef war also bei Kylian gewesen. Und Nicolas? Vermutlich auch, immerhin hatte er ein Buch über Reinkarnation und Karma entliehen – und durchaus die eine oder andere Kindheitserinnerung aufzuarbeiten.

Samuel hatte zwar behauptet, dass Nicolas keine Rückführungen gemacht habe, doch das musste nichts heißen. Nicolas konnte sie ihm verschwiegen haben. Wie er auch seinen kleinen Bruder verschwiegen hatte, der ertrunken war. Auf gleiche Weise ums Leben gekommen wie Nicolas selbst – viele Jahre später. In Arkadia existierte das Wort *Zufall* nicht.

Iva lief den Weg zurück zu ihrem Bungalow. Als sie den Steg erreichte, blieb sie unschlüssig stehen. Warum hatte

Kylian ihr nichts von diesen Rückführungen erzählt? Wo sie ihn doch ausdrücklich danach gefragt hatte. Und warum war Marks Protokoll verschwunden? Es musste eine Erinnerung enthalten haben. Ein Ereignis der Vergangenheit. Aus Marks Jugend?

Ein grässlicher Gedanke züngelte in ihren Kopf. Mark war ein Opfer der Flammen geworden, bei lebendigem Leib verbrannt. Auch wenn die Details seiner Reinkarnationssitzung für immer verloren sein mochten, fest stand, dass er sich für Hexenverfolgungen interessiert hatte – genau zur gleichen Zeit, als er mit Kylian arbeitete.

Hexenverfolgungen ... Scheiterhaufen ... Feuer. Konnte es da auch eine Parallele geben? Genau wie bei Nicolas? Kein Ereignis aus Marks Jugend, das war in diesem Fall unmöglich. Sondern eines, das noch viel weiter zurücklag. Ein *Vorleben*?! Eines, von dem Mark Vivian nichts erzählt hatte, obwohl sie eng befreundet waren?

Und Josef? Er hatte durch den Sturz über eine Geröllhalde den Tod gefunden. Er hatte – laut Hanna – früher einmal im alten Arabien gelebt. Und ein Buch über Frauen im Islam gelesen. Außerdem hatte ihn etwas in seinen Träumen verfolgt. Und auch er verschwieg die Einzelheiten seines Vorlebens – sogar gegenüber der Frau, die er liebte. Weil er sich dafür schämte?

Nicolas Bruder war ertrunken, Hexen wurden verbrannt, aber muslimische Frauen? Was konnte man ihnen antun, wenn man vor einigen Generationen oder vielleicht noch früher in Bagdad gelebt hatte?

Ivas Knie gaben plötzlich nach. Man konnte sie *steinigen*. Der Sturz über eine Geröllhalde kam dieser Art von Tod wohl am nächsten.

Drei Männer, die sich hatten rückführen lassen, waren tot. Den spärlichen Indizien zufolge waren sie in ihren früheren Leben, beziehungsweise in ihrer Jugend, keine

Heiligen gewesen. Vielleicht hatten sie sogar selbst getötet. Ertränkt, verbrannt, gesteinigt? War ihr Tod eine Strafe? Vergeltung für ihre eigenen Freveltaten – auch wenn diese Jahrhunderte zurückliegen mochten? Das war doch vollkommen verrückt, selbst für arkadische Verhältnisse!

Wer konnte von der unrühmlichen Vergangenheit der drei gewusst haben? Die Antwort lag auf der Hand: Nur derjenige, der ihre Rückführungsprotokolle gestohlen hatte. Außer natürlich, die Aufzeichnungen waren erst gar nicht gestohlen worden. Sondern einfach nur vernichtet.

Kylian. Wie hoch war die Wahrscheinlichkeit, dass er schlicht vergessen hatte, auch Nicolas und Josef rückgeführt zu haben? Nicht bloß Mark. Iva hatte ihn ja ausdrücklich danach gefragt, und er hatte es abgestritten.

Er hatte sie bewusst angelogen, und dafür musste er seine Gründe haben. Gute Gründe. Mörderische Gründe?

Nicht er ... nicht Kylian. Es durfte nicht sein. Und außerdem – wie hatte sie das vergessen können? – er besaß doch ein Alibi! Ein hieb- und stichfestes Alibi von einer ... vertrauenswürdigen Person? Na ja, das nicht unbedingt. In zwei der fraglichen Nächte war er angeblich bei Francesca gewesen. Sex, die ganze Nacht. Dieser Frau war jede erdenkliche Sittenlosigkeit zuzutrauen, aber jemanden in einer Mordsache zu decken? *Bewusst* zu decken?

Iva brauchte einen Magier. Jemanden, der sich mit den Feinheiten des menschlichen Bewusstseins auskannte. Und den Möglichkeiten, es zu manipulieren.

Igor.

Hatte sie nicht anfangs vermutet, er würde derjenige sein, den sie am Ende als Mörder entlarven könnte? Wozu es noch leugnen? Hatte sie nicht mit dem Gedanken gespielt, ihm die Maske seiner unerschütterlichen Gelassenheit vom

Gesicht zu reißen? Und ihn Michael – der so viel auf diesen Mann gab, dass er ihm blind vertraute – als Mörder zu präsentieren? Es wäre so passend gewesen. So befriedigend. Doch jetzt bedurfte sie seiner Hilfe. Wie blind war sie gewesen, wie verblendet!

Iva lief los, machte sich auf den Weg zu seinem Haus im Dschungel.

Igor saß gerade – heute in Bermudashorts und einem ausgewaschenen, roten Leinenhemd – über einem Buch, mit dem man einen Menschen hätte erschlagen können. Es war in schwarzes Leder gebunden und sah so alt aus wie die Zeit. Immer diese perfekten Klischees.

"Igor, ist es möglich, das Gedächtnis eines Menschen zu manipulieren, den man in Hypnose versetzt hat?", platzte sie heraus. "Ihn ein wichtiges Ereignis vergessen zu lassen, beispielsweise?"

"Hallo, Iva", sagte Igor und schob sein Buch beiseite. "Ist alles in Ordnung mit dir?"

"Mir geht es ausgezeichnet, danke."

Konnte er wohl bitte ihre Frage beantworten? Ihr war jetzt wirklich nicht nach Small Talk zumute.

Er tat ihr den Gefallen, ohne dass sie den Gedanken erst hörbar äußern musste. "In Hypnose sagst du? Ja, natürlich ist das möglich. Es ist sogar ziemlich einfach, selbst Bühnenhypnotiseure führen das oft vor. Ein erniedrigendes Schauspiel, wenn du mich fragst." Er blickte Iva forschend an.

"Ich muss mehr darüber wissen", sagte sie. "Wie funktioniert das genau?"

"Auf der Bühne? Sie versetzen einen Freiwilligen in Trance und machen ihn irgendetwas Lächerliches glauben. Zum Beispiel, dass er ein Frosch sei. Dann lassen sie ihn zur Belustigung des Publikums quakend über die Bühne hüpfen, ihn nach einer Fliege schnappen und so weiter. Abschließend erteilen sie dem armen Tor dann den Befehl, dass er sich an dieses peinliche Schauspiel nicht mehr erinnern könne, sobald sie ihn aus der Hypnose entlassen, und er wieder Herr seiner Sinne ist. Posthypnotische Suggestion nennt man das. Ich habe keine Ahnung, warum Leute Geld bezahlen, um sich solche Shows anzuschauen."

Igor bot ihr einen Fauteuil an, doch Iva lehnte ab. "Und abgesehen von Hypnose", fragte sie unbeirrt weiter, "wenn ich jemanden im ganz normalen Wachzustand dazu bringen möchte, etwas zu vergessen – oder vielleicht auch, sich an etwas zu erinnern, das gar nicht wirklich passiert ist? Wäre das auch machbar?"

Igors Stirn zog sich in Falten. "Du hast wohl Gefallen gefunden am Studium des menschlichen Bewusstseins?", sagte er langsam.

Sie nickte. *Antworte einfach nur auf meine Frage, Igor.*

Gott sei Dank schien er keine Rechtfertigung von ihr zu erwarten. "Im Wachzustand?", wiederholte er, als wäre es eine Beschwörungsformel. "Du meinst im gewöhnlichen Tagesbewusstsein, nehme ich an?"

Iva nickte verunsichert.

"Nun, man kann sich natürlich der Methoden der Suggestion bedienen, aber wenn ich Erinnerungen im größeren Stil modifizieren wollte ..."

"Ja?"

"Dann würde ich letztlich doch wieder eine Form von Hypnose bevorzugen – ohne, dass der zu Beeinflussende das notwendigerweise bemerken müsste."

"So etwas ist möglich?"

"Natürlich. Sogar in Form von Massenhypnose. Mir fällt spontan mehr als nur ein Diktator ein, der einen ganzen Stab von Psychologen und Magiern beschäftigte – zu genau diesem Zweck. Man muss das Volk, oder in deinem Fall die gewünschte Person, nur in einen emotionalen Zustand versetzen, damit sich die natürlichen Schutzfunktionen der Psyche ein wenig aufweichen lassen. Dafür eignet sich zum Beispiel eine mitreißende Ansprache, wenn es um die Beeinflussung der Massen geht. Für einen Einzelnen hingegen wäre zweifellos Alkohol das klassische Mittel der Wahl. Oder auch gewisse Drogen."

"Oder beides zusammen, gepaart mit ... Lust?"

"Lust?"

"Sexuelle Erregung, du weißt schon. Ist man da nicht auch in einem veränderten Bewusstseinszustand und somit leichter beeinflussbar?"

"Natürlich. Ich verstehe, was du meinst. Interessanter Gedanke." So wie Igors Augen funkelten, würde er diese Idee bei nächster Gelegenheit – aus rein akademischer Neugier – einer experimentellen Überprüfung unterziehen.

36

Beim Abendessen sah Iva sich nach Francesca um. Doch weder gab die Tantra-Expertin heute Abend ihre Harfenmusik zum Besten, noch war sie unter den Gästen im Restaurant zu finden. Iva schlang rasch einen gebratenen Fisch hinunter, dann machte sie sich auf den Weg zu Francescas Haus. Sie erkundigte sich bei einem der Kellner nach dem Weg – und brauchte beinahe eine Stunde, bis sie den Bungalow dann fand. Er lag, wie schon das Haus von Josef und Hanna, an der südöstlichen Küste Arkadias.

Diesmal klopfte Iva gar nicht erst an, sondern stürmte sofort ins Haus. Was sie sogleich bereuen sollte.

Sie folgte dem schwachen Licht, das im Schlafzimmer brannte, lief in den Raum – und kam abrupt zum Stehen. Francesca war zu Hause, doch sie war nicht allein. Auf dem Bett unter ihr – immerhin noch bekleidet – lag Michael. Die Tantra-Expertin selbst saß rittlings auf ihm und trug ein transparentes, schwarzes Spitzennachthemd.

"Iva!", entfuhr es Michael. Er versuchte sichtlich, Francesca von sich zu schubsen, doch sie war wohl eine geübte "Reiterin", die sich nicht so leicht abwerfen ließ.

"Lasst euch nicht stören", brachte Iva hervor. Sie wandte den Blick ab und richtete ihre Worte an die Wand zu ihrer Rechten. "Ich wollte nur eine Frage mit Francesca klären. Es geht um das Alibi von –"

Sie stutzte. Was war das für ein Geruch, der hier in der Luft hing? Sie blickte sich ruckartig um. Schnupperte. Diesen Duft kannte sie doch!

Ihre Frage war vergessen. Auf dem Nachttisch entdeckte sie eine flache, bronzene Schale – in der ein Räucherkegel glomm. Iva trat näher, hob die Schale hoch, direkt unter ihre Nase. Sie schnupperte erneut.

Francesca, von Ivas plötzlichem Eindringen anscheinend kaum verunsichert, kommentierte mit einem lüsternen Grinsen: "Meine Räuchermischung 'Aphrodite' – kann ich sehr empfehlen." Sie deutete mit dem Kopf auf Michael, der noch immer unter ihr lag.

"Du warst es!", stieß Iva hervor. "Du wolltest mich töten! Erst im Dschungel, dann in meinem Bungalow. Beide Male habe ich diesen Duft gerochen, als du auf mich losgegangen bist!"

In rascher Abfolge drängten sich die beiden Erinnerungen in Ivas Kopf zurück. Ja, kein Zweifel, es war der gleiche herbe Geruch! Er musste sich bei Francescas Liebessitzungen – wo sie ihn offensichtlich häufiger benutzte – in ihrem Haar festgesetzt haben.

Iva war der Tantra-Expertin zwischenzeitlich im Restaurant begegnet – wo sie keinen Duft an ihr wahrgenommen hatte. Aber das musste nichts heißen. Erstens war sie ihr nicht so nahegekommen wie bei den Angriffen, und zweitens wusch man sich zwischendurch ja auch mal das Haar. Eine Göttin der Lust bestimmt noch öfter als normalsterbliche Frauen.

"Du wolltest mich töten", bekräftigte Iva. "Und warum? Damit du dir meinen Ehemann krallen kannst, du Schlampe?"

Die Provokation tat ihre Wirkung. Iva musste sich eingestehen, dass sie tatsächlich so etwas wie Eifersucht empfand, aber das tat nichts zur Sache. Vor allem ging es jetzt darum, die Tantra-Expertin aus der Reserve zu locken und sie zu einem Geständnis zu bewegen.

Doch halt. Hatte Francesca nicht jene Nacht, in der der schwarzgewandete Angreifer bei Iva aufgetaucht war, mit Michael verbracht? Schließlich hatte er sich beim Dinner bereit erklärt, sie "abzulenken", damit Iva ungestört mit

Hanna reden konnte.

Sie fragte ihn danach – und er verzog das Gesicht. "Ich war bei ihr", sagte er, "doch nicht lange. Es wollte sich kein echtes Vergnügen einstellen, wenn du verstehst, was ich meine." Er warf Iva einen bedeutungsvollen Blick zu. "Ich fürchte, meine Gedanken waren bei einer anderen Frau."

Ein Punkt mehr, der Francescas Zorn geschürt haben mochte, dachte Iva. Die Tantra-Expertin nahm es bestimmt persönlich, wenn ein Liebhaber ihr nicht vollkommen ergeben war.

Michael packte Francesca grob an den Schultern und stieß sie von sich. Sie landete unsanft auf dem Fußboden neben dem Bett. Dann sprang er auf. "Ist das wahr?", fauchte er die Tantra-Expertin an. "Hast du meine Frau attackiert?"

In diesem Moment erinnerte sich Iva an ein weiteres Detail jener Nacht im Bungalow – wo der schwarzgewandete Angreifer auf sie losgegangen war. "Die Maske!", rief sie, "der Attentäter trug eine Maske. Feiert ihr normalerweise Karneval hier auf der Insel?"

Michael blickte sie verständnislos an. "Äh ... nein."

"Dachte ich mir. Aus welchem Grund besitzt man dann eine Maske – noch dazu eine elegante, schwarze? Vielleicht für gewisse Liebesspiele?" Sie machte einen Schritt auf Francesca zu, die inzwischen wieder auf die Beine gekommen war.

Der Tantra-Expertin entfuhr ein Laut, der an ein in die Enge getriebenes Tier erinnerte. Ohne Vorwarnung ballte sie die Fäuste und ging auf Iva los.

Doch sie hatte keine Chance. Iva setzte sich beherzt zur Wehr – und Michael stürzte sich von hinten auf Francesca. Er packte sie so fest, dass sie nach Atem rang.

Sie riss ihren Kopf hoch, versuchte, sich zu Michael umzuwenden. "Sie will dich nicht, sie will diesen Kylian, ist das nicht offensichtlich? Hast du nicht bemerkt, wie sie ihn immer anstarrt? Egal ob beim Frühstück, Mittagessen oder Dinner. Sie guckt ihn immer an, als stünde er auf dem Speisezettel. Ich bemerke so was! Sie hat dich nicht verdient!"

Er ignorierte ihre Anschuldigungen – auch wenn diese an Iva nicht spurlos abprallten. "Was hast du getan, du Wahnsinnige?", fuhr er Francesca an. Er wirbelte sie herum wie eine Puppe, sodass er ihr nun direkt in die Augen blicken konnte. Doch im nächsten Moment stieß er sie von sich. Zurück aufs Bett. Sie landete mit einem wenig eleganten Plumps.

Doch ihr Widerstand war noch nicht gebrochen. "Ich habe für dich gekämpft! Um dich gekämpft! Weil es mir ernst ist mit dir. Ich will dich, keinen anderen. Schon seit du mich auf diese Insel geholt hast." Sie reckte das Kinn vor und funkelte ihn zornig an. "Du solltest stolz darauf sein! Und ich wollte nichts weiter, als deine Ex zu verscheuchen. Sie ist sowieso ungeeignet für das Inselleben. Sie hat Angst wie ein Schulmädchen, wenn sie nur einen Fuß in den Dschungel setzt!"

"Mich verscheuchen?", schaltete Iva sich ein. "Du hättest mich töten können! Du *wolltest* mich umbringen!"

Michael warf ihr einen Seitenblick zu: "Dann ist sie auch für die Morde verantwortlich?", fragte er.

"Welche Morde?", brauste Francesca auf. "Nein! Seid ihr verrückt? Ich habe niemanden ermordet!" Sie wollte aufspringen, doch Michael gebot ihr Einhalt. Unsanft stieß er sie auf das Bett zurück.

"Ich glaube ihr", sagte Iva. "Also, was die Morde anbelangt."

Doch Michael hörte sie schon nicht mehr. Er baute sich vor Francesca auf und quetschte sie nach den Details der Überfälle auf Iva aus. Die Tantra-Expertin schilderte jetzt bereitwillig – beinahe mit einem Anflug von Stolz – was sich abgespielt hatte. Doch sie spielte ihre Absichten herunter. "Ich wollte ihr nur einen Schrecken einjagen, das ist alles! Damit sie von hier verschwindet – statt dir erneut das Herz zu brechen!" Sie versuchte, Michael zu berühren, beteuerte ihm mehrmals ihre Liebe, doch er wollte nichts davon wissen.

Er wandte sich Iva zu, ließ sich ihre Version der Angriffe schildern. Er erfuhr von dem Ast, der Iva im Dschungel niedergestreckt hatte. Dann von dem Kissen, mit dem Francesca sie beinahe erstickt hätte. Von dem Schlagabtausch, der zwischen den beiden Frauen entbrannt war – und bei dem Iva unweigerlich den Kürzeren gezogen hätte, wenn Kylian nicht aufgetaucht und ihr zur Hilfe gekommen wäre.

Die Tantra-Expertin saß stumm da und kniff die Lippen zusammen. Sie leugnete nichts mehr.

Als Iva geendet hatte, packte er Francesca grob am Arm. Sie hatte ihn noch nie so wütend erlebt. "Dafür wirst du büßen, du Schlange", fuhr er die Tantra-Expertin an. "Ich bringe dich vor Gericht und ins Gefängnis. Wegen versuchten Mordes!"

Er wandte sich Iva zu: "Wir sehen uns morgen, okay? Ich will dieses Weib hier keine Minute länger auf meiner Insel wissen." Mit diesen Worten griff er sich Francescas Hand und riss sie mit sich fort. Im Laufschritt verließ er den Bungalow, und die Tantra-Expertin stolperte – spärlich bekleidet, wie sie war – hinter ihm her. Wurde mitgerissen von seiner Wut. Ihr Nachthemd war nicht bloß durchsichtig, es bedeckte auch kaum ihren Hintern.

Iva ließ die beiden ziehen. Erst jetzt erinnerte sie sich, warum sie eigentlich in Francescas Haus gekommen war. Die Tantra-Expertin war nicht die Mörderin von Nicolas, Mark oder Josef. Dahinter musste ein anderer stecken.

Kylian.

Gleich morgen früh würde sie mit Michael darüber reden. Ihm ihre Indizien vorlegen – denn viel mehr hatte sie in Wahrheit nicht. Würde Kylian ähnlich wie Francesca reagieren, wenn man ihm die Morde auf den Kopf zusagte? Würde er voller Stolz gestehen, anstatt alles zu leugnen? Iva hoffte es inständig.

Sie hatte Fragen an Francesca gehabt, was Kylians Alibi für die ersten beiden Morde anbelangte. Fragen, die sie jetzt nicht mehr hatte stellen können. Doch hatte Igor diesen Punkt nicht ohnedies bereits aufklären können? Kylian mochte zwar die beiden fraglichen Nächte bei der Tantra-Expertin verbracht haben, aber er konnte ihr Gedächtnis manipuliert haben. Genau wie er auch Ivas Erinnerungen am Ende der Hypnosesitzung verändert hatte, dessen war sie sich inzwischen sicher. Iva hatte er etwas vergessen lassen, etwas zweifellos Wichtiges, und bei Francesca hatte er das gleiche getan – während oder nach dem Liebesspiel. Er hatte sie glauben gemacht, dass er jeweils die ganze Nacht bei ihr verbracht hatte – ob nun mit Hilfe von Alkohol, Drogen, einem Schlafmittel oder tatsächlich bloß durch seine Fähigkeiten als Hypnotiseur. Die Details spielten ja keine Rolle. In Wahrheit hatte er sich zwischenzeitlich davongestohlen und zwei Männer getötet. Aus einem völlig irren Motiv der Rache heraus, für Taten die sie – vielleicht – in einem Vorleben begangen hatten? Es war einfach unvorstellbar. Aber dennoch die Wahrheit.

Iva verließ den Bungalow und machte sich auf den Rückweg zu ihrem Haus. Sie wählte den deutlich längeren Weg über die Strandpromenade. In einem Punkt hatte Francesca recht: Sie war nicht für den Dschungel geboren. Schon gar nicht nachts.

Ihr drohte, jetzt, wo Francesca fort war, keine Gefahr mehr in Arkadia. Zwar lief noch ein Mörder auf freiem Fuß herum, doch der wusste ja nicht, dass sie ihm auf die Spur gekommen war. Und er wollte *sie* nicht töten. Er hielt Iva für seine einstige Liebe und hatte sie ja sogar gegen Francesca verteidigt.

Während sie den kurzen Weg zur Strandpromenade hinunterlief, ging sie in Gedanken noch einmal ihre Ermittlungen durch. Ein Punkt war noch ungeklärt, musste sie sich eingestehen: Wie war Kylian eigentlich in der Mordnacht zu Marks Haus auf dem Plateau gekommen? Wie hatte er sich unbemerkt an Vivian vorbeischleichen können?

Ein hässlicher Gedanke drängte sich in Ivas Kopf. Hatte die Hexe womöglich gelogen? Steckte sie am Ende mit Kylian unter einer Decke?

37

Auch heute Nacht wurde Iva von unheimlichen Geräuschen aus dem Dschungel verfolgt. Sie gab sich Mühe, nicht darauf zu achten – dennoch schlug sie ein rasches Tempo auf ihrem Weg entlang der Strandpromenade ein. Vielleicht noch zwanzig Minuten, dann würde sie ihr Haus erreichen.

Sie zwang sich, nicht links oder rechts zu schauen. Die Laternen spendeten nur schwaches Licht. Die Schatten der Palmen und Urwaldbäume, die den Weg säumten, waren einfach zu lebendig. Man brauchte kaum Fantasie, darin alles Mögliche zu erkennen – bis hin zu den Dämonen, die Josef Lauingen so gefürchtet hatte.

Doch plötzlich war da etwas. Ein Schatten direkt auf dem Weg vor Iva. Vielleicht noch hundert Meter entfernt, doch er näherte sich rasch. Iva blieb erschrocken stehen. Versuchte, Genaueres zu erkennen, spürte, wie ihr Puls beschleunigte. Im nächsten Augenblick vernahm sie Hufgetrappel. Kaum hörbar zunächst, aber dann wurde es rasch lauter. Der Schatten wurde zu einem Pferd, als er eine der Laternen passierte. Das Tier kam auf Iva zu gelaufen.

"Sinff?", rief sie erleichtert. "Bist du das?" Es musste die Stute sein, obwohl die Pferde einander in Ivas Augen noch immer zum Verwechseln ähnlich sahen. Was hatte Vivian über Sinff gesagt? *Die Beschützerin der Witwen und Waisen. Sie ist immer dann zur Stelle, wenn jemand Hilfe braucht.*

Iva atmete erleichtert auf. "Wie schön, dass du kommst", rief sie dem Pferd entgegen. "Ich kann wahrlich eine Begleiterin brauchen."

Sie grinste – nicht nur, weil sie mit einem Pferd sprach, sondern weil sie sich dafür schämte, was für ein Angsthase sie doch war. Sie, die sich immer für eine so taffe und abgebrühte Anwältin gehalten hatte.

Das Pferd blieb unvermittelt stehen, wandte seinen Kopf nach rechts, wo der Dschungel wucherte – und schnaubte. Iva erkannte, dass an dieser Stelle ein Weg abzweigte. Zweifellos einer der Dschungelpfade, die Arkadia durchzogen. Doch dann stürmte zu ihrem Entsetzen eine dunkle Gestalt aus eben jener Einmündung auf die Strandpromenade – und wandte sich in Ivas Richtung.

Das war eindeutig ein Mensch, kein Pferd! Ein Mann. Im nächsten Augenblick erkannte Iva auch, wer er war: Robert. Mit weit aufgerissenen Augen stürmte er auf sie zu, die Arme vor sich ausgestreckt. Er war sehr unsicher auf den Beinen, torkelte, stolperte und gab dabei ein Geheul von sich, das Iva das Blut in den Adern gefrieren ließ.

So viel zu Igors angeblich so zuverlässigen Wächter-Elementalen. Robert war aus seinem Haus geflohen. Wie es aussah, völlig unbehelligt!

Iva wollte weglaufen, doch der Impuls schien es nicht bis in die Beinmuskulatur zu schaffen. Es fühlte sich an, als klebten ihre Schuhsohlen auf den Pflastersteinen der Promenade fest. Schon war Robert auf wenige Meter herangekommen – da sah Iva plötzlich, dass die Hände, die er ihr entgegenstreckte, rot vor Blut waren.

Sie schrie auf, wich zurück. Robert taumelte auf sie zu, wie ein Zombie auf der Suche nach dem nächsten Opfer. In diesem Moment setzte Sinff sich in Bewegung, kam in raschem Trab herbeigerannt.

Rettung, durchfuhr es Iva. *Sinff wird mir helfen, sie wird mich vor Robert beschützen*! Der Junge musste völlig den Verstand verloren haben. All das Blut an seinen Händen! Hatte er ein weiteres Mal getötet?

Du hast dich geirrt, war alles, was Iva denken konnte. Nicht Kylian war der Mörder, sondern doch Robert! Vermutlich hatte er die Protokolle der Rückführungen gestohlen – und so von den Verbrechen erfahren, die die drei Mordopfer begangen haben mochten. Vor weiß Gott wie langer Zeit.

Wer war der Vierte, der Robert in der heutigen Nacht zum Opfer gefallen war? Von wem stammte das Blut an seinen Händen? Und würde Iva gleich die Fünfte sein?

Robert wandte den Kopf. Er schien erst jetzt die Anwesenheit des Pferdes zu bemerken. Würde Sinff ihn aufhalten? Ein Pferd war ein durchaus wehrhaftes Geschöpf, wenn es darauf ankam.

Doch die weiße Stute dachte nicht daran, Iva zu Hilfe zu kommen. Ihre Fürsorge schien Robert zu gelten! Sie hielt direkt neben ihm an und stupste ihn sanft mit der Nase.

Der Junge stöhnte, doch immerhin wandte er sich von Iva ab und dem Pferd zu. Er griff mit seinen blutigen Händen in die schneeweiße Mähne des Pferdes, als wolle er sich abstützen. Sinff ließ es geschehen. Sie wieherte sanft, als gälte es, ein verängstigtes Fohlen zu beruhigen.

Roberts linke Hand fuhr am Hals des Pferdes abwärts. Ein Streicheln – auch wenn seine Finger dabei zitterten und er eine abscheuliche Blutspur auf dem weißen Fell hinterließ.

Endlich gewann Iva die Kontrolle über ihre Beine wieder. Auf Sinff konnte sie also nicht hoffen. Das Pferd wusste anscheinend nicht zwischen Täter und Opfer zu unterscheiden. Da blieb nur noch eines: Flucht.

Iva rannte los, entschied sich für den Pfad, der in den Dschungel führte. Auf der Strandpromenade hätte sie keine Chance gegen Robert. Sie war nicht gerade eine sportliche Läuferin. Im Wald – so sehr sie ihn auch fürchten mochte – hatte sie wenigstens die Chance, sich zu verstecken.

Mit einem hastigen Blick über die Schulter konnte sie erkennen, dass Robert sich noch immer auf die Stute stützte. Er machte keine Anstalten, Iva zu folgen. "Ich ertrage es nicht mehr", heulte er und vergrub seinen Kopf in der

Mähne des Tiers.

Das war gut. Sehr gut. Sie hetzte weiter. Nur rasch möglichst viel Abstand zwischen sich und diesen Irren bringen. Falls er es sich doch noch anders überlegte und ihre Verfolgung aufnahm. Sie lief mitten hinein, in das undurchdringliche Dunkel des Dschungels, das ihr plötzlich geradezu einladend erschien.

Iva rannte, so schnell ihre Beine sie trugen. Dornen kratzten über ihre nackten Unterschenkel, eine Kriechpflanze brachte sie beinahe zu Fall. Doch allem Anschein nach verfolgte Robert sie nicht.

Als sie schon keine Luft mehr bekam, erlaubte sie sich anzuhalten. Nur eine kurze Pause. Dann musste sie Michael finden, ihm so rasch wie möglich von der Begegnung mit Robert berichten. Der Junge musste eingefangen und endlich der Polizei übergeben werden. Er war der Mörder von Arkadia!

Ein gutes Stück vor ihr war plötzlich ein schwacher Lichtschein auszumachen. Ein Mensch mit einer Taschenlampe? Noch war das Licht zu schwach, um Genaueres zu erkennen, doch es kam rasch näher. Direkt auf Iva zu.

Konnte das Robert sein? Hatte er sie irgendwie umrundet, ihr den Weg abgeschnitten? Zweifellos kannte er sich hier im Dschungel weit besser aus als Iva.

Sie blickte sich rasch um. Sie musste sich verstecken, im Unterholz Deckung suchen. Sie hatte keine Kraft, keine Puste, noch länger zu rennen. Doch das war leichter gesagt als getan. Zu beiden Seiten des Weges ragte das Schwarzgrün des nächtlichen Dschungels auf wie turmhohe Wände. Mauern, durch die es kein Durchkommen gab, jedenfalls nicht für Iva.

38

"Iva? Bist du das?" Der Mann mit der Lampe lief jetzt, kam in raschen Schritten auf sie zu. Der kleine Lichtkegel hüpfte auf und ab.

Ehe Iva wusste, wie ihr geschah, stand er vor ihr. Kylian.

Er ließ die Lampe sinken, doch dann hob er die Arme erneut, streckte sie aus und schlang sie um Iva. Er zog sie an sich, hielt sie fest, sprach auf sie ein. "Was ist passiert? Geht es dir gut?"

Sie spürte die Wärme seines Körpers – und dass sie selbst am ganzen Leib zitterte. Sie schmiegte sich an ihn, ließ sich fallen. Die Beine gaben unter ihr nach. Aber jetzt war sie in Sicherheit. *Endlich.*

Er hielt sie fest, hatte keine Mühe, ihr Gewicht zu tragen.

"Robert", brachte sie hervor. "Er wollte mich töten. Er ist der Mörder von Arkadia."

Kylian ließ sie los. Das heißt, er hielt nur noch ihre Schultern fest und drückte sie ein Stück von sich weg, um sie anzusehen. "Robert?", wiederholte er ungläubig.

Sie nickte heftig. "Wenn ich es dir doch sage. Wir müssen zu Michael. Wir brauchen einen Suchtrupp! Der Junge muss gefunden werden, bevor er noch jemanden umbringt!"

Ein seltsames Lächeln spielte plötzlich um Kylians Mundwinkel. Dann schüttelte er den Kopf. "Du irrst dich, Iva. Robert ist kein Mörder."

Sie suchte seinen Blick. "Ich verstehe nicht ..."

Sein Griff schloss sich plötzlich fester um ihre Schulter. "Ich habe es dir doch sogar geschrieben. Der Junge ist unschuldig."

"Du ... hast mir diesen Brief geschrieben?" Sie wollte zurückweichen, doch Kylian hielt sie fest.

Die Gedanken schossen in ihren Kopf, ohne dass sie etwas dagegen tun konnte. Wie sie Michael beschuldigte hatte, dass der Brief von ihm stammen müsse. *Robert ist unschuldig.*

Er hatte es geleugnet. Sie hatte ihm an den Kopf geworfen, dass nur er bei ihr unauffällig ein- und ausgehen konnte. Doch sie hatte sich geirrt. Auf Kylian traf das ebenso zu. Er war ihr Nachbar, den sie schon häufiger besucht hatte. Wäre sie in ihrem eigenen Vorzimmer auf ihn gestoßen, so hätte das kaum ihren Argwohn erweckt. Einfach nur ein Nachbar, der vorbeischaute ...

Michael hatte behauptet, der Mörder müsse diesen Brief geschrieben haben. Ein Täter, der so viel Ehrgefühl besaß, dass er Robert entlasten wollte?

"Du?", keuchte Iva. "Du bist der Mörder?"

Nun doch? Ihr Schädel fühlte sich an, als könne er jeden Augenblick explodieren. Aber was war dann mit Robert? War er Kylians Komplize?

Kylian lächelte. Doch es war jetzt nicht mehr jenes schelmische Lächeln, das Iva so liebgewonnen hatte. Ein dämonisches Funkeln lag plötzlich in den sonst so sanftmütigen grauen Augen.

"Keiner von uns ist ein Mörder", sagte Kylian ernst. "Robert nicht. Und ich ebenso wenig. Ich habe es dir doch gesagt: Einen Mord zu begehen, ist das Allerschlimmste, was ein Mensch nur tun kann. Hast du mir nicht zugehört? Damit schafft man sich solch negatives Karma, dass man mitunter Jahrhunderte darunter zu leiden hat. Mark, Nicolas und Josef haben das am eigenen Leib erfahren. Sie alle waren Mörder – ich hingegen habe einen Akt der Gnade an ihnen vollbracht. Ich habe sie von ihrer Schuld erlöst. Ihre Seelen reingewaschen von ihren Bluttaten – indem ich die Täter zu Opfern machte. Ich habe diese Männer von ihrer karmischen Schuld befreit. In ihrem nächsten Leben werden sie nicht mehr darunter zu leiden haben."

Er war wahnsinnig. Vollkommen durchgeknallt. Iva versuchte, sich seinem Griff zu entwinden, doch es gelang ihr nicht.

Er lächelte noch immer.

"Ich verstehe", sagte Iva langsam. Es war nicht leicht, die Worte über die Lippen zu bekommen, aber sie hatte keine andere Wahl. Sie musste ihm recht geben, durfte ihn nicht provozieren. Musste ihn in Sicherheit wiegen, dass sie ihn nicht verraten würde – sonst war ihr eigenes Leben keinen Pfifferling mehr wert.

Kylian sah sie prüfend an. Würde sie ihn täuschen können?

"Mark, Nicolas und Josef", fuhr er langsam und bedächtig fort, "waren vielleicht nicht meine Freunde, aber doch Menschen, die mir nahestanden. Und sie waren in eine Sackgasse geraten. Sie litten. Litten bewusst, wie Nicolas; quälten sich mit dem Gefühl, in ihrem Leben nicht weiterzukommen, wie Mark; oder wurden – in Josefs Fall – von den Schatten ihrer Vergangenheit eingeholt. Nicht Dämonen waren es, die Josef jagten, sondern seine eigene ungesühnte Schuld. Ohne mein Eingreifen hätten die drei noch Jahrzehnte, vielleicht ein ganzes Leben oder sogar noch länger an ihrer Schuld getragen. Ich wollte ihnen die Möglichkeit des Ausgleichs geben, in ihrer jetzigen Inkarnation. Sie erlösen aus ihren Täterrollen, indem ich sie ihre eigenen Verbrechen nacherleben ließ. Und es ist mir geglückt, Iva."

Sie zwang sich zu einem Nicken. "Du hast ihnen also dieses eine Leben genommen, weil ihnen ja in Zukunft unendlich viele weitere bevorstehen – in denen sie dann nicht mehr von ihren Taten belastet sind?"

Kylians Lächeln wurde breiter. Das dämonische Funkeln

in seinen Augen intensivierte sich.

"So ist es", sagte er in beinahe feierlichem Tonfall. "Der Sühnetod hat diese Menschen weitergebracht auf dem Pfad ihrer Seele. Nicolas zum Beispiel – der hatte zwar im Leben scheinbar alles erreicht. Macht über Krankheiten, Leben und Tod. Er war der beste Heiler, der mir je begegnet ist. Doch privat quälte ihn das Gefühl, dass er niemals sein Glück würde finden können. Und jede Form von Wasser jagte ihm Angst ein wie das Weihwasser dem Teufel. Ich musste die Rückführungen, um die er mich bat, mehrmals abbrechen, weil ihm dabei übel wurde. Ein deutliches Zeichen, dass da etwas war, das im Verborgenen bleiben wollte. Doch wir gruben weiter. Möchtest du wissen, worauf wir stießen?"

"Ja, doch", sagte Iva. Sie spielte auf Zeit – obwohl sie nicht hoffen durfte, dass irgendjemand ihr hier mitten im Dschungel in tiefster Nacht zur Hilfe kommen würde. Kylian zu überzeugen, dass sie auf seiner Seite stand, war ihre einzige Hoffnung zu überleben.

Kylian sprach weiter, als würde er seine Rückführungsprotokolle – die er bestimmt selbst vernichtet hatte – aus dem Gedächtnis zitieren. "Wir stießen auf ein Erlebnis von Nicolas. Im Kleinkindalter. Ein geliebtes Haustier, eine weiße Perserkatze, hatte Nachwuchs, sie starb jedoch bei der Geburt. Die Kätzchen wurden in einem Sack ertränkt. Der kleine Nicolas sah dabei zu, ihre Schreie verfolgten ihn noch Jahre später. Aber er empfand auch Befriedigung. Die Kleinen hatten es verdient zu sterben, weil sie ihrer Mutter den Tod brachten – und ihr galt Nicolas' ganze kindliche Liebe."

Kylian ließ Iva jetzt los, nahm seine Hände von ihren Schultern. Sein Blick jedoch sagte ihr, dass sie keinen Fluchtversuch wagen durfte.

Er sprach ohne Pause weiter: "Nicolas' nächste Erinnerung, die wir in der Rückführung anstießen, war ein Urlaub am Meer. Die ganze Familie, Mutter, Vater, Nicolas, damals neun Jahre alt, und der behinderte jüngere Bruder. Die Eltern sprachen manchmal davon, versagt zu haben. Sie schämten sich für den "nicht normalen" Sohn. Als sie die beiden Kinder allein am Strand zurückließen, ertränkte Nicolas – aus einem Spiel heraus – den kleinen Bruder im Meer. Der Junge starb stumm, schrie nicht wie die Kätzchen, und Nicolas empfand Stolz für seinen Mut. Er glaubte, das getan zu haben, was in seinen Augen jeder wollte, aber nicht auszuführen wagte. Ich habe Nicolas dann angeboten, ihn schrittweise mit ins Meer zu nehmen, um an seiner Wasserphobie zu arbeiten. Wir trafen uns nachts. Er wollte nicht bei dem beobachtet werden, was er als Buße für sein Verbrechen bezeichnete. Wir blieben zunächst ganz nahe am Strand, schließlich gelang es uns aber, auch weiter hinauszuschwimmen. Doch Nicolas litt dabei Höllenqualen."

Kylian unterbrach sich, sein Blick huschte kurz über den Boden zu seinen Füßen. Ein gequälter Ausdruck lag in seinen Augen – fast so, als habe Nicolas ihm wirklich leidgetan.

"Wir hätten die Wasserphobie vielleicht mit der Zeit abmildern können", fuhr er fort, "aber Nicolas' Gefühl der Verlorenheit im Leben, der Sinnlosigkeit all seines Tuns war karmischen Ursprungs. Nach meinen Forschungsergebnissen hätte sich irgendwann, vielleicht in diesem Leben, vielleicht aber auch erst in einigen Jahrhunderten, von selbst ein Ausgleich ergeben. Nicolas hätte das gleiche oder ein ähnliches Schicksal erlitten, wie er es seinem Bruder angetan hat. Bis dahin hätte er leiden müssen – seinen Sünden hilflos ausgeliefert. Ich hatte das schon so oft bei anderen Patienten erlebt. Ich war es leid, tatenlos zusehen zu müssen, wie diese Menschen sich quälten."

"Und deswegen hast du ihn ermordet?", entfuhr es Iva. Sie bereute ihre Worte sogleich, verbesserte sich rasch: "Getötet, meine ich. Getötet! Um ihn zu erlösen."

Kylians Augen verengten sich. Doch dann nickte er. "Ich fasste den Entschluss, dass ich Nicolas helfen musste. Mitgefühl bedeutet einfach mehr, als nur mit Worten Trost zu spenden. Ich beschloss, aktiv Barmherzigkeit zu üben. Und ich habe dabei nicht erwartet, bei meinen Mitmenschen auf Verständnis zu stoßen. Einige von ihnen würden sogar Sterbehilfe bereits als Mord bezeichnen."

"Und dann? Wie hast du ... es getan?"

Er zögerte einen winzigen Augenblick. Dann aber sprach er mit fester Stimme weiter: "Ich brachte Nicolas dazu, bei unserer nächsten nächtlichen Wassertherapie weiter denn je hinauszuschwimmen. Bis ihn fast die Kräfte verließen. Ich tauchte unter ihm weg und zog ihn in die Tiefe. Er hat keinen Widerstand geleistet, Iva. Er war bereit zu sterben, er wusste, dass ich ihn erlösen wollte."

Iva schluckte. "In dieser Nacht warst du bei Francesca, nicht wahr? Du hast ihr Gedächtnis manipuliert – mit Hypnose, damit sie vergaß, dass du dich in der Nacht davongestohlen hast."

Kylian nickte. "Mir war klar, dass niemand von meiner Tat etwas wissen durfte. Wie gesagt, die meisten Menschen hätten es nicht verstanden."

Das kannst du laut sagen, dachte Iva im Stillen.

"Francesca ist eine Meisterin der körperlichen Liebe", sagte Kylian. "Es gibt nicht viele Frauen wie sie. Aber ich werde immer nur Emily lieben."

Er warf Iva einen düsteren Blick zu, dann fügte er hinzu: "Francesca ist für Hypnose sehr empfänglich. Obwohl ich sie für ein paar Stunden schlafend alleine ließ, glaubte sie, dass unsere Ekstase die ganze Nacht währte."

"Wie schön für sie", murmelte Iva.

"Mark hatte ein ganz ähnliches Problem wie Nicolas", fuhr Kylian fort. Er schien geradezu begierig darauf, Iva alles im Detail zu erzählen. Eine Art von Beichte, auch wenn er behaupten mochte, dass ihn keine Schuld traf?

"Mark war ein Heiliger", sagte er. "Aber trotz unzähliger göttlicher Gnadenbeweise, Kontakten zu Engeln, Visionen von Einheit, wiederholtem Aufstieg in höhere Dimensionen, blieb ihm die letzte Vereinigung mit dem göttlichen Selbst, die Erlangung von Nirwana, wie man im Osten sagen würde, verwehrt. Er spürte seine Unwürdigkeit, konnte sie aber trotz Askese und völliger Hingabe nicht überwinden. Er kam zu mir und bat mich um Hilfe. Wir machten Rückführungen in seine Jugend und Kindheit. Die verliefen problemlos, da gab es keine bedeutenden Ereignisse. Doch dann stießen wir auf ein Vorleben, zirka anno 1630. Zu dieser Zeit tobte der Dreißigjährige Krieg, eine Kälteperiode suchte Europa heim, die Felder waren verwüstet und Seuchen dezimierten die Bevölkerung. Mark – damals hieß er Johann – war Kleinbauer, seine Frau hatte ihn verlassen und war mit den Kindern in die Stadt gezogen, wo sie ihren Körper verkaufte. Mark war verbittert, dass sie dieses Schicksal einem Leben mit ihm vorzog. Er besaß kaum körperliche Reize, und so wiesen ihn andere Frauen oft ab. Zu jener Zeit brauchte es nicht viel mehr als eine Anschuldigung, um gewisse Mitglieder des weiblichen Geschlechts vor ein Hexengericht zu bringen: Rothaarige, Frauen die um die Heilkünste wussten, Ledige oder Witwen, die ohne Mann ein selbständiges Leben führten. Mark machte sich an solche Frauen heran, drohte ihnen mit Denunzierung, wenn sie ihm nicht gefügig waren. Er hatte damit oft Erfolg, wurde zum Erpresser und Vergewaltiger. Doch als er sein Glück bei einer Schönen versuchte, die in der näheren Umgebung für ihre Kräuterelixiere bekannt war, wies diese ihn ab. Sie verspottete seine Armseligkeit, sich die Liebe mit so erbärmlichen Methoden erkaufen zu müssen. Damit weckte sie solchen Hass in Mark, dass er erstmals seine Drohung in die Tat umsetzte. Die Frau wurde verhaftet. Mit den damals üblichen Methoden der 'Wahrheitsfindung' erwirkte man ein Geständnis, und sie wurde als Hexe auf dem Scheiterhaufen verbrannt. Mark wohnte der Hinrichtung bei, fühlte, dass sie den Tod verdient hatte – und dass Weiber allesamt des Teufels waren. Vor allem auch seine Ehefrau, die jetzt eine Hure war."

Kylian unterbrach sich und schüttelte den Kopf. "Mark war ein Heiliger! Also im jetzigen Leben. Er hatte es wie kein anderer verdient, von diesem Karma erlöst zu werden."

"Wie ist es dir gelungen, ungesehen zu seinem Haus zu kommen?", fragte Iva. Nur immer weiterreden, während sie verzweifelt nach einem Fluchtplan suchte. Ihr wollte einfach nichts einfallen, so sehr sie sich auch den Kopf zermarterte.

"Das war gar nicht so einfach. Ich kenne einen unterirdischen Meeresarm auf der Südseite der Insel. Er führt in eine Grotte, zu einem kleinen See. Von dort aus kann man durch das Innere des Berges, über steile Felsen hinauf, zu dem Höhlenausgang kommen, der oberhalb von Marks Hütte liegt. Kein ungefährlicher Tauchgang, und eine Kletterpartie, die nur mit Ausrüstung zu bewältigen war – aber ich musste es wagen. Nur so konnte ich zu Marks Haus gelangen, ohne dabei eine Begegnung mit Vivian zu riskieren. Ich musste ihn bewusstlos schlagen, was mir widerstrebte. Doch ich hatte keine Wahl. Seine Holzhütte brannte wie ein Scheiterhaufen."

"Und Josef?", fragte Iva. Alles in ihr sträubte sich, auch noch diese dritte Geschichte zu hören. Die kaltblütige Grausamkeit, mit der Kylian sich seiner Taten rühmte, war kaum noch zu ertragen. Doch es musste sein.

"Er kam zu mir, weil er an schrecklichen Alpträumen litt, die ihn schon sein ganzes Leben verfolgten – mal weniger häufig, doch dann wieder in unerträglichem Ausmaß. Bis hin zu Selbstmordgedanken. Dabei konnte Josef sich nie an den Inhalt dieser Träume erinnern. Schon in unserer allerersten Sitzung stießen wir auf das karmische Trauma. Eine frühere Inkarnation in einer muslimischen Stadt, vermutlich Bagdad. Die Zeit kann ich aufgrund meiner wenig ausgeprägten Kenntnisse orientalischer Geschichtsschreibung nicht genau festlegen. Wahrscheinlich Ende des 18. Jahrhunderts nach unserer Zeitrechnung. Josef – damals Ahmed – war ein angesehener Kaufmann von bescheidenem Wohlstand und ein gottesfürchtiger Muslim. Seine Tochter, die er nach üblicher Sitte schon im Kindesalter an einen Sohn aus befreundeter Familie verheiratet hatte, wurde des Ehebruchs überführt. Er beteiligte sich an ihrer Steinigung."

Kylian zog die Schultern hoch. "Ich musste ihm – wie den anderen auch – einen Tod angedeihen lassen, der seinem eigenen Verbrechen möglichst nahekam. Nur dadurch lässt sich ein optimaler Karmaausgleich erreichen. Aber jemanden durch Steinigung zu töten, ist einigermaßen problematisch. Und ein so barbarischer Akt, dass ich ihn nicht vollbringen wollte. Ich musste also auf eine etwas andere Methode zurückgreifen, und so stieß ich Josef über die Geröllhalde hinter Marks Hütte. Ich brachte ihn unter einem Vorwand dazu, mich dort zu treffen. Er fühlte sich nämlich seit Kurzem von Dämonen einer niederen Dimension verfolgt. Seiner Vorstellung nach hatte er die durch seine Arbeit heraufbeschworen. Ja, er glaubte sich damit sogar für den Tod von Nicolas und Mark verantwortlich. Dabei handelte es sich bei diesen Dämonen zweifelsohne um Schatten seiner eigenen dunklen Vergangenheit, die wir durch die Rückführungen befreit hatten. Ich sagte ihm also, dass ich in der Höhle bei Marks Hütte den Dimensionenriss entdeckt hatte, an dem er Schuld zu haben glaubte. Ich schlug ihm ein nächtliches, geheimes Treffen vor, damit wir den Riss versiegeln könnten, ohne dass die anderen Arkadier davon erfahren sollten. Er hatte eine Höllenangst, dass Michael ihn sonst verstoßen würde.

Iva nickte. "Den Rest kann ich mir vorstellen", sagte sie mit tonloser Stimme.

39

Iva legte sich die – hoffentlich richtigen – Worte zurecht, mit der sie sich nun in Sicherheit bringen wollte.

"Ich denke, du hast richtig gehandelt, Kylian", begann sie. Ihre Eingeweide verwandelten sich bei dieser Lüge in einen harten, kalten Klotz. Doch sie hing an ihrem Leben, war bereit, alles dafür zu tun. Dieser attraktive junge Kanadier, in den sie sich doch beinahe ein bisschen verliebt hatte, war der verrückteste Serienmörder aller Zeiten. Sein Motiv war bestimmt einzigartig, noch nie dagewesen in der Geschichte der Kriminalistik.

Kylian nickte, lächelte – dann hatte er plötzlich ein Messer in der Hand.

Iva wich einen Schritt zurück. "Was soll das? Was hast du vor?" Sie hob schützend die Arme vor den Körper. "Ich bin es doch – deine Emily, deine Seelenverwandte! Die du schon dein ganzes Leben lang suchst!"

Er lächelte ihr zu. Wieder dieses halbwahnsinnige Lächeln, das Iva eine Gänsehaut über den Körper jagte.

"Hast du dich gar nicht gefragt, was ich hier mitten in der Nacht im Wald wollte?", flüsterte er. "Wie ich dich *zufällig* finden konnte?

Iva schluckte. Daran hatte sie in der Tat nicht gedacht. Sie war viel zu froh gewesen, Kylian zu sehen, nachdem sie – vermeintlich – Robert entkommen war. Sie versuchte, sich nichts anmerken zu lassen, doch er schien keine Mühe zu haben, sie zu durchschauen.

"Ich folge dir schon seit dem Abendessen, weißt du", begann er. "Du hast mich ganz schön überrascht, als du dich auf den Weg zu Francesca gemacht hast. Ich dachte schon, du wolltest die Nacht mit ihr verbringen. Das hätte mich überrascht, muss ich zugeben. Aber du bist ja in keiner Beziehung diejenige, für die ich dich hielt. Nicht Emily, die mich unsterblich liebte, sondern die mich heimtückisch getötet hat. Eine Mörderin! Genau wie Mark, Nicolas und Josef. Um keinen Deut besser!"

Er zog die Stirn in Falten und hob drohend das Messer an. "Aber keine Angst, ich werde auch dich erlösen. Dann können wir in unserem nächsten Leben vielleicht endlich wieder zusammen sein. Ich bin bereit, dir alles zu verzeihen, was du mir angetan hast. Oder vielmehr dem armen Friedrich!"

"Warte! Nein! Du irrst dich!"

Im gleichen Augenblick fielen Iva die seltsamen Träume wieder ein, die sie nach der Rückführung verfolgt hatten. Friedrich mit der feisten Matrone. Danach das Blut an Emilys Gewand. Dazu kam die Tatsache, dass sie sich an das Ende der Hypnosesitzung mit Kylian beim besten Willen nicht erinnern konnte.

Er schien ihre Gedanken zu lesen. "Ich habe dafür gesorgt, dass du das letzte Drittel deiner Rückführung vergessen hast. Denn da nahm deine Schilderung eine entsetzliche Wende. Ich ertrug es kaum, dir zuzuhören! All die Jahre hatte ich mir eingeredet, dass Emily irgendeiner abscheulichen Krankheit erlegen war. Vor Friedrichs Tod. Dass er um sie getrauert hatte – dass ich um dich getrauert hatte. Du Verräterin! In Wahrheit fehlte mir die Erinnerung, weil ich vor dir starb. Durch *deine* Klinge. Was du mir angetan hast, muss ich wohl verdrängt haben. Oh, ich war so blind vor Liebe, ich Narr!"

Iva mühte sich fieberhaft, dem, was Kylian da behauptete, irgendeinen Sinn zu entlocken.

"So war es nicht", rief sie aufs Geratewohl. "Friedrich – *du* – hast mich mit dieser lüsternen Frau betrogen, die aufgedonnert wie ein Pfingstochse war. Diese fette Alte. Ich habe dich mit ihr beobachtet! Keine Ahnung, wie ich in das Zimmer kam."

Sie improvisierte weiter – oder fiel ihr just in diesem Moment, vor lauter Angst, die Wahrheit wieder ein? "Das Stubenmädchen dieser Frau ... ich kannte sie. Wir waren befreundet. Sie ließ mich heimlich ein, in die Gemächer dieser Vettel, damit ich mit eigenen Augen sehen konnte, wie Friedrich – wie du – mich betrogen hast!"

Kylian kniff die Augen zusammen. "Dann ist die Erinnerung also doch zurückgekehrt? An deine Sitzung bei mir. Sieh einer an, ich muss an meinen Techniken arbeiten, wie es aussieht."

Er verzog das Gesicht. "Aber du hast recht, meine treulose Liebste. Gräfin Kowalsky, so hieß die Frau. Du hast von ihr erzählt, während deiner Rückführung – und auch ich erinnere mich an sie. Sie war sehr vermögend und einflussreich. Und eine einsame Witwe, die eine Schwäche für junge Poeten hatte. Dass sie mich verführte, das hatte ich wohl vergessen. Aber ist dir nicht klar, dass ich das nur für uns getan habe? Im Gegenzug für meine Liebesdienste bot sie mir an, mich als Dichter unter ihre Fittiche zu nehmen. Was mir zum Durchbruch verhalf, dazu, dass ich endlich Geld mit meinen Versen verdiente. Dass wir heiraten hätten können, du undankbare Zicke! Aber was hast du getan? Hast mich zur Rede gestellt wie einen Schuljungen, und bevor ich auch nur die Chance hatte, mich zu verteidigen, bist du auf mich losgegangen. Mit einer Klinge!"

Er hob das Messer an, das er in der Hand hielt. Drückte es Iva an die Kehle. Der kalte Stahl jagte ihr einen Adrenalinstoß durch den Körper.

Die Erinnerungen stürzten auf sie ein. *Der zweite Traum.* Sie hatte Emily vor sich gesehen. Oder jedenfalls diese Vision halluziniert – die Kylian ihr eingepflanzt hatte? Konnte sie tatsächlich der Wahrheit entsprechen, sich so zugetragen haben, damals im 19. Jahrhundert? Das würde Iva jetzt wohl kaum klären können, wenn es überhaupt zu klären war.

Emilys Kleid war blutverschmiert gewesen. Iva hatte die Vision nicht einordnen können – aber sie war davon ausgegangen, dass Emily angegriffen worden war. Nicht umgekehrt!

Sagte Kylian die Wahrheit? Hatte Emily ihren Friedrich aus Eifersucht getötet?

Sie hielt inne, zwang sich, die Gedanken beiseite zu schieben. Emily mochte eine Mörderin gewesen sein – sie, Iva, würde jetzt bestimmt nicht im 21. Jahrhundert dafür büßen. Sie musste hier weg. Und zwar rasch!

Bloß wie? Gab es noch Rettung für sie, abgesehen von einem Wunder? Wo war Sinff, die Helferin und Beschützerin, wenn man sie am dringendsten brauchte? Warum hatte dieses Pferd ausgerechnet Robert Beistand geleistet, der doch auch irgendeine Bluttat begangen haben musste?

Der Gedanke an das Pferd – das war die rettende Idee. Zwar war von der weißen Stute weit und breit nichts zu sehen, doch Iva setzte alles auf eine Karte. Sie riss den Kopf hoch, stöhnte erleichtert auf und starrte dann mit erwartungsvoller Miene über Kylians Schulter. "Sinff!", rief sie, "oh, Gott sei Dank!"

Die Finte funktionierte. Kylian ließ von ihr ab, wirbelte herum. Und bemerkte sogleich, dass Iva ihn hereingelegt hatte. Doch da war es bereits zu spät.

Sie nahm all ihren Mut, all ihre Kraft zusammen – und sprang. Sie warf sich von hinten auf Kylian, mit solcher Wucht, dass sie beide zu Boden stürzten. Sie landete auf ihm. Ein dumpfer Schmerz durchfuhr sie beim Aufprall. Doch er schrie jäh auf. Im nächsten Augenblick hatte er sich bereits umgedreht, wobei er Iva von sich wegstieß.

Sie rappelte sich hoch, er versuchte es ebenfalls – doch

gleich darauf krümmte er sich zusammen. Und da sah Iva es. Das Messer! Es steckte in Kylians Unterleib. Er musste in die Klinge gestürzt sein, als sie sich auf ihn geworfen hatte.

Das war keine tödliche Verletzung, zumindest sah es nicht danach aus. Doch sie würde ausreichen, um Iva einen Vorsprung zu verschaffen. Selbst wenn Kylian sie verfolgte, er würde nicht weit kommen. Nicht mit dieser Wunde, die doch immerhin stark blutete.

Iva zögerte keine Sekunde mehr. Sie wandte sich um und rannte. Rannte, als wäre der Leibhaftige persönlich hinter ihr her.

40

Irgendwo schlug eine Tür – und ließ Iva hochfahren. Ihr Blick hastete durch den Raum. Die Sicht war verschwommen, ihre Lider klebten wie nach langem Schlaf zusammen. Sie blinzelte. Die Bewegung schmerzte.

Draußen im Flur waren Schritte zu hören, dann erschien Michael im Türrahmen. Iva stellte fest, dass sie im Bett lag. In ihrem Bungalow. Wie war sie hierhergekommen?

Eine dunkle Erinnerung regte sich. Igor. Sie war dem Magier praktisch in die Arme gelaufen, gestern Nacht auf der Flucht vor Kylian. Wie ein halber Marathon war ihr der Weg durch den Dschungel erschienen. Doch dann hatte sie, keuchend und schwankend wie eine Betrunkene, endlich zur Strandpromenade zurückgefunden. Wo Igor gerade mit ein paar Männern vom Personal auf der Suche nach Robert war. Seine Elementale hatten doch tatsächlich angeschlagen.

Danach wusste sie nichts mehr. Ihr war schwarz vor Augen geworden. Irgendjemand musste sie hierher, in ihren Bungalow, geschafft haben.

Michael trat zu ihr ans Bett. Er trug ein Lächeln auf den Lippen – und ein voll beladenes Frühstückstablett mit Croissants, Orangensaft, Fruchtsalat und einem Käseomelett.

"Kylian", sagte er, nachdem er das Tablett auf dem Nachttisch abgestellt hatte. "Wir haben ihn aufgespürt. Mitten im Dschungel. Wie es aussieht, hat er nicht versucht, dich noch weiter zu verfolgen. Oder Hilfe für seine Verwundung zu finden. Vielleicht hat ihn ja am Ende doch sein Gewissen eingeholt?"

Er setzte sich zu Iva an die Bettkante, ergriff ihre Hand.

"Oder ihm war klar, dass bestenfalls lebenslänglich auf ihn wartete. Wenn nicht Schlimmeres."

"Ist er ... tot?", fragte Iva.

Michael nickte. "Ja. Er kann dir nichts mehr tun."

Sie beäugte das Frühstück, das einen köstlichen Duft verströmte. Doch ihre Kehle war wie zugeschnürt.

"Wann habe ich dir von Kylians Taten erzählt?", wandte sie sich wieder Michael zu. "Noch in der Nacht?"

"Weißt du es nicht mehr? Ich war die ganze Nacht bei dir. Ich habe nebenan auf dem Sofa geschlafen. Irgendwann bist du schreiend aufgewacht, ich kam herübergelaufen, habe dich ... "

Er zögerte. Suchte ihren Blick. "Ich habe dich in meine Arme genommen, und du hast mir alles erzählt. Wie und warum er die Morde begangen hat." Michael kniff die Lippen zusammen, schüttelte den Kopf. "Was für ein Irrsinn! Und dass er auch dich töten wollte. Seine einstige Geliebte, die sich gegen ihn wandte. Weil er dich betrogen hat. Du warst fiebrig und standest unter Schock, als wir dich fanden. Vermutlich hast du es deswegen vergessen."

Michael ließ Ivas Hand los und strich ihr eine Haarsträhne aus dem Gesicht. "Was lernen wir daraus?", sagte er mit einem sanften Lächeln. "Betrüge niemals die Frau, die du liebst."

Iva langte nun doch auf das Frühstückstablett. Sie griff nach dem Glas Orangensaft und leerte es in einem Zug. Die saftig-süße Flüssigkeit schmeckte wie ein Lebenselixier.

"Alles ist vorüber", bekräftigte Michael. "Du hast den Fall erfolgreich gelöst, Iva. Woran ich nie gezweifelt habe. Jetzt ruh dich aus. Schlaf ein bisschen."

Er wollte aufstehen, doch Iva hielt ihn zurück. "Was ist mit Robert?", fragte sie. "Er wollte mich nicht töten, oder?"

"Nein."

Eine kurze Stille entstand. Iva schauderte bei der Erinnerung an das entseelte Geheul, das Robert von sich gegeben hatte. Die blutigen Hände, die er ihr entgegengestreckt hatte. "Was war mit ihm los?", fragte sie.

Michael verzog das Gesicht. "Ich war blind für die Nöte des armen Jungen. Die blutigen Hände, mit denen wir ihn immer wieder fanden, waren der Schlüssel. Doch ich habe nichts begriffen.

"Aber ... er hat sich diese Verletzungen doch nicht selbst beigebracht?"

"Nein. Nicht direkt." Michael unterbrach sich, schien nach den richtigen Worten zu suchen.

Dann sagte er: "Ich habe Robert immer für einen ganz normalen Teenager gehalten, und so fand ich es nur natürlich, dass er mit dem Leben hier in Arkadia seine Probleme hatte. Die relative Isolation, all die Wissenschaftler und Gelehrten, neben denen er sich unbeholfen und geistig unterentwickelt fühlte ... Mir war immer klar, dass es der falsche Ort für einen jungen Mann war, der mit den banalen Problemen des Erwachsenwerdens zu kämpfen hatte. Aber Roberts Probleme waren in Wirklichkeit alles andere als banal, das habe ich nur viel zu spät erkannt. In den Nächten, in denen er aus dem Haus stürmte und für Stunden verschwunden blieb, da wurde er von Visionen heimgesucht. Eine spirituelle Erfahrung von größter Heftigkeit."

"Was denn für Visionen?"

"Die Göttliche Mutter ist ihm erschienen. Maria, würden die Christen sagen. Es hat vor einigen Monaten angefangen und brach mit solcher Gewalt über ihn herein, dass er das Gefühl hatte, an Körper und Seele in Flammen zu stehen, sich in der Vision zu verlieren. Die totale Auslöschung des Egos. So mancher spirituell Suchende strebt ein Leben lang umsonst nach solch einer Erfahrung. Aber Robert ist kein religiöser Mensch, er konnte mit diesem göttlichen Gnadenbeweis überhaupt nichts anfangen. Es trieb ihn in die

Nacht hinaus, weil er vor dieser Heimsuchung fliehen wollte. Manchmal verlor er sogar das Bewusstsein und erwachte erst Stunden später an den abgelegensten Orten. Als dann Nicolas starb, spürte er dessen Todesqualen wie am eigenen Leib. Und seine Hände begannen zu bluten, als hätte man Nägel hindurchgetrieben. Die *Stigmata*."

"Die ... Wundmale Christi?"

Michael nickte.

"Ich dachte, das geschieht nur bei Heiligen oder irgendwelchen Mystikern?"

"Wenn überhaupt. Es ist kein weit verbreitetes Phänomen, nicht einmal unter Heiligen. Nichtsdestotrotz ist es auch schon scheinbar ganz gewöhnlichen Menschen widerfahren."

"Wie Therese Neumann zum Beispiel?"

Der Name schien Michael nichts zu sagen.

"Robert hat ihre Biografie bestellt", erklärte Iva. "Bei Eram. Therese ist keine offiziell anerkannte Heilige, jedenfalls nicht von Seiten der Kirche, hatte aber auch die Wundmale ..."

Roberts Lektüre ergab plötzlich einen ganz neuen Sinn. Nicht aus Liebe zu Mark hatte er sich für die Lebensgeschichten der Heiligen interessiert. Sondern aus genau dem gleichen Grund, der Francescas Verehrer zu den erotischen Klassikern greifen ließ – und Nicolas, Josef und Iva selbst zu Büchern über Reinkarnation und Karma: um eine außergewöhnliche Erfahrung, ein einschneidendes Erlebnis besser verstehen zu können. In Roberts Fall die Visionen, die ihn heimsuchten. Und die Wundmale. Deswegen also hatten seine Hände geblutet. Unfassbar.

Sie wandte sich erneut an Michael: "Dann hat Robert sich also nicht mit Mark angefreundet, weil ... er homosexuelle Neigungen zu ihm verspürte?"

"Nein. Robert wandte sich an Mark, weil der ein Mystiker

war. Er suchte seinen Rat, flehte ihn an, ihn von diesen Heimsuchungen zu befreien. Er fürchtete schon, den Verstand zu verlieren. Und er hatte ja sonst niemanden, dem er sich mit so einer Geschichte hätte anvertrauen können." Michael blickte zu Boden. Seine letzten Worte waren voller Bitterkeit gewesen.

"Ich habe nie den Anspruch erhoben, Robert ein Vaterersatz sein zu wollen", fuhr er in der gleichen Tonart fort, "aber ich hätte trotzdem mehr für ihn da sein müssen."

Iva versicherte ihm, dass er dem Jungen mehr gegeben hatte als so mancher leibliche Vater, aber Michael ließ sich nicht überzeugen.

"Du hast immerhin die ganze Zeit an seine Unschuld geglaubt", sagte Iva. "Das muss doch auch etwas gelten."

41

Iva war allein zum Helikopter gekommen. Alles, bloß keine Abschiedsszene. Michael war heute Morgen noch einmal bei ihr gewesen. Er hatte sie gebeten, nicht abzureisen, in Arkadia zu bleiben. Sie hatte abgelehnt, wenn auch schweren Herzens.

Ihre Kanzlei wartete auf sie. Ihre Mandanten. Ihr altes Leben. Sie war kaum zwei Wochen fortgewesen, und doch schien ihr das alles sehr weit zurückzuliegen. Die Welt, die sie zu kennen glaubte, existierte nicht mehr.

Michael hatte nicht versucht, sie zu bedrängen. "Nimm dir Zeit", hatte er zum Abschied gesagt. "Denke ihn Ruhe über alles nach. Du weißt ja, wo du mich findest. Und danke noch mal! Du hast Arkadia gerettet."

"Herrliches Flugwetter heute", begrüßte sie der Pilot und half ihr in den Hubschrauber. Ihr Gepäck war bereits hinter den großzügigen Ledersitzen verstaut.

Die Rotoren des Helikopters erwachten zum Leben. Das ferne Summen eines gutmütigen, wenn auch großen Insekts.

"Angeschnallt?", hörte sie die Stimme des Piloten.

Sie nickte wortlos.

Der Helikopter stieg senkrecht auf. Kletterte über die ersten Baumwipfel und neigte sich seitwärts entlang Arkadias Längsachse. Wollte der Pilot ihr einen letzten Blick über die Insel gewähren?

Sie konnte das Dach des Gästebungalows ausmachen – und gleich daneben ein beinahe identisches Gebäude. Auf dessen Terrasse hatte sie einst, vor einer halben Ewigkeit, einen jungen Mann beim Yoga beobachtet.

Weiter vorne erstreckte sich der lange schiefergraue Strand mit seinen einladenden Liegen. Dahinter wucherte der Dschungel, der ihr jetzt, von hier oben betrachtet, keine Angst mehr einflößte.

Sie drückte ihr Gesicht gegen die Scheibe. Dort unten am Strand lief ein weißes Pferd. Seine Hufe berührten kaum den Sand, der überlange Schweif bewegte sich im Rhythmus seines Galopps. Iva wusste, dass es Niam war – selbst aus dieser Entfernung. Auch wenn sie nicht hätte sagen können, wieso. Er vollführte einen Bocksprung und beschleunigte das Tempo. Bestimmt wieherte er, dass einem das Trommelfell vibrierte, liefe man jetzt dort unten neben ihm. Oder besser: mit ihm. Er liebte Gesellschaft. Einen Spielgefährten.

Aber was war das? Etwas trotzte dem Wind, eine Haarsträhne? Sie flatterte nicht mit dem Rest der Mähne, sondern stand bewegungslos ab ... in völlig falschem Winkel noch dazu. Sie war nach vorn gerichtet; direkt vor Niams Stirn ragte sie empor und funkelte im Sonnenlicht. Wind und Schwerkraft schienen ihr nichts anhaben zu können.

Iva dachte an Hannas Gemälde zurück. Nicht Pferde, sondern Einhörner. Es musste natürlich eine optische Täuschung sein. Was denn sonst? Einhörner gab es nur in Märchenbüchern.

Dennoch gefiel ihr die Vorstellung, so verrückt sie auch war. Womöglich würde sie doch eines Tages nach Arkadia zurückkehren? Zu Niam und seinen Kumpanen. Zu Vivian, der Hexe. Und zu Michael. Vielleicht hatte ihre Ehe am Ende doch noch eine Chance?

HAT ES IHNEN GEFALLEN?

Dann würde ich mich sehr freuen, wenn Sie mir eine kurze Rezension oder Sternebewertung auf amazon.de hinterlassen.

Herzlichen Dank!
Ihre Alex Wagner

MEHR VON ALEX WAGNER?

SPANNUNG

Penny Küfer ermittelt:
Mord im Okzident Express
Tod einer Schnüfflerin
20.000 Morde unter dem Meer
Arsen und Spitzenhöschen
Der Fluch der Feuerperle
Der Maus Fall
Penny Küfers Weihnachten
Das Phantom der Staatsoper (April 2021)

Antike Morde:
Die Toten von Vindobona
Apostelmord
Die Weltwunder Morde

Ein Fall für das Stiftsfräulein:
Das Vermächtnis der Ketzerin (mit Cora Elvers)

Clara Annerson ermittelt:
Das doppelte Spiel des Jaguars
Die edle Kunst des Mordens
Das süße Lied des Todes

Winter & Wolff Thriller:
Tödliche Freuden
Schwarzer Reiter (Januar 2021)

Fedora Arnwolf Thriller:
Kryptopark
Messiah (März 2021)

Iva Fleming Thriller:
Deine Seele so verdorben

JUGENDBUCH

Ein Fall für FEAR:
Monster an Bord
Auftrag aus dem Jenseits
Der Fluch des Imperators
Gefahr aus der Buchhandlung (Frühjahr 2021)

Ein Fall für DICH:
Kloster der Angst

ROMANTIK

Die Bibliothek der Liebe
Die dunklen Wellen der Liebe

SACHBUCH

L(i)eben wie im Roman – Wie du dir Romantik, Magie und Leidenschaft der schönsten Liebesromane ins wahre Leben holst

Schmuck – Dein (Ver)Führer in die Welt der Diamanten, Perlen und Farbedelsteine (mit Bernhard Weninger)

Amazon Werbung für Autoren

Printed in Poland
by Amazon Fulfillment
Poland Sp. z o.o., Wrocław

66624007R00193